페리퍼럴 2

The Peripheral

THE PERIPHERAL

Copyright ⓒ 2014 by William Gibson
Korean-language edition copyright (c) 2024 by East Asia Publishing Co.
This edition is published by arrangement with Sterling Lord Literistic, Inc. and The Danny Hong Agency.

이 책의 한국어판 저작권은 대니홍 에이전시를 통한 저작권사와의 독점 계약으로 동아시아에 있습니다.
저작권법에 의해 한국 내에서 보호를 받는 저작물이므로 무단전재와 복제를 금합니다.

The Peripheral

페리퍼럴 2

윌리엄 깁슨 지음 · 장성주 옮김

William Gibson

book 1 contents

주요 용어 및 등장인물 소개	009
페리퍼럴 1	015

book 2 contents

페리퍼럴 2	007
감사의 말	395
옮긴이의 말	398

편집자 주
흰색 배경은 2030년대의 시점을, 회색 배경은 2100년대의 시점을 암시하며,
이 둘은 교차될 수 있습니다.

61
시간 멀미

"난 가서 자야겠어." 플린이 버튼에게 말했다. 둘은 부엌에 있었고, 코벨은 웬 덩치 큰 남자가 받쳐 든 골프 우산을 쓰고 자기 차로 돌아가 이곳을 떠난 후였다. 플린은 눈꺼풀이 감기지 않게 버티는 것조차도 힘들 지경이었다.

"네가 보기엔 네더튼이 코벨을 상대할 수 있을 것 같아?"

"무슨 얘기를 할지는 로비어하고 다른 사람들이 코치해 줄 거야."

"그게 누군데?"

"코너도 저쪽에서 만난 적이 있는 사람이야. 내 생각에 우린 실제로는 로비어의 일을 해주면서 레프의 돈을 받는 것 같다. 어쩌면 레프가 이쪽에서 마련한 돈인지도 모르지만 어차피 다 그 사람 거니까. 어휴. 나 금방이라도 쓰러질 것 같아."

"알았어." 버튼은 플린의 어깨를 다독여 준 후 재킷을 입고 집 바깥으로 나섰다. 비는 이미 그친 후였다. 플린은 부엌 불을 끄고 거실을 지나 어머니 방의 문 아래 틈으로 불빛이 새어 나오지 않는 것을 확인한 다음, 위층으로 올라갔다. 계단이 그토록 가파르게 느껴진 적은 거의 없었다.

재니스는 플린의 방에 있었다. 침대 위에 책상다리를 하고 앉아 있었고, 곁에는 《내셔널 지오그래픽》 잡지가 대여섯 권 쌓여 있었다.

"끝내준다." 잡지를 읽던 재니스가 고개를 들었다. "사유화되기 전의 국립공원 말이야. 그 재수 없는 놈은 갔어?"

"버튼도 갔어." 플린은 자기 손목을 만져보고 바지의 주머니 네 개까지 다 뒤져본 후에야 전화기를 트레일러에 놓고 온 것이 기억났다. 티셔츠를 벗어 의자에 던져놓은 플린은 방금 던진 티셔츠 아래의 옷 더미를 뒤져 해병대 스웨트셔츠를 찾아냈다. 그 옷을 걸치고 침대 모서리에 걸터앉은 다음은 젖은 신발과 양말을 벗을 차례였다. 바지는 지퍼를 내리고 나서 다시 일어서지 않고도 용케 다 벗었다.

"너 엄청 피곤해 보인다." 재니스가 말했다.

"시차 때문이래. 그 사람들 말로는."

"어머니는 괜찮아?"

"안 들여다봤어. 그래도 방의 불은 꺼졌더라."

"난 소파에서 잘게." 재니스는 잡지를 챙겨 들었다.

"이상한 것들을 되게 많이 봤어." 플린이 말했다. "나한테 시차 얘기를 해준 여자는 한쪽 눈에 눈동자가 두 개씩 있었는데, 움직이는 동물 문신이 엉덩이에 뛰어다녔어."

"엉덩이에만?"

"팔에도, 목에도. 한번은 배에도 보였는데, 무슨 만화 속 장면처럼 금세 등으로 다 달아나 버렸어. 내가 누군지 몰라서 그랬겠지. 아마 엉덩이로 달아났을 거야. 난 자신이 없어."

"뭐가 자신이 없다는 거야?"

"내가 저쪽에 익숙해지는 중인지, 아닌지. 거긴 이상하게 보이다가, 익숙하게 보이다가, 다시 이상해져."

재니스는 자세를 고쳐 똑바로 앉았다. 신고 있는 분홍색 아크릴 슬리퍼는 손뜨개질로 만든 것이었다. "누워. 너 당장 자야 돼."

"방금 그 망할 놈의 주지사를 우리 편으로 끌어들였어. 그것도 이상한 일이긴 하지."

"그 인간은 피켓보다 더 지독한 악당인데."

"진짜로 매수한 건 아니야. 그 인간한테 정기적으로 돈을 주기로 피켓하고 합의했어."

"그렇게 해서 너희한테 무슨 이득이 생기는데?"

"신변 보호. 버튼의 친구 둘이 우리 집에 몰래 침입하려던 전직 군인 둘을 죽였어. 그냥 평범한 깡패들이 아니었다고. 트레일러 아래쪽에서 그랬어."

"난 버튼 친구들이 왜 그렇게 조용조용 바쁘게 움직이나 했네."

"피켓은 시체를 조용히 처리시키려고 토미를 이리로 불렀어." 플린은 자신도 모르게 어린애같이 불쌍한 표정을 지었다. "매디슨은 어딨어?"

"코너네 집에. 메이컨이랑 같이 버튼이 쓸 군용 쿼드콥터를 수리하는 중이야. 지금은 다른 데 있을지도 모르지만, 마지막으로 배저 지도를 확인했을 땐 거기 있었어. 지금은 집에 갔을지도 몰라." 재니스는 오래된 잡지를 배에 대고 일어섰다. "그래도 너희 엄만 내가 옆에서 챙길게."

"고마워." 플린은 그 말을 남기고 베개에 머리를 뉘었다. 시간 멀미 때문인지 아니면 질감의 문제 때문인지, 낡은 샴브레이 베갯잇이 체스 말처럼 까끌까끌하게 얼굴에 닿아 낯설게 느껴졌다.

62
예상치 못한

로비어의 차 쿤이 스르륵 열리자 미리 대기하고 있던 애시가 보였다. 애시는 차 안으로 몸을 숙여 네더튼의 손목을 잡더니 다른 손으로 그의 손목에 부드러운 메디시를 대고 꾹 누른 다음, 바깥으로 끌어냈다. 네더튼은 노팅 힐의 보도 위에서 똑바로 서지 못하고 휘청거렸다.

"누워서 쉬도록 하세요." 로비어는 차 문이 닫히는 사이에 재빨리 조언했다. "진정계도 조금 갖으시고."

"안녕히 가세요." 네더튼이 말했다. "다시는 오지 마시고."

차에서 유일하게 투명하지 않은 부분이었던 문은 보기 흉한 픽셀 덩어리로 꾸물꾸물 변하더니 저절로 사라졌고, 차가 출발하자 투명 타이어가 굴러가는 나지막한 소리도 서서히 멀어졌다.

"이쪽이야." 예시는 네더튼의 손목에 메디시를 단단히 고정한 채 그를 이끌었다. "네가 레프의 집 안에서 토하면 오시안이 치워야 해."

"그 사람은 나를 싫어하죠." 네더튼은 거리를 내려다보며 말했다.

그곳의 집들 가운데 몇 채가 레프의 집과 이어졌을까 하는 궁금증이 어렴풋이 들었다.

"그럴 리가." 애시가 말했다. "뭐, 네가 꽤 짜증 나는 인간이긴 하지. 지금 상태를 보면."

"상태라." 네더튼은 코웃음 치듯 말했다.

"목소리 낮춰." 애시는 1층으로 이어지는 계단을 올라가 레프네 집 현관에 놓인 고무장화와 외투 앞을 지나가는 동안 내내 앞장서서 네더튼을 이끌었다. 네더튼은 도미니카에 대한 기억이 떠올라 입을 다물었다.

엘리베이터에 타고 보니 완전히 멀쩡해지지는 않았어도 아까보다 속은 더 편해진 듯했다. 메디시가 확실히 도움이 되는 모양이었다.

조용한 차고 안에서 애시는 네더튼을 카트에 태우고 안전벨트를 단단히 채운 다음, 고비바겐을 향해 카트를 출발시켰다. "넌 차 위층에 데려다 놓을 거야." 애시는 버스 입구 계단을 오르는 사이에 그렇게 말하고는, 차 안으로 들어선 후에 네더튼의 손목을 놓고 메디시를 풀었다. "뒷방에는 플린의 페리퍼럴이 있고, 큰방에는 레프의 형 것이 있어." 애시가 벽 한쪽을 건드렸다. 이음매도 보이지 않는 합판 벽에 그때껏 감춰졌던 좁다란 계단이 소리 없이 나와서 펴졌다. 팽팽한 지지용 철사가 빛을 받아 반들거렸다. "먼저 가." 애시가 말했다. 네더튼이 계단을 비틀비틀 올라가 들어선 곳은 유리로 벽을 세우고 내부를 회색 가죽으로 마감한 망루 같은 곳이었다.

"이 욕조는 물리치료용으로도 쓸 수 있어." 애시가 말했다. "시험 삼아 들어갈 생각은 하지 말아줘. 메디시가 네 몸속에 숙취 해소 성분 말고 수면 유도 성분도 주입했으니까. 저쪽은 화장실." 애시가 가리키는 곳에 가죽으로 덮인 좁다란 문이 보였다. "필요하면 써. 그다음엔 자. 아침 먹을 때 부를게." 애시는 돌아서서 복잡하게 생긴 계단을 내려갔다. 네더튼은 그 계단이 치즈를 저미는 강판처럼 보인다고 생각했다.

네더튼은 가죽 쿠션으로 덮인 창틀에 앉아 혹시 그 자리도 욕조의 일부인지 궁금해하며 구두를 벗고 재킷도 벗은 다음, 조금은 힘겹게 일어서서 중앙 접이식 문을 밀어 열었다. 문 안쪽에는 조그마한 세면대와 소변기가 위아래로 붙어 있었다. 아마도 소변기가 좌변기를 겸하는 모양이었다. 그는 소변을 보고 창틀과 일체형으로 만들어진 소파로 돌아갔다. 그런 다음 몸을 뉘었다. 조명이 어두워졌다. 눈을 감고 메디시가 자신에게 무엇을 주었을지 생각했다. 뭔가 기분이 좋아지는 것이었다.

눈을 감자마자 다시 떴다는 느낌이 들 만큼 거의 곧바로, 네더튼은 아래쪽에서 들려오는 소리에 잠이 깼다.

아래쪽 버스 실내에 불이 켜졌지만, 회색 가죽 쿠션으로 뒤덮인 이곳 망루는 어둑했다. 네더튼은 누군가 구역질하는 소리와 뭔가 철벅거리는 소리를 듣고 몸을 일으켜 앉았다. 신기하게도 머리가 맑고 통증도 느껴지지 않았다. 자신이 꿈속에 있는지, 실은 자신이 자면서 토하느라 낸 소리는 아니었는지 궁금했지만, 상황이 다급하다는 느낌은 전혀 들지 않았다.

네더튼은 일어섰다. 발은 양말 바람이었다. 그는 아이들처럼 숨바꼭질 흉내를 내기로 마음먹었다. 위험해 보이는 독일제 계단 끄트머리로 살금살금 다가갔다. 아래쪽에서 물이 흐르는 소리가 들려왔다. 발끝으로 살금살금, 최대한 조용히 계단을 몇 단 내려간 다음, 몸을 쭉 내민 채로, 아래쪽을 훔쳐봤다. 검은 진 바지에 검은 셔츠를 입은 플린의 페리퍼럴이 열려 있는 바의 수도꼭지 아래 두 손을 모으고 물을 받는 광경이 눈에 들어왔다. 플린은 동그란 철제 개수대에 침을 힘껏 뱉은 다음, 날카로운 눈초리로 네더튼을 올려다봤다.

"안녕하세요." 네더튼이 말했다.

플린은 네더튼에게서 눈을 떼지 않은 채 머리를 살짝 숙이고 손등으로 입을 닦았다. "토해서 그래요." 플린이 말했다.

"애시도 당신이 그럴 거라고 생각했어요. 처음 올 때는…."

"네더튼, 맞죠?"

"그 바는 어떻게 열었어요?"

"안 잠겨 있던데요."

네더튼은 오로지 자신만이 바를 이용하지 못한다는 생각을 그제야 처음으로 떠올렸다. 사람들이 일부러 그렇게 설정해 둔 것이었다. "당신은 물 말고는 아무것도 마시면 안 돼요." 그는 남은 계단을 다 내려오며 페리퍼럴에게 말했다. 조언치고는 이상한 말처럼 들렸다.

"움직이지 마요." 플린이 말했다.

"무슨 문제라도 있어요?"

"여긴 어디죠?"

"레프 할아버지의 벤츠 안이잖아요."

"코너 말로는 캠핑카라던데."

"그거야 당신네 쪽에서 쓰는 말이고요." 네더튼이 말했다.

플린은 눈살을 찡그렸다. 그러고는 한 걸음 앞으로 나섰다. 네더튼의 머릿속에 그녀의 근육질 몸이 떠올랐다. 근력 강화 훈련용 외골격 속의 그 몸이. "플린?" 네더튼이 물었다.

누군가 쿵쾅거리며 버스 출입구 바깥의 계단을 올라왔다.

플린은 두 걸음 만에 버스 실내를 가로질렀고, 오시안이 안으로 들이닥쳤을 때에는 이미 문 옆에서 그를 기다리고 있었다. 오시안은 플린이 미리 내밀고 있던 다리에 걸려 자기 몸무게의 관성을 못 이기고 쓰러지려 했다. 그런데 어찌된 일인지 플린은 순식간에 그리고 유연하게 자세를 바꿔 오시안의 등 뒤에 서 있었고, 거기서 다리를 일자로 쭉 뻗어 그의 어깨를 힘껏 찼다. 오시안이 바닥에 이마를 찧는 순간 커다란 소리가 났다.

"가만히 엎드려 있어." 플린은 숨도 흐트러지지 않은 목소리로 말했다. 양손은 가볍게 주먹을 쥐어 타격 자세를 취한 상태였다. "이 친구는 누구지?" 플린이 어깨 너머로 네더튼에게 물었다.

"오시안이잖아-요." 네더튼이 대답했다.

"빠져버렸어… 젠장… 어깨가…." 오시안은 이를 악물고 중얼거렸다.

"그냥 활액낭만 좀 다쳤을 거야." 플린이 말했다.

오시안은 네더튼을 향해 눈을 부라렸다. "너 그 여자 오빠지, 맞지? 방금 애시한테 전화한 그 녀석." 오시안의 두 눈에서 난데없이 눈물이 주르륵 흘렀다.

"버튼?" 네더튼이 물었다.

페리퍼럴이 뒤로 돌아섰다.

"버튼이었군요." 네더튼은 그제야 상대의 정체를 알아봤다.

"미스터 피셔." 버스 출입구에서 애시가 말했다. "마침내 직접 만나게 돼서 반갑습니다. 직접은 아닐지도 모르지만, 그래도 전화보다는 더 가까우니까요. 보아하니 오시안하고는 벌써 인사를 나누셨군요."

오시안이 으르렁대듯 뭐라고 중얼거렸다. 그때껏 한 번도 입 밖에 낸 적이 없는, 합성 언어로 번역한 욕설이었다.

"여기 오니까 좋네요." 플린의 페리퍼럴이 말했다.

애시가 벽을 건드리자 바닥에서 안락의자가 올라왔다. "나랑 같이 오시안 좀 일으켜 줘." 애시가 네더튼에게 말했다. "어깨는 내가 고쳐줄게." 그를 일으키는 일이 말처럼 쉽지 않았던 까닭은 이 아일랜드 출신 남자가 덩치만 우람한 것이 아니라 기분이 상한 데다 어마어마한 통증까지 함께 겪느라 몸을 제대로 가누지 못했다. 그러다 마침내 얼굴이 온통 눈물로 젖은 오시안이 의자에 앉자 애시는 메디시를 꺼냈다. 애시는 부상당한 어깨의, 검은색 재킷 천 위에 메디시를 올려놓고 누른 다음 손을 뗐다. 메디시는 그 자리에 머문 채 재빨리 부풀었다가 쪼그라들었다. 불안할 정도로 음낭과 비슷한 모양새에 군데군데 불규칙하게 반투명해진 상태로 검은 재킷을 뚫고 뭔지 모를 작용을 하는 메디시를 보며, 네더튼은 어째선지 속이 유난히 울렁거렸다. 피와 어쩌면 체내 조직일지도 모르는 물질이 메디시 속에서 한데 섞여 빙빙 돌아가는 모습이 희미하게 보였다. 이제 그것은 오시안의 머리보다도 더 컸다. 네더튼은 눈을 돌리고 말았다.

"저기요." 출입구 계단 꼭대기, 문 바로 바깥에서 페리퍼럴이 말했다. "저건 뭐예요?"

네더튼은 페리퍼럴 쪽으로 간 다음, 너무 가까이 다가서지 않도록 조심했다. "뭐가요?"

"저 아래 있는 거요. 커다랗고 하얀 거."

네더튼은 목을 쭉 빼고 내다봤다. "저건 근력 강호-훈련용 외골격이에요. 운동 기구죠."

"한번 써봐야겠는데요." 페리퍼럴은 그렇게 말하고는 아래쪽을 흘끔 봤다. 보아하니 자기 가슴을 내려다보는 듯했다. "코너 얘기를 듣고 이상할 거라는 예상은 했지만, 그래도 이건…." 그것은 별수 없다는 듯이 어깨를 으쓱했지만, 그 동작 때문에 오히려 가슴이 움직였다. 네더튼을 올려다보는 그것의 표정에는 어떤 체념 같은 것이 감돌았다.

"저게 마음에 들면 금방 준비시킬 수 있어요." 둘의 뒤쪽에서 애시가 말했다. "저 외골격은 어떤 동작이든 다 할 수 있지만, 페리퍼럴은 아니에요. 그래도 호문쿨루스라는 미니어처 페리퍼럴을 통해 조종할 순 있죠. 다른 걸 찾을 때까지는 아마 호문쿨루스가 동생분의 페리퍼럴보다 더 편할 거예요. 동생분 건 마침 전술적으로도 당장 중요하게 쓸 일이 생겼으니까요. 아까 오시안을 가격했을 때 망가뜨리거나

하진 않았겠죠?"

 페리퍼럴은 오시안을 찼던 발을 위로 들어 혹시 불편한 느낌이 드는지 확인하듯 발목을 돌렸다. 그러고는 다시 발을 내렸다. "아뇨. 끝내주게 멀쩡해요."

 애시는 방금 막 지어낸 한 음절짜리 부정 표현을 단호하게 발음하며 오시안의 다친 어깨를 한 손으로 꾹 눌렀고, 이로써 그를 의자에 붙잡아 뒀다.

 네더튼이 지켜보는 사이에 페리퍼럴은 느긋하면서도 매력적이라고 인정할 수밖에 없는 자세로 성큼성큼 걸어 출입구 계단을 내려갔고, 뒤이어 고개를 한쪽으로 갸웃한 채 외골격 주위를 빙빙 돌며 크기를 가늠했다.

63
구토

"5시간 조금 넘게 잤어." 재니스가 침대 옆 테이블에 커피가 든 머그잔을 내려놓으며 한 말이었다. "더 자게 놔두고 싶지만, 방금 에드워드한테서 전화가 왔어. 너희 오빠랑 같이 트레일러에 있대. 너도 와야 한댔어."

플린은 베개 밑으로 손을 넣어 휴대전화를 찾다가 그곳에 두지 않았다는 것이 기억났다. 햇살은 커튼 가장자리에 걸려 있었다. 베갯잇에서는 평소와 같은 느낌이 났다. "무슨 일인데?"

"버튼이 토했대. 네가 와봐야 한댔어."

"토했다고?"

"에드워드 말로는 그랬대."

플린은 힘들여 몸을 일으켰다. 커피도 한 모금 마셨다. 그러자 하얀 왕관을 내려다본 기억, 또 그 왕관의 케이블이 군용 담요 위를 지나 버튼의 디스플레이와 자신의 전화기로 이어졌던 기억이 떠올랐다. "젠장." 플린은 머그잔을 내려놓으며 말했다. "버튼이 그걸로 장난질을 한 거야." 뒤이어 플린은 침대에서 일어나 바지를 입었다. 바지 밑단은 축축하고 진흙이 묻어 있었다.

"뭘 가지고 장난을 쳤다는 거야?" 재니스가 물었다.

"전부 다." 플린은 일어서서 마른 양말을 찾으려고 의자 위에 쌓인 옷 더미를 뒤졌다. 짝이 안 맞는 양말 두 짝이 나왔지만 색은 둘 다 검정이었다. 플린은 침대에 앉아 양말을 신었다. 신발 끈도 빗물에 젖어 엉망이었다.

"그 커피 다 마셔." 재니스가 말했다. "아직은 엄마가 만들어 준 커피를 버릴 만큼 부자가 되진 않았잖아."

그 말에 플린이 고개를 들었다. "엄마는 좀 어때?"

"너랑 버튼이 피켓하고 얽힌 것 때문에 화가 나시긴 했지만, 그래도 그 덕분에 너희 엄마한테도 뭔가 할 일이 생긴 셈이지. 농담하는 거 아니야, 그 커피 다 마셔. 네가 트레일러에 2분 늦게 간다고 큰일이 나는 것도 아니잖아."

플린은 머그잔을 들고 창가로 갔다. 그런 다음 창문 커튼을 옆으로 걷었다. 바깥은 환하고 맑았으며, 모든 것이 지난밤 내린 비에 젖어 있었다. 대문 옆에는 전에 본 빨간 러시아제 오토바이가 서 있고 곁에는 타란툴라가 있었다. 전갈 꼬리 끄트머리에 달린 새 주유기 고정 장치는 코너가 원래부터 달아뒀던 것이라고 잡아떼야 하는 물건이었다. "코너도 와 있어?"

"한 10분 전에 왔어. 카를로스랑 다른 친구가 트레일러로 데려가더라. 플라스틱 파이프 두 개를 묶어서 만든 무슨 그네 같은 거에 태워서."

플린은 커피를 조금 더 마셨다. "토미는 갔어?"

"못 봤는데. 방금 만든 커피가 한 주전자 있으니까 이따가 트레일러에 갖다줘."

몇 분 후, 세수를 한 플린이 걸음을 옮길 때마다 무릎에 부딪히는 커다란 주황색 보온병을 손에 들고 내려간 비탈의 오솔길은 마치 소대 병력이 오르락내리락 행군하며 군홧발로 검은 진흙을 짓이겨 놓은 것처럼 보였지만, 실은 버튼 패거리가 여러 차례 오가며 남긴 발자국에다 토미를 비롯해 누군지 모를 외부인들의 흔적이 더해졌을 뿐이었다. 작은 드론 한 대가 등 뒤에서 쌩하니 날아와 비탈 아래쪽으로 향하다가 멈춰 잠시 선회하더니 이내 다시 날아갔다.

에어스트림 트레일러의 열린 출입문 문턱에 버튼이 앉아 있었다. 낡은 회색 스웨터에 연청색 반바지, 끈이 풀린 군화 차림이었다. 그의 다리는 햇볕을 쬘 일이 거의 없어서 하얬지만 당장은 그의 얼굴이 다리보다 더 창백했다. 플린은 그의 앞에 멈춰 섰다. 보온병이 마지막으로 무릎에 부딪혔다. "소감이 어때?"

"저걸 쓰면 토한다는 말은 안 했잖아." 버튼이 말했다.

"안 물어봤잖아. 아무것도."

버튼은 동생을 올려다봤다. "네가 자고 있길래 그런 거야. 내 침대에 컨트롤러가 있는 걸 봤는데, 케이블도 다 연결돼 있고, 마침 에드워드도 같이 있더라. 너도 알다시피 난 코너가 자기 컨트롤러를 쓰는 걸 봤잖아. 아마 너도 나랑 똑같이 했을걸."

"안녕, 플린." 트레일러 안에서 코너가 인사했다. "웬일이야?"

"커피 가져왔어."

"이 안으로 갖다줘. 여기 부상병이 있어."

"무슨 짓을 한 거야?" 플린이 버튼에게 물었다.

"네 여자 친구 속에 들어갔었어. 저쪽에 건너가서. 일어나서, 토하고, 맨 먼저 쳐들어오는 놈을 때려눕혔지."

"미치겠네. 누구를?"

"뒷머리를 길게 땋은 녀석. 양복은 상복처럼 우중충했고."

"오시안이구나. 아예 난장을 친 건 아니겠지, 설마."

"애시가 그 녀석을 고쳐줬어. 소 불알하고 해파리를 합친 것처럼 생긴 물건으로. 그 여자 눈은 콘택트렌즈를 끼어서 그래?"

"피어싱하고 비슷한 거야. 정확히 얼마나 신속하고 과격하고 폭력적으로 난리를 피운 거야?"

"그 녀석이 원망하는 건 나야. 네가 아니라."

"그쪽에 얼마나 오래 있었어?"

"한 3시간."

"뭘 했는데?"

"준비 작업. 네 여자 친구한테서 나온 다음 내가 들어가도 창피하지 않을 물건으로 갈아탔지. 네눈박이 여자하고 주지사 매수 건에 관해 얘기도 좀 하고. 그나저나 네 여자 친구는 누굴 본떠서 만든 거야?"

"그건 아무도 모르는 것 같아."

"거울 앞을 지나갈 때마다 흠칫했다니까. 너랑 진짜 닮았더라."

"그냥 머리 모양만 비슷한 거야."

"여기 부상병이 있다고, 제기랄!" 코너가 외쳤다.

"일어서." 플린이 말했다. "나 좀 지나가게."

버튼이 일어섰다. 플린은 그의 곁을 지나 계단을 올라갔다. 코너는 버튼의 베개와 메이컨의 파란 더플백 한 개를 등 뒤에 받치고 침대 위에 앉아 있었다. 여느 때와 같이 양말처럼 꼭 맞는 플리스 자루를 입고 있었다. 그의 몸은 잃어버린 부분이 너무나 많았다. 플린의 머릿속에 질주하던 그의 모습이 떠올랐다. 그가 다른 페리퍼럴에 들어갔을 때.

"왜?" 코너는 플린을 올려다보며 물었다.

"그냥, 방금 생각이 났어. 컵을 안 가져온 게."

"컵은 버튼한테도 있잖아." 중국제 의자에 앉은 에드워드가 말했다. 그러고는 허리를 굽혀 투명한 헤프티 마트 연장통을 뒤지다가 노란색 플라스틱 머그잔을 꺼냈다.

플린은 자신의 휴대전화와 연결된 테이블 위 흰색 케이블 옆에 보온병을 내려놨다. "저 왕관은 내 머리에 맞게 맞춤 제작한 줄 알았는데."

"네 머리숱이 더 많긴 하지. 내가 뒤쪽에 화장지를 덧대서 코너 이마에 딱 맞게 해놨어. 그렇게 하고 식염수 젤을 바르니까 작동하는 것 같아."

"버튼 것도 하나 출력해 줘. 다른 사람이 내 걸 쓰는 건 싫어. 왕관도 페리퍼럴도"

"미안." 에드워드는 표정이 어두워 보였다.

"버튼이 너한테 억지로 시켜서 한 일이란 거 알아."

"버튼이 내 잘생긴 금발 소년 안에 들어가는 것도 절대 금지야." 침대에 있던 코너가 짐짓 점잔 빼는 말투로 말했다.

"그쪽 사람들이 버튼한테 다른 걸 줬어." 에드워드가 말했다. "이쪽으로 돌아와서 잠깐 있다가 다시 건너가던데."

"페리퍼럴을 줬다고?" 플린이 물었다.

"조그마한 봉제 인형 같은 거야." 버튼이 플린 뒤에서 말했다.

플린은 돌아섰다. 이제 버튼은 혈색이 조금 돌아온 듯했다. "봉제 인형?"

"호문쿨루스라고, 키가 15센티미터 정도밖에 안 돼. 외골격의 머리가 있을 자리에다 조종석을 만들어 놓고 거기다 그걸 앉힌대. 그러고는 둘을 동기화하는 거지. 난 뒤로 공중제비를 막 넘었어." 버튼이 씩 웃었다.

플린은 전에 본 그 머리 없는 하얀 기계를 떠올렸다. "그 운동기구 속에 들어갔다고?"

"애시는 내가 네 여자 친구 속에 들어가는 걸 싫어하더라."

"싫기는 나도 마찬가지야. 가서 바지나 입어."

버튼과 에드워드는 비좁은 트레일러 안에서 춤을 추듯 겹쳐졌다가 나뉘었다. 버튼은 옷걸이 쪽으로, 에드워드는 노란 머그잔을 손에 들고 코너가 있는 침대로 향하는 길이었다. 에드워드는 침대에 앉아 코너가 커피를 홀짝이게끔 머그잔을 받쳐줬다. 버튼은 새로 산 군복 바지를 옷걸이에서 꺼냈다. "잠깐 이리 와봐." 그는 플린에게 말하고는 바지를 들그 바깥으로 나갔다. 플린은 그의 뒤를 따랐다. "문 닫아." 그는 끈이 풀린 군화 한쪽을 벗고 다리를 든 다음, 한 발로 서서 균형을 잡으며 타짓가랑이 한쪽에 다리를 뎄다. 그러고 나서 다시 군화를 신고 반대쪽 다리로 앞서의 과정을 되풀이했다. "너 저쪽에 가 있는 동안 집 바깥에 나가본 적 있어?" 그는 바지 단추를 채우며 물었다.

"뒷마당에만. 쿼드콥터를 타고 비행한 적도 있어. 가상 현실로."

"사람이 거의 없다시피 했어. 이해가 돼? 유럽에서 제일 큰 도시인데. 너는 사람들 궗이 봤어?"

"아니. 사람이 우글거리는 곳이 딱 한 군데 있긴 했는데, 관광 명소 같은 데였어. 나중에 돌아와서 네더튼한테 들었는데 그나마도 대부분 진짜 사람이 아니래. 그리고 뒷마당이 너무 조용했어. 도시치고는."

"나도 쿼드콥터를 타봤어. 애시가 그 땋은 머리를 치료해 주고 나서, 나를 데리고 같이 갔어. 땋은 머리가 내 인형을 외골격에 태우려고 준비하는 동안."

"칩사이드에 갔어?"

"이름은 칩사이드Cheapside인데 싸구려cheap 느낌은 하나도 안 나고, 그냥 호젓하던데. 우린 강으로 나가서 수면 위를 낮게 날았어. 이동식 인공 섬도 있고, 무슨 조력발전 장치 같은 것도 있었어. 비행하는 동안 내내 사람은 한 50명, 아니면 100명쯤 본 것 같아. 그게 진짜 사람이라면 말이지만. 차도 거의 없어서 붐비는 도로가 한 군데도 안

보이더라. 새 버전으로 업데이트되기 전의 고전 게임들이 딱 그런 분위기였는데. 아직 많은 인원이 바글거리는 방식으로 뭘 해보기 전의 게임들 말이야. 그런데 게임이 아니라면, 저쪽에 사는 사람들은 다들 어디 있는 거지?"

플린은 자신이 처음으로 그 도시를 봤을 때의 기억을 떠올렸다. 똑바로 일어서서, 버튼과 같은 느낌을 받았을 때의 기억을.

"그래서 그 여자한테 물어봤어." 버튼이 말했다.

"나도 그랬는데. 애시가 뭐래?"

"우리한테 익숙한 세상하고 다르게 사람이 별로 많지 않댔어. 너한테는 뭐랬는데?"

"딴 데로 말을 돌렸어. 그렇게 된 이유도 가르쳐 줬어?"

"나중에 시간이 더 있을 때 설명해 주겠다고 했어."

"오빠가 보기엔 어떤 것 같아?"

"그 여잔 저쪽 세상이 전부 다 밥맛이라고 생각해. 알지?"

"애시가 그렇게 말했어?"

"아니, 그래도 느낌이란 게 있잖아. 그 여자한테선 그런 느낌이나. 너도 느끼지?"

플린은 고개를 끄덕였다.

64
소독된

바는 잠겨 있었다. 네더튼은 타원형 무광 철제 인식 장치에 한 번 더 엄지손가락을 갖다 댔다. 아무 반응도 없었다.

그러나 이쯤은 하찮은 일로 보였다. 네더튼은 손을 내리며 그 점을 곰곰이 생각했다. 퍼트니에 가서 패치를 부착하는 고통을 상상하면 이 정도는 하찮다는 생각이 들었다. 어찌나 자신답지 않은 생각이었던지 그는 주위를 두리번거리기까지 했다. 혹시라도 그 생각을 떠올리는 자신을 누가 보지는 않았는지 확인하기 위해서였다. 스스로 판단컨대 그는 생리적으로나 약리적으로나 복잡한 상태였다. 메디시가 그의 도파민 수치나 신경전달물질 수용체 따위로 장난을 친 탓이었다. 그냥 즐겨. 그는 스스로에게 충고했지만, 그러기가 쉬울 것 같지는 않았다.

애시의 설명에 따르면 네더튼은 위층에 눕자마자 깊은 잠에 빠졌다가 버튼이 도착하자 잠에서 깼다. 메디시는 그의 몸에 실제보다 훨씬 더 길게 렘수면을 취하는 효과를 일으켰고, 이와 동시에 다른 일들도 함께 처리했다. 그러나 그가 애시와 함께 오시안을 의자에 앉히고 다친 어깨를 치료하게끔 도와준 후에, 애시는 그에게 다시 가서 자라고 강권했다. 그는 메디시를 한 번 더 사용하고 나서 애시 말대로 했다. 같은 메디시를 오시안에게 사용해 출혈까지 동반한 징그러운 방식으로 치료하는 광경을 방금 막 목격한 이상 청결하다는 생각은 들지 않았지만, 그 물건이 늘 나노 단위까지 소독된 멸균 상태라는 것은 그도 아는 바였다.

다시 잠에서 깬 네더튼은 치즈 강판처럼 생긴 계단을 내려왔다. 각 방에 따로 머무는 페리퍼럴 말고는 버스 안에 그 혼자뿐이었다. 플린의 친구 코너는 귀족 침실에 어울릴 법한 레프 할아버지의 널따란 침대에 자기 페리퍼럴을 두고 갔다. 양팔은 십자가에 매달린 사람처럼 쭉 뻗고 양 발목은 야무지게 교차한 모습이었다.

이제 왕관이 씌워진 로비어의 인장이 시야에 나타나 깜박거렸다. 네더튼은 마침 책상과 그 너머의 왕좌처럼 생긴 의자 쪽을 보고 있었고, 그래서 한순간 그 인장이 밀라그로스 콜디론의 어느 유령 임원을 상징하는 것처럼 느껴졌다. 하긴, 그 회사 자체가 일종의 유령 기업이었다.

"여보세요?"

깜박거리던 인장이 멈췄다. "자고 있더군요." 로비어가 말했다.

"플린의 오빠가 왔어요. 미리 말도 안 하고."

"그 사람은 군대에서 엄격하게 선발한 인원입니다. 객관적이고 타산적인 성향과 순수한 충동성이 보기 드물게 결합했다는 이유로요."

네더튼은 고개를 살짝 돌려 시야에 보이는 인중의 위치가 창문과 겹쳐지게 했지만, 그러자 이번에는 창문에 비친 자기 모습 때문에 머리에 왕관을 쓴 사람이 바깥에서 안을 들여다보는 것처럼 보였다. "내가 보기에도 실제로 자기 친구보다 더 차분한 사람 같기는 해요."

"원래는 그렇지 않았습니다." 로비어가 말했다. "그 사람들의 복무 기록이 이쪽에도 남아 있습니다. 레프가 저쪽 세계와 접촉하기 전에 작성된 건데요. 그 둘 모두 몸 여러 부위에 장애를 입었습니다."

네더튼은 오징어 등이 깜박이는 것을 본 듯싶어 창가로 갔다. "난 그 사람이 플린의 페리퍼럴을 쓰는 게 마음에 안 들었어요." 아치가 또 한 개 깜박거리고 나서 오시안이 보였다. 고비바겐 쪽으로 걸어오는 모습이 특이해 보였다. 몸통 양옆의 팔은 살짝 구부린 채였고, 손은 허리 높이에서 앞쪽을 향해 펴고 있었다. "오시안은 꼭 있지도 않은 뭔가를 밀고 오는 것처럼 보이네요."

"러시아제 유아차입니다. 저는 지금부터 레프의 그루터기에 사는 기술자를 시켜 저 물건을 분해할 예정입니다."

"유아차요?" 뒤이어 네더튼은 그 집 현관에서 본 투명 은폐 기능이 있는 유아차를 떠올렸다.

"금지된 무기의 경우 저희 정책상 손에 넣기가 매우 힘듭니다. 저 유아차에서 빼낸 무기는 완전히 소독된 상태일 겁니다."

"소독됐다고요?"

"출처를 식별할 단서가 없다는 뜻입니다."

"그런 무기로 뭘 하려는 건데요?"

"식사는 하셨습니까?" 로비어는 그의 질문을 무시하고 물었다.

"아뇨." 네더튼은 실제로 허기를 느꼈다.

"그럼 기다리시는 게 좋을 겁니다."

"기다리라뇨?"

그러나 로비어의 인장은 대답 없이 사라져 버렸다.

65
현재로 통하는 뒷문

포에버 패브는 기다란 상가 건물에서 시내 쪽에 가까운 끄트머리에 자리 잡고 있었다. 반대편 끄트머리는 일식집 스시 반이었고, 그 둘 사이에는 빈 점포가 세 칸 있었다. 패브 쪽에 가까운 자리는 일찍이 페인트 볼 사격이 인기를 끌던 시절에는 장사가 꽤 잘되던 사격장이었다. 그 옆은 원래 네일 아트 및 붙임머리 시술을 하는 가게였다. 플린은 그 자리와 스시 반 사이의 자리가 한 번이라도 비어 있지 않고 뭐든 영업한 적이 있었는지 잘 기억나지 않았다.

버튼은 렌터카를 몰고 주차장으로 들어가 예전 미니 페인트 볼 로봇 사격장이었던 점포 앞에 차를 세웠다. 점포 안쪽에서 창문에 붙여놓은 회색 접착테이프가 귀퉁이부터 슬슬 벗겨지는 중이었다. "여긴 이제 우리 거야." 버튼이 말했다.

"뭐가?"

"여기 말이야." 버튼은 B-로 앞의 빈 점포를 가리켰다.

"여길 임대했어?"

"샀어."

"누가?"

"콜디론이."

"그 회사에서 이 점포를 샀다고?"

"아예 상가를 통째로 샀어." 버튼이 말했다. "오늘 아침에 계약을 마무리했지."

"그게 무슨 말이야? 마무리라니?"

"이제 우리 거라고. 증명 서류는 지금 만드는 중이야."

플린은 이런 상가를 살 만큼 돈이 많은 것과 이런 상가를 사고 싶은 마음이 드는 것, 그 둘 중 어느 쪽이 더 상상하기 힘든지 잘 판단이 서지 않았다. "뭣 때문에?"

"메이컨은 프린터를 보관할 장소가 필요하고, 우린 일할 장소가 필요하니까. 셰일린네 가게 뒷방으로는 안 돼. 그 가게는 이미 콜디론에 팔려서…."

"셰일린이 가게를 팔았어?"

"셰일린이야 그때 너랑 같이 회의도 했고, 나중에는 메이컨이 프린터로 출력하는 물건이 뭔지도 봤으니까. 자진해서 냉큼 뛰어들더라. 어차피 개울가에 있는 내 트레일러에선 우리가 맡은 일을 제대로 하기가 힘들어. 그래서 여길 지휘 본부로 삼으려는 거야. 엄마한테 불똥이 튀지 않게 거리도 둘 겸."

"어쨌든 집에서 멀어지는 효과는 있겠네." 플린이 말했다.

"여기서 드론을 몇 대 운용할 건데, 지금 이리 오는 중이야. 드론

조달은 카를로스가 맡아서 하고 있어. 그게 있으면 변호사들이 돈 가방을 싸 들고 클랜튼에서 여기까지 차를 몰고 오는 바보짓을 안 해도 돼. 어차피 그쪽 돈은 마약 업자들한테서 나온 걸 테니까. 은행에 넣어둘 수도 없고, 소득세를 내겠다고 신고할 수도 없고, 세탁할 때마다 매번 수고비도 떼어줘야 하지. 하지만 우리가 여기다 밀라그로스 콜디론 USA를 설립하고 직원이 되면 급여를 받을 수 있어. 급여에다 주식까지 같이. 여기가 본사가 되는 거야."

"그래서 콜디론 USA가 하는 일은 뭔데?"

"부동산 개발." 버튼이 말했다. "오늘부로 시작이지. 변호사들이 네가 서명할 서류를 작성하고 있어."

"변호사라니?"

"우리가 고용했어."

"서류는 또 뭐야?"

"법인 설립 서류. 상가 매매 계약서. 너를 밀라그로스 콜디론 USA의 CCO로 채용하는 고용 계약서."

"난 그딴 거에 서명 안 해. CCO는 또 뭐야?"

"최고 커뮤니케이션 책임자. 그게 네 직함이야. 아직 서명만 안 했을 뿐이지."

"그걸 누가 결정했는데? 난 한 적 없어."

"런던에서. 내가 그쪽에 갔을 때 애시가 그랬어."

"내가 CCO면, 그럼 오빠는 뭐야?"

"CEO." 버튼이 말했다.

33

"그게 얼마나 바보같이 들리는지 알고 하는 소리야?"

"그런 말은 애시한테 해. 넌 CCO니까, 의사소통하라고."

"지금은 정작 우리끼리도 제때제때 의사소통을 못 하는 판이야, 버튼." 플린이 말했다. "너 나랑 먼저 상의하지도 않고 자꾸 이상한 짓에 장단을 맞추고 있잖아."

"일이 죄다 정신없이 빠르게 돌아가서 그래."

코너의 타란툴라가 둔중하게 으르렁대며 빙그르르 돌아 휑한 주차장에 들어서더니 그들의 차 곁에 멈춰 섰다. 배기구가 토해 내던 프라이드치킨 냄새는 코너가 엔진을 끄고 나서야 옅어졌다. 플린이 고개를 숙이자 자신을 올려다보며 씩 웃는 코너의 얼굴이 보였다.

"그쪽 사람들이 쟤는 어디다 넣어줬어?" 버튼이 물었다.

"발레 무용수하고 고기 써는 칼을 합체한 물건." 플린이 말하는 사이에 이쪽을 올려다보는 코너의 눈이 미심쩍은 듯 가늘어졌다. "격투기 사범이래."

"저 자식 엄청 좋아했겠다."

"너무 신났지." 플린은 차 문을 열었다. 버튼도 자기 쪽 문으로 내려 차 앞을 돌아 걸어갔다.

코너는 고개를 틀어 플린 쪽을 봤다. "내 손가락이 다 달려 있는 곳으로 돌아가자."

플린은 주먹으로 코너의 머리를 쳤다. 머리카락이 까슬까슬하게 자란 정수리를, 세게. "거기 데려다준 사람이 누군지 잊지 마. 우리 오빠 아예 그쪽 토박이가 돼버렸어. 우리가 무슨 스타트업 기업을 시작할 거래. 자기는 그 회사 CEO가 될 거고. 저렇게 되지 말란 말이야."

"손가락, 다리, 그리고 몸 여기저기, 내가 원하는 건 그게 다야. 오늘은 소변 주머니까지 챙겨 왔다고. 지퍼 백에 넣어서 오토바이 뒤에 놔뒀어."

"그건 좀 재미있겠네." 플린이 말했다.

그러는 사이에 버튼은 코너의 안전띠를 풀어줬다.

"신사 숙녀 여러분." 안에 있던 메이컨이 아무것도 붙어 있지 않은 회색 유리문을 열며 말했다. "여기가 우리 밀라그로스 콜디론의 북아메리카 대표 사무소 겸 본부 건물입니다." 그는 파란 와이셔츠에 거의 검은색으로 보이는 스트라이프 넥타이 차림이었다. 셔츠 단추는 빼먹지 않고 다 채웠지만 빳빳한 밑단은 구멍이 숭숭 난 낡은 청바지 속이 아니라 바깥에 내놓은 채였다.

"금요일은 편하게 입고 출근해도 되는 줄 알았는데." 플린은 버튼 뒤에 있는 셰일린을 보고 말했다. 감색 치마 정장을 입은 셰일린은 평소처럼 크게 부풀린 머리를 하고 있었지만 깜짝 놀랄 정도로 사무직 직장인처럼 보였다.

"안녕, 셰일린." 버튼이 인사했다. 그러고는 걷지 못하는 열 살 어린애를 안아 들듯이 허리를 굽혀 코너를 안아 들었다. 코너는 이런 일에 이골이 났다는 듯 유일한 팔인 왼팔을 버튼의 목에 감았다.

"안녕, 코너. 잘 지내?" 인사하는 셰일린은 전과 달라 보였다. 어디가 달라졌는지 플린의 눈에는 퍼뜩 띄지 않았다.

"그냥 버티고 있어." 코너는 그렇게 말하고는 구부린 팔에 힘을

줘 몸을 위로 끌어 올린 다음, 버튼의 뺨에 요란한 소리를 내며 입을 맞췄다.

"이 망할 자식, 그냥 콘크리트 바닥에 던져버릴까." 버튼은 속마음을 그대로 털어놓듯이 중얼거렸다.

"사람들 눈에 안 띄게 안으로 들어가자." 코너가 말했다. 메이컨은 안쪽으로 물러나 입구에서 멀어졌다. 버튼은 코너를 든 채 안으로 들어갔고, 플린이 그 뒤를 따랐다. 마지막으로 셰일린이 점포에 들어서서 문을 닫았다. 안은 칸막이 없이 널따란 공간이었고, 깨끗한 노란색 케이블로 연결된 새 작업용 LED 조명 덕분에 눈부시게 환했다. 냄새는 퀴퀴했다. 페인트가 아무 색이나 덕지덕지 칠해진 석고보드 벽은 계산대와 칸막이가 있던 자리가 어디인지 보여줬다. 누군가 안쪽 벽을 톱질해 만들어 놓은 출입구가 있었다. 포에버 패브의 창고에서 이곳으로 통하는, 그저 문 모양으로 뚫어놓은 어설픈 구멍이었다. 패브 쪽 입구는 파란 방수포로 가려져 있었다. 구멍 옆 바닥에 놓인 것은 새 전기톱 두 개였다.

안쪽으로 더 들어가 보니 환자용 침대 세 개가 있었다. 공장에서 출하할 때 포장한 완충 비닐조차 다 벗겨지지 않은 채였고, 침대보도 없어서 하얀 매트리스가 훤히 보였다. 그 밖에도 정맥 주사용 수액 거치대 세 개와 플린의 머리 높이까지 잔뜩 쌓인 하얀 스티로폼 상자 여러 개도 함께 있었다. "이게 다 뭐야?" 플린이 물었다.

"저쪽에 있는 애시가 우리한테 필요한 물건이 뭔지 가르쳐 줬어. 이쪽에 있는 내가 그걸 이리로 주문했고." 메이컨이 말했다.

"무슨 병동을 차리는 듯 같잖아." 플린이 말했다. "그런데 병원치고는 냄새가 지독하네."

"배관 업체에서 고치러 오기로 했어." 셰일린이었다. "전기는 문제없고, 전에 있던 미니 페인트 볼 가게 사람들이 콘센트도 엄청 많이 달아놨어. 여기서 무슨 일을 하게 될지는 모르겠지만, 일에 방해 안 되게 깨끗이 청소해 볼게."

"저 침대는 우리가 쓰려고 놔둔 거지?" 플린이 버튼에게 말했다. "우리 다 같이 저쪽으로 건너가는 거잖아, 맞지?"

"코너가 먼저 갈 거야." 버튼은 가장 가까이에 있는 침대로 가서 코너를 내려놨다.

"코너가 쓸 새 전화기를 방금 막 출력했어." 메이컨이 말했다. "네 거랑 똑같은 전화기야, 플린. 애시는 코너가 저쪽에 더 잘 적응하길 원해. 거기서 체력 단련도 했으면 하고. 페리퍼럴의 클라우드 인공지능을 통해 운동 계획을 실행할 수 있대."

플린은 메이컨을 돌아봤다. "말하는 게 꼭 저쪽 사정을 되게 잘 아는 사람 같네."

"그게 내 일에서 제일 중요한 부분이니까. 대부분은 저쪽 나름의 논리대로 생각해 보면 말이 되는데, 그러다가 도저히 이해가 안 가거나 아예 말이 안 된다 싶은 게 나오면 애시가 뭔지 설명해 주든가, 아니면 그냥 무시하라고 해."

플린은 뒤를 돌아보다가 버튼과 셰일린이 얘기하는 모습을 목격했다. 대화 내용은 들리지 않았지만, 셰일린은 버튼에 대한 마음이 이미 식은 모양이었다. "셰일린이 포에버 패브를 그쪽에다 팔았다며?" 플린이 메이컨에게 물었다.

"그랬지. 대가로 뭘 줬는지 몰라도, 저쪽에서 셰일린을 단단히 꼬셨어. 실은 잘된 일이지. 왜냐하면 난 워낙 바쁘다 보니까 물건 배송이 늦어지는 것 때문에 옥신각신할 겨를이 없는데, 셰일린은 그런 걸 따지는 쪽으로는 아주 타고났거든."

"셰일린이 버튼하고는 잘 지내?"

"아무 문제도 없어."

"전에는 어색했는데. 한 이틀 전까지만 해도."

"알아." 메이컨이 말했다. "하지만 셰일린은 전부터 자기 힘으로 본인뿐 아니라 동네 이웃들까지 적잖이 먹여 살린 사람이야. 그것도 헤프티 마트 소속도 아니고, 마약을 만드는 것도 아니고, 어느 정도는 착실한 일을 해서 그렇게 했다고. 그걸 감안하면 내가 보기에 셰일린은 실제로는 별로 변한 것 같지 않아. 그냥 전보다 더 집중해서 일하는 것뿐이지."

"셰일린이 버튼한테서 마음을 접을 줄은 몰랐는데."

"지금 이 동네에서 변하고 있는 건 그런 게 아니라, 경제야." 그 말을 하는 메이컨의 표정을 보며 플린은 그와 함께 선거인단 개념을 공부하던 때의 기억이 떠올랐다. 둘이 같은 반이었던 시민 윤리 수업 시간의 일이었다. 그때 그 개념을 제대로 이해한 학생은 오직 그뿐이었다. 허리를 펴고 꼿꼿이 앉아 반 친구들에게 설명해 주던 그의 모습이 플린의 머릿속에 떠올랐다.

"변하다니, 어떻게?"

"거시적으로나 미시적으로나 다 변하고 있어. 당장 이 자리에서 변하는 건 미시 경제야. 이제 피켓이 우리 카운티 최고 부자 자리에서 밀려났으니까." 메이컨이 눈을 동그랗게 뜨자 양 눈썹이 쑥 올라갔다. "다만 거시 경제는 엄청 이상해졌어. 어디든 시장이 죄다 엉망진창이 돼서 다들 신경이 곤두섰더라. 심지어는 배저 사용자들도 술렁거리고, 황당무계란 소문도 나돌아. 그런데 그게 다 버튼이 데이비스빌에서 돌아온 후부터 일어난 일이야. 그 모든 일의 원인이 우리란 말이야. 우리 편하고 저쪽 편."

"저쪽 편?" 플린은 메이컨이 수학을 얼마나 잘했는지 기억났다. 학생 시절 그는 수학 실력이 누구보다도 뛰어났지만 졸업하고 나서는 가족의 생계를 책임져야 했기에, 대학 진학은 애초에 꿈도 못 꿀 처지였다. 그는 플린이 아는 사람들 중 가장 똑똑한 축에 들었다. 심지어는 그 사실을 깜박 잊게 할 정도로 똑똑했다.

"애시가 그러는데 저 위쪽에 자기네 말고도 여기에 접촉할 수 있는 사람이 있대. 너도 알아?"

플린은 고개를 끄덕였다. "우릴 죽이려고 사람들을 고용했어."

"바로 그거야. 애시 말로는 지금 시장에서 서로 별개인 극초단기 매매 현상 두 가지가 전에 없이 확산하는 중이래. 우리 편하고 저쪽 편인 거지. 너 극초단기 금융 어쩌고에 대해서 좀 알아?"

"아니."

"시장에는 약탈적 거래 알고리즘이 넘쳐나게 많아. 그 알고리즘

들은 무리지어 사냥하는 쪽으로 진화했어. 애시가 고용한 사람들은 그런 무리를 콜디론에 우호적인 방향으로 변환시키는 기술이 있는데, 솜씨가 아무도 못 따라올 정도로 교묘하대. 그런데 지금 저 위쪽에 현재로 통하는 뒷문을 따로 만든 패거리가 있는 거야. 똑같은 기술, 아니면 거의 비슷한 기술을 보유한 사람들이."

"그래서 그게 무슨 의미가 있는데?"

"내 생각에 지금 상황은 보이지 않는 양 진영 간의 세계대전 같은 건데, 그게 경제에서 일어나는 거야. 어쨌거나 아직은, 경제에서만."

"메이컨, 내 친구." 환자용 침대에 누운 코너가 외쳤다. 침대를 둘러싼 너덜너덜한 완충 비닐이 왕관처럼 보였다. "여기 부상병한테 소변 주머니 좀 갖다줘라. 내 삼륜 오토바이 짐칸에 있어. 웬 얼간이가 훔쳐 가게 놔두면 안 되잖아."

"아니면 그냥 내 정신이 회까닥한 걸 수도 있고." 메이컨은 그 말을 남기고 돌아서서 자리를 떴다.

플린은 침대와 수액 거치대를 지나 점포 맨 안쪽까지 간 다음, 그곳에 서서 창살이 설치된 지저분한 창문을 바라봤다. 창문 귀퉁이의 먼지 낀 거미줄에 죽은 파리와 거미 알이 매달려 대롱거렸다. 플린은 머릿속으로 예전 이 자리에, 자신의 등 뒤편에 있었던 커다란 모래 상자 안에서 아이들이 조그만 로봇과 탱크를 거느리고 페인트 볼 총을 쏘던 광경을 그려봤다. 마치 태곳적 일처럼 아득히 오래돼 보였다. 이제는 단 이틀도 기나긴 시간처럼 느껴졌다. 플린은 거미 알이 부화하는 광경을, 거기서 거미가 아니라 다른 것이, 자신은 전혀 알지 못하는 것들이 나오는 광경을 상상했다. "약탈적 알고리즘이라." 플린이 중얼거렸다.

"뭐?" 코너가 물었다.

"뭔지 아예 감도 안 잡히는걸." 플린이 말했다.

66
낙하 곰

"그 사람이 전화할 거야." 애시는 U자 모양의 무색투명한 플라스틱 조각을 네더튼에게 건넸다. 여자애가 머리를 묶어 뒤로 고정할 때 쓸 법한 물건이었다. "그거 붙여."

네더튼은 그 물건을 보다가 다시 애시를 봤다. "붙이라뇨?"

"이마에다 붙여. 뭘 먹진 않았겠지, 설마?"

"그 사람이 빈속으로 기다리라고 했어요."

앞서 애시는 불길하게 반들거리는 철제 쓰레기통을 들고 나타났다. 플린이 처음 도착할 때 본 기억이 있는 물건이었다. 이제 그 쓰레기통은 회색 가죽으로 뒤덮인 망루에서 가장 기다란 소파 옆에 놓여 있었다.

로비어의 인장이 나타났다. "여보세요?" 네더튼은 인장이 깜박거리기도 전에 전화를 받았다.

"자율신경 차단기, 착용 부탁드립니다." 로비어가 말했다.

계단을 내려가는 애시의 모습이 네더튼의 눈에 띄었다. 애시가 걸음을 옮길 때마다 계단을 고정하는 팽팽한 철사가 흔들렸다. 그는 알 따란 그 멍에를 이마에, 눈썹보다는 머리카락 경계 쪽에 더 가까운 자리에 조심스레 붙였다.

"뒤로 완전히 눕는 게 좋습니다." 로비어가 말했다. 치위생사가 떠오르는 말투였다.

네더튼은 마지못해 그 말대로 했다. 가죽을 씌운 긴 의자는 그의 머리를 더 편안하게 받쳐주려고 지나치게 열심히 자동 형태 조정에 몰두했다.

"눈을 감으십시오."

"정말 치가 떨리네요." 네더튼은 그렇게 말하며 눈을 감았다. 이제 보이는 것은 인장뿐이었다.

"눈을 감은 차로 15부터 카운트다운을 하세요." 로비어가 말했다. "그런 다음 눈을 뜨는 겁니다."

네더튼은 눈을 감았다. 카운트다운은 귀찮아서 건너뛰었다. 아무 일도 일어나지 않았다. 그러다가 뭔가 바뀌었다. 아주 짧은 순간이었지만, 로비어의 인장이 오래된 사진 원판처럼 보였다. 그는 이내 눈을 떴다.

세상이 뒤집혔고, 네더튼은 내동댕이쳐졌다.

네더튼은 온통 회색인 장소에 모로 누워 웅크리고 있었다. 얼마 안 되는 희미한 빛은 보이는 모든 것과 마찬가지로 회색이었다. 그리고 뭔가 높이가 매우 낮은 천장 같은 것이 위쪽을 뒤덮고 있었다. 일어서기는커녕 앉을 수도 없을 듯싶었다.

"이쪽입니다." 로비어가 말했다. 네더튼은 목을 쭉 뻗어 고개를 돌렸다. 얼굴에서 너무 가까운 곳에, 상상 속에서도 떠올리기 힘든 것이, 웅크리고 있었다. 끙 하는 소리가 짤막하게 들려왔고, 그는 이내 그 소리가 자신의 입에서 나왔다는 것을 깨달았다. "오스트레일리아 군대에서는 이 물건을 '낙하 곰'이라고 부릅니다." 로비어가 말했다. 그 물체의 코알라처럼 뭉툭하게 생긴 주둥이는 로비어가 말하는 동안 살짝 벌어진 채 움직이지 않았고, 이 때문에 드러난 입속에는 포유동물답지 않게 조그맣고 투명한 이빨이 빽빽하게 나 있었다. "정찰부대인데, 조그마한 소모품이죠. 이 둘은 고공 강하용 낙하산을 메고 뛰어내린 후에 이곳까지 유도됐습니다. 기분은 좀 어떠신가요?" 그 물체의 흐리멍덩한 회색 눈은 동그랗고 별 특징 없이 밋밋해서, 털 없이 밋밋한 얼굴과 같은 색을 띤 단추처럼 보였다. 기계처럼 보이는 오목한 귀는, 만약 그것이 귀라면, 반대편 짝과 상관없이 제각각 빙그르르 회전했다.

"당신도 여기 같이 온 건 아니겠죠. 제발 아니라고 해줘요." 네더튼이 말했다.

"저도 같이 왔습니다. 속이 울렁거리지는 않으십니까?"

"짜증이 너무 심하게 나서 구역질은 나는지 안 나는지도 모르겠어요." 네더튼은 말을 하는 동시에 그 말이 진실인 것을 깨달았다.

"따라오십시오." 뒤이어 그 물체는 네더튼 곁을 떠나 빛의 근원을 향해 재빨리 기어갔다. 머리는 혹시 천장일지도 모르는 것에 부딪히지 않으려고 낮게 수그린 채였다. 혼자 남을까 봐 겁이 난 네더튼은 그것의 뒤를 따라 기어갔다. 엄지발가락이 두 개씩 달린 앞발이 언뜻언뜻 보일 때마다 살짝 숨이 막히는 느낌이 들었다.

정체를 알 수 없는 천장 같은 곳의 아래에서 벗어나자 로비어의 페리퍼럴이 짧은 뒷다리를 딛고 일어섰다. "읕어서십시오."

네더튼은 어느새 일어서 있었다. 어떻게 그렇게 했는지 스스로도 알 길이 없었다. 뒤를 흘깃 돌아보니 자신들은 우묵하게 파인 벽의 벤치 아래에서 방금 막 기어 나온 모양이었다. 온 사방이 뿌연 반투명 회색이었다. 앞쪽에 보이는 빛은 짐작건대 달빛 같았고, 까마득하게 겹겹이 쌓인 징그럽게 생긴 구조물들을 통과해 비쳐 들고 있었다.

"우리 곰들은 이미 이 섬의 어셈블러 무리에게 침식당하는 중입니다." 로비어가 말했다. "그것들은 여기서 만들어진 게 아니면 뭐든 다 먹어치우거든요. 떠다니는 폴리머 조각부터 더 복잡한 외부 물체들까지, 모조리요. 이미 뜯어 먹히는 상태인 이상, 우리가 여기 머물 수 있는 시간은 그리 길지 않습니다."

"난 여기 잠시도 더 있고 싶지 않은데요."

"당연하죠. 하지만 부디 명심하십시오, 당신이 바로 얼마 전까지 이곳을 돈벌이 수단으로 삼으려는 사업에 종사했다는 걸 말입니다. 당신 스스로는 그 사실이 끔찍하게 싫을지도 모르지만, 그렇다 해도 그건 당신이 살아서 존재하는 것과 마찬가지로 엄연한 현실입니다. 어쩌면 당신보다 더 현실적인지도 모릅니다. 왜냐하면 지금 당장은 아무도 당신을 돈벌이 수단으로 삼으려 하지 않으니까요. 자, 이제 따라오십시오." 뒤이어 코알라처럼 생긴 그 페리퍼럴이 갑자기 깡충

깡충 뛰기 시작했다. 멀리 빛이 보이는 방향으로, 가끔은 네 발을 다 짚고 뛰기도 했다. 네더튼도 뒤따라 뛰다가 생각보다 민첩하게 움직인다는 것을 곧바로 알아차렸다. 로비어는 황량하고 추해 보이는 풍경을 앞장서서 가로질렀다. 어쩌면 바깥이 아니라 실내의 모습인지도 몰랐다. 그들이 데이드라의 음성 사서함 속 홀보다 더 널찍한 밀폐된 건물의 내부에 있는 것처럼 보였기 때문이었다. 좌우 양쪽에 불규칙하게 늘어선 커다란 기둥들이 보였는데 오른쪽 것들이 훨씬 더 가까이에 있었다. 그들이 달려가며 딛는 지면은 울퉁불퉁했고 살짝 출렁거렸다.

"타당한 이유가 있어서 이러는 거면 좋겠군요." 네더튼은 로비어를 나란히 따라잡으며 말했다. 다만 로비어 같은 사람이 이유 따위에 연연하지 않는다는 것은 이미 아는 바였다. 애니 쿠레주를 브라질행 모비에 태우는 일이든, 그를 이 쓰레기 섬으로 데려오는 일이든 간에.

"변덕 때문이겠죠, 십중팔구는." 로비어는 그 말로 네더튼의 생각이 옳다는 것을 확인시켜 줬다. 곰이 힘들게 움직이는데도 로비어나 네더튼은 호흡에 영향을 받지 않고 편하게 말하는 듯 보였다. "어쩌면 여기 와서 이야기를 들려주면 당신이 기억을 더 쉽게 떠올릴지도 모른다는 생각이 들었습니다. 예컨대, 제가 진행 중인 수사는 현재로서는 어떤 절차의 한 시점이 관건인 것처럼 보입니다."

"절차라뇨?"

"그 섬사람들의 두목, 알하비브의 시체 말인데요. 공격이 이루어지는 동안 그 시체가 조금도 손상을 입지 않았다는 것은, 오히려 쓰러진 자리에 가만히 놓여 있었다는 것은 절차상의 관점에서 보면 도무지 말이 되지 않습니다. 무엇보다도 미국의 저궤도 위성 공격 무기 체계의 작동 절차에서는요."

"어째서요?" 네더튼이 물었다. 그는 마치 구명줄을 붙잡듯이 대화를 나눈다는 사실 자체에 매달렸다.

"그 무기 체계가 데이즈라의 안전을 우선시했다면 그가 사후에 어떤 식으로든 해를 끼칠 가능성을 즉시 차단했을 것이기 때문입니다."

"그가 누군데요?"

"알하비브 말입니다. 예컨대 그는 자기 몸에 폭탄을 심었을지도 모릅니다. 그의 체격을 감안하면 매우 강력한 폭탄이었겠죠. 그렇게 생각하면 집속탄이었을 가능성도 있습니다. 위성 무기 체계가 다른 자들에게 사용한 것 말입니다." 절단되어 날아간 손의 윤곽이 네더튼의 머릿속에 떠올랐다. "절차에 따르면 알하비브 역시 완전히 파괴됐어야 합니다. 그런데 그러지 않았죠. 거기에는 분명 전략상의 이유가 있었을 겁니다. 자, 이제 좀 천천히 가십시오." 로비어는 단단한 회색 앞발로 네더튼의 가슴을 톡톡 쳤다. 발톱이 또렷이 느껴졌다. "그들이 근처에 있습니다."

음악 소리. 네더튼 자신과 로비어의 발이 지면에 스치는 소리를 제외하면, 이곳에 도착하고 나서 처음 듣는 현지의 소리였다. 음색은 윈드 워커가 내는 소리와 비슷했지만 음계는 더 낮았고, 더 조화로웠고, 엄숙한 리듬을 띠었다. "저게 뭐죠?" 네더튼은 완전히 멈춰 서서 물었다.

"아마 알하비브를 위한 장송곡일 겁니다." 로비어도 함께 멈춰 섰다. 페리퍼럴의 귀가 빙그르르 돌아가며 주위를 탐색했다. "이쪽입니다." 로비어는 네더튼을 오른편에 있는 가장 가까운 기둥의 굵다란 기단부로 이끈 다음, 다시 그 기둥을 따라 앞으로 나아갔다. 기단부 모퉁이에 이르자 로비어는 모퉁이 너머를 내다보려고 네 발로 엎드려 앞으로 기어갔다. 그 모습이 꼭 아이들 동화책에 나오는 어떤 것처럼, 그러나 어딘가 섬뜩하게 잘못된 것처럼 보였다. "저기 있군요."

네더튼은 오른쪽 앞발로 기둥을 짚고 모퉁이 너머가 보일 때까지 로비어의 낙하 곰 위로 몸을 숙였다. 똑바로 세워진 섬사람들 두목의 시체 주위에 키가 작고 회색을 띤, 예상대로 징그럽게 생긴 형상들이 잔뜩 모여 있었다. 네더튼은 이제 두목의 몸속이 텅 빈 것을 눈치챘다. 그의 시신은 이 섬의 건물들처럼, 하나의 막처럼 얄따란 상태였다. 눈은 없고 입은 헤 벌어져 마치 동굴처럼 속이 휑한 그 시체는 파도에 밀려온 가늘고 기다란 은빛 판자로 받쳐 세워놓은 것처럼 보였다.

"그를 이 섬의 뼈대 자체에 결합시킨 겁니다." 로비어가 말했다. "하지만 내용물은 신화가 아니라 플라스틱이죠. 알하비브의 몸속 세포 하나하나는 극소량의 재생 폴리머로 대체됐으니까요. 아시겠습니까, 그는 탈출했습니다."

"탈출했다고요?"

"런던으로 갔습니다. 미국인들 덕분에 가능한 일이었습니다. 그들이 그의 조작된 시체를 파괴하지 않았으니까요. 다만 우리 하메드 알하비브는 원래부터 탈출 쇼에 소질이 있는 편이었습니다. 그의 집안은 걸프만의 군소 클렙트였습니다. 고향은 두바이고요. 다만 다섯째 아들입니다. 일찍부터 집안의 골칫거리였죠. 그것도 아주 고약한 골칫거리였습니다. 10대 후반의 나이에 사형 집행 영장이 발부돼서 국외로 탈출해야 할 정도로요. 사우디아라비아 정부에서 유독 그를 잡고 싶어 했습니다. 숙모들이야 물론 그가 어디 있는지 알았지만, 저 스스로는 그를 까맣게 잊고 말았습니다. 그리고 사우디 쪽에는 당연히 알리지 않았죠. 우리 쪽에 그럴 만한 이득이 있었다면 또 모르겠습니다만. 그건 그렇고, 그 사람 어머니는 스위스인 문화인류학자입니다. 신원시주의자고요. 제 생각엔 하메드가 섬사람들을 구상할 때도 신원시주의를 토대로 삼았을 것 같습니다."

"그자가 속임수를 써서 죽은 척했단 말인가요?" 들려오는 음악 소리는, 그것도 음악이라고 할 수 있다면 말이지만, 마치 저주파로 이루어진 나사송곳처럼 네더튼의 뇌를 파고드는 듯했다. 그는 숙였던 몸을 펴고 로비어와 기둥으로부터 물러났다. "난 더는 못 견디겠어요."

"더없이 복잡한 속임수였습니다. 저 페리퍼럴이 지닌 DNA의 주인은 비록 지금 당장은 과거 증빙 기록을 상세히 갖췄다고 해도 명백히 가상의 인물이니까요. 그 점을 감안하면, 추측건대 하메드 본인의 DNA는 사우디 정부보다 늘 한발 앞서 움직이기 위해 지금쯤 상당히 가상화됐을 겁니다. 하지만 지금은 당신에게 자비를 베풀기로 하겠습니다, 네더튼 씨. 당신이 얼마나 힘들어하는지 눈에 훤히 보이니까요. 자, 눈을 감으십시오."

네더튼은 그 말대로 했다.

67
검고 예쁜 것

변호사들은 다이애미주의 클라인 크루스 버밋Klein Cruz Vermette이라는 법무 법인 소속이었다. 헤프티 마트의 스낵바로 찾아온 그들 세 사람 가운데 한 명의 이름이 다름 아닌 브렌트 버밋이었지만, 그는 회사 이름에 자기 성을 넣은 장본인은 아니었다. 그 사람의 아들이었고, 아직 회사의 정식 공동 대표는 아니었다.

스낵바에서 계약서에 서명하자는 아이디어를 낸 사람은 메이컨이었다. 그곳이 아니면 포어커 패브나 그 옆의 빈 점포에서, 아니면 토미의 순찰차 안에서 서류를 펼쳤을지도 몰랐다. 변호사들이 클랜튼에서 빌린 헬리콥터를 타고 와 착륙한 미식축구 경기장으로 차를 몰고 마중 나간 사람이 다름 아닌 토미였다. 마이애미에서 클랜튼까지 법인이 소유한 전용 제트기를 타고 온 그들은 태도가 서글서글했다. 플린이 보기에는 지나치게 서글서글해서, 분명 콜디론으로부터 터무니없이 많은 돈을 받을 듯싶었다. 그들로서는 플린과 버튼과 메이컨이 상가를 매입하려는 회사처럼 위장한 지금 이 상황이 당연히 수상

찍어 보였을 텐데도 겉으로는 티를 내지 않았기 때문이었다. 그 서글 서글한 태도 덕분에 일은 더 쉽게 풀렸다. 브렌트는 피부 선탠에 코벨 피켓보다 더 많은 돈을 들인 것처럼 보이는 사람이었지만, 다른 변호사 둘이 헤프티 카페라테를 마신 반면에 그는 혼자서 돼지고기 너빈한 접시를 다 해치웠다.

플린은 토미가 변호사들을 주차장에서 마트까지 안내하는 모습만 봤을 뿐, 그와 얘기할 기회는 잡지 못했다. 이제 운전 및 경호가 그의 임무 가운데 하나가 됐거나, 아니면 잭먼과 피켓의 거래에 새로운 조건으로 포함된 모양이었다. 그는 차로 돌아가는 길에 플린을 보며 고갯짓으로 인사했다. 플린은 그런 그를 보며 빙긋 웃었다.

토미가 변호사들을 차에 태워 약속 장소인 헤프티 마트까지 태워다 주면 남들 눈에 너무 잘 띨까 봐 불안할 만도 했지만, 이제 플린은 오히려 토미와 이 동네 주민들의 관계가 원래부터 수상쩍었을 거라는 의심이 들었다. 잭먼과 피켓의 거래는 이미 공공연한 사실이었고, 비록 직접 발을 담그지는 않았더라도 마약 제조와 연관돼 돈을 버는 이들 역시 상상하기도 싫을 만큼 많을 듯싶었다. 따라서 토미가 정장 차림인 사람들을 헤프티 마트까지 태워다 준 다음 주차장의 차 안에 앉아 마트 안에서 벌어지는 회의를 지켜보는 모습이 눈에 띈다 해도, 사람들은 그냥 무시할지도 몰랐다. 아니면 다가가서 인사를 하고 토미가 커피 존스 커피 머신에서 뽑아주는 음료를 받아 들지도 모르지만, 그 경우에도 그에게 여기서 뭘 하고 있느냐고 물을 것 같지는 않았다.

버튼이 토미와 함께 변호사들을 헬리콥터까지 배웅하러 가는 바람에 이제 이곳에는 플린과 메이컨뿐이었다. 플린은 자기가 먹으려고 치킨 너빈 반 접시를 주문했다. 인정하고 싶지는 않아도 가끔 당길 때가 있는 음식이었다.

"우리가 다 같이 머리를 두 개씩 달고 나타났어도 그 사람들은 아무 말도 안 했을걸." 메이컨이 말했다. 그는 눈에 비즈를 착용한 상태였고, 플린은 그가 한쪽 눈을 문자 그대로 뉴스와 시장 정보에 고정해 뒀다고 생각했다.

"그래도 친절한 사람들이었잖아."

"적으로 돌렸다간 큰일 날 사람들이지."

"그러니까 네가 최고 기술 책임자다, 이거지?" 플린이 물었다.

"바로 그거지."

"셰일린은 이사회에서 빠진 거야? 버튼이 그러자고 해서?"

"버튼이 그러자고 했을 것 같진 않아. 내 생각에 저 위쪽 사람들은 자기네가 얻는 이득의 관점에서 이쪽에 반드시 필요한 사람이 누군지 추리는 중인 것 같아. 플린 너는 없으면 안 되고, 버튼도 그렇고, 나야 물론이고, 코너도 그래."

"코너가?"

"이사회에는 안 들어가 있지만, 코너도 필수 인원 같아."

"어딜 봐서?"

"코너도 이미 이걸 한 거 삼켰거든." 메이컨은 새로 산 파란색 셔츠의 가슴 주머니에서 조그마한 플라스틱 상자를 꺼내어 자신과 플린 사이의 테이블에 올려놨다. 상자는 투명하고 납작한 정사각형이었다. 상자 속의 하얀 스티로폼은 가운데가 가늘게 갈라졌고 그 홈에 반들거리는 검은 알약 한 개가 끼워져 있었다. "물하고 같이 먹는 게 좋을 거야."

"이게 뭐야?" 플린은 메이컨을 보며 물었다.

"추적 장치. 알약이 통째로 장치인 건 아니야. 장치에 젤을 입혀서 둘러싼 건데 잃어버리는 일도 없고, 삼키기도 쉬워. 장치 자체는 너무 작아서 눈에 잘 보이지도 않거든. 애시가 알려준 대로 벨기에에 주문해서 받은 물건이야. 위장 점막에 붙어서 반년 동안 작동하고, 그다음엔 저절로 분해돼서 대자연으로 돌아가. 이걸 만든 회사는 저고도 위성 여러 개를 자체 보유하고 있어. 추가로 계속 쏴 올려야 하는 위성인데, 그 회사는 그걸 약점으로 감추지 않고 오히려 장점으로 내세웠어. 그렇게 하면 자기네 하드웨어에 내장된 암호를 계속 바꿀 수 있으니까."

"이건 내 위치를 계속 추적하려고 먹이는 거야?"

"어디에 있든 사실상 다 파악할 수 있어. 누가 널 패러데이Faraday 상자에 가두거나, 깊은 광산에 처넣거나 하지 않는 이상은. 신호가 배저보다 조금 더 잘 터진다는 뜻이지." 메이컨이 빙긋 웃었다. "혹시라도 네가 휴대폰을 잃어버리는 일이 생길지도 모르니까. 물 갖다줄까?"

플린은 상자를 열고 흔들어 알약을 꺼냈다. 여느 알약과 다른 구석은 전혀 없어 보였다. 묵직한 광택이 도는 검은 표면에 스낵바의 조명이 조그맣게 되비쳤다. "안 갖다줘도 돼." 플린은 알약을 혀 위에 올려놓은 다음, 바튼이 테이블 위에 두고 간 조그만 컵의 블랙커피를 반쯤 입에 머금고 꿀꺽 삼켰다. "이제 벨기에에 있는 누군가가 내가 있는 곳이 어딘지 나한테도 가르쳐 줄 수 있으면 좋을 텐데. 몸이 아니라 다른 게 이동했을 때."

"너 혹시 '부수적 피해'가 무슨 뜻인지 알아?"

"누가 무슨 일을 저지르려고 하는데 우연히 그 근처에 있다가 다치는 거 말이야?"

"아무래도 지금 우리가 그렇게 된 것 같아." 메이컨이 말했다. "우리가 누구고 또 어떤 사람인지는 지금 일어나는 일들하고 아무 상관도 없어. 처음에는 그냥 우연이었거나, 아니면 우연에서 시작된 일들이었으니까. 그런데 지금은 기초적인 물리법칙을 마음대로 주무르다시피 하는 사람들하고 같은 편이 된 거야. 그 정도는 아닐지 몰라도 어쨌든 금융은 마음대로 주무르는 사람들이지. 자기네가 하는 일이 뭐든 간에, 어떤 이유에서 그 일을 하든 간에 말이야. 그러니까 우린 잘하면 부자가 될 수도 있고 잘못하면 죽을 수도 있지만, 어떻게 되든 간에 결국은 그냥 부수적 피해야."

"네 말이 맞는 것 같아. 그럼 우리가 뭘 어떻게 해야 할까?"

"다치지 않게 조심해야지. 그거 말곤, 일어나는 일은 그냥 일어나게 놔둬야지. 어차피 우리 힘으론 막지도 못하니까. 게다가 재미있기도 하고. 네가 그걸 삼켜서 다행이야. 혹시 사라져도 추적 장치가 어디 있는지 가르쳐 줄 테니까."

"하지만 내가 원해서 사라진 거면?"

"저 위쪽 사람들이 널 죽이려고 들진 않을 거 아냐, 안 그래?" 메이컨은 비즈를 벗고 플린의 눈을 똑바로 봤다. "넌 그 사람들을 만나 봤으니까 알 거 아냐. 너 때문에 굉장히 곤란한 상황에 빠지거나 엄청나게 많은 돈을 날리거나 하면, 그 사람들이 널 죽일 것 같아?"

"아니. 정확한 이유는 나도 모르지만, 아니야. 그래도 그 사람들이 조금만 허튼짓을 해도 세상이 엉망진창이 된다는 사실은 변하지 않아. 그렇지?"

메이컨은 가늘고 뻣뻣한 가닥들이 얽히고설킨 은빛 비즈를 손끝으로 감쌌다. 플린이 내려다보니 메이컨의 손 안에서 프로젝터 불빛이 움직이고 있었다. 플린은 고개를 들어 메이컨을 봤다.

메이컨은 고개를 끄덕였다.

68
항체

 쓰레기 섬의 회색빛에 본능적인 두려움을 느끼고 눈을 질끈 감은 네더튼은 달콤한 향기를 느꼈다. 따스하면서도 비릿한 금속성이 희미하게 느껴지는 냄새였다.
 "죄송합니다, 네더튼 씨." 가까이서 로비어가 말했다. "당신에게 매우 불쾌한 경험이었을 것 같군요. 불필요했던 건 굳이 말할 필요도 없고요."
 "거기서 벗어난 게 확실해지기 전까진 난 눈을 감고 있을 거예요." 네더튼은 오른쪽 눈을 아주 조금 떴다. 로비어는 그의 맞은편에 앉아 있었다.
 "우리는 랜드 요트의 다락루에 있습니다. 페리퍼럴을 통하지 않고 실제로요."
 두 눈을 다 뜬 네더튼은 로비어가 향초를 켜놓은 것을 알아차렸다. "아까부터 여기 있었어요?"
 "애시의 천막 안에 있었습니다. 만약 당신이 더 일찍 나타났다면 당신은 우리가 갈 곳이 어디인지 물었을 겁니다. 그리고 거절했겠죠. 아마도."

"혐오스러운 곳이니까요." 쓰레기 섬을 가리키며 한 말이었지만, 애시의 천막 역시 조금도 다르지 않았다. 네더튼이 몸을 일으켜 앉자 머리를 받쳐주던 쿠션이 저절로 아래로 내려갔다.

"애시는 당신이 보수주의자일 거라고 생각하더군요." 로비어가 말했다. 손가락을 펴 향초를 감싼 모습이 꼭 촛불의 온기를 느끼려는 사람 같았다.

"그래요?"

"아니면 아마도 낭만주의자일 거라고 생각합니다. 애시가 보기에 당신이 현재를 혐오하는 까닭은 영광스러웠던 지난날보다 지금이 더 타락했다고 보기 때문입니다. 이전의 어떤 질서 속에서, 또는 질서가 부재했던 상태 속에서 지금보다 더 진정한 존재로 살 수 있다고 본다는 거죠."

신경 차단기가 네더튼의 이마 위로 미끄러져 눈을 가렸다. 그는 장치를 벗어 두 동강으로 부러뜨리고 싶은 충동을 꾹 참고 옆에 가만히 내려놨다. "애시야말로 집단 멸종을 슬퍼하는 사람이에요. 난 그냥 전에는 세상이 대체로 덜 따분했을 거라고 상상할 뿐이고요."

"당신이 현재보다 더 나았을 거라고 상상만 하는 그 세계를, 저는 몸소 기억합니다." 로비어가 말했다. "시대란 편리한 개념이죠. 해당 시기를 한 번도 경험하지 못한 사람에게는 더더욱 그렇고요. 우리는 파악할 방법이 없는 전체를 깎아 내서 역사로 만듭니다. 그렇게 만들어진 결과물에는 경찰을 단단히 박아 달죠. 손잡이를요. 그러고는 마치 그 자체가 세상이었던 것처럼, 손잡이에 관해 이야기합니다."

"뭐가 어떻게 달라질 수 있었을지는 나도 몰라요. 난 그냥 지금 세상이 마음에 안 드는 것뿐이니까요. 보아하니 애시도 그런 것 같던데요."

"그건 저도 압니다. 당신의 신상 자료에 적혀 있거든요."

"뭐라고 적혀 있는데요?"

"당신이 만성적인 불평분자이지만, 목적의식이 매우 부족하다고요. 그렇지 않았다면 저와 당신은 더 일찍 만났을 겁니다." 남보라색 눈동자가 한순간 예리하게 번득였다.

"그런데 정확히 뭘 근거로 알하비브가 여기 런던에 있을 거라고 생각하시나요?" 너더튼이 물었다. 주제를 바꾸는 것도 좋겠다는 생각이 퍼뜩 들어서였다.

"당신이 피드로 지켜보는 동안 데이드라가 엄지손톱으로 찔렀던 건 페리퍼럴이었습니다. 알하비브는 페리퍼럴을 이용해 그 섬에 몇 년이나 머물렀습니다. 다만 당신과 레이니 씨가 목격한 페리퍼럴은 아니죠. 당신들 피드 속에서 살해당한 그 페리퍼럴은 아주 비싼 맞춤형입니다. 그 섬에는 고작 며칠 있었을 뿐이고요. 전체 게놈을 복제하고, 내부 장기도 빠짐없이 갖추고, 지문까지 만들었습니다. 법적 사망을 정식으로 인정받으려고 법의학자의 서명만 기다리는 중이죠. 그러니까 자그마치 그 섬의 역사를 대변하는 자가 바로 가상의 인물이었던 겁니다. 알하비브가 이전에 쓰던 페리퍼럴은 십중팔구 중량이 더해진 채로 바닷속에 버려져 어셈블러에 의해 분해됐을 겁니다. 알하비브의 측근 가운데 누구도 그러한 사정이나 그의 진짜 정체를 미리 귀띔받지 못했을 텐데, 이제는 편리하게도 미국인들 덕분에 그들 모두 죽은 목숨이죠. 하지만 우리는 생존자들이 있는 걸 보지 않았나요? 알하비브를 그 섬의 뼈대에 박아 넣고 단단히 굳히려던 자들 말입니다. 그가 거짓으로 자처하던 것을 기념하려고요."

"알하비브는 실제로는 그 섬에 간 적이 없나요?"

"처음에는 분명히 현지에 있었습니다. 맨 처음, 바다 위의 쓰레기 더미가 작은 함대처럼 모여 있었던 시절에는요. 아마 식인 행위도 목적이었을 겁니다. 멀쩡한 구석이라곤 하나도 없었으니까요, 하메드는. 가장하는 솜씨는 훌륭했습니다만."

"뭐로 가장했는데요?" 네더튼이 물었다.

"예언자였죠. 주술사였고. 그 스스로가 비상한 동기를 지닌 인물이었고, 그렇다 보니 동기 부여 능력도 비상하게 뛰어났습니다. 섬사람들이 먹는 약도 함께 먹었는데 실은 애초에 본인이 공급한 약이었죠. 물론 실제로 복용하지는 않고 먹는 시늉만 했습니다. 네더튼 씨도 혹시 따분한 게 싫어서 세상에 반발하고 싶은 거라면 인위적으로 만든 공동체에 한번 들어가 보길 추천합니다. 특히 카리스마적인 지도자가 있는 곳으로요."

"그런 일을 하는 동안 알하비브가 런던에 있었다고 보세요?"

"아니요, 여기가 아닙니다. 제네바에 있었습니다."

"제네바요?"

"섬을 현금화할 최적의 기회를 엿볼 장소로는 그만한 곳이 없으니까요. 물론 어머니가 스위스인이기도 하고요."

"음경이 두 개에 머리는 개구리인 몰골로 말인가요?"

"그런 건 다 간단히 원래대로 되돌릴 수 있습니다." 로비어는 촛불을 손가락으로 집어 껐다. "다만 제네바에 계속 머무르지 않은 건 그의 실책이었습니다. 런던으로 온 것이 실수였죠. 그것도 미숙한 실수."

"어째서요?"

"다시금 저의 관심을 끌었기 때문입니다." 로비어가 말했다. 그 순간 로비어의 표정을 본 네더튼은 또다시 화제를 바꾸고 싶은 마음이 간절했다.

"기왕 호기심을 자극받은 김에 물어보는 건데요." 네더튼이 말했다. "레프한테 무슨 제안을 한 거죠?"

"취미 생활을 도와주겠다고 했습니다."

"지금 나한테 거짓말을 하려는 건 아니겠죠, 설마?"

"충분히 급박한 사정이 있다면, 저는 그렇게 할 겁니다."

"그러니까 레프가 그루터기를 관리하는 걸 도와주겠다고요?"

"어쨌거나 저는 그 세계의 역사를 대략적으로 알고 있습니다. 이곳에서는 일반적으로 구할 수 없는 정보가 저에게는 있거든요. 그 정보는 저쪽에서도 구할 수 없습니다. 아니, 저쪽이 아니라 '당시'라고 해야 할까요. 그러니까 말하자면, 저는 특정한 시체가 묻혀 있는 장소를 압니다. 정책의 표면적 명분과 상반되는 실체적 본질 같은 것은 정부와 비정부 기구를 막론하고 훤히 알고 있고요. 그런 정보 가운데 알맞은 조각들을 필요할 때마다 공급받는다면, 애시와 오시안의 능력은 가공할 정도로 커집니다. 그걸 알고서 제가 지금의 상황에 얼마나 몰두하게 됐는지 저 스스로도 놀랄 지경이랍니다."

"플린하고 플린 오빠를 죽이려는 계획에 또 누가 가담한 거죠? 혹시 알아요?"

"모릅니다. 짚이는 용의자가 있기는 합니다만." 로비어는 재킷 속 주머니에서 빳빳한 흰색 손수건을 꺼내어 엄지와 검지를 닦았다. "이 알하비브 건의 본질은 그 가식적인 이국정서만큼이나 매우 따분합니다, 네더튼 씨. 그 점에 관해서는 우리 모두 의견이 일치합니다. 부동산, 재활용 플라스틱, 돈이 걸린 일이죠. 레프의 그루터기에 접속할 권한을 얻은 자들이 누구든 간에, 아마 이번 알하비브 건에도 한 다리 걸치고 있을 겁니다. 물론 더 흥미로운 질문은 그자들이 무슨 수로 접속을 허락받았는가 하는 것이죠."

"그런가요?"

"그렇습니다. 이 모든 일을 가능케 한 그 수수께끼의 서버가 여전히 수수께끼로 남아 있으니까요."

"당신이 실제로 하는 일이 뭔지 물어봐도 되나요?"

"네더튼 씨는 고용주가 누구인지 모른 채로 일하는 것에서 긍지를 느끼죠. 그 점에서는 꽤 구식입니다. 그렇게 보면 아마도 저는 스스로 무슨 일을 하는지 모르는 채로 일하는 것에서 긍지를 느끼는 듯합니다."

"정말로요?"

"자기 일에 충분히 전향적인 사람이라면 그렇게 되게 마련입니다. 공무 경력의 초창기에 저는 정보 요원이었습니다. 어떻게 보면 지금도 그렇습니다만, 이제 저는 제가 보기에 적합한 사안에 대해서는 스스로 수사를 실행할 권한이 있습니다. 제가 보기에 국가 안보와 관련된 사안에 대해서는요. 한편으로 저는 법을 집행하는 공무원이기도 합니다. 우리 조국처럼 노골적인 약탈적 정치 체제에서 그것이 어떤 직책을 의미하든 간에 말입니다. 저는 가끔 제가 항체와 비슷하다고 느끼곤 합니다, 네더튼 씨. 제 경우에는 질병을 보호하는 항체죠."

뒤이어 로비어는 평소와 달리 힘없는 미소를 지었고, 네더튼은 레이니가 대여한 피츠데이비드 우 모델 페리퍼럴과 함께 달아나는 동안 차 안에서 자신은 예전에 기억이 소거된 적이 있다고 했던 로비어의 말이 떠올랐다. 네더튼은 로비어에게 소거되지 않은 기억이 더 많을 거라는 생각이 들었다. 방금 전에 그 기억의 무게가 분명히 느껴졌기 때문이었다.

69
듣기에 안 좋은 말

리스가 손전등처럼 생긴 물건으로 목에 전기 충격을 가했을 때, 플린은 버튼의 테이블 위에 반듯하게 놓인 것이 하나도 없다는 사실을 막 알아차린 참이었다. 고통이 엄습했다. 다음 순간 플린은 생각의 흐름이 끊어졌고, 정신을 잃었다.

앞서 플린은 메이컨과 대화를 나누고 나서 자전거를 타고 집으로 돌아왔다. 느긋하게 나아가며, 죽은 남자들의 차가 빠진 배수로에 눈길을 주지 않으려고 주의했다. 감시 드론이 어디 있는지 찾아볼 생각도 하지 않았다. 그렇게 아무 일도 없는 것처럼 행동했다.

집에 도착해서 보니 어머니는 잠들어 있었고, 재니스 대신 리소니아가 와 있었다. 리언이 포에버 패브에서 그곳까지 태워다 줬다고 했다. 위층으로 올라간 플린은 자기 방 침대에 벌러덩 누웠다가 뜻하지 않게 까무룩 잠이 들었다. 그러고는 런던에 간 꿈을 꿨다. 하늘에서 본 런던은 모든 거리가 전에 봤던 칩사이드처럼 붐볐지만 말과 수레가 아니라 승용차와 트럭이 돌아다녔다. 사람들도 잔뜩 있었다. 다만 그곳은 런던이 아니라 플린이 사는 고향 마을이었다. 더 거대해지고 더 부유해진, 그래서 템스강처럼 널따란 강을 끼고 있는 마을이었다. 잠에서 깬 플린은 아래층으로 내려갔다. 어머니는 아직 잠들어 있었고 리소니아는 비즈로 뭔가 보는 중이었다. 뒤이어 플린은 버튼이 있는지 보려고 트레일러로 내려갔지만, 너무 긴장이 풀린 나머지 배저를 확인할 생각은 하지 못했다.

"젠장, 리스." 이제 뒤늦게 정신이 든 플린은 플라스틱 밴드로 단단히 묶인 양 손목을 비틀며 항의했다.

운전 중이던 리스는 아무 말도 없이 흘깃 돌아보기만 했고, 그 모습에 플린은 더럭 겁이 났다. 리스가 자신에게 전기 충격을 가하고 플라스틱 밴드로 차 좌석에 묶어뒀기 때문이 아니라, 방금 자신 쪽을 돌아본 리스의 표정이 무시무시하게 겁에 질려 있었기 때문이었다.

플린의 양 손목을 제각각 묶은 플라스틱 밴드 두 개는 다시 하나의 밴드로 엮여 있었고, 그 밴드 세 개 모두를 하나로 엮은 더 기다란 밴드가 좌석 아래에 고정돼 있었다. 플린은 양손을 훑껏 당겨 허벅지에 올려놨지만, 손이 움직이는 범위는 거기까지였다.

리스가 무슨 차를 운전하는지는 몰라도 골판지처럼 허술한 차는 아니었고, 전기차도 아니었다.

"나도 억지로 하는 거야." 리스가 말했다. "살 길이 이것뿐이라."

"누가 시켰는데?"

"피켓이."

"좀 천천히 가."

"쫓아올 게 뻔하잖아."

"피켓이?"

"버튼이."

"미치겠네…." 이 길은 혹시 그레이블리 로드일까? 그런 듯싶다가 이내 아닌 듯싶었다. 플린은 뒤쪽으로 빠르게 사라지는 길가의 덤불을 바라봤다.

"식구들까지 다 죽인다고 협박했어." 리스가 말했다. "정말로 죽였을 거야, 나한테 가족이 있었다면. 하지만 난 외톨이야. 그러니까 나 혼자 죽는 거지."

"왜? 네가 뭘 어쨌는데?"

"난 아무 짓도 안 했어. 널 자기네 쪽으로 데리고 오지 않으면 날 죽이겠다더군. 피켓은 국토안보부에 연줄이 있어. 그 패거리는 누구든 다 찾아낼 수 있는데 말이지. 그러니까 그놈들이 날 찾아낼 거고, 누군가 찾아와서 날 죽일 거야."

"우리한테 얘기하지 그랬어."

"그래, 그랬으면 그놈들이 와서 날 죽였겠지. 어차피 죽일 거야, 지금 당장 널 데려가지 않으면."

플린은 운전석의 리스를 건너다봤다. 턱 관절의 근육이 외따로 꿈틀거렸다. 무슨 장치 같은 것에 연결해 놓으면 그 근육이 리스의 인생 이야기를 암호로 바꿔 전송할 것처럼 보였다. 리스 스스로는 단 한 부분도 들려주지 못할, 어쩌면 아예 있었는지조차 모를 이야기를.

"나도 이러고 싶지 않았어." 리스가 말했다. "그놈들의 협박을 믿든 안 믿든, 애초에 선택하고 자시고 할 것도 없었어. 원래부터 그런 놈들이고, 원래부터 그놈들이 하던 짓이니까."

플린은 청바지의 양쪽 앞주머니를 더듬더듬 만져봤다. 휴대전화는 바지 주머니에도, 손목에도, 엉덩이 밑에도 없었다. "내 전화 어딨어?"

"그놈들이 준 구리 망 자루 안에."

플린은 차창 밖을 내다봤다. 그러다가 조수석 수납함 덮개의 크롬 도금 글자로 눈을 돌렸다. "지금 모는 이 차는 차종이 뭐야?"

"지프 빈디케이터."

"마음에 들어?"

"너 지금 제정신이야?"

"대화를 시작하기 쉬울 것 같아서 물어봤어." 플린이 말했다.

"골판지 차는 아니야. 미제 차니까."

"생산은 거의 다 멕시코에서 하지 않아?"

"너 이제 내 차까지 씹을 작정이야?"

"네가 지금 나를 태워서 납치하는 중인 그 차 말이지?"

"그런 식으로 말하지 마!"

"왜 안 되는데?"

"듣기에 안 좋잖아." 리스의 목소리는 악 문 이 사이로 새어 나왔고, 플린은 그가 울음을 터뜨리기 직전이라는 것을 알았다.

70
공작원

주방에 감도는 먹음직스러운 냄새는 레프가 만드는 블리니※에서 풍겨 나왔다. "로비어는 네가 그루터기를 관리하기 쉽게 도와줄 거래. 나한테 그렇게 얘기했어." 네더튼이 말했다. 정원에는 비가 내렸다. 조화처럼 보이는 옥잠화 이파리 위에 빗방울이 맺혔다. 태즈메이니아 늑대는 비를 싫어할까? 고든도 타이에나도 눈에 띄지 않았다.

동그란 칸이 여러 개 있는 철제 프라이팬을 내려다보던 레프가 고개를 들며 말했다. "네가 이해할 거라고 기대하진 않아."

"내가 뭘 이해 못 한다는 건데?"

"연속체의 매력. 아니면 로비어와 협력하는 일의 장점이라든가. 그 여잔 이미 우리를 백악관에까지 연결해 줬어."

"그렇다면 당시의, 뭐였더라, 제1기 곤살레스 행정부 말이야?"

"직접 접촉한 건 아니야. 아직은. 하지만 얼마 안 남았어. 그루터기에 이 정도로 알차게 파고든 사람은 내가 아는 한 아무도 없었어.

※ 러시아식 팬케이크.

로비어는 어디가 몸통이고 어디가 팔다리인지 다 꿰고 있어. 그것들이 움직이는 방식까지도."

"첫 만남 이후에 로비어가 너한테 제안한 게 그거야?"

"상호적인 거야." 레프는 프라이팬을 불판에서 조리대로 옮기며 말했다. "로비어는 나를 도와주고, 우리는 버튼과 그 여동생을 지켜주고, 넌 로비어가 아엘리타 건을, 아니면 데이드라 건이든 뭐든, 해결하게 도와주는 거지." 레프는 주걱을 이용해 옆에 미리 놔둔 접시 두 개에 블리니를 옮기기 시작했다. "연어, 아니면 캐비아?"

"캐비아는 진짜야?"

"철갑상어에서 나온 캐비아가 먹고 싶으면 우리 할아버지를 찾아가야 되는데."

"먹고 싶진 않아, 사실."

"난 먹어본 적 있어." 레프가 말했다. "어떻게 다른지 모르겠던데. 이것도 맛은 전혀 뒤지지 않아."

"그래, 그걸로 부탁할게."

레프는 블리니 두 장에 똑같이 사워크림과 캐비아를 단정하게 얹었다.

"오시안이 벤틀리를 받아서 들여놓는 걸 봤어." 네더튼이 말했다. "차가 자율 주행으로 리치먼드 힐에서 여기까지 왔더군. 은회색 스팀다리미처럼 생겼는데 창문도 없고, 바퀴는 여섯 개였어. 끔찍하더라. 애시의 천막 옆에 주차해 놨어. 그 차는 용도가 뭐야?"

"귀빈 이동용 차량이야." 레프가 대답했다. "잭팟 초창기에 제작

됐지. 오시안이 분해할 게 좀 있어서, 그 차 안에서 작업을 할 거야. 어쩌면 어셈블러를 방출할지도 몰라."

"유아차에 있는 거?"

블리니를 내려다보던 레프가 고개를 들었다. "그 얘기는 누구한테 들었어?"

"현관에서 너희 형의 페리퍼럴을 기다리는 동안 오시안이 손으로 가리키면서 알려줬어. 분해할 거란 말은 안 했고. 그런데 나중에 보니까 오시안이 그 유아차를 밀면서 차고를 질러가더군. 로비어는 나더러 유아차에 내장된 무기를 갖고 싶다고 했고."

"네가 그걸 처음 봤을 땐 오시안도 분해 계획에 관해선 아직 모르는 상태였어. 로비어는 네가 그 클럽에서 돌아온 후에 나한테 무기를 달라고 했을 뿐이야. 돌아온 직후에 그랬지. 뭐, 콕 집어서 저걸 달라고는 안 했어. 혹시 나한테 무기가 있냐고 물었지. 난 무기를 곁에 두지 않는데. 그러다가 기억이 난 거야."

"유아차의 어셈블러가?"

"단기 활성형이야." 레프가 대답했다. "금세 저절로 분해돼 버려. 혹시 분해 도중에 사고가 일어나도 바깥으로 새지 않게 벤틀리의 차체가 밀폐해 줄 거야."

"도미니카는 그 유아차를 싫어한다고 오시안이 그러던데."

"그게 싫기는 나도 마찬가지야. 할아버지야 좋은 뜻에서 사줬다지만, 워낙에 세대가 다르다 보니까. 넌 러시아 연방에 가본 적이 없겠지?"

"없어." 네더튼이 대답했다.

"나도 직접 가는 건 어떻게든 피하면서 살아왔어."

"도미니카는 여기서 태어났어?"

"말 그대로 토박이야. 노팅 힐에서 태어났으니까."

레프는 어딘가 근본적인 측면에서 원래부터 결혼이 잘 어울리는 것처럼 보이는 사람이었다. 네더튼은 그런 상태가 어떤 것인지 상상조차 가지 않았다. 세상은 그러한 상태가 모여 이루어진 곳으로 차츰 변해가는 듯했다. "로비어는 왜 유아차의 무기를 원하는 걸까?" 네더튼은 레프가 건네는 따뜻한 접시를 받아 들며 물었다.

"이유는 말 안 했어. 로비어가 애시하고 오시안한테 해주는 조언이 얼마나 날카로운지 생각해 보면, 난 그 여자에 관해선 지레짐작하고 싶지 않아. 영 께름칙해."

"네 그루터기에 또 누가 있는지는 전혀 몰라?"

"몰라. 하지만 상대편 분석가들도 애시의 부하들만큼이나 솜씨가 훌륭해." 이제 둘은 소나무 테이블 앞에 앉아 있었고, 레프는 자기 접시의 블리니를 포크로 막 찍으려던 참이었다. 그러던 레프가 인상을 찌푸렸다. "여보세요?" 레프가 말했다. "언제? 저쪽 친구들은 누구 짓인지 알아?" 레프의 눈길이 네더튼을 향했다. 아니, 그 너머의 뒤쪽을 바라봤다. "그럼 나중에 알려줘." 그 말을 하고 나서 레프는 포크를 내려놨다.

"무슨 일이야?"

"플린의 전화기 인장이 사라졌어. 자기 집에서 약 3킬로미터 떨어진 지점에서."

"어디 있는지 모르는 거야?"

"알아." 레프가 대답했다. "플린은 배 속에 추적기를 넣어놨거든. 만약 미리 설정한 경계 바깥으로 나가면 위치 추적 서비스가 우리 쪽에 경보를 보내는데, 그 경보가 방금 들어왔어. 플린의 추적기와 전화기, 둘 다 차에 실려 평소에 자주 가던 가장 가까운 마을로 이동했어. 그런 다음 둘 다 북쪽으로 방향을 틀었다더군. 그러는 사이에 전화기는 사라졌고. 플린이 꺼버렸거나 누가 신호를 차단했거나 했을 텐데, 플린은 절대 전화를 끄는 법이 없지. 그러고 나서 곧바로 플린은 경계를 벗어났어. 차는 그때 이후로 쭉 비포장 길을 제한 속도 이상으로 질주하는 중이고."

"플린이 지금 타고 있는 거야? 그 차에?"

"그래, 그런데 지금 그 차가 카운티를 주름잡고 있는 합성 마약 제조업자의 본거지로 접근하는 중이야."

"플린이 납치당했단 말이야?" 네더튼이 물었다.

"애시 말로는 로비어가 져야 할 부담이라더군."

"넌 어쩔 작정인데?"

"로비어는 그루터기에 자기 공작원이 있어. 어쩌면 여럿인지도 몰라." 레프가 말했다. "애시는 그자들도 이 건에 대응하는 중이라고 했어. 플린의 오빠하고 메이컨은 물론이고."

"그 공작원이란 게 도대체 누구야?"

"로비어가 밝히려고 하질 않아. 애시하고 오시안은 그게 불만이래. 누군지 몰라도 내 생각엔 곤살레스 대통령 쪽에 연이 닿는 사람 같아. 로비어가 딱히 언급한 적이 있는 건 아니지만." 레프는 그제야 포크를 들었다. "따뜻할 때 먹어. 다 먹으면 애시를 만나러 내려갈 거니까."

71
졸부 취향 저택

피켓의 집은 시야에 들어오는 부분만 놓고 보면 상상했던 모습과 완전히 딴판이었다.

리스는 차를 몰고 좁고 기다란 창문이 나 있는 하얀 경비실 건물 앞을 지나갔지만 차를 돌려 커다란 대문으로 들어가지는 않았다. 누군가 오래된 대지주 저택을 흉내 내려고 3D 프린터로 출력해 세운 듯한 흰색 플라스틱 울타리 앞을 한참 동안 지나간 후에, 앞서보다 조금 덜 중요해 보이는 대문 앞에서 차를 돌려 들어섰다. 이미 열려 있던 그 대문 안쪽에는 위장 무늬 군복에 방탄모를 쓴 남자 둘이 골프 카트 곁에 서서 기다리는 중이었다. 둘 다 소총을 들고 있었다. 리스는 차에서 내려 한쪽과 말을 나눴고, 그러는 동안 다른 쪽은 헤드셋을 이용해 다른 상대와 대화했다. 둘 중 누구도 플린에게 눈길을 주지 않았다.

플린은 몇 킬로미터 앞에서 이미 리스를 설득하려는 마음을 접었다. 말을 걸면 운전만 거칠어질 뿐인데, 아무리 처지가 이렇게 됐다

한들 밤중에 외진 시골 길에서 사고로 죽는다면 그저 개죽음이었다. 그들이 달리는 길에는 오래된 사고 차량의 잔해가 자꾸만 눈에 띄었다. 카운티는 말할 것도 없고 주 정부조차도 손쓸 여력이 부족해 그냥 방치한 탓이었다. 플린은 그런 차에 탔던 사람들도 사고가 났을 당시에 리스 같은 사람에게 말을 하고 있었을지 궁금했다. 그러다 이내 헤프티 마트의 스낵바에서 삼켰던 검은 알약이 생각났고, 그 알약이 과연 제 몫을 다하는 중인지 궁금해졌다. 리스는 그 알약에 관해서는 알지 못했지만 플린의 전화기는 빼앗아서 패러데이 자루에 넣었다.

이윽고 리스가 지프로 돌아와 플린 쪽 문을 열더니, 재킷 주머니에서 펜치를 꺼내어 플린의 손을 좌석 밑에 묶어둔 밴드를 끊은 다음 차에서 내리라고 지시했다.

플린이 차에서 내릴 때 리스는 드라마에서 경찰들이 하는 것처럼 손으로 플린의 머리를 감싸 차 지붕에 부딪히지 않도록 했고, 이 때문에 플린은 그때껏 그와 몸이 닿은 적이 단 한 번도 없다는, 기억하는 한은 악수조차 한 적이 없다는 생각이 떠올랐다. 서로 알고 지내며 얘기를 나눈 지 거의 3년이나 됐는데도.

"나중에 버튼을 보면 내 힘으로는 도저히 어쩔 수 없었다고 해줘." 리스가 말했다.

"어쩔 수 없었단 거 나도 알아." 플린은 그렇게 말했고, 그 말이 사실이어서 가슴이 아팠다. 피켓 같은 사람은 그저 자기 이름만으로도 리스에게 강요할 힘이 있었다. 지금 하고 있는 이런 짓을 하든가, 아니면 자기 부하들이 죽이러 찾아갈 때까지 가만히 앉아서 기다리든 가, 선택하라고.

리스는 지프의 문을 닫고 플린의 휴대전화가 들어 있는 자루를 자신에게 가까운 쪽 남자에게 건네더니, 차 뒤쪽을 돌아 운전석으로 걸어갔다. 그러고는 차에 올라 문을 닫고 도로로 후진한 다음, 그대로 떠나버렸다.

휴대전화가 담긴 패러데이 자루를 든 남자는 플린의 양손을 묶은 플라스틱 밴드에 개 훈련용 목줄로 보이는 끈을 찰칵 소리와 함께 채웠다. 다른 남자는 저절로 닫히는 대문 쪽을 감시하는 중이었다. 뒤이어 그들이 플린을 데려가 태운 골프 카트는 옆면에 **코벨 피켓 테슬라**라고 적혀 있었다. 목줄을 잡은 남자는 플린과 나란히 뒷자리에 앉았고 다른 남자는 앞에 앉아 운전을 맡았으며, 피켓의 집까지 플린을 데려가는 동안 둘 다 입도 뻥긋하지 않았다. 카트가 나아간 뒷길은 평평하게 골라놓지 않은 좁다란 자갈길이었다.

투광 조명등 여러 개가 집 쪽을 비추도록 설치돼 있었다. 대낮처럼 환하게 밝혀진 집은 뒤쪽만 드러났는데도 보기 역할 정도로 흉했다. 집에 통일성을 부여할 목적으로 모조리 하얗게 칠한 듯싶었지만, 결과는 헛수고였다. 그 집은 누군가 공장이나 자동차 대리점 같은 건물을 졸부 취향 저택으로 개조한 다음, 덤으로 고속도로 노변의 프랜차이즈 식당과 풀장 두 개를 붙여놓은 듯한 모양새였다. 자갈길 옆과 길 안쪽으로 더 들어간 곳에는 조그만 창고가 군데군데 서 있고 널따란 방수포에 덮인 기계류도 있어서, 플린은 피켓이 실은 집에서 마약을 제조하는지 궁금해졌다. 그럴 공산은 적었지만, 피켓이 남의 눈을 신경 쓸 필요가 있을 것 같지는 않았다. 그러나 다시 생각해 보면 실제로 사는 집은 따로 있는지도 몰랐다.

골프 카트는 공장처럼 보이는 부분의 하얀 골강판 문을 향해 굴러가다가 멈췄다. 뒤이어 곁에 앉은 남자가 플린의 손을 묶은 목줄을 살짝 잡아당겼고, 신호를 받은 플린은 카트에서 내렸다. 남자는 플린을 감시하면서도 눈길을 맞추지는 않았다. 다른 남자가 허리띠에 달린 뭔가를 건드리자 문이 철커덩 소리를 내며 위로 올라갔다. 둘은 플린을 데리고 빛이 없다시피 한 널따란 공간으로 들어선 다음, 줄줄이 늘어선 하얀 플라스틱 탱크 사이를 지나갔다. 플린의 키보다 더 높다란 탱크들은 모양이 빗물 저장용 수조와 비슷했다.

그들이 도착한 벽은 플린이 보기에 원래 있던 집의 기초 부분 같았다. 거칠게 타설한 콘크리트 벽 표면에 문이 하나 나 있었다. 헤프티 마트에서 파는 평범한 문이었지만 구식 잠금장치가 붙어 있었고, 말굽 모양 울 속의 녹슨 걸쇠가 아래쪽으로 내려져 잠겨 있었다. 마약 거물의 저택이라기보다는 나무 위 오두막집에 더 가까웠지만, 피켓이 굳이 문단속을 조심할 필요는 없을 듯싶었다. 플린은 손이 개 목줄로 묶인 사람이라면 마땅히 그래야 한다고 생각했는지 얌전히 기다렸다. 그사이에 다른 남자 한 명은 걸쇠를 풀어 둔을 열고 지나치게 많은 전등을 한꺼번에 켰다. 애초에 그리 높지 않은 거칠거칠한 콘크리트 천장에서 아래쪽으로 전등 여러 개가 나지막이 드리워져 있었다. 두 남자는 중앙에 있는 테이블로 플린을 데려갔다. 테이블의 기다란 모서리 쪽에 한 개씩 놓인 의자 두 개를 제외하면 그 공간에 다른 가구는 하나도 없었다. 의자는 헤프티 마트의 스낵바에 있는 것과 비슷했다. 테이블 다리는 방바닥에 L자 모양 꺾쇠를 대고 볼트를 박아 고정한 상태였고 스테인리스스틸 상판은 카페테리아 주방의 조리대처럼 심하게 닳은 흔적이 있었다. 플린은 곳곳에 나 있는 파이고 찍힌 자국이 어쩌다가 생겼는지 상상하고 싶지 않았다. 상판 정중앙에 드릴로 구멍을 뚫고 박아놓은 큼직한 나사고리가 보였다. 집 앞 포치에 그네를 달 때 쓰는 물건이었다. 목줄을 잡은 남자는 플린을 데리고 문 쪽을 향하도록 놓인 테이블 뒤편의 의자 곁으로 걸어간 다음 그 의자를 가리켰고, 플린은 가리키는 대로 거기에 앉았다. 뒤이어 남자가 플린의 양 손목을 나사고리 쪽으로 당기더니 리스가 묶은 하얀 플라스틱 밴드를 훨씬 더 튼튼해 보이는 밴드로 다시 묶어 고리에 고정시켰다. 새 플라스틱 밴드는 국토안보부의 공식 색상인 파란색이었다. 남자는 목줄의 고리를 벗긴 다음 동료와 함께 돌아서서 그대로 나가버렸다. 조명은 꺼지지 않았지만 문은 그들이 나가고 나서 닫혔다. 걸쇠를 채우는 소리가 플린의 귀에 들려왔다.

"미치고 환장하겠네." 플린은 그렇게 중얼거리다가 문득 자신의 목소리가 다섯 살배기처럼 앳되게 들린다는 것을, 그리고 아마도 방 안이 녹화되는 중이리라는 것을 깨달았다. 카메라가 있는지 보려고 주위를 두리번거렸지만 아무것도 눈에 띄지 않았다. 다만 보나마나 있을 터였다. 설치 비용도 얼마 되지 않거니와, 갇힌 사람이 무슨 말을 하고 어떻게 행동하는지도 궁금하게 마련이기 때문이었다. 너무 환한 조명은 피부가 몹시도 안 좋아 보이게 만드는 순백색 LED 전등이었다. 일어설 수도 있을 것 같았지만 그러다가 자칫 의자가 넘어질지도 몰랐고, 그랬다가는 앉을 곳도 없어질 판이었다.

문의 걸쇠를 푸는 소리가 들려왔다.

문을 연 사람은 코벨 피켓이었다. 그가 쓴 선글라스는 다리와 렌즈가 연결된 부분이 넓적해서 눈꼬리 쪽을 다 덮었다. 그는 문을 열린 채로 놔두고 테이블 쪽으로 다가왔다. 손목에 찬 시계는 구식 비행기의 계기판에서 빼낸 것처럼 큼지막했지만 금제였고, 시곗줄은 가죽이었다.

"너 말이야." 피켓이 말했다.

"내가 뭐요?"

"혹시 턱이 빠져본 적 있어?"

플린은 피켓을 올려다봤다.

"내가 빼줄 수도 있어." 피켓은 플린의 눈을 똑바로 보며 말했다. "염병할 콜롬비아에 있는 니 패거리 놈들에 관해 더 자세히 털어놓지 않으면 말이야."

플린은 고개를 끄덕였다. 아주 살짝.

"너희 집에서 얘기한 것 말고 또 아는 게 뭐야?"

플린이 막 입을 열려는 찰나에 피켓이 손을 들어 답을 막았다. 커다란 금시계를 찬 쪽 손이었다. 플린은 한순간 얼어붙고 말았다.

"너희 쪽 콜롬비아 놈들." 피켓은 들었던 손을 내리며 말했다. "사기든 아니든, 이번 건에서 주머니가 제일 두둑한 게 꼭 그놈들이라는 법은 없어. 다른 세력일 수도 있지. 내가 이때껏 얘기를 나누다 온 게 바로 그 세력일 수도 있고. 너를 어떻게 처리할까, 하는 얘기였지. 저쪽은 마이애미주의 모든 변호사를 다 고용하고도 끄떡없을 정도로 부자야. 마음 같아선 네 처지가 참 옴짝달싹 못 하게 됐다고 말해주고 싶다만, 그런 말로는 턱없이 모자랄 정도지.”

플린은 피켓이 자신을 때릴 거라 생각하고 마음을 굳게 먹었다.

“지어낸 얘기 같은 건 아예 꺼내지도 마.” 선탠을 한 피켓의 피부는 전등 아래서 플린의 피부보다 더 이상해 보였지만, 색조는 더 고르게 보였다.

“저쪽은 우리한테 얘기해 주는 게 별로 없어요.”

“나하고 연락하는 사람들은 내가 널 없애줬으면 해. 지금 당장. 네가 죽었다는 증거를 그 사람들한테 보여주면, 너로서는 상상도 못 할 큰돈이 내 손에 들어올 거다. 그러니까 넌 겉으로 보이는 것하고는 다르게 그냥 흔해빠진 가난뱅이가 아닌 거지. 네가 그렇게 값나가는 표적이 된 이유가 뭐야?”

“누가 뭣 때문에 나를 노리는 건지, 난 아예 짚이는 구석조차 없어요. 콜디론이 우리하고 손을 잡은 이유가 뭔지도 모르기는 마찬가지고요. 만약 아는 게 있다면 이미 다 말했을걸요.” 그 순간 〈오퍼레이션 노스윈드〉에서 처음 경험했던 느낌, 그 미치광이가 된 듯한 느낌이 다시금 플린의 뇌리를 엄습했다. “당신이 말한 그 사람들, 어디서 왔다고 했죠?”

“그건 안 가르쳐 줬어.” 피켓은 그 대답이 사실이라는 것에 화가 났고, 플린의 질문에 대답한 스스로에게도 화가 났다.

"만약 내가 살아 있을 때보다 죽었을 때 더 값나가는 표적이라면." 머릿속의 미치광이가 말했다. "왜 아직 이렇게 살아 있는 거죠?"

"이미 현금으로 바꾼 수표와 아직 써먹을 기회가 남은 지렛대의 차이 때문이지." 피켓은 플린 쪽으로 몸을 살짝 숙였다. "넌 바보가 아니잖아, 안 그러?"

"월프 네더튼이에요." 플린이 말했다. 머릿속의 미치광이는 올 때와 마찬가지로 느닷없이 사라졌다. "콜디론 쪽 사람 말이에요. 네더튼은 당신 쪽 의뢰인보다 더 많은 돈을 제시할 기회를 잡으려고 할 거예요."

피켓은 어쩌면 웃는 것처럼 보이기도 했다. 그저 양쪽 입꼬리가 아주 살짝 움직일 뿐이었다. "여기서 네 전화기를 사용할 거야." 피켓은 뒷걸음으로 굴러나며 말했다. "그럼 너희 쪽에서 그 전화기가 어디에 있는지, 다시 말해 내가 어디 있는지 정확히 파악하겠지. 그런 다음 네 전화기를 다른 데로 옮기고 몇 시간이 지난 후에, 너랑 내가 같이 전화를 한 통 걸 거야. 네가 말한 그 미스터 콜디론한테. 그때까지 넌 여기 가만히 앉아 있으면 돼."

"부탁이니까 저 조명 좀 어둡게 해주면 안 돼요?"

"안 돼." 피켓이 말했다. 앞서 본 미세한 웃음이 다시 나타났다. 뒤이어 피켓은 돌아서서 방을 나선 다음, 등 뒤의 문을 닫았다.

걸쇠가 내려가는 철커덩 소리가 플린의 귀에 들려왔다.

72
꽤 귀족스러운

투명 은폐 기능이 해제된 유아차를 오시안이 변신시키는 동안 네더튼은 그 광경을 지켜봤다. 빨간색과 크림색으로 칠해진 유아차는 촉촉하게 젖은 박하맛 막대 사탕처럼 반들거리다가, 이내 놀랍게도 인간과 어렴풋이 비슷한 형상으로 변해갔다.

이제 유아차의 뒷바퀴 두 쌍은 차고 바닥에 납작하게 붙어 숫자 8을 닮은 발이 됐고, 거기서 빨간색과 크림색 줄무늬를 두른 다리가 뻗어 올라왔다. 아기가 실제로 앉는 자리를 둘러싼 반들거리는 장갑 차체는 가로 방향으로 납작해지고 위쪽이 넓어져서 건장한 몸통과 비슷한 모양이 됐다. 양팔 끄트머리에 저마다 달린 타이어 바퀴는 불끈 쥔 주먹을 나타냈다. 네더튼이 보기에 유아차의 그러한 형상은 실제로 아이들의 마음을 조금은 사로잡을 듯싶었다. 무장한 티가 또렷이 나지는 않았지만 분명 거만해 보였고, 공격적으로도 보였다.

오시안은 크림색과 빨간색으로 칠해진 조종기를 엄지손가락으로 조작해 유아차를 귀빈 수송용 벤틀리의 열린 문 안으로 유도했다. 유아차는 바퀴 달린 손으로 은회색 차체를 붙잡고 차 안으로 들어섰다. 그런 다음 뒤쪽을 보는 좌석에 앉았고, 오시안이 마지막으로 조종기를 한 번 누르자 그대로 동작을 멈췄다.

앞서 애시는 네더튼에게 플린이 납치된 것으로 보이는 사건은 자신이 레프와 함께 해결할 테니 그동안 오시안과 함께 있으라고 강권했다. 애시와 오시안은 서로 연락을 주고받았지만 네더튼은 오시안 쪽의 말밖에 들을 수 없었고, 그나마도 시시때때로 변하는 그들끼리의 변형 언어였다.

네더튼이 지켜보는 가운데 오시안은 하얀 외골격에 기괴하게 생긴 장갑을 씌웠다. 아니, 장갑보다는 오히려 손에 더 가까웠다. 그 손에 지나치게 많이 달려 있는 손가락들은 검은색인 데다 불안할 정도로 털렁거려서, 마치 너무 커다랗고 몸 구조도 부정확하게 재현한 고무 거미 같았다. 오시안은 두 번째 손을 장착하다가 무슨 문제에 부딪혔고, 이 때문에 외골격은 당분간 놔두기로 하고 그 대신 유아차의 은폐 기능을 해제해 변신시키기로 했다.

"그 둘은 언제 플린 쪽에 도착할까요?" 네더튼이 물었다.

"너도 알다시피." 오시안이 말했다. "그건 나도 몰라." 그는 앞치마 앞쪽에 붙은 널따란 주머니에 조종기를 넣고 몸을 숙여 검은 바지 위에 찬 노란색 무릎 보호대의 위치를 바로잡은 다음, 하얀 외골격 앞의 바닥에 무릎을 꿇었다.

"내가 뭐 좀 도와줄까요?"

"안 보이는 데로 꺼져주는 것도 좋겠지." 오시안은 고개도 들지 않고 말했다.

"버튼은 이미 플린을 구하러 갔나요?"

"아무래도 그런 것 같아."

"내가 보기엔 능력 있는 친구 같던데요." 네더튼이 말했다.

"회까닥해서 폭력을 휘두르는 성향을 빼면 말이지." 오시안은 좀처럼 끼워지지 않는 장갑의 털렁거리는 검은 손가락에 펜처럼 생긴 검은 기구를 찔러 넣었다. 그러자 조그마한 빨간 불빛 하나가 짧게 깜박거렸다.

"그때는 그 친구도 경황이 없었잖아요." 네더튼이 말했다. "그럴 만도 하죠. 당신이 갑자기 자기 쪽으로 쳐들어오니까, 무심코 반응한 거 아니에요."

"너도 경황이 없게 만들어 줄 수도 있어. 주보프가 너를 시켜 네 여자 친구 면전에서 거짓말을 하게 만들 일만 없었다면 말이야. 듣자 하니 그 여자, 주기적으로 자기 피부를 모조리 벗겨 내서 그런 걸 버젓이 전시하는 곳이면 어디든 걸어둔다던데, 진짜야?"

"굳이 원한다면 그렇게 표현할 수도 있겠죠." 네더튼이 말했다.

"변태 아니야?"

"데이드라는 예술가예요. 당신은 이해 못 하겠지만요."

"예술이라니 무슨 개똥 같은 소릴." 오시안은 마치 어떤 유서 깊은 철학의 근본 계율을 언급하듯이 엄숙한 목소리로 그렇게 말한 다음, 펜처럼 생긴 그 기구를 검은 거미 모양 손가락 여러 개에 거듭 찔러 넣었다. 그러자 초록색 불빛이 쉬지 않고 깜박거렸다.

"그 손은 뭐 하러 끼우는 거예요?"

"메이컨의 기술자가 조종해서 쓸 거야. 군용 야전 머니퓰레이터지. 돌 쌓기부터 나노 수술까지 뭐든 다 해. 안에 갇히고 나서 제대로 된 공구도 없으면 안 되잖아."

"안에 갇혀요?"

"저거 말이야." 오시안은 창문도 없는 은색 차를 가리켰다. "유아차하고 이 외골격, 둘 다 저 안에 넣고 밀폐한 다음 감압 처리를 해서 부분 진공 상태로 만들 거야. 뭐가 새어 나오든 저 안에 머물 수밖에 없어. 그런데 밀폐고, 감압 처리고, 실은 다 주보프를 안심시키려는 보여주기식 조치야. 유아차에 내장된 어셈블러는 어차피 표적을 해치우고 나면 저절로 소멸하거든. 애초에 저 차에 있는 어떤 장비로도 어셈블러를 무력화하지는 못해."

네더튼은 외골격을 바라봤다. 오시안은 버튼이 이쪽에 머무는 동안 외골격의 어깨 위쪽에 투명한 돔 모양 원통을 장착했다. 원통 안에서 양다리를 벌리고 서서 꼼짝도 않는 호문쿨루스는 레프와 네더튼을 '밀회의 집'까지 데려다준 그 페리퍼럴이었다. 다만 실제로는 애시가 차를 몰았다는 것을 네더튼은 알고 있었다.

오시안은 바닥을 딛고 일어서서 조종기가 든 앞치마 주머니에 검은 검사 기구를 넣었다. "로비어는 그루터기에 자기 끄나풀을 두고 있어. 넌 그 건에 대해선 아무것도 모르겠지?"

"몰라요." 네더튼은 거짓말을 했다. "누군데요?"

"그걸 알면 너한테 물어보겠어? 누군지는 몰라도 돈을 받고 일하

85

진 않아. 적어도 우리 쪽 돈은 안 받아. 저쪽에서 쓰는 돈은 모조리 애시의 승인을 거치니까. 로비어는 뭐든 다 시키는 대로 하는 끄나풀을 확보했어. 보아하니 어디든 들어가서 뭐든 알아내는 녀석 같아."

"그거야말로 당신이 바라던 인재 같은데요."

"그게 우리 편의 미지수 같은 존재라면 얘기가 달라지지. 그렇게 되면 주도권이 로비어한테 넘어가는 거니까."

"지금으로선 로비어 자체가 미지수예요. 그리고 주도권은 레프하고 로비어가 단둘이서 얘기를 나눈 그때부터 쭉 로비어한테 있었고요."

"레프는 그걸 몰라." 오시안이 말했다. "로비어는 레프가 하는 놀이의 수준을 높여줬어. 지금 레프 눈에는 그것밖에 보이질 않아. 그래도 네가 하는 말은 들을지도 모르지. 넌 꽤 귀족스러운 구석이 있으니까." 오시안은 눈을 깜박이더니 멍한 표정을 지었다. 시선은 딴 곳을 향했고, 뭔가 유심히 듣는 듯했다. 그러다가 중얼거린 말은 그 시점의 암호 언어인 에스페란토였다. "이제 플린한테 더 가까워졌어." 오시안이 네더튼에게 말했다.

"플린은 무사해요?"

"살아 있어. 배 속의 추적기가 저쪽 우리 편한테 기본 활력 징후를 보내주고 있어."

"추적기라뇨?"

"그게 없었으면 절대 못 찾았을 거야."

외골격의 새 양손에서 느닷없이 거칠게 바스락거리는 소리가 나더니, 갑자기 손이 위로 휙 올라가며 명령에 즉각 반응하는 태세를 취했다. 초미세 조작을 시작할 준비가 된 상태였다.

"흥분하지 말고 진정해." 오시안이 말했다. 네더튼에게 한 말도, 듣자하니 애시에게 한 말도 아니었다. "우선 너를 차 안으로 옮기고 감압부터 해야 하니까."

네더튼은 투명한 돔 안의 호문쿨루스가 양손을 내리는 것을 목격했다. 이와 동시에 외골격의 검은 손가락들도 축 늘어졌다.

73
빨강, 초록, 파랑

그 화장실에서 멀쩡하다고 할 만한 구석은 그나마 변기에 앉는 자리가 붙어 있다는 사실 하나뿐이었다. 문은 아예 달려 있지 않았고, 플린의 손에 개 목줄을 묶었던 남자는 2미터도 안 떨어진 바깥에 서서 곁눈으로 화장실 쪽을 주시했다. 남자는 이제 소총 대신 권총을 차고 있었다. 총집은 허리 벨트에 고리를 걸고 아래로 늘어뜨려 허벅지에 두른 끈으로 고정하는, 팔이 몹시 기다란 고릴라나 찰 법한 물건이었다.

바깥에 일행이 있는 셈이다 보니 플린은 소변만 마렵다는 사실에 안도했다. 앞서 플린은 정말로 급하다는 말로 두 남자를 설득해 자신을 이리로 데려오게 했다. 안 그러면 결국 바지를 더럽히고 말 텐데 그랬다가는 피켓이 돌아왔을 때 보기에 좋지 않을 것이라고, 그는 분명히 돌아올 테지만 앞으로 몇 시간 후에나 그럴 거라고 말했다. 이로써 실내에 감시 카메라가 있으리라는 플린의 예감은 적중했고, 수감자가 소변을 보도록 협조하라는 플린의 요구 또한 상대편을 제대로 설득한 듯했다. 그러는 동안 플린은 화를 전혀 내지 않았고, 너무 서두르지도 않았다. 그저 가만히 앉아 문을 향해 말했다. 카메라가 어디에 있는지 알지 못해서였다. 그렇게 문에 대고 말하기를 두 번, 중간에 몇 분 간격을 두고 되풀이했다. 두 번째에는 감정이 고조되지 않도록 주의했다. 두 남자는 딱히 시간을 끌거나 하지 않고 방으로 들어와 플린의 손에 개 목줄을 묶은 다음, 플린을 테이블에 붙잡아둔 국토안보부 플라스틱 밴드를 자르고 방에서 데리고 나갔다. 처음 집에 들어올 때 통과한 셔터 문과 반대 방향인 왼쪽으로 10미터쯤 들어가자 나온 곳이 바로 이곳, 문도 없는 단칸 화장실이었다.

그 화장실에 앉아 있는 동안, 플린은 〈오퍼레이션 노스윈드〉의 주인공 여성이라면 바로 이곳에서 속옷에 감춰뒀던 특수부대용 초소형 단검을 꺼내어 개 목줄을 자를 거라 생각했다. 플린에게는 초소형 단검 같은 것이 없었지만 두 남자는 몸수색을 하지 않았고, 리스 역시 몸수색은 건너뛰었을지도 몰랐다. 다시 말해 그들은 플린이 상대했던 여러 게임 속 인공지능보다 빈틈이 많았고, 플린의 수중에 어쩌면 독약이거나 폭발성 젤일 수도 있는 립글로스 한 개가 있다는 사실도 알지 못했다. 그러나 따지고 보면 플린이 가진 것은 그 립글로스 한 개뿐이었고, 그것은 독약도 폭발물도 아니었다. 다만 목줄을 쥐었던 남자는 교도관으로서는 훌륭했다. 목줄 손잡이의 나일론 고리를 변기 바로 오른쪽 파이프에 플라스틱 밴드로 묶어뒀기 때문이었다. 페인트가 벗겨져 가는 그 수직형 파이프 때문에 플린은 총이라도 쏘지 않는 한 도저히 누구를 해칠 수 있는 상태가 아니었다. 바지를 올리고 일어서자 남자가 들어와 파이프의 밴드를 끊었다. 뒤이어 둘은 플린을 데리고 그 환한 방으로 돌아갔다.

벌레가 있다는 것을 플린이 처음 눈치챈 때는 아마도 그 순간이었을 것이다. 다만 어렴풋이만 느껴졌다. 그냥 날벌레일 뿐이었다. 그 벌레는 빠른 속도로 플린 가까이 날아왔다가, 사라졌다.

뒤이어 플린이 의자에 다시 앉아 새 국토안보부 플라스틱 밴드로 테이블에 손이 묶이고 두 남자는 바깥으로 사라진 후에, 뭔가 윙윙거리며 귓가를 쌩하니 지나갔다. 바깥에 서 있는 탱크에 물이 들어 있다면 그 방에도 모기가 있을 터였다. 양손이 묶인 이상 모기가 있다고 해도 손쓸 방법이 없었다.

가장 쉬운 일인 데다 그것 말고는 할 일이 없다는 이유로 그저 잠긴 문 쪽을 멍하니 바라보고 있을 때, 환하게 빛나는 점 세 개가 플린의 시야를 가로질러 가로로 움직였다. 점 세 개는 완벽하게 수평을 이루고 한 줄로, 오른쪽에서 왼쪽으로 움직이다가, 사라졌다. 빨강, 다음은 초록, 그다음은 파랑이었다. 정사각형 아니면 직사각형으로 보이던 그 점들은 플린이 자신에게 혹시 뇌졸중이나 무슨 발작이 일어나는 것은 아닌지 궁금해할 틈도 없이 금세 다시 나타나더니, 이번에도 오른쪽에서 왼쪽으로, 아까와 같은 순서로 움직이다가, 모두 합쳐져 더 기다란 점 한 개로 변했다. 하늘색 점이었다.

이제 그 하늘색 점은 손자국이 지저분하게 남은 피켓의 하얀 문 한복판에서 꼼짝도 하지 않았다.

플린은 고개를 절레절레 흔들어 봤다. 픽셀처럼 보이는 그 점이 함께 움직일 거라 생각했기 때문이었다. 그러나 점은 제자리에서 움직이지 않았다. 테이블 위의 허공에, 플린이 처음 알아차렸던 위치보다 더 가까이에 있었다. 정말로 그 자리에 어떤 물체가, 하늘색 물체가 있는 것 같았다. 있을 수 없는 일이었다.

"하." 플린이 중얼거렸다. 그 여성을 죽이고 먹어치운 것들을 봤을 때의 기억이 머릿속 가득 떠올랐고, 뒤이어 전에 봤던 〈시엔시아 로카〉의 수많은 UFO 관련 에피소드가 생각났다. 거기서도 초소형 UFO는 전혀 언급되지 않았다. 이제 플린이 지켜보는 가운데, 그 점은 테이블 위로, 하나로 묶인 플린의 양 손목 사이로 내려왔다. 조그마한 엘리베이터처럼 똑바로 하강했다. 칙칙한 철제 상판 위에서 길이가 배로 길어진 점은 한쪽 끄트머리를 중심으로 서서히 회전하다가, 속도가 점점 더 빨라지면서 살짝 뿌옇게 보이는 하늘색 원반으로 변했다. 원반의 크기는 테이블 위에 평평하게 놓인 10센트짜리 골동품 동전만 했다. 그리고 플린의 귀에는 그 원반이 내는 소리가 들렸다. 희미하게 윙윙거리는 소리였다. 양 손목은 이미 벌린 거리 이상으로는 조금도 더 벌어지지 않았다.

원반은 하늘색에서 연황색으로 색이 바뀌더니, 이내 정중앙에 만화풍의 빨간색 너빈이 나타났다. 원반 자체는 여전히 회전하는 중인 듯, 플린의 귀에 윙윙거리는 소리가 들려왔다. 잔상 효과를 이용한 애니메이션 같은 것이었다. "메이컨?"

원반이 불타는 듯한 빨간색으로 바뀌었다.

플린이 뭔가 잘못했다는 뜻이었다.

원반은 다시 하늘색으로 변했다. 이내 공익 광고의 만화풍 그림처럼 검은 선 한 줄로 그린 귀가 나타났다. 뒤이어 같은 화풍으로 그린 파리가 나타났다. 귀와 파리가 나란히 있다가, 이내 파리가 조그맣게 줄어들어 귓속으로 사라졌다. 그러고는 원반이 다시 노란색으로 변하더니 너빈 한 개가 그려진 메이컨의 배지 대신 너빈이 두 개 있는 에드워드의 배지가 나타났다. 노란 배경은 크림색으로 바뀌었고, 너빈 두 개는 연한 금색 왕관을 쓴 로비어의 인장으로 변했다. 다음 순간 원반은 사라졌고, 그 자리에는 원반보다 훨씬 더 작은 진짜 벌레만 남았다. 파리가 아니었다. 투명한, 밀랍처럼 보이는 벌레였다.

"말도 안 돼." 플린은 나직이 중얼거리며 몸을 앞으로 숙였다.

너무 빨라서 잘 보이지도 않았다. 그것은 플린의 왼쪽 귀로 들어갔다. 윙윙거렸다. 그러다가 더 깊숙이 들어갔다. "아무 말도 하지 마." 윙윙거리던 소리가 메이컨의 목소리로 바뀌었다. "넌 지금 도청당하는 중이야. 카메라로 감시도 당하고 있고. 아무 일도 없는 척해. 내가 시키는 대로만 하면서."

플린은 용기를 내어 문 쪽을 봤다. 목소리의 주인은 메이컨 같았지만, 플린은 텅 빈 거리 위로 펄럭이며 떨어지던 그 여성의 옷이 지금도 눈에 선했다.

"위아래 이를 두 번 부딪쳐 봐. 하나, 둘. 이렇게. 입을 다문 채로, 되도록 조용히."

플린은 시선을 떨궜다. 그러고는 이를 두 번 딱, 딱 부딪쳤다. 세상에서 제일 요란한 소리가 들렸다.

"잠깐 동안 몸을 너무 많이 움직이지 말고 가만히 있어봐. 지금 자세 그대로 움직이지 않는 거야. 그렇다고 너무 꼼짝도 않으면 안 돼. 왜냐하면 내가 네 자세를 캡처해서 우리 쪽으로 계속 전송할 건데, 가만히 있으면 다음 캡처가 어떤 건지 판명할 수가 없으니까. 알겠지?"

딱, 딱.

"머리나 몸통은 크게 움직이면 안 돼. 움직임이 잦으면 이쪽으로 전송된 이미지에서 겹치는 부분이 강조되니까. 내가 다 됐다고 하면 출발할 준비를 해. 먼저 귀마개부터 챙기고, 슈트는 그다음이야."

슈트라니?

"준비됐어?" 메이컨이 굴었다.

딱, 딱.

"이제 캡처할게." 메이컨이 말했다.

플린은 문을 바라봤다. 문손잡이를, 그 표면의 손자국 얼룩을. 엄마가 무사하기를, 리소니가 지금도 집에 있기를 바라며.

"다 됐어." 마침내 메이컨이 말했다. "전송 끝났어. 일어서."

플린은 양 손바닥을 출제 상판에 짚고 헤프티 마트 의자를 뒤로 밀며 일어섰다. 나사고리가 철커덩거리는 소리가 들렸다.

문이 열렸다. 이상한 것이 방 안으로 들어왔다. 플린은 마치 눈의 망막이 녹아내리는 듯한 느낌이 들었다. 허공에 요동치는 물방울 같은 것이 보였기 때문이었다.

"오징어 슈트야." 메이컨이 귓속에서 말했다. 갑오징어 위장복.

버튼과 코너가 전쟁 때 쓰던 것과 같은.

　눈앞의 슈트는 가장 가까이 있는 물체가 무엇이든 그 물체의 형상을 판독하고 똑같이 모방하는 물건이었지만, 한쪽 부분에 피처럼 보이는 물질이 흩뿌려져 있었다. 꼭 오류가 난 게임 속 코드 한 뭉텅이가 현실로 걸어 들어오는 듯한 광경이었다. 뒤이어 오징어 슈트와 재질이 같은 장갑이 버튼의 토마호크 머리와 함께 플린에게 휙 날아오더니, 손 아래쪽으로 내려가 파란 플라스틱 밴드를 당겨 잘라버렸다. 토마호크의 휘어진 날 아래쪽에는 특수한 홈이 있었는데 날의 다른 부분보다 훨씬 더, 황당할 정도로 더 예리했다. 밧줄이나 그물, 벨트 따위를 자를 때 쓰는 홈이었다. 그 홈이 플린의 손목 사이로 재빨리 들어가 양 손목을 묶은 밴드를 잘랐다. 장갑의 나머지 한 짝은 쇠처럼 무딘 회색빛을 띤 손바닥 형상이었고, 그 손바닥에 주황색 끈으로 이어진 주황색 덩어리 두 개가 놓여 있었다. 덩어리는 헤프티 마트에서 파는 최저가 사탕과 비슷했다. 플린은 메이컨이 일러준 대로 그 덩어리 두 개를 양쪽 귀에 하나씩 끼웠다. 그런데 메이컨의 지시는 벌레를 귓속에 가둔 상태로 귀를 막으라는 말이었을까?

　버튼은 바닥에 냉큼 웅크려 테이블 아래를 후다닥 통과한 다음 플린 옆에서 불쑥 일어섰다. 벨크로 테이프가 쫙 떨어지는 소리와 함께 버튼의 눈이 살짝 드러났다. 오징어 슈트가 플린의 눈앞에 휙 펼쳐지면서 순식간에 방의 조명 아래 보이는 플린의 피부색으로 변해갔다. 커다란 갈색 얼룩 두 개는 플린의 눈동자 색을 모방한 흔적이었다. 뒤이어 플린은 그 슈트를 머리에 뒤집어쓰고 양팔로 붙잡아 아래로 끌어 내렸다. 치수가 커서 헐렁한 슈트는 속이 캄캄했지만 이내 눈앞이 다시 보였고, 다행히도 방의 불빛이 아까보다 더 어두워 보였다. 버튼은 먼저 자기 슈트의 매무새를 고치고 몸을 숙여 플린의 슈트를 아래쪽부터 여미기 시작했다.

"바깥으로." 메이컨이 말했다. 귀마개 때문에 목소리가 평소와 다르게 들렸다.

버튼은 플린을 들어 올려 테이블 건너편으로 휙 넘겨주고 자신은 안마 종목 경기에 나선 체조 선수처럼 테이블을 뛰어넘은 다음, 플린을 문 쪽으로 이끌어 바깥으로 나섰다. 플린은 비틀거렸다. 흐릿한 콘크리트처럼 보이는 플린의 발 옆에 개 목줄을 쥐었던 남자의 권총집이 있었다. 총집은 권총이 꽂힌 채였고, 피로 얼룩져 있었다.

플린은 쓰러진 남자의 몸을 넘어 걸어갔다.

"문으로 가." 메이컨이 귓속에서 말했다. "어서." 그들에게 끌려올 때 통과했던 셔터 문이 열려 있었고, 그 너머의 밤은 아까보다 더 캄캄했다. 잠옷 바지처럼 헐렁한 슈트 발 부분이 바닥에 끌리자 플린은 금방이라도 쓰러질 듯싶어 불안했다.

게임 속의 피가 아니야. 그 말은 플린의 마음 한구석에서 들려왔다. 어딘가 아득히 먼 외딴 구석에서.

74
처음 다가오는 부드러운 손길

"이제 그 여자를 확보했어." 오시안이 말했다.

그루터기에 있는 외골격 조종자는 방금 막 귀빈 수행용 벤틀리 안에 기체를 수납한 참이었다. 외골격은 비활성 상태인 유아차를 바라보는 자세로 뒷좌석에 앉아 있었고, 검은 머니퓰레이터는 양쪽 모두 아래로 축 처져 있었다.

"누가요?"

"그 다혈질 오빠가. 이제 탈출할 거야. 애시 말로는 과민하게 반응한다는데."

"플린이요?"

"로비어가. 차 문 닫아." 마지막 말은 벤틀리에게 내린 지시인 듯했다. 열린 차 문이 고분고분 줄어들어 흔적도 없이 사라지고 틈새 하나 없이 널따란 은회색 차체만 남았다. 네더튼은 맨 마지막까지 사라지지 않고 남은 자그마한 흔적이 유독 불쾌하게 느껴졌다. 왠지 문어를 닮아서였다. "완전히 밀폐해. 내부 공기는 3분의 1 배출."

공기가 날카롭게 분출하는 소리가 네더튼의 귓가를 스쳤다.

"분해해요." 오시안이 말했다. 네더튼이 짐작하기에 외골격 조종자에게 하는 말 같았다. "설명서만으로 부족하면 우리한테 도와달라고 얘기하고."

"과민하게 반응한다는 게 무슨 말이에요?"

"로비어가 조만간 무슨 제안을 내놓을 거야. 꽤 급진적인 거라서, 한번 실행하면 돌이킬 수 없을걸."

"그보다 먼저 플린부터 구출해야 하잖아요."

"내가 로비어한테 전화해서 바꿔주기라도 할까? 아마 그 사람은 지금 당장 일을 방해받아도 별로 개의치 않을 것 같긴 한데. 이 집에 상주하는 헛소리 예술가의 전화라면 말이야."

네더튼은 그 말을 무시했다. "저 외골격은 차 안에서 뭘 하는 거예요?"

"유아차에 내장된 자율 조준 및 자체 제어형 군집 무기 2기를 해체하는 중이지. 지독하게 어려운 작업은 아니야, 방금 봤다시피 내가 저 망할 놈의 차를 완전히 밀폐시켰으니까. 그래봤자 저 무기를 설계한 사디스트 쓰레기들이 해체 작업의 편의성을 미리 고려했을 리는 없지만. 그리고 이제 우리 기술자가 그 물질을 꺼내는 중인데……." 오시안은 네더튼에게는 들리지 않는 소리를 혼자 듣는 중이었다. "바로 그거야. 내 그럴 줄 알았지."

"그게 뭔데요?" 네더튼이 물었다.

오시안은 이제 꽤 즐거워하는 표정이었다. "저 유아차는 처음이

랍시고 부드럽게 다가오는 손길이 마음에 안 들었던 거야, 당연히 그렇지 않겠어? 그래서 어셈블러를 발사한 거지. 그건 주보프의 아버지가 마련한 가죽 시트를 거의 다 먹어치우고 좌측 머니퓰레이터의 생체 요소까지 해치웠어. 그 망할 물건이 지금껏 내내 깨어 있었다고 하면 아무도 안 믿을걸. 아예 전원을 끄는 스위치도 없더라고. 유아차에서 꺼내려고 하는 사람이 있으면 누구든 죽이려고 이날 이때까지 기다린 거야. 그래도 이제는 조만간 둘 다 우리 손에 들어오겠지만. 그리고 내장된 2기 가운데 발사된 쪽에서 감소한 수량은 고작 수천 정도야. 아직 수백만은 더 남았어. 뭐, 노보시비르스크주 서쪽에 머무는 한 재장전은 못 하겠지만."

시야에 금빛 왕관이 나타났다.

"플린은 무사해요?" 네더튼이 물었다.

"나도 모른다고 했잖아." 오시안이 말했다.

네더튼은 벤틀리에서 떨어진 곳으로 갔다.

"보아하니 무사한 것 같습니다." 로비어가 대답했다.

"오시안한테 들었는데 애시는 당신이 과민 반응을 한다고 생각한다더군요. 오시안이 그렇게 말했어요."

"애시는 영리하긴 합니다만, 힘 있는 쪽 시점에서 일을 처리하는 데는 익숙하지 않습니다. 피켓은 우리 계획에 끼어들 자리가 전혀 없는 자입니다. 그런데 네더튼 씨, 최근에 누군가 당신을 죽이려고 시도한 건 분명한 사실이죠. 따라서 우리로서는 그 시도를 사주한 자가 누구든 간에 피켓이 이미 그자와 어떤 식으로든 관련이 있으리라 추측해 볼 만합니다. 당신이 그쪽에 가보는 건 어떨까요?"

"그쪽이 어딘데요?"

"레프의 그루터기 말입니다."

"그건 불가능하잖아요. 아닌가요?"

"물리적으로는 불가능하죠. 하지만 조잡하게나가 가상으로라면? 아이들 장난처럼 쉬운 일입니다."

"그래요?"

"예. 이 경우에는 글자 그대로 '아이들 장난'이겠습니다만."

75
선봉 부대

오징어 슈트를 3D 프린터로 출력하다가 국토안보부에 적발되면 꼼짝없이 교도소행이었다. 그런 경우는 총의 전자동 개조 부품을 출력한 사람이나 웬만한 마약 합성 업자보다 형기가 더 길었다. 플린은 그 슈트를 직접 입어보기는커녕 영상이 아니라 현실에서 볼 날이 오리라는 상상조차 해본 적이 없었다.

밤에 물든 피켓의 집 뒤편은 슈트 때문에 시야가 몹시 좁아진 플린에게는 믿기 힘들 만큼 적막해 보였다. 누군가 소리를 지를 거라는, 총을 쏠 거라는, 경보를 울릴 거라는 불안이 시종 가시지 않았다. 하지만 그런 일은 전혀 일어나지 않았다. 그저 플린이 탄 사륜 오토바이의 바퀴가 자갈길을 굴러가는 소리밖에 들리지 않았다. 전기 오토바이였고, 냄새만으로도 새것이라는 느낌이 왔다. 리언의 복권 당첨금, 아니면 클랜튼의 변호사들이 갖다준 돈을 쪼개어 값을 치렀을 듯싶었다. 오토바이는 모터의 토크가 하도 높아서 타이어 대신 쟁기 날을 달면 자갈길을 평평하게 골라놓을 거라는 느낌이 들었다. 차체에 기본으로 달린 장비 고정용 볼트에는 손으로 잡기 쉽게 등반용 밧줄이 묶여 있었다. 바퀴는 구멍이 숭숭 뚫린 비공기압 타이어였다. 자갈길에서는 산악자전거용 타이어처럼 보였지만, 버튼이 오른쪽으로 핸들을 틀어 자갈길을 벗어나자 타이어 표면이 평평하게 펴지는 것이 보였다. 잔디밭 위를 달릴 때는 훨씬 더 조용했다.

"메이컨?" 플린은 상대에게 자신의 목소리가 들릴지 어떨지 확신이 서지 않았다.

"여기 있어." 귓속의 날벌레가 말했다. "지금은 널 탈출시키는 게 우선이야. 얘기는 나중에 하자."

플린은 자신들이 어디로 향하는지 알지 못했다. 버튼의 슈트는 플린이 입은 슈트에서 투명하게 보여야 하는 부분에 너무 가까이 붙어 있었고, 그래서 둘의 슈트는 이른바 '상호 피드백' 상태였다. 서로를 모방하는 사이에 둘 다 어질어질할 정도로 많은, 일그러진 육각형 무리로 바뀌어 버린 것이었다. 드라마 〈시엔시아 로카〉에도 그런 내용의 에피소드가 있었다. 이제 버튼은 오토바이를 세우고 엔진을 껐다. 뒤이어 버튼이 한쪽 다리를 들어 반대쪽으로 넘기고 오토바이에서 내리는 기척이 플린에게 전해졌다. 버튼이 자기 슈트의 벨크로 테이프를 뜯는 소리, 뒤이어 곁에 다가와 플린의 목둘레에 달린 테이프를 뜯어주는 소리가 났다. 밤공기가 얼굴에 느껴졌다. 버튼은 몸을 숙여 플린의 팔을 꾹 잡으며 말했다. "이지 아이스." 플린은 귀마개 때문에 버튼의 말이 거의 들리지 않았다. 그래서 주황색 끈의 끄트머리에 붙은 왼쪽 귀마개를 귀에서 뺐다. "그냥 끼고 있어. 시끄러워질지도 모르니까." 버튼의 말에 플린은 다시 귀마개를 끼었고, 그러느라 고개를 돌리다가 코너를 발견했다. 보훈부에서 지원해 준 활동 보조기, 발목이 꼭 애니메이션에 나오는 로봇처럼 생긴 그 기계에 탄 코너가 버튼 뒤편에, 금속제 창고의 그늘 속에 서 있었다.

이내 플린은 그것이 코너일 리 없다는 것을 알아차렸다. 몸통과 양팔이 모두 달라서였다. 몸이 하도 울퉁불퉁해서 누가 코너의 플리스 자루 옷에 소조용 점토를 너무 많이 채워 넣은 것처럼 보였다. 게다가 몽롱한 정신으로 무턱대고 가까이 다가가서 보니 곤살레스 대통령의 얼굴을 징그럽게 묘사한 가면을 쓰고 있었다. 실제보다 과장되게 표현한 광대뼈 위에 대통령의 트레이드 마크인 여드름 흉터가 분화구처럼 또렷이 그려져 있었다. 플린은 가면의 텅 빈 눈을 들여다봤다. 눈 속은 텅 비어서 희끄무레했다.

카를로스는 겨드랑이 아래에 불펍 소총을 메고 그 보조기 주위를 걸어다녔다. 그의 옷차림은 온통 검은색이었다. 버튼 역시 벌어진 슈트 속은 모두 검은 옷이었다. 카를로스는 검은 니트 캡을 눈썹까지 눌러썼고 눈은 야시경 콘택트렌즈를 끼어 새카맣게 보였다. "우리 친구한테 네 슈트를 입혀줘야 돼." 카를로스가 말했다. 플린은 슈트를 벗어 땅바닥에 떨어뜨리고 발을 뺐다. 어지럽게 바글거리던 육각형들은 사라지고 대번에 잔디밭 무늬가 나타났다. 카를로스는 슈트를 집어 들어 지퍼를 풀고 벨크로 테이프까지 뜯기 시작했다. 그런 다음 이제 활동 보조기의 등 쪽에 보이는 큼직하고 기다란 배낭 위에 슈트를 둘렀다. 버튼이 자신의 슈트를 보조기 앞쪽에 두르자 지퍼를 채우지 않은 틈새로 곤살레스 가면이 빼꼼히 바깥을 내다봤다. 둘은 그렇게 벨크로 테이프 뜯는 소리를 조그맣게 내가며 슈트 두 벌을 앞뒤로 이어붙였다. 제대로 연결하면 두 슈트가 상호 피드백 오류를 일으켜 육각형 무늬로 변하는 일이 생기지는 않을 터였다. 두 사람이 입은 옷의 검은빛이 오징어 재질 표면 위로 일렁거렸다. 그들이 일을 마치고 뒤로 물러섰을 때, 그 자리에는 활동 보조기가 서 있던 그늘만이 남아 있었다.

"의상 준비 완료." 버튼이 그곳에 없는 누군가에게 말했다.

활동 보조기가 그늘에서 벗어나 첫발을 내디뎠다. 발목과 발을 빼면 보이는 것은 가면뿐이었다. 꼭 카트 레이싱 게임 속의 그래픽 오류 같았다. 개 목줄을 쥐었던 남자의 피는 아직도 슈트 어딘가 남아 있을 터였다. 플린은 그 남자의 얼굴이 기억나지 않았다. 이제 눈에 보이지 않는 보조기는 한 걸음, 또 한 걸음을 내디뎠다. 플린이 기억하는 걸음걸이, 냉장고 쪽으로 향하던 코너의 걸음걸이였지만, 지금은 배낭의 무게 때문에 앞으로 기울어져 있었다. 넙데데한 발바닥으로, 굵다란 발목으로, 자갈길을 터벅터벅 걸어갔다. 가면은 이제 보이지 않았다. 그것은 돌아가는 중이었다. 피켓의 흉측한 집, 투광 조명등이 비추는 그 집으로. "지금 뭘 하는 거야?" 플린이 버튼에게 물었다.

버튼은 조용히 하라는 신호로 집게손가락을 세워 입술에 대고 나서 사륜 오토바이에 오른 다음, 플린에게 뒤에 타라고 손짓했다. 카를로스가 플린 뒤에 타서 차체를 더듬거리다가 등반용 밧줄을 붙잡았고, 버튼은 오토바이를 출발시켜 자갈길을 피해 잔디밭 위로 달렸다.

버튼이 모는 사륜 오토바이가 집과 창고와 기계류에서 더 멀어지는 사이에 피켓이 만들어 놓은 골프 코스가 플린의 눈에 들어왔다. 달이 떠오르는 중이었다. 폴리머 잔디, 아니면 유전자조작 잔디가 깔린 잔디밭이 달빛을 받아 보드랍게 빛났다. 너구리 한 마리가 꼼짝도 않고 이쪽을 보고 있다가 지나가는 그들의 뒤를 따라 고개를 돌렸다.

초록 잔디밭을 지나자 비탈진 오르막이 나오더니 풀이 무성한 목초지로 이어졌다. 목초지를 지나는 몇 갈래 길은 아마도 소 떼나 말 떼가 밟아서 생겨난 것인 듯했다. 저 앞쪽에 뭔가 하얀 것이 보였고, 플린은 이내 그것이 앞서 봤던 그 집의 흉측한 울타리 가운데 일부인 것을 알아차렸다. 다만 아까 그 길이 아니라 다른 길을 따라 서 있는 울타리였다. 일행이 탄 사륜 오토바이가 그쪽으로 가까이 다가가자 시커먼 사람 형상 둘이 일어서더니, 울타리로 달려와 기다란 울타리 한 칸의 양 끄트머리를 들고 한쪽 옆으로 옮겼다. 버튼은 속도를 늦추지 않고 빈틈을 곧장 통과한 다음, 피켓이 카운티 공무원들에게 적잖은 돈을 주고 깔끔하게 관리시키는 것으로 보이는 아스팔트 도로에 올라섰다. 그렇게 그들은 그 도로를 따라 속도를 높였다.

1킬로미터 조금 안 되는 곳까지 가서 보니 토미가 커다란 흰색 차 옆에 서서 기다리고 있었다. 그는 검은 재킷 차림에 보안관용 방탄모를 쓰고 있었다. 버튼은 속도를 줄여 토미의 차 옆에 오토바이를 댔다. "플린, 너 괜찮아?" 토미가 물었다.

"아마도."

"혹시 너한테 손찌검한 놈 있어?" 토미는 속을 다 꿰뚫어 보는 듯한 눈빛으로 플린을 바라봤다.

"없어."

토미는 플린의 속을 계속 꿰뚫어 봤다. "집에 데려다줄게."

버튼은 사륜 오토바이에서 내려 길 건너편으로 걸어간 다음 일행에게 등을 보인 채 소변을 봤다. 플린은 오토바이에서 내렸다. 카를로스는 운전석에 해당하는 안장 맨 앞으로 재빨리 자리를 옮겨 핸들을 잡은 다음, 시동을 걸고 방향을 돌렸다. 그러고는 버튼이 길을 건너기도 전에 어둠 속으로 사라져 방금 왔던 길로 돌아갔다. 플린은 뒤에 남은 일행 둘을 데리러 가는 거라고 짐작했다.

플린은 토미가 열어준 순찰차의 조수석 문을 통해 차에 올랐다. 토미는 차 앞쪽을 돌아 운전석 쪽 뒷좌석 문을 연 다음, 자기 자리인 운전석의 문을 열고 차에 올랐다. 버튼은 그를 뒤따라 열린 문을 통해 뒷좌석에 탔고, 둘은 함께 차 문을 닫았다.

"괜찮은 거지, 플린?" 토미가 물었다. 다시금, 플린을 바라보며.

플린은 말없이 조수석 문을 닫았다.

토미는 차를 출발시켰고, 그들은 앞서 카를로스가 간 쪽과 반대 방향으로 한동안 어둠 속을 달렸다. 토미가 전조등을 켰다.

"피켓은 진짜 개자식이야." 플린이 말했다.

"누가 아니래. 널 납치한 건 리스야?" 버튼이 물었다.

"나를 안 데려오면 죽이겠다고 피켓이 협박했대. 어디에 숨든 국토안보부가 찾아낼 거라면서."

"그럴 줄 알았어." 버튼이 말했다.

105

그러나 플린은 리스에 관해서도, 또는 자신들이 하고 있는 다른 어떤 일에 관해서도 이야기하고 싶은 마음이 없었다. 귓속의 벌레를 통해 메이컨에게 얘기하고 싶지도 않았다. 차 안의 두 사람에게 자기가 하는 말이 들리기 때문이었다. 게다가 토미는 밤길을 운전하느라 도로를 뚫어지게 주시하는 중이었으므로 방해하지 말아야 했다. 그렇다 보니 마을로 돌아가는 길은 몹시도 길게 느껴졌고 그때껏 일어난 일은 모두 어딘가 꿈같았으며, 플린은 아직도 그 꿈속에 있는 기분이었다.

마을에 거의 다 왔을 때 버튼이 입을 열었다. 누군지는 몰라도 그곳에 없는 상대에게 하는 말이었다. "지금이야."

그들은 불덩어리에서 뻗어 나온 환한 빛을 목격했다. 그 빛은 뒤쪽에서 비쳐 와 앞쪽 도로에 순찰차의 그림자를 드리웠다. 뒤이어 폭발음이 들려왔고, 나중에 플린은 번개가 쳤을 때 그러듯이 빛과 소리의 시간차를 재서 불덩어리까지의 거리를 계산할 수도 있었으리라는 생각이 들었다.

"미치겠네." 토미는 차의 속력을 줄이며 말했다. "도대체 무슨 짓을 한 거야?"

"마약 업자잖아." 플린 뒤편에서 버튼이 말했다. "자기 손으로 자기 집에 불을 지르는 짓쯤 얼마든지 하는 놈들이지."

토미는 아무 대꾸도 하지 않았다. 다시 속도를 높였다. 도로를 뚫어지게 주시하면서.

플린은 리스가 한 번도 차를 세우지 않으면, 아예 카운티를 벗어났으면, 어딘가 다른 주르 영영 사라져 버렸으면 하고 바랐다. 버튼에게 그가 어떻게 됐는지 물어보고 싶지는 않았다.

"커피 한잔 줄까, 플린?" 한참 후에 토미가 물었다.

"고맙지만 괜찮아. 시간이 너무 늦은 것 같아서." 플린이 말했다. 자신이 아닌 다른 사람의 목소리, 이제껏 자신에게 일어난 일 같은 것은 전혀 겪어보지 않은 사람의 목소리 같았다. 그 순간 플린은 왈칵 울음이 터졌다.

76
에뮬레이션 앱

애시가 내민 헤드 밴드는 로비어가 네더튼을 쓰레기 섬에 데려갔을 때 사용한 것과 모양이 비슷했지만, 유연하게 구부러지는 투명 카메라가 추가된 형태였다. 카메라는 투명한 젖빛 머리 부분 때문에 생김새가 꼭 엄청나게 커다란 정자 같았다. "난 거기로는 안 돌아갈 거예요." 네더튼이 말했다. 그는 헤드 밴드와 거리를 둘 만큼 레프 할아버지의 책상이 널찍해서 다행이라고 생각했다.

"부탁이 아니라 지시야. 넌 플린을 만나러 가야 해. 해상도가 아주 낮게 재현된 상태로."

"그래요?"

"네 전화기에 이미 에뮬레이션 앱을 설치해 뒀어."

네더튼은 몸을 숙여 헤드 밴드를 받아 들었다. 무게는 먼젓번에 쓴 것과 비슷했지만 정자 모양 카메라 때문에 이집트 유물이나 만화에 나오는 물건 같았다. "그쪽에도 페리퍼럴이 있어요?"

"그건 네가 직접 확인하도록 해."

77
휠리 보이

"배 속에 벌레가 들였다고?" 캄캄한 침대 발치 쪽에서 재니스가 한참 만에 물었다. "귓속에도 한 마리 있고?"

플린은 속옷 위에 해병대 스웨트셔츠만 걸친 차림으로 등에 베개를 받치고 앉아 있었다. 창문으로 달빛이 흐릿하게 비쳐 들었다. "배 속에 있는 건 추적기야. 벨기에의 위성 보안 회사가 만든 거래. 내가 알기론 나랑 메이컨, 버튼, 코너까지 다 한 개씩 갖고 있어."

"귓속에 있는 건?"

"버튼이 가져갔어."

"어떻게 빼냈는데?"

"메이컨이 조종해서 날려 보냈어. 지금은 약병 속에 들어가 있지. 난 그게 저쪽 사람들이 가르쳐 줘서 메이컨이 출력한 미래의 물건인 줄 알았는데, 메이컨 말로는 우리 쪽 물건이래. 개발한 지 꽤 된 군수품이라던데."

"네가 삼킨 건 우리 편한테 네가 어디 있는지 알려줘?"

"안 그랬으면 난 지금 여기 있지도 않았을걸. 전화기는 리스한테 뺏겼으니까."

"메이컨이 새걸 만들어 줬잖아. 여기 있네. 배 속에 든 걸 꺼내려면 많이 힘들어?"

"반년만 있으면 그냥 알아서 나간대. 메이컨이 그랬어."

"그래서 어떻게 꺼내는데?"

"큰일을 보면 같이 나간다고, 재니스."

"화장실에서?"

"네 친구 머리 위에서."

"그거야 매일 겪는 일이지, 뭐." 어둠 속에서 재니스가 말했다. "내가 아는 사람들 팔자가 그거랑 비슷하거든. 근데 넌 그 벨기에 사람들 말을 믿어? 화장실에서 큰일을 보면 자기네 추적기가 같이 나올 거라는 말을?"

"메이컨은 믿던데. 매디슨은 어딨어?"

"요새를 짓는 중이야. 너희가 포에버 패브 옆에다 새로 차린 콜디론 세계 총본부에서."

"왜?"

"버튼이 그러라고 했거든. 헤프티 팔 신용카드도 한 장 줬어. 그때그때 알아서 쓰라면서."

"그걸로 뭘 하라고?"

"돈은 주로 모조 아스팔트 기와를 200더미어치 사는 데 썼어. 깨진 병이랑 고물 타이어 같은 걸 갈아서 만든 기와 있잖아. 기와는 자루에 담긴 채로 배달됐는데. 버튼 친구들이 그 자루를 벽돌처럼 쌓아서 벽을 만들고 있어. 2미터 높이에 두께는 자루 두 개를 나란히 놓은 것만큼 두껍게. 그 정도면 웬만큼 강력한 총탄도 막아낼 거야."

"그런 시설이 왜 필요한데?"

"왜 필요한지는 버튼한테 물어봐. 매디슨 말로는 만약에 우릴 노리는 적이 국토안보부라면, 그 정도 수준의 방어 시설은 지어봤자 아무 소용도 없을 거라고 하니까." 그리고 피켓네 집의 잔해는 국토안보부가 샅샅이 뒤지는 중이야. 토미도 거기 불려 가서 거들고 있어."

"거기까지 차로 왔다 갔다 하느라 고생이겠네."

"너 거기서 무슨 짓을 당한 건 아니겠지, 설마?"

"아니. 피켓은 그냥 내 턱을 빼버릴 수도 있다고만 했어. 그 말도 진심은 아니었던 것 같지만. 아마 나를 인질로 잡고 최대한 돈을 많이 뜯어낼 생각만 했던 것 같아."

"한마디로 말하면 딱 그거야."

"뭐가?"

"내가 그 새끼가 죽었으면 하고 바라는 이유."

"버튼하고 친구들이 그 폭탄을 피켓네 집에 어떻게 갖다 놨는지 너도 봤어야 하는데. 그건 기습도 뭣도 아니었어. 오징어 슈트를 입었다고 해도 말이야."

"그냥 그랬으면 좋겠다는 거지, 뭐." 재니스가 말했다.

"오징어 슈트는 어떻게 구했대?"

"그 그리프라는 사람한테서."

"누구?"

"그리프. 콜드아이언 쪽 사람들이 급하게 보냈어."

"콜디론 말이지."

"그 사람은 네가 안전 구역에서 벗어났다는 사실이 버튼한테 전해지자마자 곧바로 이리로 날아왔어. 제트 헬리콥터를 타고 와서 저쪽 풀밭에 착륙했어." 재니스는 달빛 속으로 손을 뻗어 한쪽을 가리켰다. "난 그 사람을 직접 보진 못했는데, 매디슨은 봤어. 매디슨 말로는 억양이 영국 사람 같았대. 그 초소형 드론도 아마 그 사람한테서 받았을걸."

"뭐 하는 사람인데?"

"몰라. 매디슨이 그러는데 그 헬리콥터는 워싱턴 D.C.에서 왔대. 국토안보부 소속이라던데."

"국토안보부?"

"헬리콥터가."

플린은 국토안보부에 피켓의 연줄이 있다던 리스의 말이 기억났다. "내가 또 뭘 놓치고 있나 보네." 보아하니 자신은 앞으로 미래에 가 있을 때를 빼면 번번이 납치당했다가 구출될 처지 같았다.

"피켓의 집은 완전히 가루가 돼버렸으니까, 내일 아침에 일어나서 사람들 얼굴만 봐도 주요 수입원이 날아간 게 누군지 표가 날 거야. 자, 메이컨이 만들어 준 네 전화기야." 재니스는 어둠 속에서 손을 내밀어 플린에게 휴대전화를 건넸다.

"난 원래 쓰던 걸 다시 받고 싶은데." 플린은 속이 상했다. 그 휴대전화는 포에버 개브에서 수많은 시간을 일하며 마련한 돈으로 산 것이었다.

"네가 전에 쓰던 건 비행기에 실려서 바하마의 수도 나소Nassau로 갔어."

"나소?"

"거기 있는 변호사 사두소 사람이 와서 가져갔어. 패러데이 자루에 들어 있는 걸 꺼냈대. 버튼 일행이 널 피켓네 집에서 구출한 직후에. 안에 든 정보는 메이컨이 다 지워버렸고."

플린은 자신을 시켜 네더튼에게 전화를 걸게 할 거라던 피켓의 말이 떠올랐다. 적들에게서 플린을 넘겨주는 대가로 제시받은 돈보다 더 큰 금액을 뜯어내려는 수작이었다.

"메이컨은 피켓이 쟁쟁한 변호사들을 거느렸다고 했어. 나소에 말이야." 제니스가 말했다. "그래봤자 네 변호사보단 한 수 아래겠지만. 머릿수로 따져도 그렇고."

"내가 알기론 우리 편 변호사는 다 합쳐서 세 명인데."

"지금은 훨씬 더 많아. 게다가 다들 지금 시내에 와 있어. 그 사람들을 재우고 먹이는 게 우리 마을의 새 먹거리 산업이 됐지 뭐야. 마침 그런 게 필요한 타이밍이기도 하고."

"메이컨이 너가 쓰던 갭 같은 것도 다 깔아놨어?" 플린은 새 휴대 전화를 들어 냄새를 맡아봤다. 새것 냄새가 났다.

"응, 거기다 백그라운드에서 돌아가는 중요 암호화 프로세스까지 추가해 됐어. 메이컨이 네가 전에 쓰던 암호는 죄다 새로 바꾸래. 생

113

일이나 이름 철자를 거꾸로 적는 암호 같은 건 쓰지 말고. 그리고 저건 너한테 주는 헤프티 휠리 보이야. 저기, 책상 위 쇼핑백 안에."

"뭐?"

"휠리 보이."

"대체 뭔 소릴 하는 거야?"

"메이컨이 이베이에서 샀어. 구형이지만 새거야. 상자에 그대로 들어 있는 신품."

"응?"

"초등학교 때 쓰던 거 있잖아. 막대기 위에 태블릿을 달아놓은 것처럼 생긴 거. 맨 아래 몸통은 조그만 이륜 전동 킥보드처럼 생겼고. 그거 기억 안 나? 모터가 달렸고, 바퀴는 두 개, 쓰러지지 않게 자이로스코프도 있고."

"멍청하게 생긴 그거 말이지." 플린은 그제야 기억이 떠올랐다.

재니스의 휴대전화에서 알림음이 울렸다. 재니스가 전화기를 들어 확인하자 얼굴에 화면의 불빛이 비쳤다. "너희 어머니가 날 찾으시는데."

"심각한 일이면 나도 알려줘. 별일 아니면, 난 눈 좀 붙일게."

"너 그거 알아? 네가 무사히 돌아와서 난 정말 기뻐."

"사랑한다, 재니스." 플린이 말했다.

재니스가 아래층으로 내려간 후, 플린은 일어나서 머리맡의 스탠드를 켜고 책상 위의 쇼핑백을 챙겨 침대로 돌아왔다. 쇼핑백 안에 든 상자는 위쪽에 헤프티 휠리 보이 사진이 붙어 있었다. 생김새가 꼭 빨간색 플라스틱 파리채를 역시 빨간색인 소프트볼 공이 꽂은 다음, 장난감 트랙터의 통통한 검은색 타이어 두 개를 공 양쪽에 붙여놓은 듯했다. 파리채 부분은 카메라가 달린 소형 태블릿을 막대 위에 붙여둔 것이었다. 광고 문구에는 장난감, 육아용 도니터 장비, 장거리 교우 관계 또는 비련의 로맨스를 위한 무대, 심지어는 염가로 떠나는 가상 휴가 같은 말도 쓰였다. 예컨대 라스베이거스나 파리 같은 곳에서 이 물건을 사거나 대여한 다음 카지노나 박물관 같은 곳을 돌아다니게 하면, 그것이 보는 광경을 사용자도 원격으로 볼 수 있다는 식이었다. 플린이 기겁한 부분은 휠리 보이가 그렇게 하는 동안 태블릿에 사용자의 얼굴이 표시된다는 사실이었다. 사용자가 머리에 쓰는 헤드 피스는 조그만 막대 끄트머리에 카메라가 달려 있어서, 사용자가 휠리 보이의 카메라 렌즈에 찍힌 것을 보며 어떻게 반응하는지 캡쳐했다. 그러는 사이에 휠리 보이를 구경하는 현지 사람들은 사용자가 현지 풍경이나 자신들을 보는 중인 것을 파악했고, 이 때문에 사용자는 그들과 대화를 나눌 수도 있었다. 플린은 리언이 징그러운 농담을 한답시고 사람들이 휠리 보이를 이용해 어떤 야한 짓을 하는지 설명해 줬던 기억이 떠올랐다. 그대 플린은 죄다 리언이 지어낸 이야기였으면 하고 바랐다.

 침대로 돌아와 상자를 열면서 플린은 그 장난감 또한 나중에 페리퍼럴을 낳을 역사의 한 부분일 거라 생각했다. 휠리 보이는 싸구려로 구현된 하나의 페리퍼럴이었다.

 상자 안에는 포에버 패브의 메모장에서 뜯어낸 노란 종이가 한 장

들어 있었다. 종이에 형광 분홍색 매직펜으로 굵다랗게 적힌 글은 다음과 같았다. 의사 처방에 따라 완전 충전 + 강력 암호화 기능 추가 –메이컨.

플린은 그 장난감을 상자에서 꺼내어 세워놓으려다가 그만 뒤쪽으로 자빠뜨리고 말았다. 달빛이 비친 태블릿 화면이 까만 손거울 같았다. 빨간 공 같은 몸통 부분의 바닥에 하얀 버튼이 있었다. 플린은 그 버튼을 눌렀다. 자이로스코프가 조그맣게 끽끽거리는 소리를 내며 저절로 돌아가더니, 끄트머리에 태블릿이 달린 빨간 플라스틱 막대가 느닷없이 침대 위에 똑바로 섰다. 검은 바퀴 한 쌍은 침대 시트 위에서 제각각 움직이며 태블릿을 왼쪽으로, 다시 오른쪽으로 회전시켰다.

플린이 손가락으로 검은 스크린을 콕 찔러 뒤로 쓰러뜨리자 자이로스코프가 다시 장난감을 일으켜 세웠다.

이내 스크린이 환해지며 네더튼의 얼굴이 떠올랐다. 카메라가 얼굴에 너무 가까워서 눈이 커다랬고, 코도 너무 커 보였다. "플린?" 싸구려 소형 스피커에서 네더튼의 목소리가 들렸다.

"미치고 환장하겠네." 플린은 하마터면 웃음을 터뜨릴 뻔했지만, 이내 시트를 당겨 다리 위에 덮었다. 스웨트셔츠 아래쪽은 속옷 바람이었으므로.

78
개척 시대 테마파크

그 장난감의 카메라를 통해 온전한 양안 시야각의 영상을 피드로 받아보는 동안 네더튼은 플린이 살던 시대보다 한 세대 전의 사진 이미지들이 떠올랐지만, 피드를 전송해 주는 장치의 이름이 뭔지는 기억나지 않았다. 영상 속의 플린은 희끄무레한 천으로 무릎을 덮은 채 네더튼을 내려다보는 중이었다.

"나예요." 네더튼이 말했다.

"말도 안 돼." 플린은 손을 앞으로 뻗으며 말했다. 손끝이 점점 더 거대해지며 다가오더니 네더튼을, 아니면 퀸지는 몰라도 카메라가 설치된 장치를 뒤로 툭 쳤다. 장치 아래쪽의 어떤 부분이 뒤로 쓰러지지 않도록 막아줬다. 그러는 사이에 카메라엔 높이가 낮고 사람 손으로 마감한 것처럼 보이는 어떤 표면이 비쳤다. 네더튼이 보기에는 필시 천장일 듯싶었다. 그 표면에 가로로 기다랗게 잡힌 주름은 풀을 발라 붙인 종이가 벗겨지기 시작한 자국 같았다. 촬영 장치는 이내 또렷하게 들리는 윙윙 소리와 함께 똑바로 섰다.

"밀치지 마요." 네더튼이 말했다.

"여기서 보는 당신이 어떻게 생겼는지 알아요?" 플린은 무릎 위로 몸을 숙였다.

"아뇨." 네더튼은 그렇게 대답했지만, 에뮬레이션 소프트웨어의 인장에는 그 장치의 형상이 묘사돼 있었다. 공 모양에 두 바퀴가 달린 물건이었고, 가느다란 돌출부 끄트머리에 해당하는 맨 윗부분에는 직사각형이 똑바로 세워져 있었다. 플린이 네더튼의 뒤편까지 한쪽 팔을 쭉 뻗자 영상 속의 팔이 거대해지더니 뒤이어 인장 속에 그려진 물건의 광고용 이미지가 피드 영상에 가득 나타났다. 뭔가에 열중한 어린아이의 얼굴이 그 물건의 직사각형 스크린을 꽉 채우고 있었다.

"내가 사는 서부 개척 시대 테마파크에 잘 빠진 인조 신체 같은 건 없지만." 플린이 말했다. "그래도 휠리 보이는 있어요. 당신 지금 어디예요?"

"고비바겐 안에 있어요."

"그 캠핑카요?"

"내 책상 앞이에요." 네더튼이 대답했다.

"그거 진짜 당신 책상 맞아요?"

"아뇨."

"책상 한번 더럽게 못생겼네요. 사실 콜디론이라는 회사는 있지도 않았죠?"

"당신네 쪽 콜롬비아하고 파나마에 그 이름으로 등록된 회사들이 있어요. 그리고 이제는 당신네 쪽 미국에도 있고요. 당신은 그 회사

임원이에요."

"하지만 그쪽에는 없잖아요."

"맞아요."

"그냥 레프의 취미예요? 거기에다 당신이 저지른 실수하고 로비어가 맡은 살인 사건 수사를 곁들인 건가요?"

"내가 아는 한은요."

"당신은 이쪽에 무슨 일로 왔어요?"

"로비어가 가보라고 해서요." 네더튼이 대답했다. "나도 한번 구경해 보고 싶었고요. 그쪽은 낮인가요? 거기 창문 있어요? 지금 어디예요?"

"밤이에요. 여긴 내 방이고요. 달이 환하게 떴어요." 플린은 옆으로 손을 뻗어 조명을 껐다. 그러자 플린은 대번에 아까와 다른 방식으로 아름다워 보였다. 까만 눈은 더 커 보였다. 은판 사진 같구나. 네더튼은 기억 속의 단어를 떠올렸다. "뒤로 돌아서요." 플린은 그렇게 말하며 네더튼을 대신해 장난감을 뒤로 돌려세웠다. "나 바지 입어야 해요."

네더튼이 카메라를 한껏 돌려가며 구경한 플린의 방은 유목민이 사는 천막의 내부와 비슷했다. 별 장식 없는 가구, 수북이 쌓인 옷가지, 3D 프린터로 출력한 물건들. 그것은 실제 과거의 한 순간, 그가 태어나기 수십 년 전의 한때였다. 이곳은 그가 상상했던 세계였다. 그런데 그는 무슨 까닭에선지 지금 그 세계의 실체 속에 들어와 있었고, 그 실체는 그가 상상도 할 수 없었던 것이었다. "원래부터 쭉 여기 살

앉어요?"

플린은 몸을 숙여 네더튼을 들어 올린 다음, 달빛이 비치는 창가로 데려갔다. "그럼요."

그 순간 달이 보였다. "이게 진짜라는 건 나도 알지만." 네더튼이 말했다. "분명 진짜일 테지만, 난 도무지 믿을 수가 없어요."

"난 당신네 세계를 믿잖아요, 윌프. 믿는 수밖에 없으니까요. 당신도 생각을 좀 유연하게 해봐요."

"아무래도 잭팟 이전 시대이다 보니까." 네더튼은 그 말을 내뱉고 나서 곧바로 후회했다.

플린은 네더튼을 뒤로 돌려 달을 등지게 했다. 그러고는 달빛에 물든 엄숙한 표정으로 그의 눈을 똑바로 마주 봤다. "그 잭팟이라는 게 뭐예요, 윌프?"

네더튼 안의 한 부분이 잠잠해졌다. 이야기를 지어내는 부분, 그가 살아가는 거짓이라는 덤불이 자라는 부분이었다.

79
잭팟

플린은 앞마당 참나무 아래에 있는 오래된 나무 의자에 앉아 무릎 위에 네더튼을 올려놨다.

버튼의 병사들 가운데 가장 어려서 아직 고등학생처럼 보이는 벤 카터가 집 앞 포치 계단에 앉아 있었다. 카터는 불펍 소총을 무릎 위에 올려놓고 눈에 비즈를 낀 채 보온병에 든 커피를 마시는 중이었다. 플린도 조금 마시고 싶었지만 그랬다가는 한숨도 못 잘 것이 뻔했거니와, 마침 월프 네더튼이 세상의 종말에 관해 설명하는 중이기도 했다. 어쨌거나 플린이 사는 이 세계는 종말을 맞고, 그 덕분에 네더튼이 사는 세계가 시작되는 모양이었다.

방을 나서서 아래층으로 내려오는 동안 네더튼의 얼굴이 표시된 휠리 보이의 태블릿 화면이 아래층으로 내려가는 계단을 밝혀줬다. 플린은 포치 계단에서 집을 지키던 벤을 발견했고, 벤은 화들짝 놀라 소총을 들고 일어서서 총구를 어디로 겨눠야 할지 몰라 쩔쩔맸다. 플린이 본 벤의 모자는 존에 리스가 썼던 것과 마찬가지로 픽셀 위장 무늬가 이쪽저쪽으로 움직이며 변했다. 벤은 네더튼에게 인사를 해야 할지 말아야 할지 몰라 망설였다. 플린은 그에게 자신들은 나무 아래 앉아 얘기를 나눌 거라고 했다. 그는 플린에게 둘의 위치를 다른 사람들에게도 알릴 테지만 다른 곳으로 가지는 말라고, 또 드론이 보여도 신경 쓰지 말아달라고 했다. 그리하여 플린은 나무 아래 의자로 가서 휠리 보이 속에 든 네더튼과 함께 앉았고, 네더튼은 자신이 말한 잭팟이 무엇인지 설명하기 시작했다.

무엇보다 잭팟은 단일한 것이 아니었다. 그것은 여러 가지 원인으로 말미암아 일어났고, 딱히 시작과 끝이 존재하는 것도 아니었다. 하나의 사건보다는 기후에 가까운 것이었고, 따라서 으레 대재앙으로 시작하기 마련인 종말 이야기하고는 전개 방식이 달랐다. 그런 이야기에서는 대재앙이 터진 후에 모두가 버튼과 그의 사설 군대처럼 총을 들고 날뛰거나, 대재앙이 낳은 어떤 것에 산 채로 잡아먹혔다. 네더튼의 이야기는 달랐다.

네더튼은 잭팟이 '인위적 재앙'이었다고 말했고, 플린은 〈시엔시아 로카〉와 《내셔널 지오그래픽》에서 얻은 지식을 토대로 그 사태의 원인이 인류에게 있었다는 것을 눈치챘다. 사람들은 스스로 무슨 짓을 하는지 알지 못했고 문제를 일으키려는 의도도 없었지만, 어쨌거나 저지른 것은 그들이었다. 그리고 실제로는 기후, 그러니까 지나치게 많은 탄소의 영향을 받은 날씨 또한 다른 많은 것들을 가속화한 요인이었다. 상황은 점점 더 나빠졌고 결코 나아지지 않았으며, 앞으로도 계속 그러리라 예상됐다. 왜냐하면 과거의 사람들은 그 재앙이 어떻게 일어나는지 전혀 알지 못했기에 모든 것을 망쳐버렸고, 심지어는 알고 난 후에도 힘을 합쳐 뭔가 대책을 세우지 못했으며, 그러다 결국에는 너무 늦어버렸기 때문이었다.

그래서 지금, 다시 말해 플린이 살고 있는 현재, 사람들은 인위적이고 체계적이고 다층적이고 심각한 참사를 향해 나아가고 있다고 네더튼은 말했다. 플린은 이를 어느 정도는 이미 알고 있었고 다른 사람들도 다들 그러리라 짐작했다. 그런 일은 결코 일어나지 않는다고 여태 떠드는 사람들은 예외였으나 어차피 그들은 대개 구세주의 재림을 기대하는 부류였다. 플린은 은빛으로 굴든 잔디밭 저편을 바라봤다. 주철 몸통이 분해되지 않게 무려 스텐 철사로 꽁꽁 묶어 고정한 고물 수동식 예초기로 리언이 깎아놓은 그 잔디밭 너머, 왜소한 회양목 덤불과 어릴 적 그들 남매의 상상 속에서 용이 사는 성이었던 콘크리트 수반水盤의 부러진 받침대를 지나, 달그림자가 여기저기 드리운 곳으로 시선이 옮겨 갔다. 그러는 동안 네더튼은 마지막까지 살아남았던 전체 인류 가운데 80퍼센트가 약 40년에 걸쳐 잭팟 때문에 목숨을 잃었다는 이야기를 들려줬다.

그리고 그 이야기를 듣는 동안 플린은 누군가에게서 그런 이야기를 듣는 것이 도대체 무슨 의미가 있는지 그저 떨떠름할 따름이었다. 그 이야기가 그의 과거이자 자신의 미래인 마당에.

플린이 네더튼에게 갠 먼저 던진 질문은 이러했다. 그 많은 시체는 다 어떻게 처리했나요?

통상적인 방식으로요. 네더튼이 말했다. 모두 한꺼번에 죽진 않앉으니까요. 그러다 나중에는 어떤 처리도 하지 않고 내버려둔 기간이 한동안 이어졌고, 그다음에는 어셈블러 차례였다. 어셈블러, 즉 나노 봇은 나중에 등장했다. 차례차례 죽어나간 사람들의 시신을 다 처리하고 나서 어셈블러들은 수로가 매몰된 런던의 여러 강을 준설하고 청소하는 등의 일도 함께 해치웠다. 플린이 칩사이드까지 가는 길에 본 것들은 모두 어셈블러의 작품이었다. 잭팟 이후 네더튼의 시대에는 플린이 파티 준비를 마치고 나서 살해당한 그 여성을 목격했던 고층 빌딩을 세운 것도, 네더튼이 '샤드shard'라고 부른 다른 모든 고층 빌딩을 지은 것도, 그리고 그 모두를 쉬지 않고 관리하는 것도 어셈블러들이었다.

플린은 네더튼이 그 이야기를 들려주며 마음 아파하는 것 같다고 느꼈지만, 그는 정작 자신의 마음이 어떤 식으로 그리고 얼마만큼 아픈지는 모르는 눈치였다. 플린은 그가 남 앞에서 잭팟 이야기를 차근차근 늘어놓은 적이 드물다는 것을, 어쩌면 한 번도 없었다는 것을 간파했다. 그가 말하길 애시 같은 사람들은 아예 잭팟을 인생의 화두로 삼았다고 했다. 그런 사람들은 스스로 그렇게 산다는 표시로 상복 같은 검은 옷을 입고 다녔지만 그들에게 중요한 것은 인류의 80퍼센트가 아니라 다른 종들, 즉 다른 생물들의 대멸종이었다.

혜성이 와서 충돌하지도, 딱히 핵전쟁이라고 할 만한 일이 일어나지도 않았다. 그저 변화하는 기후 속에서 다른 모든 것이 얽히고설켜 갔다. 가뭄, 물 부족, 흉작, 이미 많이 적어진 꿀벌들의 완전 멸종, 다른 핵심 생물종들의 붕괴, 마지막 최상위 포식자들의 동시 전멸, 전부터 효력이 줄다가 훨씬 더 희약해진 항생제, 일시적으로 널리 유행하는 감염병이 아니라 그 자체로 역사적 사건이 되고도 남을 여러 질병까지. 그리고 그 모든 것의 중심에 사람들이 있었다. 어떤 사람들이었는지, 그런 사람들이 얼마나 많이 있었는지, 그들이 그저 그 중심에 있는 것만으로 세상을 어떻게 바꿨는지가 중요했다.

잔디밭에 드리워진 그림자는 바닥을 알 수 없는 블랙홀, 또는 주름 한 줄 없이 반지르르하게 펼쳐놓은 벨벳 같았다.

그러나 과학은 예기치 못한 와일드카드이자 반전이었다고 네더튼은 말했다. 모든 것이 역겨운 수렁으로 점점 깊이 빠져들고 역사는 그 자체로 도살장이 되어가는 와중에, 과학이 꽃을 피우기 시작했다. 어느 날 갑자기 단 한 건의 위대한 업적이 이뤄진 것은 아니었다. 더 깨끗하고 더 저렴한 에너지원, 공기 중의 탄소를 더 효율적으로 포집하는 방법, 전에는 항생제가 했던 일을 새로 맡아 하는 신약, 자연히 복원되는 자동차 도색용 페인트나 야구 모자의 표면을 기어다니며 저절로 변하는 위장 무늬 따위보다 더 쓸모 있는 나노 기술 같은 것들이 하나둘 나타났다. 처음 시작은 실제 필요한 양보다 훨씬 더 적은 식재료로 많은 양의 음식을 출력하는 기술이었다. 그리하여 전반적으로는 지독히도 엉망진창인 시대였는데도 뭔가 새로운 것, 사람들로 하여금 눈을 껌뻑거리다가 일어나 앉기 하는 것들 덕분에 세상은 조금씩 더 환해졌지만, 그럼에도 그 환한 빛의 바깥은 원래 빠졌던 수렁 속에 더욱 깊이 빠져들었다. 네더튼은 이를 가리켜 끊임없는 폭력과 상상도 못 할 고통이 동반된 진보라고 말했다. 플린은 그가 그 부분의 묘사를 건너뛰어 자신이 사는 미래에 한쪽 발을 걸치고 그쪽으로 재빨리 건너가 버렸다는 느낌이 들었다. 이미 일어났고 또 앞으로 일어날 일들 가운데 가장 끔찍한 대목은 설명하지 않기 위해서였다.

플린은 달을 올려다봤다. 네더튼이 간략히 묘사해 설명해 준 수십 년 동안에도 달은 지금과 똑같이 보였으리라는 생각이 들었다.

극히 부유한 사람들에게는 잭팟의 어떤 사건도 꼭 나쁜 일만은 아니었다고 네더튼은 말했다. 가장 부유한 이들은 더 부유해졌다. 남은 부를 차지할 사람이 전보다 더 적어졌기 때문이었다. 끊임없는 위기는 곧 끊임없는 기회가 제공된다는 뜻이었다. 그는 자신이 사는 세계가 그렇게 해서 만들어졌다고 했다. 무너져 가던 세상이 가장 깊은 밑바닥에 이르렀을 때, 인구가 급격히 감소한 그 시점에 생존자들은 생태계에 버려지는 탄소가 전보다 적어진 것을 깨달았다. 그때까지도 여전히 만들어지던 탄소는 그들이 세운 고층 빌딩이 먹어치웠다. 플린이 순찰을 돈 빌딩은 단지 부자들의 주거지만이 아니라 그러한 목적을 수행하는 장소이기도 했다. 그리고 그러한 현실을 보며 생존자들은 총알이 자신들을 비껴갔다고 생각했다.

"죽은 사람들 80퍼센트는 총알을 맞았다는 말인가요?"

플린이 묻자 네더튼은 휠리 보이의 스크린 속에서 고개만 끄덕이고 다음으로 넘어갔다. 세상을 지배하는 부류 가운데 중국 바깥에 거주하는 이들이 오랫동안 자연스레 본거지로 삼은 런던이 어떻게 완전히 몰락하지 않고 가장 먼저 부활했는가 하는 이야기였다.

"중국은 어떻게 된 거예요?"

휠리 보이의 태블릿이 희미하게 삐걱거리는 소리를 내며 카메라 각도를 위쪽으로 틀었다. "그 사람들은 일찍부터 알았기 때문에 유리한 처지였어요."

"뭘 알았는데요?"

"잭팟 이후 세상이 돌아가는 방식요. 그래도 여기는." 태블릿이 다시 삐걱거리며 플린 어머니네 집의 잔디밭을 둘러봤다. "아직 표면적으로는 민주주의 사회예요. 하지만 권력을 쥔 생존자들의 주류는 자기네 지위를 확보하는 건 말할 것도 없고 아예 잭팟까지 이용해 먹으려고 했기 때문에, 민주주의를 전혀 원하지 않았어요. 실은 민주주의를 배격했죠."

"그럼 그 세상은 누가 움직여요?"

"올리가르히, 기업, 신왕정주의자들이요. 세습 군주제는 사람들에게 익숙해서 편리한 체제였거든요. 비판자들에 따르면 근본적으로는 봉건제였어요. 별 대단한 건 아니지만요."

"그럼 잉글랜드 왕이 지배하는 거예요?"

"런던시가 해요. 런던에서도 시티 지역의 길드 연합이 하죠. 레프의 아버지 같은 사람들하고 동맹을 맺어서요. 그걸 가능케 하는 건 로비어 같은 사람들이고요."

"세상 자체가 – 웃기는 곳이네요." 플린은 로비어가 그렇게 말했던 기억이 떠올랐다.

"클렙트는 말이죠." 네더튼은 플린의 말을 오해했다. "전혀 웃기는 사람들이 아니에요."

80
클로비스 리미트

클로비스 피어링은 아주 오래된 친구라는 로비어의 소개말과 더없이 분명하고 인상 깊게 부합하는 인물이었다. 나이는 로비어 본인과 비슷하거나 더 많아 보였고, 외모 또한 나이에 걸맞게 늙어 보이도록 의도한 티가 역력했다. 아마도 벗어졌을 머리에는 검은색 니트 모자를 썼고 그 아래의 빅토리아시대풍 상복은 케케묵은 분위기를 어찌나 정확하게 재현했던지, 애시의 의상은 아예 야하고 조잡한 모방품으로 보일 지경이었다. 낡아서 부스러져 가는 성상聖像의 눈을 닮은 클로비스의 검은 눈동자는 예민하고 빠르게 움직였고, 흰자위는 누런색을 띤 채 핏발이 서 있었다. 포토벨로 로드에 있는 그녀의 가게 클로비스 리미트는 오로지 미제 골동품만 전문으로 취급했다.

잠시 차를 타고 오는 동안 로비어가 설명해 준 바에 따르면 네더튼이 지금 이 가게에 있는 까닭은 데이드라가 화요일 저녁 파티에 그를 초대했기 때문이었다. 다만 로비어는 아직 데이드라의 메시지를 열어봐도 좋다는 허락을 하지 않았다. 메시지 확인 및 참석 회신 전송은 레프와 무관한 곳에서 실행해야 했다. 생각건대 주보프 집안의 보안 체계를 데이드라 본인이 관련돼 있을지도 모르는 브안 체계에 노출시킬 염려가 없는 장소여야 했다. 로비어가 보기에 상대편의 보안 체계는 몹시 상대하기 까다로웠고, 따라서 반드시 피해야 했다.

"클로비스, 이 젊은이는 월프 네더튼이라고 해." 로비어는 손님이 하도 많아서 야만스러울 정도로 어수선한 가게 안을 느긋하게 둘러보며 말했다. "홍보 전문가야."

가게 앞쪽 간판에는 '피어링 부인'이라는 호칭으로 소개된 클로비스가 네더튼을 노려봤다. 그로서는 아마 본 적도 없을 만큼 빽빽하게 얽힌 주름과 반점의 그물망 속에 도마뱀을 닮은 눈이 자리 잡고 있었다. 두개골은 건강이 염려될 정도로 윤곽이 또렷했고 주름 또한 세월이 얼굴에 남긴 흔적을 미세한 차이로 따라잡을 것처럼 보였다. "그렇게 된 게 이 친구 잘못은 아니지." 클로비스가 로비어에게 말했다. 목소리는 의외로 또렷했고, 억양은 미국식이었지만 발음은 플린보다 더 알아듣기 쉬웠다. "내 생각에 당신한테 홍보 전문가가 필요할 것 같진 않은데." 카운터 유리 상판 위에 놓인 클로비스의 손은 새의 발톱 같았고, 한쪽 손등에는 피부 아래에 주입한 잉크가 도저히 읽을 수 없는 얼룩으로 변한 흔적이 보였다. 몹시도 오래된, 조금도 움직이지 않는 문신이었다.

"네더튼은 연속체 예찬자들을 친구로 뒀어." 로비어가 말했다. "그게 뭔지 잘 알아?"

"지난 몇 년간 그런 부류들이 줄줄이 나를 찾아왔어. 2030년대나

2040년대의 물건은 뭐든 다 사려고 하더군. 그자들은 준비를 제대로 갖춘 상태에서 잭팟 이전으로 최대한 멀리까지 거슬러 올라가고 싶어 하는 것 같아. 가장 최근엔 2028년이었지. 그래서, 내가 뭘 도와주면 될까?"

"윌프." 로비어가 말했다. "당신만 괜찮다면 난 클로비스하고 그간 쌓인 이야기를 좀 해야겠습니다. 이메일을 확인하거나 전화하려거든 바깥 보도에 나가서 하세요. 차에서 멀리 떨어지면 안 됩니다. 엉뚱한 곳으로 새면 차가 가서 당신을 데려올 겁니다."

"당연히 그래야죠. 만나서 반가웠습니다, 피어링 부인." 네더튼이 말했다.

클로비스 피어링은 네더튼은 거들떠보지도 않고서 로비어를 날카롭게 주시했다.

"우선 기억을 좀 더듬어 볼게." 로비어가 꺼낸 그 말을 들으며 네더튼은 가게 바깥으로 나섰다.

토요일이기는 해도 저녁 늦은 시간이다 보니 다니는 사람이 낮보다는 상당히 적어서, 행상들은 모두 자리를 접고 돌아갔고 피어링의 가게 같은 곳만 열려 있었다. 로비어의 차는 은폐 상태인데도 살짝 김이 피어오르는 기묘한 모습으로 주차돼 있었지만 행인들은 꿋꿋이 못 본 척했다. 화려한 의상으로 교수처럼 차려입은 이탈리아인 둘이 가게 바깥으로 나서는 네더튼 앞을 대화에 몰두한 채 지나갔다. 그들은 길을 건너 대각선 맞은편에 있는 시계방으로 향했다. 로비어의 차는 금속이 냉각되어 수축할 때처럼 대중없이 탁탁거리는 소리를 냈다. 네더튼은 플린의 얼굴이 떠올랐다. 달빛에 환하게 물든 그 얼굴은 수심이 감돌았다. 그는 플린에게 잭팟 이야기를 하는 것이 탐탁지 않았다. 그는 역사의 서사적 측면을 싫어했고, 특히 그 시대의 역사에 대해서는 더더욱 그러했다. 사람들은 그것 대문에 너무도 따분하게 망가져 버리곤 했다. 애시처럼, 아니면 레프처럼. 스스로는 거의 알아차리지도 못하는 사이에.

네더튼은 피어링 부인의 가게 진열창 쪽으로 돌아선 다음, 유리로 덮인 야트막한 쟁반과 그 속에 줄줄이 놓인 돌로 만든 화살촉을 유심히 구경하는 척했다. 그것은 앞선 문명의 신비로운 상징이었다. 그는 달빛에 물든 플린네 집 정원에서도 다른 문명의 흔적을 언뜻 목격한 느낌이 들었다. 그런 면 때문에 애시가 그를 어떻게 생각하는지에 관해 로비어가 들려줬던 얘기를 떠올려 보려 했지만, 기억이 나지 않았다. 그는 입천장을 톡 쳐서 데이드라가 보낸 초대장을 연 다음 세부 사항을 꼼꼼히 읽었다. 행사는 패링든에 있는 이든미어 맨션스 빌딩의 56층에서 열릴 예정이었다. 그리고 그곳은 아엘리타의 집이자 버튼이 경비 근무를 서도록 배치된 곳, 따라서 플린이 살인 사건을 목격한 것으로 보이는 장소였다. 그는 애니 쿠레주 박사와 함께 초대받았지만 쿠레주 박사는 페리퍼럴을 통해 참석할 예정이었다. 그날 저녁 행사는 '모임'으로만 표현됐을 뿐 목적이나 성격은 전혀 언급되지 않았다.

혀끝이 다시 입천장을 건드렸다. 환류가 그려진 데이드라의 인장이 나타났다. 이번에는 우뚝 솟은 화강암 홀이 아니었다. 용도를 짐작하기 힘든 공간, 어스름하고 은밀해서 어딘가 내실內室 같은 분위기가 느껴지는 장소였다. "네더튼 씨!" 상류층 소녀의 모습을 한 데이드라의 모듈이 외쳤다. 놀란 한편으로 기뻐하는 눈치였다.

"데이드라가 보내준 친절한 초대장에 참석 의사를 밝히러 왔어. 쿠레주 박사는 페리퍼럴을 통해 나랑 동행할 거야."

"초대를 거절하셨으면 데이드라가 엄청 실망했을 거예요, 네더튼 씨. 데이드라한테 전화 좀 드리라고 할까요?"

"고맙지만 안 그래도 돼. 잘 있어."

"안녕히 가세요, 네더튼 씨! 즐거운 저녁 보내시고요!"

"그래. 안녕."

데이드라의 인장이 사라지고 로비어의 인장이 그 자리를 대신 차지했다. "보아하니 평판이 꽤 좋은 것 같습니다."

"엿듣고 있었군요."

"해가 동쪽에서 뜬다는 얘기만큼이나 당신의 평판 역시 사실일 거라고 믿습니다. 잠깐 이리로 다시 들어오세요."

네더튼은 가게로 다시 들어가 허리 높이로 똑바로 서 있는 악어 봉제 인형을 피해 안쪽으로 향했다. 실크해트를 쓴 악어 인형은 허리 양쪽에 찬 총집에 짝이 맞는 권총 한 쌍이 꽂혀 있었다. 주철 손잡이에 황소 머리 장식이 달린 그 권총은 네더튼이 보기에 아이들 장난감 같았다. 로비어와 피어링은 여전히 카운터에 있었다. 이제 둘 사이에 황백색 플라스틱으로 만든 직사각형 쟁반이 놓여 있었다.

"이게 뭔지 아시겠습니까?" 로비어가 쟁반을 가리키며 물었다.

"아뇨." 네더튼이 대답했다. 쟁반에 조잡한 서체로 인쇄된 **클랜튼 카운티 200주년 기념**이라는 문구와 200년 간격의 연도 한 쌍, 조그마한 그림 또는 망점으로 이루어진 사진이 보였다. 인쇄된 부분은 닳아서 흐릿했다.

"당신의 페리더럴이 플린의 집에서 우연히 이것과 똑같은 물건을 촬영했습니다." 토비어가 말했다. "우리는 그 집에 있는 여러 물건들을 클로비스가 거래하는 업자들의 카탈로그와 비교해 봤습니다. 이건 래드브로크 그로브역에서 가져온 물건입니다. 어셈블러들이 꺼내왔죠."

"방금요?"

"당신이 나가 있는 사이에요."

"이걸 본 적이 있는지 기억이 안 나는데요." 네더튼은 그 일대의 옛 지하철 터널에 유물이 잔뜩 쌓여 있다는 것을 대강은 알고 있었다. 그런 터널에는 업자 여럿이 재고를 한데 모아 보관하며 세세하게 분류해 뒀고, 그 덕분에 어셈블러가 즉시 물건을 찾아 가져오곤 했다. 네더튼은 눈앞의 쟁반이 방금 전까지도 그런 지하 터널에 있었다는 생각에 왠지 슬퍼졌다. 실제로 플린의 집에 있던 쟁반이 이곳까지 흘러온 것이 아니라면 좋겠다는 생각마저 들었다.

"플린의 쟁반은 벽난로 위에 놓여 있었습니다." 토비어가 말했다. "집안의 보물이었다는 뜻이죠."

"클랜튼에는 나도 가봤어." 피어링 부인이 말했다. "거기서 어떤 남자를 쐈지. 라마다 인 호텔의 라운지에서. 총알은 발목에 맞았어.

난 사격장에서는 언제나 명사수였지만, 진짜 실력은 스스로 통제하지 못하는 상황에서 나오는 법이지."

"왜 쐈는데요?" 네더튼이 물었다.

"그 남자가 자리를 뜨려고 해서." 피어링이 말했다.

"넌 정말 걸작이었어, 클로비스." 로비어가 말했다.

"너는 영국 스파이였고." 피어링 부인의 말이었다.

"너도 마찬가지였잖아. 프리랜서이긴 했지만."

피어링 부인의 독특하게 울퉁불퉁한 주름살들이 위치를 살짝 바꿨다. 미소 같았다. 아마도.

"왜 그 사람한테 영국 스파이였다고 했어요?" 몇 분 후, 네더튼은 로비어의 차 안에서 그렇게 물었다. 차의 은폐 기능이 해제되는 사이에 미치코이드 육아 도우미와 함께 가던 어린애 둘이 그 광경을 보고 손뼉을 치며 즐거워했다. 로비어는 네더튼을 뒤따라 차에 오르며 아이들에게 손가락을 까딱거려 인사했다.

"실제로 그랬으니까요. 당시에는요." 로비어는 자신과 네더튼 사이의 테이블 위에 놓인 향초의 불꽃을 물끄러미 보며 말했다. "저는 워싱턴에 있는 대사관에서 외부 인력인 클로비스를 관리했습니다. 그 인연으로 클로비스는 클레멘트 피어링과 결혼했는데, 하필이면 그 사람이 마지막 보수당 하원 의원 무리의 일원이었죠." 로비어는 인상을 찡그렸다. "저로서는 클레멘트에게 열을 올리는 클로비스가 조금도 이해가 가지 않았지만, 유력 인사를 남편으로 두면 편하다는 건 부정할 수 없었죠. 게다가 클로비스도 남편을 이상하다 싶을 정도로 좋아했고요. 끔찍한 나날이었죠."

"플린한테 얘기했어요. 잭팟에 관해."

"죄송하지만 저도 들었습니다." 로비어는 조금도 죄송해 보이지 않았고 후회하는 기색 또한 전혀 없었다. "설명을 잘하시더군요. 사려 깊게."

"플린이 얘기를 꼭 들어야겠다고 고집했어요. 이제는 나 때문에 플린이 슬퍼하거나 겁을 먹었을까 봐 걱정되네요." 네더튼은 자신이 진심으로 그렇게 느낀다는 것을 깨달았다.

"예전 사람들이 하던 대로 하자면 엎질러진 물인데, 어쩔 수 없죠. 저야 그 말이 늘 거슬립니다만. 이따가 도착하면 애시를 시켜 당신에게 진정제를 놓을 겁니다."

"진짜로요?"

"술에 취해 의식을 잃는 것과 비슷한 상태지만, 실제로 술을 마시거나 나중에 숙취 때문에 골치 아플 일은 없습니다. 당신은 쉬어야 합니다. 플린과 함께 데이드라의 파티에 참석해야 하니까요. 화요일 저녁에."

"그 가게 주인하고 너무 일찍 헤어진 것 같은데요." 네더튼이 말했다. "당신은 정보를 얻고 싶어 하는 줄 알았는데."

"그건 사실입니다만, 클로비스가 정보를 검색하고 암호까지 풀려면 시간이 걸립니다. 실제로 머릿속에 다 담아놓고 사는 건 아니니까요."

"플린한테 전화할까 하던 참이었어요." 네더튼이 말했다.

"지금 자는 중입니다. 지독히도 긴 하루를 보냈거든요. 납치당하고, 감금당하고, 구출되고, 그러고 나서는 당신한테서 잭팟의 전모에 관한 설명을 듣고 받아들여야 했으니까요."

"플린이 자고 있다는 걸 어떻게 알아요?"

"메이컨을 시켜 플린의 새 전화기에 기능을 추가했습니다. 저는 플린이 지금 자고 있다는 것뿐 아니라 꿈을 꾸고 있다는 것까지 압니다."

네더튼은 로비어를 가만히 봤다. "무슨 꿈을 꾸는지도 알아요?"

로비어는 촛불을 바라봤다. 그러다가 눈을 들어 네더튼을 봤다. "아니요. 물론 마음만 먹으면 알 수도 있습니다만, 그루터기 내의 연결 상태가 조금 임시적이라서 완전히 파악하기는 힘들지도 모릅니다. 저 스스로는 그렇게 파악한 결과가 마음에 쏙 들었던 적이 드뭅니다만, 원형적 몽상이라는 주제 자체는 몹시도 흥미롭습니다. 다만 이때의 흥미는 주로 그러한 몽상이 대개 시각적으로 얼마나 진부한가 하는 점에 있습니다. 우리 모두가 기억에 의존해 자신의 꿈을 적잖이 멋지게 상상하는 것하고는 반대로 말이죠."

81
알리모 요새

"웬 소?" 플린은 입안 가득 바나나를 우물거리다가 놀란 목소리로 물었다. 렌터카가 포터 로드의 높다란 지점을 지날 때였다. 아주 높지는 않아도 평소에 자전거를 타고 다니는 플린으로서는 그 높이를 아는 곳이었다. 경치를 감상하기에 더없이 좋은 날이었다. 화창한 오전 11시 30분, 재니스프 모는 골판지 렌터카를 타고 마을로 향하는 길이었다. 전날 밤 네더튼에게서 세상이 끝장나는 이야기를 듣지만 않았어도 완벽했을 듯싶었다. 아니, 어찌 보면 세상은 늘 끝장나는 중이었다. 아니면 그 비슷한 상태였거나.

"소가 아니야." 재니스가 말했다. "어제 버튼이 갖다 놓은 거야."

플린은 곁눈질로 소를 돌아봤다. 소가 있는 곳은 부동산 개발업자들이 사들여 아무것도 짓지 않고 비워두기 전까지는 원래 건초 더미를 쌓아두는 장소였다. 플린은 소의 머리가 움직이는 것을 본 느낌이 들었다. "진짜? 저것도 드론이라고?"

"그보다는 인공위성에 더 가깝지." 재니스가 말했다. "감지 능력이 어마어마해. 게다가 드론이 와서 배터리를 충전할 수도 있대."

플린은 남은 바나나를 다 먹어치웠다. "헤프티 마트에서 샀을 것 같진 않은데." 입안에 든 것을 삼키고 나서 한 말이었다.

"아마 그리프한테서 받았을 거야. 아니면 발에 차일 정도로 많은 너희 변호사 중 한 명한테서."

"얼마나 많길래 그래?"

"지미스의 칠리 도그를 밤낮으로 다 바닥낼 정도야. 미리 주문해 놓고 드론으로 받아 간대. 대니는 아예 업소용 주방 기구 양판점에 가서 새 칠리 냄비를 사 왔어." 지미스의 주인인 대니는 플린 어머니의 어릴 적 기억 속에 남아 있는 실존 인물 지미의 종손자였다. "대니는 칠리 도그 가격을 올리려고 했는데 버튼이 토미를 시켜서 그러지 말라고 했대. 그래서 내 생각엔 너희 쪽에서 칠리 도그에 일종의 보조금을 주는 것 같아."

"왜?"

"그래야 이 동네 사람들이 콜디론에 반감을 안 가질 거 아냐. 사람들은 벌써부터 리언이 돈을 푼다고 생각해. 리언이 주 정부에서 발표한 것보다 훨씬 많은 당첨금을 받았다는 음모론이 도는 중이지."

"무슨 말도 안 되는 소릴."

"음모론은 단순해야 돼. 말이 되는 소리면 단순해질 수가 없지. 사람들은 음모론 뒤의 뭔지 모를 실체에 관심을 갖기보단, 눈앞의 골칫거리가 얼마나 복잡한지를 더 두려워하니까."

"그 음모론이란 게 대체 뭐야?"

"그다지 뚜렷한 건 없어. 아직은. 당장은 지미스 바깥에서 서로서로 물어보는 정도야. 예컨대 피켓이 전부터 쭉 국토안보부의 돈을 받았다는 얘기 같은 거."

"국토안보부가 마약을 제조했다고?"

"안 그랬으면 국제연합 인수 자금을 어떻게 마련했겠어?"

"국제연합은 이제 거의 남아 있지도 않아, 재니스. 로터리 클럽이나 국제 키와니스 같은 데가 더 클걸."

"국제연합은 악마 숭배 쪽으로 뿌리가 깊지." 재니스는 누런 줄무늬 길고양이가 도로를 건너도록 차의 속도를 줄였다. 고양이는 배가 축 늘어진 몸으로 길을 건너다가 둘이 탄 차 쪽을 뚱한 표정으로 돌아봤다. "매디슨이 그러는데 대니가 칠리 도그 값을 못 올린 건 미래에 있는 너희 친구들의 지시 때문이래."

"별 자잘한 걸 다 관리하네." 플린은 시야에 조금씩 들어오는 시내 입구 풍경을 유심히 바라봤다.

"변화의 속도만 늦춰준다면 난 자잘한 관리 정도는 아무렇지도 않아. 시내는 네가 마지막으로 봤을 때하고는 달라졌거든."

"내가 버튼 대신 일하러 갔던 건 지난 화요일 저녁이야. 지금은 일요일 오전이고."

"그리고 우린 지금 교회가 아니라 다른 데 있지. 잠깐 동안에 커다란 변화가 일어나기도 해. 난 그걸 내 눈으로 봤어. 뉴스도 같이 봤고. 겉으로는 전과 똑같아 보여도 그렇지 않아."

그들이 탄 차는 상가 주차장으로 들어섰다. 전에는 비어 있었던 스시 반 점포의 지붕 위에 새로 설치된 이동 통신 기지국과 안테나가 플린의 눈에 들어왔다. 주차장을 거의 채우다시피 한 번쩍거리는 독일제 고급차들은 지붕이 자동으로 접혔다 펴졌다 하는 모델이었고, 플로리다주 번호판이 달려 있었다. "우와." 플린이 중얼거렸다.

"사람에 따라서는 겉으로도 전하고 달라 보이겠는데." 재니스는 스시 반 앞의 빈 주차 칸에 차를 세웠다. "스시 반의 홍 씨는 아주 신났어. 변호사들이 이 식당도 되게 좋아하거든. 게다가 밤샘 영업도 하고. 아예 스시 반 티셔츠까지 사서 입고 다녀. 홍 씨는 가게 지붕에 너희 통신용 안테나를 설치하고 보상금도 받았어."

"내가 준 건 아니야."

"홍 씨가 보기엔 네가 준 게 맞아. 네가 최고 커뮤니케이션 책임자 잖아. 회사 서류에 온통 네 서명이 있던데."

"그거 합법적인 거 맞아?"

"그런 건 미래 사람들한테 물어봐. 버튼은 사설 군대를 만드느라 바쁠 테니까." 재니스가 차에서 내리자 플린도 따라 내렸다. 휠리 보이는 플린의 팔에 와인 병처럼 안겨 있었다.

메이컨과 카를로스가 상가 앞 보도를 따라 둘이 있는 쪽으로 다가왔다. 메이컨은 낡은 청바지에 스시 반 티셔츠 차림이었다. 하얀 바탕에 빨간색으로 엉터리 일본어 폰트와 창고 건물이 어설프게 그려져 있었고, 창고 그림 앞쪽에는 커다란 롤 초밥 한 개가 자리 잡고 있었다. 카를로스는 위장 무늬 군복 바지에 경량 방탄조끼를 입고 불펍 소총을 어깨에 멘 차림이었다. 그렇게 총을 메고 다녀도 헌법에 보

장된 권리니 뭐니 하는 이유로 합법인 줄은 플린도 알았지만, 그럼에도 이곳에는 어울리지 않는 모습이었다. 한 주 전까지만 해도 그들은 소총을 들기는커녕 위장 무늬 옷을 입고 시내에 올 생각조차 해본 적이 없었다. 그런데 이제 カ를로스는 비록 스케이트보드용 운동복처럼 보이는 물건이기는 해도 방탄조끼까지 걸친 차림새였다. 둘은 저마다 눈에 비즈를 끼고 있었다. 메이컨은 플린을 보며 헤벌쭉 웃었지만 카를로스는 씩 웃을 뿐이었고, 그러는 동안에도 눈으로는 계속 주위를 살폈다. 플린은 그가 당장이라도 사람을 쏠 준비가 되어 있다는 것을 눈치챘다. "저 잡동사니들 홍 씨네 가게 지붕에 달아놓은 거, 너야?" 플린이 메이컨에게 물었다.

"클라인 크루스 버밋의 변호사들이 단 거야."

"변호사들이 더 많아졌다고 재니스가 그러던데."

"아직은 콜디론이 주토 변호사하고 서류로 만들어진 회사다 보니까. 그리고 자기 자본하고."

"저 냄새 나는 가게 안에 다 모여 있는 건 아니겠지, 설마?"

"어림도 없지. 시내 곳곳에 더 작은 공간들을 빌려뒀어. 우리한테는 저 사람들이 흩어져 있는 게 더 좋으니까. 뭣보다 우리가 여기서 하는 일하고 거리를 두는 게 제일 좋고."

"그 일이란 게 정확히 뭔데?"

"지금은 코너를 미래에 보내놨어. 무슨 훈련을 좀 시키느라고."

"페리퍼럴에 들어가서 하는 훈련이야?"

"그것보다는 조종하기가 좀 더 어려운 물건 같던데, 이따가 코너한테 한번 물어봐. 코너는 그쪽에 꼬박 6시간이나 있었어. 그쪽 사람들은 그 녀석이 이제 곧 이쪽으로 돌아올 거라고 했는데 말이야. 그러다가 웬 섹시한 간호사가 코너를 찾아왔어."

"섹시한 간호사라니?"

"그리프가 보낸 사람이야." 재니스가 말했다.

"간호사는 무슨." 카를로스가 중얼거렸다.

"카를로스는 그 여자가 특수 요원인 줄 알거든." 메이컨의 말이었다. "그 여자 말로는 자기가 응급 구조사래. 뭐, 둘 다 하지 말란 법은 없으니까."

"냉혹한 살인자일걸." 카를로스가 말했다. 말투가 꼭 제일 좋아하는 파이의 이름을 말하는 사람 같았다.

"그리프라." 플린이 중얼거렸다. "그 이름이 자꾸 나오네."

"안에서 얘기하자." 메이컨은 포에버 패브 옆 공간으로 앞장서 들어갔다. 전과 별로 달라 보이지 않았다. 점포 앞쪽의 유리 벽 바깥 면과 출입문만 물로 닦았을 뿐이었다.

그러나 내부는 달랐다. 우선 기와가 담긴 튼튼한 비닐 자루를 차곡차곡 쌓아 만든 실내 방벽이 보였다. 전에 재니스가 얘기해 준 그 방벽이었다. 매디슨이 버튼의 헤프티 마트 폴리머 스프레이를 유리벽 안쪽에 뿌려 5센티미터가 넘는 두께로 굳혀놓은 것도 눈에 띄었다. 총알을 막지는 못해도 유리 조각이 튀는 것은 막아줄 듯싶었다. 그리고 실내에 지어놓은 알라모 요새, 즉 비닐 자루를 거대한 벽돌처럼 쌓아 올려 만든 벽은 두께가 약 1미터에 높이는 2미터가 넘어 보였다. 플린은 실내 공간을 빙 둘러 그런 식의 벽을 세웠으리라 짐작했다. 그 벽에 뚫린 곳이라고는 앞문과 포에버 패브로 통하는 구멍, 그리고 있을지도 모르는 뒷문 정도인 듯했다. 앞문 앞쪽에는 카를로스의 방탄조끼에 들어가는 단감과 똑같은 시트가 몇 겹이나 덧대어져 있었다. 초록빛이 도는 자주색 솜사탕 같은 소재를 얇게 펴서 만든 시트였다. 플린은 물리학을 잘 알지 못했지만 그 시트에 총알이 박히면 총알의 운동에너지 때문에 시트가 한순간 강철과 맞먹을 만큼 단단해진다는 것, 이 때문에 착용자의 팔이 부러지기도 한다는 것만 알 뿐이었다. 실내에는 피켓의 집에서 테이블에 손이 묶였을 때 본 플라스틱 밴드의 색, 즉 국토안보부 특유의 단조로운 파란색이 많이 눈에 띄었다. 파란색의 정체는 대부분 이전까지 방음 타일로 덮여 있었던 서까래에서 아래로 길게 늘어진 방수포였다. 서까래 위에 보이는 회색 말벌 집은 몇 년쯤 묵은 것인 듯했다. 그러나 전에 풍겼던 고약한 하수도 냄새는 이제 사라지고 없었고, 플린은 그나마 다행이라고 느꼈다.

"부서를 소개할게. 저기가 우리 법무 팀이야." 메이컨이 가리킨 곳에 헤프티 마트 스낵바에서 열린 회의에 참석했던 브렌트 버밋이 보였다. 다림질한 면바지에 메이컨과 똑같이 스시 반 티셔츠를 입은 버밋은 빨간 머리를 짧게 자른 젊은 여성과 대화하는 중이었다. "휠리 보이가 마음에 드나 봐? 아까 보니까 들고 다니던데." 메이컨이 물었다.

"그걸로 네더튼하고 얘기했어. 어젯밤에."

"어땠어?"

"우울하고 겁나게 섬뜩했어. 근데 내가 항상 짐작했던 미래하고 비슷하다는 느낌?"

메이컨은 플린을 빤히 봤다.

"설명하기가 복잡해. 코너는 뒤에 있어?" 플린은 안쪽으로 걸음을 옮겼다. 재니스가 그 뒤를 따랐다.

메이컨이 둘의 곁에 따라붙었다. "로비어가 너더러 1시간쯤 후에 그쪽으로 올라와 주면 좋겠대. 여기서 가면 돼."

"버튼도 여기 있어?"

"피켓네 집에 갔어."

플린이 멈춰 섰다. "뭐 하러?"

"토미가 버튼을 부보안관으로 임명했거든. 국토안보부가 잭먼 보안관의 시신을 발견해서."

"나한테는 그런 얘기 안 했잖아." 플린이 재니스에게 말했다.

"무슨 얘길 먼저 해야 할지 점점 더 헷갈리지 뭐야." 재니스가 말했다. "국토안보부가 피켓의 집에서 보안관 시체를 찾긴 했는데, 다 모았는데도 신원 확인조차 간신히 했을 만큼 남은 게 별로 없었대. 유전자를 이용하는 기술이 없었으면 치과 기록하고 허리띠 버클을 보고 확인해야 했을걸."

"토미는 어떻게 지내?"

"그 녀석은 지금 보안관 대행이야. 잭먼이 없어져 버리는 바람에." 메이컨이 말했다. "토미 보안관님이 되신 거지. 바쁘신 분이야."

"넌 어떤데?"

"각성제로 버티는 중." 메이컨이 대답했다. "잠을 통 못 자서."

"난 약이라면 진짜 돌아버리겠어, 메이컨. 그딴 거 하지 마."

"업자들이 만든 각성제가 아니야. 정부가 인증한 각성제야. 그리프가 줬어." 메이컨은 스시 반 티셔츠를 위로 올려 배에 붙인 손가락 한 마디 길이의 노란색 삼각형 패치를 보여줬다. 삼각형 밑변에서 위 꼭짓점까지 초록색 수직선이 이어져 있었다.

"그 그리프라는 게 도대체 누구야?"

"영국 사람이야. 외교관인지 뭔지, 워싱턴 D.C.에 산대. 여기저기 연줄이 닿는다던데."

"그 여기저기가 어딘데?"

"내가 직접 조사한 바에 따르면, 그 이상 수상쩍을 수가 없는 곳들."

"저쪽에선 그리프에 관해 뭐라고 해?"

"아무 말도 안 해. 저쪽에서 워싱턴에 있는 그리프를 이리로 보냈거든. 리스가 널 납치한 후에 로비어가 애시한테서 지휘권을 넘겨받았어. 아무래도 로비어가 만일의 사태에 대비해 그리프를 미리 대기시켰던 것 같아. 네가 그 알약을 안 먹었으면, 아마 그리프가 온갖 수상쩍은 정부 기관에 죄다 전화를 돌려서 널 찾아냈을걸. 클로비스를 데려와서 코너가 왕관을 쓰고 저쪽에 가 있는 동안 돌보게 한 것도 그리프야." 메이컨은 출입문 옆에 우뚝 버티고 서 있는 카를로스 쪽을 흘깃 돌아봤다. "카를로스는 그 여자가 무슨 닌자인 줄 알지만."

"클로비스는 남자 이름인데." 플린이 말했다. "그런 이름의 왕이 있었어. 옛날 프랑스에."

"본인 말로는 오스틴 출신이래. 이름은 뉴멕시코주에 있는 도시에서 따온 거고."

"어떤 사람이야?"

"직접 소개해 주는 게 더 빠를 것 같은데." 메이컨은 방수포를 한쪽으로 젖혔다. 줄줄이 놓인 환자용 침대 세 개 가운데 하나에 코너가 누워 있었다. 검은 플리스 자루 옷 위에 하얀 시트를 덮고 눈을 감은 채로, 머리에는 백설공주의 왕관 같은 차단기를 쓰고 있었다.

"클로비스." 메이컨이 말했다. "이쪽은 플린 피셔예요. 플린, 이쪽은 클로비스 레이번."

침대 옆의 여자는 플린보다 나이가 조금 더 많고 키도 더 컸고, 스케이트보드를 타면 잘 어울릴 것처럼 보였다. 호리호리한 체격에 눈은 검은색이었고, 검은 머리는 양옆은 짧게 자르고 위쪽은 지느러미 모양으로 조그맣게 세운 스타일이었다. "휠리 보이네요." 클로비스가 말했다. "나도 고등학생 때 하나 있었는데. 취미로 수집하는 거예요?"

"메이컨이 줬어요. 고향이 클로비스예요?"

"잉태된 데가 거기예요. 엄마는 사실 포털리스에서 그랬을 거라고 짐작했지만, 아빠가 나한테 그 이름을 붙이는 건 싫었대요."

"코너하고는 잘 지내요?"

"여기 도착하고 나서 눈뜬 모습을 아직 한 번도 못 봤어요." 클로비스는 통이 좁고 신축성이 있는 위장 무늬 바지에 소매는 전투복 상의 같지만 몸통은 착 붙는 저지 옷감으로 된 셔츠를 입고 있었다. 예전 사람들이 딱딱한 구식 판형 방탄조끼 아래 받쳐 입던 셔츠였다. 아랫배에 커다란 구급 치료용 파우치를 차고 있었는데 파우치의 빨간 십자가 표시는 눈에 잘 띄지 않게 두 가지 색조의 황갈색으로 바뀌어 있었다. 클로비스는 일어서서 플린에게 다가와 악수했다.

"이쪽은 내 친구 재니스." 플린은 악수하는 둘을 지켜봤다.

"네가 서명하고 공증받을 서류를 버밋이 300장쯤 준비해 놨어." 메이컨이 말했다. "여기다 테이블을 놔줄 터니까, 서명하면서 얘기들 나눠."

"거기 계신 숙녀 여러분 중에." 침대에서 코너의 목소리가 들려왔다. "혹시 내 소변 주머니 좀 갈아주실 분?"

클로비스는 플린을 돌아봤다. "저 개망나니랑 아는 사이세요?"

"처음 보는데요." 플린이 말했다.

"저도요." 재니스였다.

플린은 침대 곁으로 다가갔다. "저쪽에서 어디에 들어가 있었던 거야? 메이컨이 그러는데 무슨 훈련을 받았다며."

"세탁기같이 생긴 장치인데, 관성 추진으로 움직여. 안에 엄청 큰 플라이휠이 달려 있어."

"세탁기라고?"

"무게가 한 150킬로그램은 돼 보여. 거대한 정육면체야. 한쪽 모서리로 세워서 균형을 잡다가 회전시키는 방법을 배운 참이었는데,

그쪽 사람들이 날 돌려보냈어."

"뭐에 쓰는 건데?"

"난들 알아. 캄캄한 뒷골목에서 맞닥뜨리고 싶은 물건은 아니야." 코너가 목소리를 낮췄다. "메이컨은 정부가 만든 흥분제에 취한 상태야. 업자들이 만드는 최고 품질의 약에서 초조감 같은 부작용을 뺀 물건이지. 편집증 같은 골치 아픈 기능 장애는 전혀 없어."

"네가 쓰는 강화 약물하고는 다른 거야?"

코너는 플린에서 메이컨에게로 시선을 돌리며 중얼거렸다. "나한테는 하나도 안 주려고 해."

"의사의 지시야." 메이컨이 말했다. "어차피 사람들이 약에서 기대하는 효과는 하나도 남김없이 제거하고 설계한 거야. 잠이 안 오게 하는 것만 빼고."

"뭐라도 되는 것처럼 징징거리지 좀 마요." 클로비스는 코너에게 그렇게 조언하며 침대 쪽으로 다가섰다. "내가 재수가 없다 보니까 살면서 계집애같이 토라진 햅틱 정찰대 애새끼들을 꽤 만나봤는데, 하나같이 그렇게 징징거리더라니까. 혹시 알아요, 주둥이 닥치고 있으면 나중에 맛있는 커피 한잔 갖다줄지."

코너는 영혼의 단짝이라도 만난 사람의 표정으로 그녀를 올려다봤다.

82
고약한 시대

플린네 집 정원의 잔디밭은 세상의 끝자락까지 펼쳐졌다. 달은 탐조등처럼 너무도 환했다. 검댕같이 까만 바다의 표면은 종잇장처럼 평평했다. 그는 플린을 찾을 수가 없었다. 그래서 우스꽝스러운 바퀴를 굴리며, 머리를 까딱거리며, 앞으로 나아갔다. 그는 로비어가 이 꿈을 들여다본다는 것을 알았고, 자신이 그 사실을 어떻게 아는지 궁금해했다. 달 표면의 분화구들이 왕관으로 변하며….

로비어의 인장이 나타났다. "여보세요?" 네더튼은 눈을 뜨며 고비바겐의 돔 모양 천장이 보일 거라 생각했지만 시야에 나타난 돔은 다른 건물의 것이었고, 뒤쪽으로 멀어져 사라졌다. 비가 내렸고, 구름 사이로 햇살이 비쳤으며, 물기 어린 회색 석조 건물과 검게 칠한 창살, 플라타너스 가지 같은 것들이 보였다. 그는 의자에 널브러져 있었다. 방금 전까지 목과 머리를 받쳐주는 물체가 있었지만 이제는 의자

속으로 들어가 버렸다.

"깨워서 미안합니다." 로비어가 말했다. "실은 깨우지 않아서 미안하다고 해야겠군요. 지금 눈을 뜬 건 메디시가 시간에 맞춰 투약한 약물 덕분이니까요."

네더튼은 다시금 로비어의 차 안 테이블 앞에 앉아 있었고, 맞은편에는 플린의 페리퍼럴이 있었다. 그를 알아본 인공지능이 반사적으로 미소 지었을 뿐, 플린은 들어 있지 않았다. 먼젓번에 탔을 때는 창문도 없던 차가 이제는 지붕이 온통 투명해져서, 마치 보이지 않는 힘의 거품 위로 빗방울이 미끄러지는 듯했다. "바깥에서도 이 차 안이 보이나요?"

"물론 안 보입니다. 당신은 내내 잠들어 있었습니다. 페리퍼럴에게는 필요 이상으로 지루한 여정이었을 겁니다. 완벽하게 인간처럼 보이는 대상을 인간이 아닌 것처럼 대하기란 힘든 일이니까요."

네더튼은 목을 주물렀다. 그곳은 의자 등받이에서 솟아 나온 받침대가 미리 설정된 편안한 각도로 한동안 그의 머리를 지탱해 준 자리였다. "누가 날 여기다 태운 거죠?" 네더튼이 물었다.

"오시안과 애시가 태워줬습니다. 당신이 벤츠 버스 안에서 오랫동안 푹 잔 후에요. 애시가 호문쿨루스를 이용해 외골격을 조종했습니다. 무거운 짐을 나르는 일을 머피 씨에게만 떠넘기지 않으려고 말이죠."

네더튼은 비 내리는 바깥을 내다보며 지금 지나는 길의 이름을 떠올리려 애썼다. "지금 어딜 가는 거죠?"

"소호 광장으로 가는 중입니다. 플린이 거기서 합류할 겁니다. 데이드라와 대면하기 전에 플린에게 앞으로 연기할 신원시주의 큐레이터라는 배역이 어떤 건지 당신이 설명해 줬으면 합니다. 데이드라의 예술적 진보를 다루는 이론도 함께요."

"이야기를 다 꾸며내려면 아직 멀었는데요."

"어서 끝내야 합니다, 그러고 나서 플린에게도 알려줘야 하고요. 플린은 그 주제에 관해 설득력 있게 대화할 수 있어야 하니까요. 커피."

테이블 상판에 동그란 구멍이 열리더니 김이 나는 잔이 위로 올라왔다. 꼭 조그다한 연극 무대용 엘리베이터가 작동하는 듯했다. 네더튼은 커피 잔을 바라보는 페리퍼럴의 모습을 보고 그녀에게 커피를 권하고 싶은 충동을 억눌렀다. '그것'이라고 해야 할까. 아니, 그녀에게. "난 애시가 주는 약이 매번 놀랍기만 하네요." 네더튼이 말했다.

"그 자체는 다마도 좋은 징조가 아닐 겁니다만, 그래도 별문제가 없다면 좋은 소식이로군요."

"당신은 지금 어디예요?"

"클로비스와 같이 있습니다. 가상 공간이긴 합니다만. 클로비스 덕분에 제 기억이 되살아나고 있습니다. 물론 클로비스 본인의 기억도 함께요. 플린이 살던 시대는, 그때는 정말이지 흉흉한 시대였습니다. 우리는 이후에 찾아온 시대의 그림자가 너무도 짙다는 이유로 당시를 쉽사리 잊어버리곤 하죠. 당시에 저는 제가 가진 정보로도 그 시대가 얼마나 고약한지 그의 파악하지 못했습니다."

차가 모퉁이를 돌았다. 네더튼은 그 도로가 어디인지 여전히 감이 잡히지 않았다. 그는 커피 잔을 들면서 자신의 손이 떨리지 않는다는 사실에 감탄했다. 페리퍼럴이 그를 지켜보고 있었다. 그가 윙크했다. 그것은 빙긋 웃었다. 그는 웃음으로 화답한 다음, 까닭 모를 죄책감을 느끼며 커피를 홀짝였다.

83
잠깐 사이에 세상의 모든 왕국을

서명할 서류가 300장이라던 메이컨의 말은 농담이었지만, 플린은 30장까지 세고 나서 숫자 세기를 그만뒀다. 이제 서류 더미의 높이는 거의 바닥에 가까웠고, 빨간 머리 여성은 이때껏 플린이 서명을 마친 서류에 자신의 서명을 기입하고 스프링식 도장을 찍어 한 장 한 장 공증했다.

그들은 침대가 놓인 공간에 플린이 쓸 접이식 테이블을 차려뒀다. 재니스와 클로비스는 코너 바로 옆에 있는 침대의 모서리에 걸터앉아 그가 있는 쪽으로 다리를 쭉 뻗고 있었고, 메이컨은 플린 곁의 접이식 의자에 앉아 있었다.

"다 읽고 서명해야 하는데. 읽어봤자 어차피 이해는 못 하겠지만." 플린이 말했다.

"일이 돌아가는 걸로 봐선 네가 선택할 여지가 많을 것 같진 않아." 메이컨이 갈했다.

"저쪽 상황은 어때?"

"글쎄." 메이컨은 등받이에 몸을 기대고 잠시 비즈를 이용해 뭔가 검색했다. "파국적인 시장 불균형은 아직 안 보이지만, 이제 막 시작한 참이니까. 이번 일은 정상에 오를 때까지 멈추지 않는 경주야. 그러니까 우리가 쓰는 방법이나 우리 경쟁자들이 쓰는 방법이나 똑같이 시스템에 심각한 압박을 가할 거야."

"정상에 뭐가 있길래?"

"가봐야 알아. 그리고 만약 못 가면, 우린 죽은 목숨일 거야."

"우리 경쟁자는 누군데?"

"그쪽에 이름 같은 건 없어. 그보다는 무기명 계좌를 모아놓은 수상쩍은 패거리에 가깝지. 껍데기 속에 또 껍데기가 있는 식이야. 크게 보면 우리도 그런 식이긴 한데, 우리 쪽 껍데기를 다 깨고 들어가면 밀라그로스 콜디론이 나와. 그냥 회사 이름일 뿐이고 뭘 의미하는지 아는 사람도 없지만, 적어도 우리한텐 이름은 있다는 말이지. 피켓이 없어졌으니 주지사한테 통하는 연줄도 날아갈 판이었는데, 그 문제는 그리프가 워싱턴으로 돌아가서 현지에서 해결해 줬어. 그러니까 어떻게 보면 우린 이미 연방 정부하고 통하는 급으로 올라간 셈이야."

플린의 머릿속에 소프트볼 배트의 손잡이를 움켜쥐고 휘두를 준비를 하는 손들이 떠올랐다. 빨간 머리 여성은 다음 계약서를 플린에게 넘기고 서명이 끝난 서류를 옆으로 휙 빼낸 다음, 스스로 서명하고 도장을 찍었다.

"내 생각에 조만간 누군가 우릴 노리고 여기를 덮칠 것 같아." 메이컨이 말했다. "만약 저번에 너희 집에 침투하려고 한 그 2인조처럼 군인 출신 실업자들이 오면 버튼이 알아서 처리하겠지. 하지만 주 경찰이나 국토안보브나 다른 연방 기관, 혹시라도 해병대 같은 게 쳐들어오면 싸워봤자 가망도 없을 거야. 그래서 우리가 변호사들을 이렇게 썩어나게 많이 모아놓은 거야." 메이컨은 빨간 머리 공증인을 흘깃 봤다. "말이 험해서 미안해요." 메이컨이 말했지만, 여성은 그저 서명을 하고 인장을 찍느라 바빴다. 메이컨은 플린 쪽을 돌아봤다. "국토안보부도 그 나름대로 수상쩍은 구석이 있어. 그 패거리가 지금 어디 있는지 한번 보면 말이야."

"피켓네 집에 있는 거 아니야?"

"처음이야, 국토안보부가 거기 간 건. 피켓은 우리가 꼬맹이였던 시절부터 마약을 간들었는데도. 그 집은 지난 20년 동안 아무리 봐도 집 같지 않은 규모였는데도 말이지. 마지막의 그 모습처럼. 그랬는데, 그 정도로 거대한 폭발이 일어나고 나서야 국토안보부가 들여다보러 온 거야."

"모든 마약 업자의 배후에 국토안보부가 있다는 얘긴 꺼내지도 마. 그건 음모론이니까."

"배후는 아니더라도 합의 같은 걸 했을 수는 있지. 이제 잭먼이 사라졌으니까, 기다렸다가 토미한테 와서 넌지시 운을 떼는 사람이 누군지 한번 봐."

플린은 메이컨이 말하는 사이에 계약서 세 건에 서명했다. "슬슬 손이 아프네요." 플린이 곁에 앉은 여성에게 말했다.

"네 건만 더 하면 돼요. 서명을 좀 간단하게 바꾸는 것도 고려해

155

보세요. 앞으로도 많이 해야 할 테니까요."

플린은 코너 쪽을 건너다봤다. 클로비스는 침대에 딸린 굴절식 장비 거치대 한 곳에 보온 컵을 올려뒀다. 코너는 투명한 튜브로 그 컵에 담긴 블랙커피를 빨아 마시는 중이었다. 플린은 마지막 계약서 네 건의 서명을 마치고 여성에게 건넸다. 그러고는 일어섰다. "잠깐 나갔다 올게요. 메이컨, 나 좀 봐." 플린은 파란 방수포 아래로 몸을 숙여 그곳을 나섰다. 공증인이 인장을 찍는 쿵 소리가 들렸고, 메이컨이 뒤따라 나왔다. "어디 조용히 얘기할 만한 데 없어?" 플린이 메이컨에게 물었다.

"패브로 가자." 메이컨은 다른 쪽의 방수포를 가리켰다.

포에버 패브의 창고는 새로 생긴 프린터 몇 대와 톱으로 자른 듯 말끔하게 뚫린 벽의 구멍만 빼면 전과 똑같아 보였다. 플린은 접객 공간을 내다보고 계산대 앞에 모르는 여성이 서 있는 것을 확인한 다음, 자신의 휴대전화를 내려다봤다. "셰일린은 어디 갔어?"

"클랜튼에." 메이컨이 대답했다.

"뭐 하러?"

"변호사를 더 고용하러. 셰일린이 거기에 패브 지점을 두 군데 더 낼 거거든."

"나한테 들어오는 정보는 하나같이 토막 난 조각들뿐이야. 도대체 여기서 무슨 일을 벌이는 거야?"

"띄엄띄엄 아는 건 다들 마찬가지야." 메이컨은 비즈를 벗어서 주머니에 넣고 눈을 손으로 문질렀다. 플린의 눈에는 정부가 공인한 각성제로 버티던 메이컨의 피로가 훤히 보였다.

"옆 가게에다 왜 건축 자재로 요새를 지어놓은 거야?"

"콜디론의 전 세계적 가치는 이제 수십억 달러 수준이야."

"수십억?"

"심지어 앞자리 숫자도 꽤 크지만, 네가 충격받아서 코피를 흘리는 꼴은 보고 싶지 않으니까 정확히 밝히진 않을게. 나 스스로도 애써 무시할 정도로 큰 액수니까. 내일은 아마 지금보다 더 커질 거야. 망할 놈의 돈이 기하급수적으로 불어난다고. 그렇다고 막 눈에 띄게 불어나는 건 아니야, 왜냐하면 우리가 되도록 티 내지 않으려고 주의하니까. 버튼이 시간선 위쪽 사람들한테 계속 조언을 받고 있어. 매디슨을 시켜서 저 벽을 세운 것도 그 사람들 생각이야."

"이 안에는 왜 벽을 안 세운 건데?"

"그쪽 사람들은 네가 여기 있는 걸 바라지 않거든. 저 옆 공간의 방벽은 적들이 차를 몰고 지나가면서 총을 갈기는 경우에 널 보호하려고 세운 거야. 혹시 어떤 거대한 상대가 우릴 치기로 작정하면 요새 따위 제아무리 튼튼하게 지어봤자 소용없겠지만 말이야. 스마트 탄두는 소재고 두께고 상관없이 어떤 벽이든 장난감처럼 뚫어버리는데, 여기 지붕은 어차피 골판지 수준이니까. 하지만 그쪽 사람들은 그래도 방벽이 필요하다고 생각한 것 같아. 혹시라도 누가 우리 일을 망칠 기회를 잡아서 전에 그 멤피스 녀석들 같은 골칫거리를 보낼지도 모르니까."

"아까 차를 타고 오다가 풀밭에 있는 로봇 소를 봤어. 재니스 말로는 버튼이 거기다 갖다 놨다던데."

"우리 시스템 업그레이드의 일환이야. 나는 개인적으로 얼룩말 쪽에 표를 던졌는데."

"토미는 아직 피켓네 집에 있어?"

"버튼도 거기 같이 있어. 나보다야 그 둘이 가 있는 게 낫지."

"앞으로 어떻게 될 것 같아?"

"너랑 코너랑 버튼이 조만간 뭔가 하는 거 아냐? 저 위쪽에서."

"난 월프랑 같이 무슨 파티에 참석하기로 돼 있어. 내가 목격한 남자가 그 자리에 와 있는지 확인하려고. 코너는 경호원으로 같이 갈 거야. 버튼은 잘 모르겠어."

"그게 그거겠네, 그럼."

"그거라니?"

"일종의 수싸움이야. 도박이지. 뭔진 모르지만, 그 일로 이런저런 것들이 바뀔 거야. 그러지 않으면 지금 여기서 일어나는 일들이 지속되지 못하니까. 어딘가 구멍이 나서 터져버릴 거야. 이 지역에서 끝날 수도 있지만 국가 경제 차원으로 커질 수도 있고, 전 세계가 다 날아갈 수도 있어."

"월프 말이 사실이라면 그런 걱정은 아예 안 해도 돼."

"그 사람이 뭐랬는데?"

"이쪽 세상이 죄다 엉망진창이 된다고 했어. 조만간에. 앞으로 수십 년 동안 줄곧 내리막길일 거래. 사람들은 거의 다 죽고."

메이컨은 플린을 빤히 봤다. "그래서 저 위쪽 세상에 사람이 거의 없는 거야?"

"넌 그 사람들이 아직 그쪽에 데려간 적 없어?"

"없어. 하지만 에드워드랑 난 행간을 읽는 법을 알지. 기술 관련 일을 하다 보면 보이는 게 있거든. 제대로 읽으면 일종의 내재적 역사 같은 게 보인단 말이야. 그래도 다른 분야들이 어떻게 됐든 간에, 그쪽 사람들이 뭔가 엄청난 신기술을 손에 넣은 건 분명해."

"월프 말로는 그것도 그렇게 빨리 손에 넣진 못했대."

"그쪽에선 네가 다시 와줬으면 해. 이제 슬슬 갈 시간이야. 너랑 코너랑 둘이서. 클로비스가 너흴 돌봐줄 거야."

"그나저나 그 클로비스란 여자, 뭐 하는 사람이야?"

"카를로스가 제대로 봤는지도 모르겠어. 그 여자가 가져온 응급구조사 가방에는 거의 총밖에 안 들었거든. 나중에 그리프를 한번 만나보면 그 여자 정체가 짐작이 갈 거야. 내 생각엔 하는 일은 둘 다 비슷한데, 그리프 쪽은 관리직인 것 같아."

플린은 실내를 둘러봤다. 크리스마스 장식물과 장난감을 3D 프린터로 출력하고, 테두리의 거스러미를 잘라 내고, 부품들을 모아 조립하는 작업까지 다 마친 다음 스시 반에서 포장해 온 야식을 먹으며 셰일린과 노닥거리던 기억이 떠올랐다. 문득 그 모든 일이 너무나 쉬웠던 것처럼 느껴졌다. 그 시절에는 날이 밝으면 그저 자전거를 타고 집으로 돌아가면 그만이었고, 코너가 남자 넷의 머리에 총을 쏜 곳은 지나갈 필요도 없었다. 그 남자들은 플린 자신과 어머니와 버튼을, 어쩌면 리언도 함께 죽이려 했다. 누군가 플린네 식구들을 죽이는 대가로 주겠다고 약속한 돈 때문에.

"리언이 어젯밤 메인 스트리트에서 누가복음 4장 5절 소속인 젊은 녀석 둘을 봤대. 예전 파머스 은행 앞에서." 메이컨이 말했다.

"거기 소속인 줄 어떻게 알았는데? 팻말이라도 들고 있었대?"

"팻말 같은 건 없었고 리언 말로는 그 둘 모두 데이비스빌에서 우연히 오랫동안 지켜볼 기회가 있었대. 버튼이 국토안보부에 잡혀 있는 동안에 말이야. 두 녀석이 팻말을 들고 보훈 병원 앞에 서 있는 동안 리언은 그 앞 벤치에 앉아 있었다는 거야. 경찰 통제선 바로 바깥에서."

"그쪽도 리언을 알아봤대?"

"그랬을 것 같진 않다던데."

"여긴 무슨 일로 왔을까?"

"리언이 짐작하기론 버튼을 찾으러 온 것 같대. 데이비스빌에서 자기네 동료를 흠씬 패줬으니까. 국토안보부가 버튼을 고등학교 운동장 한복판에 앉혀놓고 머리를 식히게 한 것도 다 이유가 있어서 한 일이지. 그나저나, 그 녀석들 이름은 왜 누가복음 4장 5절이라고 지은 걸까?"

"아마 그 성서 구절의 내용이 섬뜩해서 그랬을걸."

"누가복음 4장 5절은 백인 우월주의 단체 아니야? 난 관심도 가져본 적 없는데."

"'그러자 마귀는 예수를 높은 곳으로 데리고 올라가서 잠깐 사이에 세상의 모든 왕국을 보여주었다.'"

"너 성서를 좀 알아?"

"그 구절은 알아. 거기서 시위를 조직한다는 말이 들리면 버튼이 곧잘 중얼거리곤 했거든. 버튼은 그 패거리한테 뭔가 심각하게 맺힌 데가 있는 것 같아. 아니면 그냥 뛰쳐나가서 아무나 패고 싶은데 핑곗거리로 삼는 건지도 모르고."

"시내 주변을 감시하려고 사람들을 배치해 놨어." 메이컨은 청바지 앞주머니를 뒤적이다 ㅂ즈를 꺼내며 말했다. 그러고는 한번 혹 불어 먼지를 날리고 눈에 장착했다. "이제 슬슬 저 위쪽 사람들도 널 맞이할 준비가 됐겠지."

84
소호 광장

로비어의 차는 투명 은폐 상태로 소호 광장에서 멀어져 갔다. 비는 이미 그친 후였다. 산책로로 이어지는 넓은 계단을 오르는 사이, 로비어의 인장이 시야에 나타났다. "여보세요?" 네더튼이 말했다.

"저쪽은 준비됐습니다." 로비어가 말했다. "플린이 앉을 만한 자리를 찾아보세요."

네더튼은 페리퍼럴의 손을 잡고 가장 가까운 벤치로 이끌었다. 벤치는 숲 쪽을 보도록 놓여 있었고, 그 숲은 일찍이 옥스퍼드 스트리트였던 기다란 길을 따라 이어지다가 하이드파크 공원과 만났다. 벤치는 사람이 앉으려는 기척을 파악하고 진동 기능을 잠깐 가동해 빗방울을 털어 냈다. 페리퍼럴은 벤치에 앉았다. 그러고는 네더튼을 올려다봤다. 그는 깨달았다. 자신은 이 페리퍼럴이 인공지능에 조종되는 자동인형이라는 정교한 겉껍데기 상태에서 벗어나기를 기다리고 있었다. 그래봤자 플린으로 변하는 것은 아니었지만, 그래도 왠지 페리퍼럴이 자기 얼굴의 원형인 여성으로 변하는 느낌은 들었기 때문이었다. "이 페리퍼럴이 누굴 본떠 만든 건지 알아냈어요?" 그가 로비어에게 물었다.

"에르메스는 맞춤형 페리퍼럴에 개인 정보 보호 규정을 적용합니다. 저는 그 규정을 우회할 수 있습니다만, 이 경우에는 그러고 싶지 않군요. 우리 계획이 노출될지도 몰라서요."

페리퍼럴은 검은색 타이츠에 큼직한 은색 버클이 달린 검은색 하이킹화를 신고 흑연처럼 새까만 무릎 높이의 망토를 걸친 차림이었다. "여기서 정확히 뭘 하면 되죠?" 네더튼이 물었다.

"소풍을 즐기세요. 하이드파크로 산책도 가고요. 그다음은 어떻게 되는지 지켜보는 겁니다. 플린이 질문하면 되도록 성의 있게 대답하세요. 저는 플린이 신원시주의 큐레이터 행세를 아주 감쪽같이 할 거라고 기대하진 않습니다만, 그래도 할 수 있는 데까지는 해봐야죠. 파티 장소에 도착하면 플린은 신원 확인을 거칠 겁니다. 문 앞에서 제지당할 위험을 감안하던 위장 효과가 최대한 오래가도록 해야 합니다."

"데이드라한테는 애니가 직접 만났을 때 엄청 수줍어할 거라고 얘기해 뒀어요. 존경심이 너무 지나쳐서 그럴 거라고요. 그게 도움이 될지도 모르죠."

"그럴지도요. 페리퍼럴에게 눈을 감으라고 말해주십시오."

"눈 감아." 네더튼이 말했다.

페리퍼럴은 그 말대로 했다. 그것의 얼굴을 보며 네더튼은 플린이 도착하는 모습을 실제로 본 것 같았다. 아주 잠깐 동안 얼굴의 미세

근육들이 당황한 듯이 움직이다가, 이내 두 눈이 번쩍 뜨였다. "세상에." 플린이 말했다. "저건 집이에요, 아니면 나무예요?"

네더튼은 어깨 너머로 산책로를 바라봤다. "나무가 자라서 만든 집이에요. 실은 일종의 놀이용 집이죠. 공공시설이고요."

"저 나무들은 오래돼 보이는데요."

"그렇지도 않아요. 어셈블러가 거들어 줘서 성장한 나무거든요. 자라는 속도를 높인 다음 안정화하는 식으로요. 내가 어렸을 적에도 저 크기였어요."

"문도 있고, 창문도 있는데⋯."

"그런 식으로 자란 거예요. 어셈블러가 유도해서."

플린은 벤치에서 일어섰다. 보아하니 보도를 시험 삼아 밟아보는 듯했다. "여긴 어디죠?"

"소호예요. 소호 광장요. 로비어가 우리더러 이 산책로를 따라 하이드파크 공원까지 가래요."

"산책로라뇨?"

"이 기다랗게 생긴 숲을 말하는 거예요. 여긴 원래 옥스퍼드 스트리트였는데, 잭팟 당시에 여러 가지 이유로 폐허가 됐죠. 그 전에는 대부분 백화점이었어요. 이곳의 설계자는 어셈블러를 시켜 폐허를 먹어 치우게 했어요. 폐허를 깎아서 나무에 어울리는 아주 긴 화단으로 만든 다음, 원래 있던 거리보다 더 높은 중앙 통로를⋯."

"백화점이요? 헤프티 마트 같은 건가요?"

"그게 뭔지 모르겠군요."

"왜 그것 대신 숲을 만들려고 했나요?"

"애초에 그리 아름다운 거리도 아니었고, 잿팟 당시에는 장사도 안 됐거든요. 건물들은 재활용하기에 마땅치가 않았어요. 셀프리지스Selfridges 같은 경우는 실제로 잠깐 동안 개인 주택이었던 적도 있었지만…."

"프리지스fridges라면, 냉장고 말이에요?"

"백화점 이름이에요. 하지만 그렇게 큰 주택에 거주하는 건 한때의 유행으로 끝나버렸어요. 마지막 순간에 다급하게 밀려들어 온 해외 자본 정도가 아니면 감당하기 힘들었으니까요. 사실, 지금은 백화점이란 게 없는 것 같아요."

"쇼핑몰은요?"

"그게 왜요?" 네더튼은 의아한 표정으로 물었지만, 이내 같은 말이라도 미국식 쇼핑센터와 영국식 상점가는 다르다는 사실이 떠올랐다. "칩사이드는 전에 봤잖아요. 거기도 일종의 쇼핑몰이에요. 서로 연관된 고급 소매점이 모여 있어서 사람들이 많이 찾는 곳이죠. 그 밖에도 포토벨로, 벌링턴 아케이드…."

플린은 주위를 둘러봤다. 멈추지 않고 이쪽저쪽을 두리번거렸다. "여긴 유럽에서 제일 큰 도시인데, 난 당신 말고는 살아 있는 사람을 한 명도 못 봤어요."

"남자가 한 명 있잖아요. 바로 저기." 네더튼이 한쪽을 가리켰다. "벤치에 앉아 있네요. 개를 데리고 온 것 같은데요."

"차도 안 다니잖아요. 쥐 죽은 듯이 조용해요."

"재녹지화 전까지는 열차가 대중교통의 주요 수단이었어요. 지하 터널로 다니는 거요."

"지하철 말이군요."

"맞아요. 터널은 지금도 다 그대로 있고, 나중에 더 생기기도 했어요. 대중교통에 이용하는 건 아니지만요. 원한다면 열차를 배차해 주기도 해요. 사람들은 칩사이드에 갈 때 보통 그 시대의 열차를 타고 가죠." 네더튼과 그의 어머니 역시 그 방법으로 칩사이드에 갔다.

"큰 트럭도 몇 대 봤는데요."

"지하의 물자를 최종 소비지까지 운송하는 거예요. 자가용 차량은 그보다 더 적어요. 택시는 있지만요. 그거 말곤 걷거나 자전거를 이용하죠."

"난 저렇게 큰 나무는 처음 봐요."

"날 따라와요. 산책로에 들어서서 보면 더 멋지니까요." 네더튼은 앞장서 걸으며 마지막으로 그곳에 왔던 때의 기억을 더듬었다. 나무 사이 산책로에 도착하고 나서, 그는 하이드파크 공원이 있는 쪽을 가리켰다.

"저 나무들이 진짜가 아니라고요?"

"나무는 진짜지만, 더 잘 성장하도록 조작됐어요. 개중에는 나무처럼 보이는 유사 생물형 거대 탄소 포집기도 있어요." 그들 뒤편에서 따르릉 소리가 났다. 고글을 쓴 사람이 검은색 자전거의 페달을 힘껏 밟으며 그들 곁을 빠르게 지나갔다. 진흙이 점점이 묻은 베이지색 트렌치코트가 뒤쪽으로 펄럭거렸다.

"이런 걸 어떻게 만들었을까요?"

그곳의 나무들은 대부분 전에 그 자리에 있었다는 건물보다도 더 커다랬고, 아직도 빗물이 떨어졌다. 여러 개가 합쳐져 더 굵다래진 물방울이 더욱 널따란 범위에 걸쳐 뚝뚝 떨어지고 있었다. 물방울 하나는 네더튼의 재킷 등판을 타고 흘러내렸다. 하이드파크 공원 쪽의 높다란 우듬지 근처는 구름이 걸린 듯 희끄무레했다. "궁금하면 내가 피드를 열어서 보여줄게요."

"더블유엔WN?" 플린이 물었다. 둘의 전화가 연결되면서 네더튼의 인장이 눈에 띈 모양이었다. "당신 이름의 머리글자예요?"

"맞아요. 하이드파크 공원으로 가죠. 나무를 어떻게 만들었는지는 피드로 보여줄게요." 앞서 페리퍼럴의 손을 잡고 로비어의 차에 탔다 내렸다 한 네더튼은 평소처럼 무심코 플린의 손을 잡았고, 곧바로 자신이 실수했음을 눈치챘다.

네더튼과 눈이 마주친 플린은 놀란 눈치였다. 그는 플린의 손이 뻣뻣해지는 느낌을 받았다. 금방이라도 손을 빼려는 듯이. 또는, 어쩌면 그와 악수를 하려는 듯이. "좋아요." 플린이 말했다. "보여줘요."

그리하여 둘은 나란히 걸었다. 손에 손을 잡고서.

"당신 진짜 웃기게 생겼던데요." 플린이 말했다. "휠리 보이에 들어갔을 때 말이에요."

"그럴 줄 알았어요."

85
미래 사람들

네더튼은 그 모든 것을 이른바 어셈블러를 사용해 지었다고 말했다. 플린은 자신이 목격한 네더튼의 전 애인의 언니를 살해한 무기 역시 그것이리라 짐작했다.

네더튼이 말한 피드란 플린의 시야에 나타난 표시 창을 의미했다. 그 창은 너무 크지 않아서 앞을 보며 걷기는 불편하지 않았지만, 그 창과 저 앞쪽의 목적지를 동시에 보기란 까다로웠다. 비즈와 비슷하지만 착용할 필요는 없는 장치인 모양이었다.

건축가들은 어셈블러 무리에게 원래 있던 길거리의 횡단면이 커다란 원 모양이 되게끔 도로 진행 방향을 따라 모든 것을 절단하며 나아가라고, 이로써 거리 중앙부가 기다란 관 모양으로 텅 비도록 만들라고 지시했다. 건물들은 애초에 폐허가 되어 일부만 서 있었기 때문에 건물 외벽에서 어셈블러 무리가 절단한 부분은 원형 횡단면의 아래쪽 절반보다 대개는 부피가 더 작았다. 절단이 끝난 부분은 원래 어떤 소재였든 간에 표면이 유리처럼 매끈했다. 대리석이나 금속일 거라 예상했던 곳은 막상 보견 오래된 붉은 벽돌이나 나무라서 기묘한 느낌이 들었다. 어셈블러가 자른 벽돌은 방금 막 잘라놓은 생간 같았고, 어셈블러가 자른 나무는 레프의 캠핑 버스 내부를 두른 목재처럼 매끈했다. 다만 이제는 그런 단면도 눈에 많이 띄지 않았다. 절단한 다음에는 기다랗게 잘라 낸 빈자리에다 동화에나 나올 법한 저 거대한 나무들을 심었기 때문이었다. 줄기는 현실의 나무라기에는 너무나 굵다랬고, 사방으로 뻗친 뿌리는 절단부 가장자리 너머의 폐허까지 파고 내려갔으며, 가지와 잎이 우거진 수관樹冠 부분은 하도 높아서 우듬지는 아예 보이지도 않았다.

잡종이에요. 네더튼이 말했다. 아마존 같기도 하고 인도의 밀림 같기도 한 그 숲의 조성 작업은 어셈블러들이 도맡아 추진했다. 나무 껍질은 코끼리 가죽 같았지만, 구불구불한 뿌리의 겉은 위쪽 껍질보다 결이 더 고운 조직으로 덮여 있었다.

네더튼은 두 손을 써가며 설명했다. 그는 산책로를 어떻게 건설했는지 설명하느라 플린의 손을 놓을 수밖에 없었지만, 플린은 손을 잡으면 위안이 된다는 사실을 이미 깨달았다. 이곳에서는 그저 살아 있는 것을 만지기만 해도, 단지는 손이 설령 자신의 것이 아닐지라도 마음이 놓였다. 플린은 네더튼에게서 잭팟 이야기를 듣고 나서부터 그를 다르게 느꼈다. 그렇게 된 까닭은 그가 이야기 대문에 망가진 사람이라는 걸 플린은 간파했지만, 정작 그 스스로는 본인의 상태를 알지 못하기 때문인 듯했다. 그는 엄청난 수고를 들여 남들을 설득했다. 그것이야말로 그의 일, 또는 그가 그 일을 택한 이유였다. 그러나 남에게 무엇을 설득할 때든, 그가 실제로 하는 일은 언제나 스스로를 설득하는 것이었다. 아마도 자신이 지금 이곳에 있다는 사실, 오로지 그것을. "우리가 참석할 파티의 주최자 말인데요. 당신 전 애인이에요?" 플린이 물었다. 피드가 종료되면서 시야의 표시 창도 닫혔고, 그의 배지도 깜빡이다 사라졌다.

"난 그렇게 생각하지 않아요. 금세 끝난 사이였고, 극히 무분별한 관계였으니까요."

"누가 그러라고 시키기라도 했나요?"

"아뇨. 아무도."

"그 사람은 예술가라면서요?"

"맞아요."

"어떤 예술을 하죠?"

"자기 몸에 문신을 새기는데요." 네더튼이 말했다. "실제로 하는 일은 그보다 더 복잡해요."

"몸에 고리 같은 것도 이것저것 달고 그러나요?"

"아뇨. 문신은 상품이 아니에요. 그 사람 자체가 상품이죠. 그 사람의 삶이."

"예전 말로 '리얼리티 쇼'라는 거 말이에요?"

"글쎄요. 그런데 당신들은 왜 더 이상 그 말을 안 쓰나요?"

"왜냐하면 이제 남은 게 그것밖에 없으니까요. 〈시엔시아 로카〉하고 일본 애니메이션, 그리고 브라질 연속극을 빼면요. 리얼리티 쇼라고 부르는 건 구식이에요."

네더튼이 멈춰 섰다. 그는 플린의 눈에는 보이지 않는 어떤 것을 읽는 중이었다. "맞아요. 어떻게 보면 데이드라는 그것의 후예라고 볼 수 있어요. 리얼리티 텔레비전 말이에요. 그건 정치와 결합했어요. 그다음엔 행위 예술하고 결합했고요."

둘은 걸음을 옮겼다. "그런 일은 내가 사는 곳에서도 이미 일어난 것 같아요." 플린이 말했다. 산책로에서는 놀라운 향기가 났다. 플린은 젖은 나무 때문일 거라 추측했다. "문신을 새기다 보면 나중엔 피부가 모자라지 않나요?"

"데이드라의 작품은 하나하나가 모두 발가락부터 목 밑까지 완전한 표피 한 벌이에요. 작업 기간 동안 본인이 살면서 겪은 것들이 피부에 반영돼 있죠. 그걸 벗겨서 보존 처리해 놓고 복제품과 미니어처를 만들면, 구독자들이 그걸 사는 식이에요. 당신이 대역 행세를 할 애니 쿠레주는 데이드라의 그런 작품들을 모조리 모았어요. 자기 수입으로는 어림도 없는데 말이죠."

"왜 그랬을까요?"

"안 그랬어요. 방금 건 데이드라한테 써먹으려고 내가 지어낸 얘기니까요."

"왜요?"

"데이드라가 다시 옷을 입게 하려고요."

플린은 곁눈으로 네더튼을 홀끔 봤다. "그 사람이 자기 피부를 스스로 벗긴다고 했죠?"

"새 표피가 자라도록 하는 동안에요. 제거와 이식을 잇달아 하기 때문에, 사실상 한 번의 수술이나 마찬가지예요."

"수술이 끝나면 아픈가요?"

"수술을 받았을 때 같이 있었던 적이 없어요. 얼마 전에도 수술을 하긴 했는데, 그것도 나를 고용하기 전이었죠. 그때는 표피가 빈 서판처럼 깨끗했어요. 그때 데이드라는 당신, 그러니까 애니 쿠레주하고 다른 신원시주의 큐레이터 둘을 더 만나본 후에 약속했어요. 우리가 하던 프로젝트가 완료될 때까지는 문신을 새기지 않겠다고요."

"뭐 하는 사람들이죠?"

"누구요?"

"신원시주의 어쩌고 하는 사람들요."

"신원시주의 큐레이터들 말이군요. 신원시주의자는 잭팟에서 자기 힘으로 살아남은 사람들, 또는 세계 체제에서 이탈한 사람들이에요. 우리 프로젝트의 성패를 좌우할 신원시주의자 무리는 자발적으로 그 길을 택했어요. 생태주의 광신자 집단이었거든요. 큐레이터는 신원시주의자들을 연구하는데, 그들의 문화를 체험하고 수집하는 일을 해요."

맞은편에서 색색의 옷을 입은 사람 셋이 자전거를 타고 그들 쪽으로 다가왔다. 빠르게 옆을 스쳐 지나가는 그들을 보고 플린은 아이들일 거라 짐작했다. 입고 있는 옷은 슈퍼 히어로 코스튬 같았다. "당신은 여기가 마음에 안 드나 보네요." 플린이 말했다.

"이 산책로가요?"

"이 미래 세계 말이에요. 애시도 그런 것 같던데."

"애시한테는 이 시대를 싫어하는 게 취미나 마찬가지예요."

"애시하고는 눈을 그렇게 개조하기 전부터 알던 사이예요?"

"난 레프하고는 그 둘을 고용하기 전부터 알고 지냈어요. 애시 눈은 처음 왔을 때부터 그랬고요. 실력 있는 기술자는 와주기만 해도 감지덕지죠."

"뭘 하는 사람이에요, 레프는?" 플린은 부자들도 뭔가 해야 하는지 어떤지 잘 알지 못했다.

"권세 있는 집안 출신이에요. 유서 깊은 클렙트죠. 보아하니 레프의 두 형은 그런 집안의 지위를 이어받을 것 같아요. 레프는 가족을 위해 정찰대 같은 일을 해요. 집안의 돈을 투자할 만한 곳을 찾아다니죠. 수익 추구보다는 신선한 활력을 유지하는 게 목적이에요. 참신함의 원천을 찾아서요."

플린은 이제 물이 더 드문드문 떨어지는 듯한 가지들을 올려다봤다. 그 위에 뭔가 빨간 날개를 펄럭이는 것이 있었다. 몸집은 커다란 새만 했지만 날개 모양은 나비 같았다. "당신들한테는 이런 게 참신하지 않다는 말이군요?"

"맞아요." 네더튼이 대답했다. "참신할 게 없죠. 그래서 신원시주의 큐레이터가 있는 거예요. 신원시주의자들이 창출할지도 모르는 참신함을 아무거나 조금이라도 주워 담으려고요. 그들이 불쾌한 패거리이긴 해도 말이죠. 우리가 데이드라하고 같이 일한 이유도 바로 그거였어요. 이 경우에는 기술적 참신함이다 보니 평소보다 상품화하기가 더 쉬웠죠. 재활용 폴리머 300만 톤이 단일 물건 부동산의 형태로 바다 위에 떠 있었으니까요. 저게 하이드파크 공원이에요. 저 앞에."

이내 플린은 자신들이 산책로 끝자락에 이른 것을 알아차렸다. 그곳의 나무들은 키가 더 작았고 심어진 간격도 점점 더 듬성듬성해졌다. 귀에 거슬리는 커다란 소리가 들렸다. 무슨 확성기 소리 같았다.
"저건 뭐예요?"

"스피커스 코너라고, 아무나 와서 마음껏 발언하는 곳이에요. 다 미친 사람들이죠. 합법이긴 하지만요."

"저 하얀 건요? 무슨 건물의 일부 같은데."

"마블 아치예요. 대리석으로 만든 개선문이죠."

"아치문이 몇 개 있어요. 어디 다른 데서 떼어다가 저기에 놔둔 것처럼 보이네요."

"맞아요." 네더튼이 말했다. "그래도 눈으로 보기에는 예전이 더 그럴듯했을 거예요. 차들이 문을 통과해 지나다녔다면."

그들은 이제 산책로를 벗어나 아래쪽 공원으로 점점 더 넓어지는 계단을 내려가는 중이었다.

"지금 스피커스 코너에서 발언하는 사람 있잖아요." 플린이 말했다. "분명 죽마를 타고 있을 텐데, 그렇게 보이지가 않아요." 거미처럼 생긴 그 사람 형상은 키가 3미터는 족히 돼 보였다.

"페리퍼럴이에요." 네더튼이 말했다. 그 커다란 형상의 둥그런 머리는 분홍색이었고 얼굴 앞쪽은 짧게 자른 나팔과 비슷했다. 머리와 마찬가지로 분홍색을 띤 그 나팔 주둥이에서 시끄럽게 울려 퍼지는 알아듣기 힘든 연설을 주위에 둘러선 몇 안 되는 청중이 듣고 있었다. 그들 가운데 적어도 한 명은 펭귄처럼 보였지만 키가 플린과 비슷했다. 키 큰 연설자는 몸에 딱 붙는 검은색 슈트 차림이었고, 팔다리가 몹시 가늘었다. 플린은 그것이 무슨 말을 하는지 알아듣지 못했지만 '특권 계층'이라는 말은 귀에 꽂혔다. "저긴 다들 미쳤어요." 네더튼이 말했다. "아마 죄다 페리퍼럴일걸요. 그래도 해를 끼치진 않지만요. 이쪽이에요."

"우리 지금 어디 가는 거예요?"

"서펀타인 호수까지 산책하면 괜찮겠다는 생각이 들었어요. 거기서 배 구경도 하고요. 조그만 복제품들이 있거든요. 이따금 역사적으로 중요한 해전을 재연하기도 해요. 제2차 세계대전 당시 독일 해군의 그라프 슈페함이 특히 훌륭하죠."

"저기서 저렇게 연설하는 게 애초에 말이 되는 건가요?"

"저건 그냥 전통이에요." 네더튼은 그렇게 대답하고는 표면이 고른 베이지색 자갈길을 앞장서 걸었다. 그곳에도 사람들이 있었다. 사람들은 공원을 거닐거나, 벤치에 앉아 있거나, 유아차를 밀고 갔다. 플린이 보기에 딱히 미래의 사람들 같지는 않았다. 하지만 애시는 실제로 그렇게 보였다. 네더튼이 페리퍼럴이라고 한 키 3미터짜리 트럼펫 머리 거인을 빼면, 애시는 플린이 본 이곳 사람들 가운데 가장 미래인 같았다. 그 거인이 고래고래 외치는 소리가 등 뒤에서 아직도 들려왔다.

"당신 전 애인의 파티 말인데요. 막상 가보면 어떨 것 같아요?"

"그렇게 부르지 않으면 좋겠어요. 그 사람 이름은 데이드라 웨스트예요. 파티가 어떨지는 나도 정확히 알지 못해요. 레프하고 로비어 말로는 권력자들이 올 것 같다더군요. 아마 의전관도 직접 올 거래요."

"그게 누군데요?"

"시티의 공직자예요. 전통적으로 뭘 하던 직책인지는 설명할 자신이 없네요. 원래는 왕족에게 해묵은 빚을 상기시키는 일을 했을 거예요. 나중에는 완전히 상징적인 자리로 변했죠. 잭팟 이후에는, 아예 입에 올리지 않는 게 최선인 존재가 됐고요."

"그 사람도 데이드라하고 아는 사이예요?"

"나도 몰라요. 그런 자리에는 가본 적이 없거든요. 다행히도."

"무서워서 그래요?"

네더튼은 길 위에 멈춰 서서 플린을 돌아봤다. "예, 아마 불안해서 그러는 것 같아요. 지금 벌어지는 일은 하나같이 내가 겪어본 적 없는 것들이니까요."

"나도 그래요." 플린은 그의 손을 잡았다. 그러고는 꼭 쥐었다.

"우리가 당신 삶을 침범하는 꼴이 돼서 유감이에요." 네더튼이 말했다. "멋지던데요. 당신이 사는 집."

"그랬어요? 아니, 그래요?"

"어머니가 만드신 정원 말이에요. 달빛 속에서 본…."

"여기에 비하면 그렇다는 말인가요?"

"맞아요. 어떻게 보면 내가 언제나 꿈꾸던 게 바로 그거예요. 과거요. 그런데 어째선지 그걸 제대로 깨닫지 못했죠. 이제는 과거를 진짜 내 눈으로 봤다는 게 믿어지지 않아요."

"더 볼 수도 있어요. 휠리 보이가 있잖아요. 패브에."

"어디요?"

"포에버 패브요. 내가 일하는 곳이에요. 일했었죠. 이 모든 일이 시작되기 전까지."

"내 말이 그 말이에요." 네더튼의 손에 힘이 들어갔다. "우리 때문에 모든 게 그런 식으로 바뀌고 있잖아요."

"우리 쪽은 다들 가난뱅이예요. 지금은 죽었을 포켓하고 다른 한 두 명을 빼면요. 여기하곤 달라요. 일거리도 별로 없고요. 버튼이 해병대에 들어갔을 때 나도 육군에 들어가려고 했지만, 엄마를 돌봐야 해서 못 갔죠. 엄마 몸 상태는 지금도 그때랑 마찬가지예요." 플린은 넓고 평탄한 공원과 잔디밭, 기하학 시간에 볼 법한 도형처럼 생긴 통행로를 둘러봤다. "난 이렇게 큰 공원은 처음 봤어요. 클랜튼 강변에 있는 공원보다 더 커요. 거기엔 남북전쟁 당시의 요새도 있는데. 그리고 저 산책로는 내가 실제로 본 인공 건축물 중에서 최고로 황당한 작품이에요. 산책로는 저거 있는 게 다예요?"

"여기서 리치먼드 공원으로 이어진 것도 있고, 햄스테드 히스까지 이어진 것도 있어요. 그리고 그 두 군데에서 다른 곳으로 이어진 것도 있고요. 모두 합하면 14개예요. 그리고 강이 100군데 있는데, 모두 다 복구돼서…"

"유리로 덮여 있고 불까지 환하게 켜진단 말이죠?"

"맞아요. 제일 널따란 강 몇 군데는요." 네더튼은 빙긋 웃다가 자신이 웃었다는 사실에 놀란 것처럼 표정이 굳었다. 플린은 그의 웃는 얼굴을, 그것도 그런 식으로 미소 짓는 얼굴을 본 적이 많지 않았다. 그는 플린의 손을 놨다. 그러나 단번에 확 놓지는 않았다.

네더튼은 다시 걷기 시작했다. 플린은 그와 나란히 걸어갔다.

메이컨의 빨간 너빈 배지가 시야에 나타났다. "메이컨의 배지가 보여요." 플린이 말했다.

"전화 받아봐요."

"여보세요? 메이컨?"

"저기, 이쪽 상황이 좀 급하게 돌아가는 중이야. 클로비스가 너더러 돌아오래."

"무슨 일인데?"

"누가복음 4장 5절 패거리가 팻말을 들고 여기 바깥에 와 있어. 팻말에 너랑 너희 오빠, 너희 어머니 이름까지 적혀 있어. 너희 사촌 리언도."

"미친 거 아냐?"

"그 자식들, 자기네 하나님이 혐오하는 새 표적으로 콜디론을 점찍은 것 같아."

"버튼은 어디 있어?"

"피켓네 집에서 이리로 오는 중이야. 방금 출발했대."

"죽겠네." 플린이 중얼거렸다

86

사트렌

네더튼이 서펀타인 호수의 수면에서 벌어지는 해전을 구경하다가 고개를 들었을 때, 애시의 모습이 눈에 들어왔다. 애시는 검은색과 가장 어두운 세피아색이 다양한 농도로 표현된 옷차림을 하고서, 마치 발밑에 보이지 않는 보조 바퀴를 달고 움직이는 사람처럼, 베이지색 자갈길을 따라 점점 더 가까워졌다.

비록 스스토는 범선보다 증기선을 선호했고 불꽃만 튀기는 조그만 대포보다는 극적인 장면을 연출하는 장거리포에 더 마음이 끌렸지만, 네더튼은 플린이 미니어처 해전을 보지 못하고 돌아간 것이 안타까웠다. 그러나 전투가 벌어지는 수면에는 파도가 비늘처럼 일렁이고 상공에는 조그마한 구름이 피어올랐다. 네더튼은 그런 광경을 보면 어째선지 늘 기분이 좋아졌다. 벤치에 나란히 앉은 페리퍼럴도 그런 기분을 함께 느끼는 듯했지만, 그도 알다시피 움직이는 물체에 주의를 기울이는 것은 페리퍼럴에게 그저 지각을 모방하는 방법에 지나지 않았다.

"로비어가 너더러 레프네 집으로 돌아오래." 애시는 둘이 앉은 벤치 앞에 멈춰 서며 그렇게 말했다. 치마와 통이 좁은 재킷은 거칠게 마감한 자투리 천 여러 조각을 현란하게 기워 만든 것이었고, 천 가운데 일부는 분명 유연하기는 해도 검게 변색된 양철처럼 보였다. 핸드백은 평소 메던 것보다 장식이 더 화려했는데 표면은 흑옥 구슬로 뒤덮였고 끈 부분은 이른바 샤틀렌chatelaine, 즉 빅토리아시대 여성들이 갖가지 생활 소품을 달아 허리에 매고 다니던 은사슬이었다. 아니, 빅토리아 시대 물건은 아니었다. 은으로 만든 거미 한 마리가 샤트렌의 가느다란 은 사슬을 타고 재킷 허리 쪽으로 재빨리 기어 올라가는 광경이 눈에 띄었기 때문이었다. 거미의 배 부분에는 평평하게 깎은 흑옥이 박혀 있었고, 거미의 수많은 눈은 자그마한 모조 다이아몬드였다.

"플린은 돌아오라는 연락을 받고 불안해하는 눈치였어요." 네더튼은 애시를 올려다보며 말했다. "아쉽게도 타이밍이 안 좋았어요. 플린에게 애니 쿠레주로 행세할 때 지침으로 삼을 이야기를 들려주려던 참이었는데."

"네가 홍보 전문가라는 건 내가 플린에게 설명해 줬어. 지독하게 타락해 버린 유명인의 전형적인 사례를 참고 삼아 어떤 일인지 파악하는 것 같더군. 그래서 비교적 쉬웠어."

"홍보는 당신 전문 분야가 아니잖아요. 플린한테 엉뚱한 오해나 심어주지 않았으면 다행이겠네요."

애시는 손을 뻗어 페리퍼럴의 앞머리를 한쪽으로 쓸어 넘겼다. 그것은 차분하게 반짝이는 눈을 들어 애시를 올려다봤다. "플린이 분명 여기에 뭔가 불어넣었어. 흠 그래?" 애시가 네더튼에게 말했다. "네가 그걸 눈치챘다는 게 내 눈에는 다 보여."

"이제 플린은 처지가 더 위험해진 건가요? 저쪽에서?"

"그런 것 같긴 한데, 어느 정도라고 수치화해서 말하긴 힘들어. 이쪽에 기반을 둔 어떤 강력한 존재가 저쪽에서 플린을 제거하려고 해. 그래서 저쪽에서 점점 더 깊은 자원을 투입해 자기 뜻을 이루려고 하는 중이야. 우린 저쪽에서 그 일을 저지하려고 하지만, 상대편과 경쟁하는 도중에 플린네 세계의 경제에 부담을 주고 말았어. 그건 꽤 큰 문제야. 왜냐하면 조만간 더 혼란스러운 변화가 일어날 테니까."

해전이 벌어지는 서른타인 호수에서 느닷없이 뭔가 쪼개지는 날카로운 소리가 들려왔다. 근처의 아이들이 환호했다. 네더튼이 돌아보니 배 한 척의 중앙 돛대가 대포알에 맞아 부러진 참이었다. 지금 재현되는 전투의 설명에 따르면 오래전에 실제로 있었던 일이었지만 언제 어느 바다에서 벌어진 전투인지 그는 전혀 알지 못했다. 그는 일어서서 손을 내밀었고, 페리퍼럴은 그 손을 잡았다. 그가 손을 당겨 거들어 준 덕분에 그것은 우아하게 벤치에서 일어섰다.

"난 로비어가 널 데이드라한테 보내는 게 마음에 안 들어." 애시는 눈동자 두 개가 각각 위아래로 포개진 눈 한 쌍으로 네더튼을 지그시 바라보며 말했다. 그는 애시와 함께한 시간이 하도 길어지다 보니 이제는 눈이 그런 모양인 것도 거의 신경 쓰이지 않는다는 생각이 들었다. "데이드라 본인이나 같은 패거리 중 누군가가 그루터기에서

181

우리와 적대하는 세력이란 건 거의 기정사실이잖아. 그자들이 이쪽에서 플린을 해쳐봤자 고작 페리퍼럴을 파괴하는 정도일 거야. 그렇게 되면 플린은 고통을 겪긴 하겠지만, 정신을 차려보면 그루터기에 가 있겠지. 안톤 형님의 춤 선생 속에 들어가는 코너도 마찬가지고. 하지만 넌 직접 그 파티에 참석하잖아. 육체를 지니고서, 전적으로 취약한 상태로."

"전술적으로 보면 로비어한테 다른 선택지는 하나도 없는 것 같은데요." 네더튼은 애시를 물끄러미 봤다. 애시가 자신을 진심으로 걱정하는지도 모른다는 생각이 그에게는 충격으로 다가왔다.

"네가 어떤 위험에 제 발로 걸어 들어가는지 생각 안 해봤어?"

"아마 너무 깊이 생각하지 않으려고 애쓴 것 같아요. 하지만 그렇다고 내가 거절하면, 플린은 어떻게 되겠어요? 플린 오빠하고 어머니는요? 플린이 사는 세상 자체는 또 어떻고요?"

애시는 눈동자 네 개로 네더튼의 두 눈을 뚫어지게 쏘아봤다. 하얀 얼굴은 미동도 하지 않았다. "이타심을 발휘해? 너 어쩌다 이렇게 됐어?"

"나도 모르겠어요." 네더튼이 말했다.

87
파티 타임의 해독제

클로비스 레이번은 살결이 아주 고왔다. 플린이 눈을 떴을 때 클로비스는 플린 바로 눈앞에 있었다. 거기서 플린의 자율신경 차단기와 차단기의 케이블을 쭉 지켜본 모양이었다. 이때껏 경험한 것 중에서 가장 편한 귀환이었다. 하이드파크 공원의 오솔길 옆 벤치에 앉아 있다가, 깨어보니 새 환자용 침대 위에 베개를 받치고 누운 상태였다. 뒤쪽으로 공중제비를 넘은 기분이었지만 그리 나쁘지는 않았다. "왔군요." 클로비스가 말했다. 그러고는 플린이 눈을 뜨는 것을 보고 허리를 곧추세워 똑바로 앉았다.

"무슨 일이에요?"

클로비스는 두 부분으로 이루어진 어떤 물건을 반으로 쪼개는 중이었다. 일종의 포장재였다. "그리프 말로는 상대편이 우리 평판을 깎아먹으려고 누가복음을 고용했다네요. 난 그 패거리가 반대 시위를 벌이는 표적은 누구든 오히려 더 좋게 보이던데."

"메이컨이 버튼은 피켓네 집에서 이리로 오는 중이랬어요."

"압수한 차를 타고 말이죠. 거기엔 압수할 차가 너무 많아서 난리도 아니래요. 저택 잔해에서 피켓 부하들의 시체를 아직도 다 수습하지 못했는데, 그 부하들이 거기 주차장에 차를 대놨대요." 클로비스는 포장지 속에서 조그마한 물체를 꺼냈다. 모양은 동그랗고 평평했고 색깔은 연분홍색이었다. 클로비스는 그 물체의 뒷면 껍질을 벗기고 플린의 티셔츠 밑단에 넣은 다음, 접착제가 발라진 뒷면을 배꼽 바로 왼쪽에 대고 꾹 눌렀다.

"뭐예요, 그건?" 플린은 베개에서 머리를 들며 물었다. 왕관의 무게를 견디며, 그 물체를 보려 했다. 클로비스는 자신의 전투복 셔츠 밑단을 위로 휙 걷었다. 빨래판으로 써도 될 법한 복근 위에 분홍색 점 같은 물체가 보였다. 한복판에 가느다란 빨간 줄 두 개가 십자로 교차했다.

"'파티 타임'이라는 것의 해독제인데, 자세한 설명은 그리프가 해 줄 거예요. 당신은 잃어버리지 말고 잘 붙이고만 있어요." 클로비스는 플린의 머리에서 왕관을 벗겨 침대 왼쪽 탁자 위에 펼쳐놓은 일회용 기저귀같이 생긴 것에 조심스레 내려놨다.

플린은 왕관에서 눈을 돌려 옆 침대의 코너를 봤다. 그 역시 자기 왕관을 쓰고 있었다.

"돌아가는 꼴을 보니 저 사람은 가만히 누워 있게 놔두는 게 좋겠어요." 클로비스가 말했다. "상황을 더 개판으로 만드는 능력을 이미 입증한 인재니까요."

플린은 몸을 일으켜 앉았다. 환자용 침대에 누워 있다 보면 일어날 때도 먼저 남에게 허락을 받아야 할 것 같은 느낌이 들곤 했다. 그때 홍 씨가 시야 안으로 걸어 들어왔다. 양손에 포장 주문용 비닐봉지를 대롱대롱 들고 있었다. 홍 씨는 눈에 비즈를 끼고 진녹색 바탕에 흰색으로 콜디론 USA라고 찍힌 티셔츠를 입은 차림이었다. 이 모든 일이 시작된 첫째 날 밤, 플린이 버튼의 트레일러에서 봤던 봉투에도 그 로고가 그려져 있었다. 플린은 홍 씨가 자신의 침대 왼쪽에서 나타난 것을 알아차렸다. 기와를 쌓아 만든 벽에 세로로 기다랗게 뚫린 구멍을 통해 들어온 참이었다. "안녕." 홍 씨가 인사를 건넸다.

"이제 스시 반으로 통하는 비밀 통로까지 뚫은 거예요?" 플린이 물었다.

"가게 지붕에 안테나 설치하면서 이 구멍도 같이 뚫기로 합의했잖아. 그 이메일, 네가 보낸 거 아니야?"

"나한테 나도 모르는 비서가 있나 보네요."

"음식을 이리로 가져오려면 어쩔 수 없었어요." 클로비스가 말했다. "버튼의 친구 몇 명이 저쪽 가게에 눌러 앉아서 경계를 서거든요."

"그러면서 살이 통통하게 오르고 있지." 홍 씨는 씩 웃고는 파란 방수포 안쪽으로 모습을 감췄다.

"저 음식은 버튼이든 누구든 알아서 먹으라고 시킨 거예요. 혹시 배고파요?" 클로비스가 물었다.

"그런 것 같아요." 플린은 전에 놔뒀던 의자에 그대로 있는 휠리 보이를 집어 들었다.

185

"난 여기 잠자는 숲속의 공주 옆에 있을게요. 혹시 필요하면 불러요." 클로비스가 말했다. "저 위쪽에 당신의 온전한 몸이 따로 있다는 거, 진짜예요?"

"어느 정도는요. 인공적으로 만든 거라는데, 겉만 봐선 몰라요."

"당신하고 닮았어요?"

"아뇨. 더 예쁘고 가슴도 더 커요."

"가서 식사하세요." 클로비스가 말했다. "맞은편 방수포를 걷어 보면 있을 거예요."

플린은 스시 반 비닐봉지에서 풍기는 음식 냄새를 따라갔다. 비닐봉지는 플린이 계약서에 서명할 때 썼던 접이식 테이블 위에 놓여 있었다. 이제 그 테이블은 메이컨이 법무 팀 사무실이라고 소개한 곳의 파란 방수포 뒤편에 있었지만, 그 자리에 있는 남자는 홍 씨가 아니었다.

"당신이 플린이군요." 남자가 말했다. 갈색 머리에 회색 눈, 살빛은 희고 볼은 발그레했다. 억양으로 보아 네더튼과 같은 영국 사람이었지만, 이 남자가 사는 시간은 플린이 슬슬 과거로 여기지 않으려고 애쓰는 현재였다. "그리프라고 합니다." 스티로폼 포장 용기와 헤프티 생수 세 병 위로 손을 내밀며 한 말이었다. "성은 홀즈워스예요." 플린은 그 손을 잡고 악수했다. 남자는 어깨가 넓었지만 체형은 호리호리했고, 나이는 어쩌면 플린보다 어려 보이는 것도 같았다. 왁스 코팅을 한 듯한 낡은 재킷은 색깔이 꼭 방금 갈겨놓은 말똥 같았다.

"이름만 들으면 미국 사람인 줄 알겠네요." 플린이 말했다. 그러나 실제로는 아이들이 보는 만화영화에나 나올 법한 이름 같았다.

"본래 이름은 그리피드예요." 남자는 플린에게 자기 이름의 철자를 알려주며 정확히 어느 지점에서 상대방이 웃음을 터뜨릴지 궁금해하는 사람처럼 플린을 주시했다.

"국토안보부 소속인가요, 그리프?"

"거기하고는 아무 상관도 없어요."

"매디슨은 당신이 국토안보부 헬리콥터를 타고 온 줄 알던데요. 처음 여기 온 날."

"그랬죠. 탑승 권한이 있어서요."

"이쪽저쪽으로 아주 많다고 들었어요. 접근할 권한 말이에요."

"사실이야." 버튼이 집게손가락으로 방수포를 걷으며 말했다. 그는 지쳐 보였고, 샤워도 해야 할 것 같았다. 위장 무늬 전투복 바지와 검은 티셔츠가 먼지투성이였다. "그래서 이것저것 해결하는 재주가 있지." 그가 안으로 들어서며 말했다.

"토미 보안관한테 혹사 좀 당했나 봐?" 플린이 버튼에게 물었다.

버튼은 토마호크를 접어 식 테이블 위에 내려놨다. 날 부분에 정형외과용 카이텍스 수지로 만든 날 싸개가 끼워져 있었다.

"처벌 대신 잡일을 한 셈이지만, 토미는 인정하지 않을 거야. 우리가 피켓네 집에다 저질러 놓은 게 마음에 안 들 테니까. 이런 식으로 내가 한 짓을 나한테 일깨우려는 속셈이지. 그렇다고 해서 우리 계획보다 일이 더 커진 것도 아니야, 잭면이 그렇게 된 것만 빼면. 뭐, 힘들게 일하는 동안 피켓의 시체가 일부라도 나왔으면 좋았겠지만. 그러다가 누가복음 놈들이 다정하신 주님의 심판을 이리로 배달하려고 한다는 소식을 들은 거야." 버튼의 눈길이 플린에게로 향했다. "넌 런던에 있는 줄 알았는데."

"로비어가 돌아가라고 했어. 누군지는 몰라도 우릴 죽이려는 자들이 누가복음 패거리를 이리로 보내서 네 머릿속을 휘저어 놓을 거랬어. 네 정신을 망가뜨리려고. 넌 저 자식들이 시위할 때마다 그런 상태가 되니까."

"너 그 자식들 팻말에 어떤 애니메이션이 떠 있는지 봤어?"

"맛있어 보이는군요." 그리프가 말했다. 이미 스티로폼 포장 용기를 열어놓고 있었다. "홍 씨는 어디 출신인가요?"

"필라델피아요." 플린이 대답했다.

"난 가서 좀 씻어야겠어." 버튼은 토마호크를 들고 자리를 떴다.

"당신 덕분에 이제 난 버튼의 부하가 된 기분이 드네요." 플린이 그리프에게 말했다. 버튼이 목소리가 들리지 않을 만큼 멀어질 때까지 기다렸다가 한 말이었다.

"앞쪽 입구에 카를로스가 있어요. 버튼이 다른 데로 가지 않게 막아줄 거예요." 그리프는 물병 세 개의 뚜껑을 열었다. "뒤쪽 출구하고 홍 씨네 가게로 통하는 내부 통로는 클로비스가 맡았고요." 그는 플라스틱 젓가락 두 쌍을 양손에 나눠 들고 포크처럼 사용해 가며 포장 용기와 함께 온 생분해성 접시 세 개에 음식을 나눠 담았다. 그런 다음 젓가락 한 쌍으로 모든 음식의 위치를 재빨리 조정했고, 이로써 순식간에 홍 씨가 만든 음식이라고는 상상도 못 할 만큼 멋지게 바꿔

났다. 플린은 자신이 나눠 담았다면 대강 비슷한 양의 국수와 롤 초밥이 지저분하게 섞인 무더기가 만들어졌으리란 것을 잘 알았다. 그리프가 조그맣고 짭조름한 생선 알을 젓가락으로 옮겨 담는 광경을 보고 있자니 살해당한 여자의 파티를 위해 스낵을 준비하던 여성형 로봇들이 떠올랐다. "바깥의 용역 광신자들이 들고 있는 팻말은 무시하는 게 좋아요." 그리프가 말했다. "공격적인 정치 광고가 전문인 광고 대행사에서 디자인했거든요. 특히 당신들을 사적으로 격앙시키는 동시에 지역 사회가 당신들에게 등을 돌리도록 의도한 내용이에요."

"우리 상대편 쪽에서 저 사람들한테 시위하라고 사주한 거예요?"

"누가복음 4장 5절은 광적인 종교 결사인 동시에 사업체거든요. 그런 패거리들이 으레 그렇듯이요."

"혹시 요리 전문 케이블 채널 같은 데서 일하세요?"

"정통 필라델피아 요리만 고집합니다." 그리프는 농담이라는 뜻으로 고개를 비딱하게 기울였다. "최고급 북부 이탈리아 요리를 갖다주면 쓰레기처럼 보이게 만들어 놓을걸요."

"먹자." 돌아온 버튼이 말했다. 그는 접시가 놓인 테이블 위에 다시금 토마호크를 내려놨다. 그 물건을 본 플린은 이번에는 피켓의 집 지하실에서 개 목줄을 쥔 남자의 몸에 걸려 넘어질 뻔했던 기억이 떠올랐다.

플린은 휠리 브이가 무슨 꽃이라도 되는 양 테이블 한가운데에 놓은 다음, 접이식 의자에 앉았다.

"저건 뭐야?" 버튼이 휠리 보이를 보며 물었다.

"훨리 보이잖아." 플린이 대답했다.

그리프는 빈 포장 용기를 비닐봉지 한 개에 다 모으더니, 그 봉지를 다시 다른 봉지에 넣어 바닥에 내려놓고 의자에 앉았다. 테이블의 차림새를 고려한 행동처럼 보였다. 플린은 그가 아예 식전 기도까지 하려는 것은 아닌가 궁금해질 지경이었지만, 그는 자기 몫의 플라스틱 젓가락을 들고 먹자는 뜻의 손짓을 했다. "드시죠." 그리프가 말했다.

진짜 몸과 페리퍼럴 사이를 오가는 사이에 플린은 머릿속이 혼란스러워졌다. 배가 고픈 걸까, 아닐까? 앞서 바나나 한 개와 커피로 요기를 하기는 했지만, 저쪽 세계의 산책로를 따라 걸었던 일은 진짜처럼 느껴졌다. 그 일은 실제로도 일어났다. 다만 플린의 몸이 겪은 것은 아니었다. 음식 냄새를 맡으니 일주일 전이 그리워졌다. 그때는 지금 일어나는 일들 가운데 어떤 것도 일어나지 않았으므로. 그런 생각이 든 데에는 그리프가 예쁘게 연출해 놓은 음식 접시도 한몫했다.

"파티 타임이 뭐예요?" 플린이 그리프에게 물었다.

"그 말은 어디서 들었어?" 버튼이 물었다.

"클로비스가 나한테 파티 타임의 해독제라는 걸 줬거든."

"여기서 파티 타임을 쓰겠다고?" 버튼이 그리프를 돌아봤다. 눈빛이 매서웠다.

"그 얘기는 식사가 끝난 후에 하죠." 그리프가 말했다.

"그게 뭐길래 그래, 버튼?"

"전쟁범죄의 최고 등급이 10까지 있다고 치잖아? 그럼 파티 타임은 12쯤 돼." 버튼은 초밥 한 덩이를 입에 넣고 우물우물 씹으며 그리프를 빤히 봤다.

88
새들의 의회

애시의 천막 안에서는 먼지 냄새가 났지만, 실제로 먼지가 낀 물건이 있는 것 같지는 않았다. 네더튼은 어쩌면 그런 냄새를 피우는 양초가 있을지도 모른다고 생각하며 자리에 앉았다. 페리퍼럴은 뽐내듯이 복잡하게 전시해 놓은 애시의 가짜 골동품들을 둘러보다가 차분한 눈빛으로 네더튼을 응시하더니, 이내 테이블 상판에 새겨진 문양을 꼼꼼히 뜯어보려는 듯 눈길을 내리깔았다. 애시는 네더튼의 왼쪽, 페리퍼럴에 더 가까운 자리에 앉아 있었다. 애시는 섬뜩하게도 시커먼 두꺼비를 닮은 조그만 모자를 벗어 자기 앞 테이블에 내려놨다. "넌 새들의 의회에 참석하는 입장권을 얻게 될 거야." 애시는 네더튼에게 그렇게 말하고는 그가 무슨 뜻이냐고 물으려 하자 검게 칠한 자기 입술 앞에 손가락을 세워 질문을 막았다.

이제 네더튼이 지켜보는 가운데 흑옥과 은으로 만든 거미가 샤틀렌에서 풀려나 애시의 재킷 왼쪽 소매를 타고 기어 내려오더니, 바늘처럼 가느다란 발로 무늬가 새겨진 테이블 상판을 잽싸게 가로질러 모조 다이아몬드 눈을 반짝이면서 그를 향해 다가왔다.

거미는 네더튼의 왼손 손등을 기어올랐다. 조금도 아프지 않았다. 정말이지 거미가 그 자리에 있다는 것조차 느끼지 못했다. 그는 메디시를, 자신의 피부 세포 사이사이로 아무 느낌도 없이 퍼져 나가는 미세한 촉수들을 상상했다.

그 순간 애시는 새가 지저귀는 소리로 뭔가 길게 말했고, 네더튼은 그 말을 알아들었다.

"계속 얘기해요." 애시의 말이 멈췄을 때 네더튼은 겁에 질려 그렇게 말했지만, 실제로 입에서 나온 것은 새가 지저귀는 소리, 날카롭고 다급한 새소리였다. 그러나 네더튼은 이내 깨달았다. 애시가 말한 '입장권'이란 지금 이곳에서 이번 한 번만 쓸 수 있는 것이었고, 애시와 오시안 사이의 변화무쌍한 암호 언어를 그에게도 알아듣게 해주는 것이었다. 그 언어는 세상에서 가장 뚫기 힘든 암호였기에 로비어와 전지전능한 숙모님들조차도 여기서 오간 대화는 엿듣지 못할 듯싶었다. 이윽고 애시는 그에게 더 많은 이야기를 들려줬다.

로비어는 연속체와 그것에 열광하는 무리에게 관심이 많다고 했다(그리고 이야기를 듣는 동안 네더튼은 새소리가 거칠게 혁 차는 소리로 대표되는 다른 소리들로 바뀌어 가는 것을 무시하려 갖은 애를 썼다). 애시 말에 따르면 예컨대 레프보다 몇 년 앞서 연속체를 연구한 예찬자들이 있었고 그중 일부는 여러 연속체에서 신중한 실험을 진행했으며, 그곳의 인간들을 대상으로 시험 삼아 파괴적인 결과를 이끌어 내기도 했다. 그중 같은 브류 사이에서 '베스파시아누스'라는 별명으로만 알려진 베를린의 초기 예찬자는 무기 도착자로서, 자신의 연속체에 거주하는 인간들을 가학적으로 다루기로 악명 높았다. 베스파시아누스는 끝도 없이 계속되지만 본질적으로는 무의미한 전투에 그들을 몰아넣어 서로 싸우게 하며 그 과정에서 진화한 무기들을 손에 넣었지만, 그중 일부는 너무나 특수해서 개발에 이르게 된 복잡한 음모 이외의 다른 용도로는 사용할 수조차 없었다.

네더튼은 페리퍼럴을 흘깃 봤다. 그것은 어차피 어떤 언어로도 이해하지 못할 이야기를 들으면서도 애시를 가만히 주시했고, 그러는 동안 애시는 로비어가 그 베스파시아누스라는 자의 설계도와 설명서를 이용해 어떤 물건을 손에 넣었으며 코너 펜스케는 바로 그 물건을 조종할 훈련을 하는 중이라는 이야기를 들려줬다.

"그게 뭔데요?" 네더튼이 물었다. 질문은 말소리가 아니라 가냘프게 지저귀는 장모음 음절 두 개가 되어 그의 귀를 스쳤다.

애시 또한 모음이 점점 길어지는 소리로 모른다고 말했다. 다만 베스파시아누스의 도착증과 첫 번째 훈련 시간부터 눈에 띄게 즐거워하던 코너의 모습을 감안하면, 그 물건은 십중팔구 무기였다. 애시는 그 물건을 빠르고 비밀스럽게 제작할 자원이 로비어에게 있으리라는 점을 지적했다.

둘이 함께 쓰는 언어가 점점 더 게르만어족에 가깝게 변해가는 사이에 네더튼이 물었다. 그런데 왜 지금 나한테 이런 얘기를 들려주는 거죠? 그는 그 사실 때문에 점점 더 불안해진다거나 자신의 손등에 올라앉은 고풍스러운 장신구 때문에 비명을 지르고 싶다는 말은 하지 않았지만, 그러한 감정이 그 순간 자신의 일에서 나오는 변종 북부 독일어 같은 정체 모를 소리를 통해 은연중에 전해지기를 바랐다.

애시가 (이제는 어떠한 언어도 연상되지 않는, 심지어 새소리도 아닌 소리로 바꾸어) 말하길, 왜냐하면 로비어 스스로가 사실상 하룻밤 사이에 연속체 예찬자가 됐기 때문이었다. 게다가 어시 본인이 레프의 그루터기에서 로비어의 작전을 실행하는 사이에 로비어가 그곳에서 자신의 이해 범위를 넘어선 더 장기적인 게임을 벌이는 중이라는 것을 마침내 깨달았기 때문이기도 했다. 그리고 또 한 가지 이유는, 이 대목에서 애시는 눈살을 찡그려 눈동자가 한쪽에 한 개씩만 보였는데, 시스템인지 아니면 장치인지 모를 그 물건의 설계도를 토비어에게 넘긴 베스파시아누스가 평소답지 않게 로테르담으로 떠났다가 금요일에 그곳에서, 갑작스럽고 예상치 못한, 그러나 겉으로는 자연사로 보이는 죽음을 맞았기 때문이었다. 이러한 상황에 대해 로비어는 애시가 보기에 놀랍도록 관심이 없었다.

그리고 이 모든 일은 그들이 로비어를 만난 이후에 일어났으므로 지난 한 주는 정말로 바빴다고 애시는 계속 이야기했다. 그러나 사정상 일시적일 수밖에 없는 네더튼의 입장권은 이제 곧 효력이 다할 참이라고 했다. 애시는 입장권이 효력을 잃으면 네더튼이 방금 들은 이야기들을 결코 입 밖에 내지 않으리라 기대한다고 했다. 애시가 말하길 그에게 이런저런 이야기를 들려준 까닭은 어느 정도는 본인의 안위가 걱정됐기 때문이었지만, 한편으로 네더튼과 레프, 그리고 플린과 그 가족들 또한 걱정됐기 때문이라고 했다. 애시가 보기에 플린네 가족은 머나먼 곳의 사건에 우연히 휘말린, 비교적 무고한 사람들이었다.

자기 입에서 나오는 소리가 끊임없이 낯설게 느껴진다는 사실에 이제야 가까스로 초연해진 네더튼이 물었다. 그런데 당신은 뭘 성취하고 싶어서 그렇게까지 하려고 해요?

애시는 자신도 모르지만 뭔가 하지 않으면 안 되겠다는 느낌이 들었다고 말했고, 네더튼은 그렇게 말하는 애시의 심정이 이해가 갔다. 또한 애시는 로비어가 클렙트의 숙모님들을 통해 누가 무슨 얘기를 했는지 알아낼 방법은 헤아릴 수 없이 많다는 말도 했다. 그리고 이야기는 거기서 끝났다. 네더튼의 손등에 앉았던 거미가 폴짝 뛰어내려 애시에게 쪼르르 돌아가면서.

뒤이어 그들 셋은 그 자리에 한참 동안 앉아 있었다. 네더튼은 테이블 아래로 페리퍼럴의 손을 잡은 채 어떻게 가학적인 연속체 예찬자가 로테르담에서 뜻밖이지만 자연스러워 보이는 죽음을 맞을 수가 있었는지 궁금해했고, 한편으로는 로비어에게 그 일에 관해 물으면 안 된다는 것을 명심해야겠다고 생각했다. 자신은 그런 사실을 알면 안 되는 처지이므로. 그러다 문득 이런 생각이 들었다. 하지만 만약 로비어가 둘 사이에 새소리와 알아듣기 힘든 말소리로 오간 대화를 들었다면? 그 사실을 핑계로 삼아 로비어가 못 할 짓이 뭐가 있을까?

89
섬광등

그리프는 플린에게 차를 타기 전에 방탄복을 입으라고 했다. 이른바 '흑마법 솜사탕 재킷'이라는 물건이었다. 버튼도 같은 것을 입었지만, 어찌 보면 그를 거의 죽일 뻔한 원흉이 바로 그 방탄 재킷이었다. 안감이 총알의 운동에너지에 의해 순간적으로 단단해졌기 때문이었다. 습격범, 그러니까 손가락으로 방아쇠를 당긴 순간에는 이미 숨이 끊어져 있었을 그 남자가 쏜 총알은 버튼의 양발 사이 콘크리트 바닥에 맞은 다음, 튕겨 올라 버튼이 입은 방탄 재킷의 왼쪽 소맷부리에 명중했다. 총알은 그 순간 솜사탕의 물리적 특성 때문에 산산이 부서졌고, 그 파편 한 개가 다시 아래로 튀어 버튼의 오른쪽 허벅지를 파고들어 넓적다리 동맥을 잘랐다.

그 모든 일은 한꺼번에 일어난 것처럼 보였는데, 토미 말에 따르면 어떤 총격전이든 현장에 있는 당사자에게는 모두 말이 안 되는 것처럼 느껴지게 마련이었다. 그때 플린은 버튼의 왼편 조금 뒤에서 걸어갔고 클로비스는 플린의 오른편에서 나란히 걸었다. 나중에 플린은 뒷골목으로 나선 후에 클로비스가 조금 더 긴장한 티가 났던 기억이 떠올랐다. 그들은 토미의 차로 향하는 중이었다. 플린의 어머니에게 가서 거처를 옮기자고 설득할 예정이었다. 그리프는 파티 타임의 정체를 아직 밝히지 않았지만, 플린은 그게 뭐든 간에 그가 먼저 털어놓지 않으면 차를 타고 가는 도중에 물어볼 작정이었다. 그는 주로 집을 떠나지 않으려 하는 플린의 어머니에 관해 얘기했다. 그는 버지니아주 북부에 안가가 있다며 그곳으로 플린의 어머니를 데려가고 싶어 했다. 리소니아는 어머니와 함께 가겠다고 승낙했다. 어머니는 리소니아를 대할 때는 상냥했지만, 거처를 옮기자는 제안에는 여전히 막무가내였다. 이윽고 토미가 그들을 데려다주러 도착했다. 그리하여 비록 어머니가 안가로 옮기자는 제안을 받아들일 거라는 기대는 별로 없었지만 플린은 어머니를 보러 간다는 생각에, 또한 토미와 나란히 드라이브한다는 생각에 마음이 부풀었다. 다만 그것도 카를로스가 토미 대신 운전석에 앉아 무릎 사이에 불펍 소총을 세워놓고 차를 몰아야 하는 상황이 아닐 때의 얘기였다.

드론이 파악한 시위대 인원수는 무려 47명이었는데도, 바깥은 너무나 조용했다. 시위대는 건물 반대편, 주차장 맞은편의 길 건너에 있었다. 그러나 그때 버튼은 토마호크의 머리 부분을 오른손으로 쥐고 있었을 것이다. 팔은 쭉 펴서 늘어뜨린 채로, 손잡이를 거꾸로 세워 팔뚝 안쪽에 붙였을 것이다. 그러다가 어떤 계기로든 오징어 슈트를 입은 남자의 낌새를 챈 순간, 카이덱스 날 싸개를 벗기고 토마호크가 아래로 떨어지도록 손을 놨을 것이다. 왜냐하면 플린은 날 싸개가 콘크리트 바닥에 떨어져 부딪히는 소리를 똑똑히 들었기 때문이었다. 자신이 수도 없이 여러 번 자전거를 세워놓은 자리 바로 옆이었다. 버튼은 토마호크의 머리가 콘크리트 바닥에 닿기 전에 평소 습관대로 자루 끄트머리 부분을 잡은 다음, 용케도 손목을 위로 틀어 아직 보이지 않는 남자의 머리를 트마호크로 찍었다. 덜 익은 호박을 세게 칠 때 날 법한 소리가 들렸고, 이로부터 한동안 플린은 어떠한 소리도 듣지 못했다. 뒤이어 일제히 터진 총소리가 너무나 커서 아예 소리로 느껴지지도 않았기 때문이었다.

이제 플린의 시야는 따로따로 분리된 GIF 파일처럼 보였다. 클로비스가 아랫배 앞쪽에 찬 구급 치료용 파우치가 조개껍질처럼 훤히 벌어졌다. 파우치 안쪽에 끼워진 짤따란 플라스틱 권총은 파우치와 똑같은 황갈색이었다. 클로비스는 먼저 아파서 눈이 번쩍 뜨일 만큼 세게 플린을 옆으로 밀치고 나서 양손에 권총을 쥐고 팔을 어깨 높이로 뻗은 다음, 반동에 대비해 몸을 앞으로 기울였다. 탄창이 텅 빌 때까지 총구에서 화염이 쉬지 않고 번득였고, 그러는 동안 클로비스의 표정은 노면을 주시하며 운전에 집중하는 사람처럼 담담하기만 했다. 다른 GIF 파일 하나는 카를로스의 소총에서 배출된 탄피였다. 가볍기 그지없는 탄피들이 허공을 둥둥 떠다녔고, 섬광등 불빛 속에 정지된 것처럼 보이기도 했지만, 그중 한 개는 플린의 손등에 부딪혀 화상을 남기고 튕겨 날아갔다. 또 다른 GIF 파일은 오징어 슈트를 입은 남자가 총알에 맞으며 보여준 광경이었다. 정체 모를 그 남자가 토마호크를 맞고 고꾸라지자 주위로부터 훔쳐 온 색과 질감을 띠고 있던 오징어 슈트는 색깔이 마치 불타오르듯 환해지더니, 이내 하얗게 변해 더는 바뀌지 않았다. 그리고 버튼은 눈을 뜬 채 멍한 표정으로 땅바닥에 누워 있었고, 맥박이 뛸 때마다 허벅지에서 뿜어 나오는 피 말고는 털끝 하나도 움직이지 않았다.

플린은 귓속이 윙윙 울렸다. 그 느낌이 너무나 지독해서 영영 멈추지 않을 것만 같았다. 토미가 플린을 붙잡아 뒤로 끌어당기는 사이에 클로비스는 재장전한 권총을 열려 있는 조개껍질 모양 총집 속에 넣은 다음, 총집 뒤편의 수납공간에서 이것저것 꺼내기 시작했다. 국토안보부의 파란색 라텍스 장갑이 나왔다. 그다음은 납작한 흰색 세라믹 갈고리였다. 클로비스는 버튼 곁에 쭈그리고 앉아 피에 젖어 너덜거리는 위장 무늬 바지를 갈고리로 찢어 오른쪽 허벅지를 훤히 드러냈다. 그러고는 파란색이 선명한 집게손가락을 피가 뿜어 나오는 구멍에 뿌리까지 푹 꽂아 넣었고, 표정을 찡그리며 손가락을 조금 움직였다. 철철 흐르던 피가 멈췄다. 클로비스가 고개를 들었다. "월터 리드에 연락해요." 클로비스가 서슬 퍼런 목소리로 요구했다. "빨리요, 젠장."

90
위험 지수

레이니의 인장이 시야에 나타났을 때 네더튼은 고비바겐의 주 침실에서 샤워를 하는 중이었다. "여보세요." 그는 샴푸 거품이 들어가지 않게 눈을 감은 채 말했다.

"넌 네 고용주가 누군지 모른다고 했잖아. 그 말 지금도 사실이야?" 레이니가 물었다.

"난 지금 무직인데요."

"난 알아. 대강은."

"뭘 안다는 거예요?"

"네가 누구 밑에서 일하는지."

"무슨 소릴 하는 거예요?"

"그러니까 말하자면, 우리가 마지막으로 데이트한 날 있잖아."

"그런데요?"

"그때 본 네 친구."

"레프 말이에요?"

"내가 만난 친구 말이야."

"난 그 여자 밑에서 일하지 않아요."

"하지만 넌 그 여자가 시키는 대로 움직이잖아."

"그런 것 같네요. 하지만 분명한 이유가 있어서 그래요."

"나라도 그럴 거야. 내가 지금 네 처지라면."

"예를 들면요?"

"차라리 모르는 게 나아. 난 사람들 상대로 은밀히 조사했어. 그런데 그렇게 남몰래 물어보고 다녔는데도 그 여자 일로 얘기를 나눈 사람들은 이제 하나같이 나를 모르는 척해. 아예 인간관계 자체를 소급 적용하더군. 처음부터 몰랐던 사이처럼 군단 말이야. 몇몇은 단체에서는 내 얼굴을 지우는 수고까지 감수했고. 위험 지수로 따져도 이 정도면 눈에 빤히 보이는 수준이야."

"그건 지금 상의할 문제가 아니에요. 이런 식으로는 안 돼요."

"상의 같은 건 안 해도 돼. 난 사표를 제출했다는 얘길 하려고 전화했으니까."

"새로 수정한 프로젝트에서 나가는 거예요?"

"공직에서 나가려고. 민간 부문에서 일을 찾을 거야."

"진심이에요?"

"윌프, 네가 지금 하는 일이 뭐든 간에, 알아봤자 좋을 게 없는 일이야. 그런데 난 어차피 모르니까 계속 이대로 살 생각이야."

"그럼 전화는 왜 했어요?"

"왜냐하면 나도 모르는 이유 때문에 네가 아직 마음에 걸리기 때문이지. 이제 끊어야 돼. 지금 무슨 일을 하고 있든 간에, 거기서 빠져나올 방법을 한번 찾아봐. 안녕." 레이니의 인장이 사라졌다.

네더튼은 허공에 손을 저어 물줄기를 멈추고 샤워실에서 나온 다음, 레프 할아버지의 얇은 검정색 리넨 수건을 더듬더듬 집어 눈과 얼굴을 닦았다.

네더튼은 침실 쪽으로 고개를 내밀었다. 널따란 침대 위에 코너 펜스케가 두고 간 춤 선생 페리퍼럴이 더없이 반듯하게 누워 있었다. 가슴 위로 양손을 포갠 모습이 꼭 조각상으로 장식한 기사의 석관 뚜껑 같았다.

"무슨 일을 하고 있든 간에, 말이지." 네더튼은 레이니가 한 말을 되씹었다. 그는 자신도 모르게 레이니가 그립다는 생각이 들어서 깜짝 놀랐다. 그리고 이제는 계속 그리워할 이유가 생긴 듯싶었다.

91
등각류

콜디론 USA 사무실의 안쪽 방은 야전병원이 따로 없었다. 가운데 침대에는 버튼이 누워 있었고, 침대보는 피투성이였으며, 버튼의 몸 위에는 생김새가 거대한 쥐며느리의 등딱지 같고 색깔은 클로비스의 권총과 똑같은 외과 수술용 플라스틱제 드론이 떠 있었다. 월터 리드 국립 군병원의 수술 팀이 조종하는 그 드론은 버튼의 배꼽에서 무릎 바로 위까지 덮다시피 한 채 몸에 바짝 붙어 떠 있었고, 수술 팀이 보내는 뭔지 모를 지시 사항을 수행하는 동안 놀랄 만큼 커다란 소음을 냈다. 드론이 버튼의 몸을 손보는 동안 철컹거리고 딸각거리는 소리가 이어졌다. 드론은 버튼의 다리에서 형체도 알아보기 힘들 만큼 심하게 찌그러진 총알 파편을 끄집어내 조그만 수술 쟁반에 배출하고, 동맥을 봉합하고, 총구멍을 막는 수술을 하는 중이었다. 적어도 계획은 그러했다. 그리프는 플린에게 총상의 충격은 그리 심하지 않을 거라고 말했다. 총알이 콘크리트에 부딪혀 튕기는 사이에 운동에너지를 이미 많이 잃었기 때문이었다. 그러지 않았다면 너무 가까운 거리에서 맞은 탓에 방탄 재킷이 총알을 막았다고 해도 충격만으로 목숨을 잃을 수도 있었다.

플린이 보기에 그 수술용 드론은 페리퍼럴의 기능을 수행하는 또 하나의 플랫폼일 수도 있었다. 그 생각을 하다 보니 자신은 지금 코너의 침대와 반대편에 있는 침대의 모서리에 걸터앉아 무릎 위에 휠리 보이를 올려놓고 있다는 사실이 떠올랐다. 버튼은 의식이 없는 상태로 코에 투명한 튜브가 꽂혀 있었고, 이마와 벗은 가슴에는 생체 신호 측정 패치가 달려 있었으며, 팔에도 튜브가 두어 줄 꽂혀 있었다. 그런 몰골로 침대에 누워 있는 버튼을 차마 더는 볼 수 없다는 생각이 들 때면 플린은 코너에게로 눈을 돌렸다. 코너는 매끈하고 차분한 얼굴을 하고서 70년 후의 미래에서 어떤 물건을 작동시키는 중이었다. 이따금 그리프를 돌아보기도 했다. 그는 귀에 전화를 대고 가끔 고개를 끄덕이며 통화했지만, 목소리가 너무 작아서 플린의 귀에까지는 들리지 않았다. 그렇게 딴 곳을 보다가 다시 용기가 나면, 플린은 버튼에게로 눈길을 돌렸다.

수술용 드론은 계속해서 쿵쾅거렸다. 쥐며느리는 등각류 절지동물이지 곤충이 아니었다. 가장 큰 종류는 바다에서 살았다. 그런 건 고등학교 때 배웠을까, 아니면 《내셔널 지오그래픽》에서 읽었을까? 플린은 기억이 나지 않았다.

클로비스는 샤워를 하러 갔다. 처음에는 찬물로, 그것도 옷을 입고 샤워를 시작할 거라고 했다. 그렇게 해야 옷에 묻은 버튼의 피를 거의 다 뺄 수 있을 거라면서. 플린은 이곳에 샤워실이 있다는 것조차 알지 못했다. 클로비스가 설명하길 청소 도구 창고 같은 곳에 호스를 달고 바닥에 배수구를 설치한 수준의 샤워실이지만, 온몸에 버튼의 피가 칠해진 채로 물줄기를 맞고 서 있다 보니 딱히 불편하다는 생각은 들지 않았다고 했다. 버튼은 수혈을 받아야 했는데 그와 혈액형이 일치하는 예비 혈액은 그곳에 얼마든지 있었다. 플린과 버튼은 혈액형이 같았기에 이는 곧 플린을 위한 예비 혈액 또한 미리 준비돼 있다는 뜻이었다. 게다가 그들은 이 드론까지 준비해 뒀다. 클로비스의 말에 따르면 대통령이 총에 맞았을 경우에 대비해 경호실에서 늘 갖고 다니는 장비였고, 수술 또한 대통령을 치료하는 외과의들이 직접 맡았는지도 몰랐다.

만약 코너가 왕관을 쓴 상태가 아니었다면, 플린은 이 모든 일을 그에게 설명해야 할 처지였다. 그렇다고 해서 따로 아는 것이 있지는 않았다. 오로지 눈으로 목격한 것이 전부였다. 토미는 상황이 정리되고 나서 부보안관 몇 명에게 전화를 돌려 뒷골목의 현장을 정리하고 오징어 슈트 차림으로 매복했던 정체 모를 무리의 시체를 다 치우라고 지시했다. 이후 현장 쪽에서는 사이렌 소리 한 번 들리지 않았다. 총을 쏜 자들은 이곳 사람이 아니었다. 인근 주민이었다면 지금쯤 부보안관들이 토미에게 신원을 보고했을 터였다. 그리고 시내에 있던 사람들은 아무도 총소리를 듣지 못한 듯 행동했다.

플린은 이제 자신에게 뭔가 문제가 생겼다고 판단했다. 드론이 철커거리고 윙윙거리며 꼭 쥐며느리 발같이 생긴 수많은 조그만 다리로 버튼의 몸을 알 수 없는 방식으로 치료하는 동안, 오빠의 얼굴을 보며 떠올린 생각이었다. 카를로스와 그리프가 드론을 들어 버튼의 몸 위로 올리는 사이에 플린은 그 다리들이 환하게 빛나는 모습을 목격했다. 클로비스는 버튼의 허벅지에 진청색 집게손가락을 꽂아 동맥을 압박한 채로 침대 옆에 무릎을 꿇고 앉아 있다가, 드론이 요란한 소리와 함께 움직이기 시작하자 손가락을 뽑았다.

플린의 문제는 〈오퍼레이션 노스윈드〉 때 경험했던 상태를 다시 겪는 중이라는 것, 그러나 지금은 소파에 웅크리고 누워 비명을 지를 수도, 재니스네 집 포치로 걸어 나가 잔디밭에 토할 수도 없다는 것이었다. 그저 이 자리, 자신을 위해 마련된 것으로 보이는 침대의 모서리에서 귓속에 윙윙 울리는 드론 소리를 들으며 그 너머에서 전화에 대고 나직이 말하는 그리프의 영국식 억양을 어렴풋이 들으며 앉아 있는 수밖에 없었다. 플린은 버튼이 무사할 거라는 예감이 들었지만 그마저도 확신이 서지 않아 불안했다.

"표정이 별로 안 좋네." 토미는 플린 곁에 앉아 손을 잡으며 말했다. 그렇게 하는 것이 당연하다는 듯한 행동이었다.

그러자 플린은 네더튼의 손이 떠올랐다. 옥스퍼드 스트리트의 산책로에서, 젖은 회색 나뭇가지 위 높다란 곳에 빨간 날개를 길게 늘어뜨린 날짐승이 앉아 있던 그곳에서, 자신의 손을 잡았던 그 손이. "귓속이 윙윙 울려." 플린이 말했다.

"영구적인 손상만 안 남아도 운이 좋은 거야. 지금 네가 느끼는 소리 중에서 일부는 아예 소음 수준이니까. 신경계에까지 영향을 미칠걸."

"이번에도 맨 처음 쳐들어왔던 차 안의 4인조 같은 사람들이었어.

트레일러 아래쪽 비탈에서 발견된 그 둘도 마찬가지고. 열 명이 넘게 죽었어. 우리 때문에."

"그자들이 너흴 노리는 게 너희 잘못은 아니잖아."

"이젠 나도 잘 모르겠어."

"지금은 그런 걸 고민할 때가 아니야. 하지만 우리 편인 저 남자가 여기서 전화 통화에 열중하는 동안 네가 해줄 일이 좀 있어. 지금 하기에 적당한 일은 아니지만, 그래도 어쩔 수 없어." 토미는 그리프를 바라보며 말했다.

"무슨 일인데?"

"저 사람들이 그 망할 물건을 누가복음 4장 5절한테 쓰게 놔둘 순 없어. 그런 건 누구한테도 쓰이면 안 돼."

"파티 타임 말이야?"

"그게 어떤 물건인지 제대로 알면 그렇게 부르진 못할걸."

"버튼 말로는 그걸 쓰는 건 전쟁범죄라던데."

"사실이야. 그럴 만한 이유가 있으니까. 그건 에어로졸 상태의 물질이야. 저 사람들은 오늘 밤 검은색으로 칠한 조그만 새 모양 드론을 길 저쪽으로 날려 보내서 누가복음 패거리 머리 위에 죄다 살포할 거야."

"그게 무슨 효과를 내는데?"

"각성 효과, 최음 효과 그리고 발음하기도 힘든 착란 유도 효과."

"뭐야, 그게?"

"완전히 돌아버린 사디스트 연쇄 살인범의 정신 상태를 재현한다는 뜻이야."

"미치겠네…."

"너라면 양심상 그런 물건을 쓰지는 못할 거야. 나도 그렇고." 토미는 버튼을 바라봤다. "난 피켓네 집에다 해놓은 짓을 보고 저 녀석을 비난했는데, 지금은 그것 때문에 마음이 너무 안 좋아."

"네가 언짢아했다는 말은 버튼한테서 들었어. 널 원망하는 것 같진 않더라."

"저 녀석 패거리도 자기들 때문에 마약 숙성 탱크가 폭발할 줄은 몰랐겠지. 녀석들이 코너의 장난감 로봇에 실어 보낸 물건으로 피켓하고 그 부하들만 날려버렸다면 별일 아니었을 거야. 솔직히 그 자체로는 누굴 탓할 일도 아니니까. 하지만 녀석들은 마약 제조 말고는 생계를 유지할 길이 없는 불쌍한 얼간이들까지 함께 날려버린 거야. 내가 보는 앞에서. 그중 몇 명은 나랑 인사까지 하는 사이였는데." 토미는 플린의 손을 한 번 꼭 쥐었다가 놨다.

플린은 시간선 위쪽의 세계에서 애시에지 그 정신 나간 눈을 만들어 준 사람이 누군지 궁금했고, 지금 이곳에서도 저 등각류 모양 드론을 이용해 누군가에게 같은 짓을 할 수 있을지도 궁금했다. 어쩌면 그들은 버튼의 몸에 장착된 햅틱에서 그를 고생시키는 부분을 고칠 수도 있지 않을까? 황당무계한 생각이었지만, 그래도 기분은 조금 나아진 듯했다. 플린은 손을 뻗어 토미의 손을 다시 잡았다. 손을 잡고 그의 목소리를 듣고 있으면 〈오퍼레이션 노스윈드〉 때 겪은 증상이 가라앉기 때문이었다.

92
당신들

네더튼은 레프 할아버지의 책상 밑에서 휠리 보이 조종용 헤드 밴드를 찾는 중이었다. 어디로 시선을 돌려봐도 아무 이미지도 없는 플린의 텅 빈 인장이 보이는 것만 같았다. "분명히 여기 어디 있을 거예요." 그 말을 하는 사이, 의자에서 가까운 대리석 상판 아랫면에 하얗고 동그랗게 남은 평평한 껌 자국 몇 개가 네더튼의 눈에 띄었다. 어린 레프가 그곳에 껌을 눌러 붙이는 모습이 머릿속에 그려졌다. 책상 아래 바닥에 깔린 카펫을 손끝으로 훑는데 뭔가 걸리는 느낌이 들었다. 손끝에 걸린 물건이 움직였다. 네더튼은 그 물건을 더듬더듬 집었다. "찾았어요." 그는 노획품을 손에 들고 책상 밑에서 기어 나왔다.

"카메라 각도 좀 바꿔봐요." 플린이 말했다. "지난번엔 코에 너무 가까이 대고 있었어요."

네더튼은 의자에 앉아 헤드 밴드를 머리에 쓰고 카메라를 중앙에 맞춘 다음, 혀끝으로 입천장을 두드렸다. 휠리 보이 에뮬레이션 앱의 인장이 나타나고 영상 피드가 열리자 플린의 텅 빈 인장은 사라졌다.

플린은 칙칙한 파란색 배경을 등지고 테이블 앞에 앉아 있었다. 바퀴 달린 로봇은 플린 앞의 테이블에 놓여 있는 모양이었지만, 네더튼은 로봇을 움직이려고도, 카메라의 각도나 방향을 바꾸려고도 하지 않았다. "여보세요?"

"카메라를 조금 더 높이 올려요. 눈높이하고 비슷한 정도로."

네더튼은 그 말대로 해봤다.

"이제 더 낫네요. 당신 코가 더 작아 보여요." 플린이 말했다. 네더튼은 플린이 지쳐 보인다고 생각했다.

"잘 있었어요?"

"그 망할 자식들이 우리 오빠를 쐈어요."

"누가요?"

"오징어 슈트를 입은 놈들요. 클로비스랑 카를로스가 그놈들을 죽였어요."

"오빠는 어때요?"

"잠들었어요. 무슨 약을 맞았거든요. 정부에서 만든 드론이 원격 수술도 해줬고요. 총알을 빼내고, 구멍 난 동맥 혈관을 땜질하고, 말끔하게 소독하고, 봉합까지 다 마쳤어요."

"당신은 안 다쳤어요?"

"멀쩡해요. 기분은 더럽지만, 문제는 그게 아니에요."

"그럼 뭐가 문젠데요?"

"로비어가 보낸 영국 남자요. 이쪽에서 우리한테 보낸 남자 말이에요. 이름이 그리프래요. 그리피드랬나. 성은 홀즈워스예요. 토미가 그러는데 자기가 보기엔 그리프가 정보 연락관인가 뭔가인 것 같대요. 워싱턴에 있는 대사관에 근무하면서 겉으로는 외교관인 척한다는 거죠. 연줄이 아주 많아요. 정부 기관 쪽으로요. 그러니까, 우리 미국 정부 말이에요. 버튼한테 오징어 슈트랑 극소형 드론을 주기도 했어요. 날 피켓네 집에서 구출할 때 쓰라고요. 버튼을 수술할 때 쓴 쥐며느리도….”

"쥐며느리요?"

"설명할 시간 없어요. 그냥 들어요."

"그래서 그리프가 문제인 거예요?"

"문제는 로비어예요. 그리프는 여기서 무슨 꿍꿍이를 꾸미고 있어요. 누가복음 4장 5절한테….”

"누구요?"

"그냥 개 같은 자식들이에요. 이제 묻지 말고 내 말 듣기만 해요, 알았어요?"

네더튼은 고개를 끄덕였다. 그 모습이 휠리 보이의 태블릿에는 어떻게 보일지 궁금했다.

"당신네 적들이 우릴 망신 주려고 누가복음 패거리를 이용하는 거예요. 아마 버튼을 바깥으로 꾀어내서 사람을 시켜 총으로 쏠 작정이겠죠. 버튼은 애초에 그 패거리를 싫어했으니까 좋은 미끼인 셈이에요. 하지만 그리프한테는 파티 타임이라는 화학 무기가 있어요. 최악의 합성 마약을 다 합쳐놓은 거랑 비슷한데, 효과는 더 지독해요. 만약 파티 타임에 중독돼 어떤 짓을 저지르다 도중에 죽지 않으면, 아마 나중에 자기가 한 짓을 떠올리고 자살하고 싶어질 거예요. 토미가 그러는데 마약 업자들조차도 죽지 않고 즐길 수 있는 파티 타임의 적정량을 알아내지 못했대요. 동종 요법으로 접근해 보도 괴물로 변해 버리는 건 마찬가지고요. 클로비스는 벌써 나한테 해독제를 놔줬어요. 그리프는 누가복음 4장 5절 패거리한테 그걸 사용할 작정이에요. 내가 보기엔 아마 오늘 밤에 할 것 같아요."

"그럼 로비어는 뭐가 문제죠?"

"지시를 내리는 사람이 로비어예요. 공격을 제안한 사람이 로비어인지 그리프인지는 모르겠지만, 만약 그리프가 제안했다고 해도 승인은 로비어가 했어요. 상대가 누구든 그런 무기를 사용하는 건 미친 짓이에요. 너무 비열하다고요. 그게 당신네 세상이에요."

"우리 세상이 왜요?"

"사람들이 행동하는 방식이 다르잖아요. 냉혹하기 짝이 없어요. 하지만 난 당신들이 여기서도 그렇게 하도록 놔두지 않을 거예요. 그건 토미도 마찬가지고, 의식을 잃지 않았다면 버튼도 마찬가지일 거예요."

"어떻게 막으려고요?"

"로비어에게 알려줄 거예요. 만약 여기 있는 당신네 부하들이 파티 타임을 사용하면 난 당신이랑 같이 파티에 가지 않을 거라고요. 당신네 부하들이 그걸 쓰면, 우린 왕관을 박살 내고 새 전화기를 출력해서 번호를 바꾼 다음, 당신들이 아예 처음부터 없었던 것처럼 살 거예요. 어떤 일이 닥쳐도 우리 힘으로 헤쳐 나갈 거고요. 그러니까 엿이나 먹어요. 콕 집어서 당신한테 하는 말은 아니에요. 당신들 모두 한테 하는 말이지."

"진심이에요?"

"당연하죠, 젠장."

네더튼은 플린을 물끄러미 봤다.

"그래서, 어쩔 거예요?" 플린이 물었다.

"뭘요?"

"할 거예요?"

"하다뇨?"

"로비어한테 말하라고요. 나랑 얘기할 마음이 있으면 여기서 기다릴 테니까 언제든 연락하면 돼요. 하지만 길 건너에 있는 저 불쌍한 자식들 머리 위에 파티 타임을 조금이라도 뿌렸다간, 당신은 그 파티에 혼자 가야 할 거예요. 난 우리 식구들하고 같이 미래에 벌어질 일에서 발을 뺄 거고요."

네더튼은 뭔가 말하려고 입을 벌렸다. 그러다 다시 다물었다.

"로비어한테 전화해요." 플린이 말했다. "난 가서 그리프하고 얘기할 거니까요."

"왜 이러는 거예요? 로비어가 없으면 당신은 막다른 골목에 몰릴 게 뻔해요. 그 점은 우리도 마찬가지고요. 그런데 그런 위험을 감수하는 이유가 고작… 개 같은 놈들을 살리는 거예요?"

"개 같은 건 그 자식들이에요. 우리가 아니라. 그리고 그런 쓰레기 같은 짓이라도 안 해야 그나마 개같이 안 살 수 있다고요. 로비어한테 전화할 거죠?"

"알았어요. 하지만 왜 이래야 하는지 모르겠군요."

"당신이 개자식이 아니라서 그래요."

"그 말을 믿고 싶네요."

"누구나 개 같은 구석이 하나쯤은 있어요. 가끔은 개만도 못한 경우도 있죠, 우리 엄마 말에 따르면. 그 둘을 가르는 건 어떤 행동을 하느냐예요. 난 이제 휠리 보이 전원을 끄고 그리프하고 얘기하러 갈 거예요." 그러고 나서 플린은 자신이 말한 대로 했다.

93
사업 목표

플린은 안쪽 방까지 겨우 세 걸음 남은 곳에서 자신이 휠리 보이를 곰 인형처럼 들고 있다는 것을 깨달았다. 꼭 끌어안지는 않았지만, 품에 안고 있는 것이나 마찬가지였다. 제기랄.

사람들은 고개를 돌려 플린을 봤다. 클라인 크루스 버밋의 빨간 머리 공증인은 이제 위장 무늬 군복 바지 차림에 클로비스의 것과 비슷한 파우치를 아랫배에 차고 있었다. 파란색 수술 장갑도 끼고 있었다. 버튼의 침대에 방금 막 깨끗한 시트를 깐 모양이었다. 쥐며느리 드론이 아직도 버튼의 몸을 덮다시피 한 채로 허공에 떠 있는 이상, 누군가 거들어 준 사람이 있을 터였다. 공증인은 버튼의 침대와 비어 있는 코너의 침대 사이 바닥에 비교적 덜 지저분한 시트를 깔고 그 위에 피로 물들어 뻣뻣해진 시트를 커다랗게 뭉쳐 올려놨다. 클로비스는 깨끗한 옷으로 갈아입고 코너의 침대 옆에 앉아 그곳 테이블 위에 놓인 하얀 왕관에 뭔가 하는 중이었다. 그리프는 버튼의 침대 발치에서 귀에 전화를 대고 통화하다가 플린이 들어서자 눈만 움직여 그쪽을 봤다.

"코너는 어딨죠?" 플린이 물었다.

"샤워하러 갔어요. 메이컨이랑 같이." 클로비스가 대답했다.

"버튼은 좀 어때요?"

"월터 리드 병원 쪽 말로는 활력 징후는 양호하대요. 더 자게 놔두는 게 좋다고, 그래서 드론이 지금도 진정제를 놓는 중이라고 하네요."

"그렇게 하겠습니다." 그리프가 전화에 대고 말했다. "감사합니다." 그러고는 전화기를 든 손을 내렸다.

"우리 얘기 좀 해요." 플린은 휠리 보이를 가져온 것을 속으로 후회하며 말했다.

"예, 그런데 우리가 할 거라고 지레짐작하는 일에 관해선 얘기하지 않아도 됩니다."

"개소리 집어치워요."

"그 사람과 직접 통화했습니다." 그리프가 전화기를 들며 말했다. "파티 타임은 콜디론 USA의 사업 목표에서 지우기로 했습니다."

"안 쓴다고요?"

"절대 안 쓸 겁니다."

"하." 플린은 어안이 벙벙했다. 그렇게 열받게 해놓고선, 이제 와서 시치미를 뚝 뗀다고? "애초에 그 거지 같은 아이디어를 내놓은 게 그 여자였어요?"

"그렇습니다." 그리프가 대답했다. "저는 그 방법이 적절하거ㄴ

바람직하다고 보지 않았습니다. 그 사람은 제가 우세한 위치에서 작전을 펴는 일에 서툴러서 그렇다고 하더군요." 그렇게 말하면서 그는 알쏭달쏭한 표정으로 플린을 봤다. "잠깐 자리 좀 비켜주겠어, 클로비스?" 법무법인에서 온 빨간 머리 여성은 똘똘 뭉친 피투성이 시트를 더 깨끗한 시트로 싸서 손에 들고 바깥으로 향했다. 클로비스도 돌아서서 그 뒤를 따랐다.

"로비어가 이제 와서 안 한대요?" 플린은 파란 방수포 너머로 사라지는 클로비스의 등을 주시하며 말했다. "왜요?"

"당신이 그 홍보 전문가와 나눈 대화 때문입니다."

"그 여자가 엿들은 거예요?"

"그 사람은 어떤 대상이든, 어떤 플랫폼에서든, 언제든 다 접속할 수 있다고 생각하는 게 좋습니다."

"그러니까 그냥 앉아서 엿듣기만 하는 거예요?"

"그 사람에게는 전 세계를 아우르는 정보 피드와 가공할 만한 성능을 지닌 분석 도구가 있습니다. 아마 제가 여기서 사용하는 장비를 보고 놀라셨을 거라 생각합니다만, 그 사람의 장비가 어떤 일을 해내는지에 대해서는 그저 본인의 설명을 듣고 그런가 보다 하는 게 전부입니다. 그 사람은 본인을 포함해 누구도 그 시스템을 다 이해하진 못할 거라고 추측합니다. 시스템이 이미 상당 부분 자율 관리 방식으로 바뀌었으니까요. 분명 제가 지금 사용하는 시스템에서 진화했기 때문일 겁니다. 그 말은 곧 당신이 그 사람에 관해 어떤 플랫폼에서 어떤 내용을 언급하든, 그 사람이 즉시 파악한다는 뜻입니다. 그리고 지금 이 시점에서는 당신이 하는 모든 얘기가 그 사람과 관련이 있을 것 같군요."

"파티 타임은 안 쓰는 거죠?"

"그건은 취소했습니다."

"하지만 당신이 직접 로비어를 설득하진 못한 거죠? 그 작전이 형편없다고 말이에요."

"파티 타임은 정말이지 악랄한 물건입니다. 그걸 사용하는 건 윤리적으로나 법적으로나 잔혹 행위에 해당되죠. 콜디론 브랜드엔 우리가 아무리 감쪽같이 비난을 잠재워 봤자 섬뜩한 이미지가 들러붙을 겁니다. 콜디론이라는 회사는 마을 사람들이 칠리 핫도그 값이 올라서 못 사먹는 사태는 우려하지만, 비록 불쾌하기는 해도 신앙심이 투철한 시위대가 이상 성욕 살인자로 돌변하는 약물에 중독되는 사태는 기꺼이 용납한다고 알려지면 어떻게 되겠습니까?"

"콜디론 사람들도 알았어요? 누가요?"

"아뇨. 저만 알았습니다. 클로비스하고요."

"클로비스가 나한테 얘기해 줬어요. 하지만 그게 정확히 뭔지는 안 알려줬죠. 어디에 쓰는 물건인지는 토미가 가르쳐 줬어요."

"그 보안관에게는 어쩔 수 없이 귀뜸해 뒀습니다. 뒷정리를 하게끔 미리 준비시켜야 했으니까요. 저는 당신이 작전을 중지시켜 줘서 기쁠 따름입니다."

플린은 그리프를 빤히 봤다. "난 당신이 왜 로비어를 말리지 못했는지 아직도 이해가 안 가요."

"그건 지금 벌어지는 상황 전반에서 제가 주도권을 행사하지 못하는 측면이 있기 때문입니다. 더 시급한 사안들 때문에요."

"그게 무슨 말이죠?"

"로비어는 자기 세계의 역사를 알 뿐 아니라, 우리 세계의 숨겨진 역사도 압니다. 로비어의 세계를 만든 역사에는 대통령 암살도 포함되어 있습니다."

"곤살레스 대통령이요? 지금 농담하는 거죠?"

"그녀는 두 번째 임기를 끝마치지 못했습니다."

"재선에는 성공한다는 말이에요?"

"바로 그겁니다. 그리고 로비어가 보기에 곤살레스 암살은 매우 중요한 사건이었습니다. 잭팟이 더 심각하게 진행되는 전환점이었죠."

"세상에⋯."

"잘하면 우리가 그걸 바꿀 수도 있습니다."

"로비어가 역사를 바로잡는 방법을 안단 말이에요?"

"그 일은 아직 역사가 아닙니다. 여기서는요. 로비어는 큰 맥락에서는 여기서 무슨 일이 벌어졌는지 압니다. 하지만 이제는 두 세계가 나뉘었고, 앞으로도 쭉 그 상태로 남을 겁니다. 둘의 차이를 어느 정도 조정할 수는 있습니다만, 그것도 아주 두루뭉술하게만 가능합니다. 우리가 궁극적으로 어떤 결과를 만들어 낼지는 보장할 수 없는 겁니다."

"로비어는 잭팟을 막으려고 하는 건가요?"

"개선하는 정도가 고작일 겁니다. 여기 있는 우리는 이미 잭팟 속에 꽤 깊이 들어온 셈이니까요. 로비어는 저와 마찬가지로 본인이 유지하는 체제가 이 연속체에 출현하지 못하게 막고 싶어 합니다. 또한 그렇게 하려면 펠리시아 곤살레스 대통령 암살을 막아야 한다는 것이 로비어의 생각인데, 저 역시 같은 의견입니다."

플린은 그리프를 물끄러미 봤다. 지난주에 겪은 일들까지 함께 묶어 생각해 본들, 이 정도로 정신 나간 헛소리가 또 있을까? 그리프의 연회색 눈은 커다랬고, 진지했다. "누가 대통령을 죽이는데요?"

"단도직입적으로 말하면, 부통령입니다."

"앰브로즈요? 망할 놈의 윌리 앰브로즈가요? 그 작자가 곤살레스 대통령을 죽인다고요?"

"그 일은 콜디론과 당신을 노리는 자들이 지금 무슨 일을 벌이느냐에 따라 바뀔지도 모릅니다만, 양쪽의 행동은 세계 경제에 충격을 주기 때문에 그 자체로 위험할 수밖에 없습니다. 다만 저는 로비어가 아는 걸 다 알지는 못합니다. 그 사람이 저한테 보고해 주는 것도 아니고, 경험으로 따져도 어차피 저보다 그 사람 쪽이 훨씬 우월하니까요. 만약 그 사람이 파티 타임을 써야 대통령 암살을 막을 수 있다고 했으면, 전 그걸 썼을 겁니다."

"왜요?"

"왜냐하면 그 사람이 저한테 자기 세계가 어떤 곳인지 설명해 줬으니까요. 자신의 직업상 경로와 자신이 살아온 이야기도 저한테 들려줬습니다. 저는 이곳에서는 역사가 그런 식으로 전개되지 않으면 좋겠습니다."

"귀염둥이 동생!" 코너가 외치는 소리가 들렸다. "섹시한 간호사 어디 갔어?" 한 짝만 남은 그의 팔에는 **선봉 침투 최후 퇴각**이라는 문신이 갱단 스타일 서체로 기다랗게 새겨져 있었다. 그는 그 팔을 메이컨의 목에 둘러 창백해질 만큼 세게 붙들고 있었다. 메이컨은 웃통을 벗은 채 젖은 속옷만 걸친 차림이었고 머리카락은 코너를 안고 샤워를 하느라 젖어서 머리에 착 붙어 있었다. 그는 가까스로 코너에게 플리스 자루 옷을 거의 다 입혔다. 이제는 코너를 침대에 데려가 내려놓고 팔을 하나뿐인 옷소매에 넣어주는 중이었다.

"난 가서 옷 좀 입고 올게." 메이컨은 그렇게 말하고는 플린과 그리프를 돌아봤다. "둘 다 괜찮아?"

"괜찮아." 플린이 대답했다.

"버튼은 무사해?" 코너는 의식이 없는 플린의 오빠를 곁눈으로 흘깃 보며 물었다.

"병원 말로는 괜찮대."

"본사에서 배포를 취소했습니다." 그리프가 메이컨에게 말했다.

"그래요." 메이컨이 말했다. "만약 배포했으면 어떻게 됐을지 말해줄 건가요?"

"나중에요." 그리프가 대답했다.

메이컨은 알 만하다는 듯이 눈썹을 쫑긋 움직였다. "가서 옷이나 입어야겠군." 그러고는 바깥으로 나갔다.

"섹시한 간호사한테 들었는데 오징어 슈트를 입은 망할 자식들이 버튼 엉덩이에 구멍을 냈다더군." 코너가 말했다. "그 여자 아주 물건이야. 메이컨 말로는 그 여자가 적의 절반을 해치웠대. 카를로스, 그 멍청한 자식은 두 놈밖에 못 잡았는데."

"왜 미래에 가 있지 않고 여기 있어?" 플린이 코너에게 물었다. "세탁기에 들어가서 날아다녀야 하잖아."

"배를 채워야 살 거 아냐."

방벽에 수직으로 좁다랗게 난 틈을 통해 홍 씨가 옆걸음으로 걸어 들어왔다. 한쪽 손에 스티로폼 상자를 들고 있었다. "새우 덮밥 시키신 분?"

"내 거예요." 코너가 대답했다.

홍 씨는 버튼을 보고 눈이 동그래졌다. "저 친구 괜찮아?"

"댁의 음식을 먹고 저렇게 된 건 아니에요." 코너가 말했다. "지미스 때문이죠. 하도 설사를 많이 해서 거의 죽을 뻔했어요."

플린은 그리프를 돌아봤다. 그는 눈을 살짝 크게 떴다. 마치 둘 사이의 솔직한 대화는 그것으로 끝이라고 말하는 듯했다. 적어도 당분간은.

곤살레스가 암살을? 그리프가 플린을 속이는 걸까? 아니면 로비어가 그리프를 속이는 걸까?

94
아폴리나리스 탄산수

바는 몇 분 전과 마찬가지로 여전히 잠겨 있었다. 네더튼은 엄지손가락을 내려다봤다. 그 손가락은 유리처럼 반들거리는 목재 패널에 내장된 타원형 무광 철제 인식 장치를 누르고 있었다. 그는 플린이 데이드라의 파티에 참석하지 않으려 한다는 소식을 로비어에게 전할 준비를 자기 딴에는 완벽하게 마친 상태였고, 이제 부족한 것은 술 한 잔뿐이었다. 어쨌거나 그가 내린 결정은 아니었다. 다만 어째선지 그 자신도 당사자가 된 듯했다.

네더튼은 플린에게 로비어와 당장 얘기하겠다는 뜻을 내비쳤고 분명히 곧 그렇게 할 생각이었지만, 그 생각이 마음에 들지는 않았다. 그는 플린이 그러한 결정을 내린 이유가 뭔지 이해했지만, 스스로는 그 이유에 공감하지 않았다. 어쩌면 그 결정은 그가 몹시도 흥미롭게 여기는 플린의 케케묵은 자기 결정 의지에서 비롯됐는지도 몰랐다. 그것은 흥미롭기도 했고, 골치 아프기도 했다. 그는 궁금했다. 왜 그 두 성질은 뗄 수 없이 얽힌 것처럼 보이는 경우가 그렇게나 많은 걸까? 뒤이어 애시가 새들의 의회에서 했던 말이 떠오르자 또다시 궁금해졌다. 혹시라도 그와 플린이 나눈 대화까지 로비어가 엿들은 것은 아닐까? 그는 잰걸음으로 창가까지 걸어가 바깥의 캄캄한 차고를 내다봤다.

깜박거리는 오징어 등의 불빛이 보였고, 로비어가 아치 아래를 지나 이쪽으로 걸어왔다. 네더튼은 창가에서 물러섰다. 벌어진 어깨와 하얀 머리, 시티에서 맞춰 입은 여성스러운 정장까지, 틀림없는 로비어였다. 그는 한숨이 나왔다. 안락의자 조종용 패널을 찾아 두 개를 선택하자 바닥에서 의자가 올라왔다. 그의 눈길이 잠긴 바로 향했다. 다시 한숨이 나왔다. 그는 출입구로 가서 문을 열고 바깥으로 나섰다. 로비어는 입구 계단 맨 아래에서 활짝 웃고 있었다. "클로비스와 할 얘기가 있어서 근처에 온 참이었습니다. 잠깐 들러도 괜찮을까요?"

"이미 다 아는 건가요?" 네더튼이 로비어에게 물었다.

"뭘 아느냐는 말씀이시죠?"

"플린이 내린 결정 말이에요."

"압니다. 그렇게 오랫동안 해온 일이건만, 엿듣기에 관한 얘기가 나오면 지금도 조금 겸연쩍군요. 그래도 제가 특별히 들려달라고 요청하진 않았습니다. 숙모님들이 전해준 소식이었습니다."

네더튼은 그 말이 사실일지 궁금했다. 로비어가 제 손으로 저지르는 감청 행위를 지금도 부끄러워한다고? 이는 어쩌면 네더튼 스스로가 클렙트도 똑같은 짓을 얼마든지 한다는 것을 뻔히 알면서 로비어의 감청 행위에 새삼스레 느끼는 불편함과 비슷한 감정인지도 몰랐다. 그들 세계에서 그런 일은 어떤 영역에서나, 어떤 경우에나 일어난다고 봐야 했다. "그럼 내가 플린의 조건을 전달하겠다고 동의한 것도 들었겠군요."

"들었습니다." 로비어는 계단을 오르기 시작했다. "그리고 당신이 동의하면서 당혹스러워한 것도 파악했죠."

"그럼 플린이 꼼짝도 안 할 거라는 것도 알겠군요. 그 파티 타임이란 물건을 계획에서 빼지 않는 한."

로비어가 계단 중간에 멈춰 섰다. "그런데 당신 스스로는 그 결정을 어떻게 받아들이나요, 윌프?"

"당황스러워요. 알다시피 난 데이드라의 파티에 참석할 준비가 됐거든요. 그런데 당신은 그루터기에서 뭔가 저지를 생각이더군요. 플린이 굉장히 꺼리는 일을요."

"그냥 꺼리는 정도가 아닙니다." 로비어는 다시 계단을 오르기 시작했다. "아예 사악하게 여기죠. 실제로도 그랬을 겁니다. 제가 끝내 실행했다면요."

"정말로 저지를 작정이었나요?"

로비어가 계단 꼭대기에 올라섰다. 네더튼은 뒤로 물러났다. "저는 요원들에게 현장 테스트를 합니다. 그건 제가 지닌 기본 업무 기법의 일부죠."

"실제로는 그 무기를 안 썼을 거라는 말인가요?"

"플린이 항의하지 않았다면 저는 그곳 사람들을 가벼운 변종 노워크 바이러스 정도에 감염시켰을 겁니다. 플린과 동료들에게는 미리 면역을 형성시킨 상태에서요. 그리고 아마도 플린에게 실망했을 겁니다. 실제로는 그럴 가능성이 별로 없을 거라 생각했습니다만." 로비어는 차 안으로 들어섰다.

"속임수였다고요?"

"테스트였습니다. 당신은 혼자 힘으로 통과했고요. 딱히 이유를 알고 한 일은 아니었지만, 당신은 옳은 결정을 내렸습니다. 다만 플린을 좋아하는 마음 때문에 그랬지 싶은데, 거기에는 중요한 의미가 있죠. 전 한잔해야겠습니다."

"정말요?"

"예, 부탁합니다."

"난 바를 열 수가 없어요. 하지만 당신은 열 수 있을지도 모르죠. 저쪽이에요. 엄지를 타원에 갖다 대세요."

로비어는 차 안을 가로질러 바로 다가가 네더튼의 말대로 했다. 문이 위쪽으로 스스로 열려 천장으로 들어갔다. "진 토닉 한잔." 로비어가 말했다. 네더튼은 로비어가 주문한 술이 대리석 카운터 속에서 올라오는 모습을 지켜봤다. 칵테일은 놀라울 정도로 완벽하게 균형 잡힌 것처럼 보였다. "당신은요?" 로비어가 물었다.

네더튼은 말을 하려고 했지만, 차마 할 수 없었다. 그래서 헛기침을 했다. 로비어가 자기 술잔을 들었다. 진의 노간주나무 열매 향이 그의 코끝을 스쳤다. "페리에 탄산수." 네더튼이 말했다. 모르는 사람의 목소리 같았다. 애시가 개최한 새들의 의회에서 들었던 발언간큼이나 낯선 말이었다.

"죄송합니다만." 그 말은 바에서 들려왔다. 젊은 독일 남자 목소리였다. "페리에는 없습니다. 아폴리나리스 탄산수는 어떠실까요?"

"좋아." 네더튼이 말했다. 이제 자신의 원래 목소리가 나왔다.

"얼음을 넣어드릴까요?" 바가 물었다.

"부탁해." 네더튼이 주문한 물이 올라왔다. "왜 플린을 테스트했는지 모르겠군요." 그가 로비어에게 말했다. "당신이 테스트하려고 한 게 플린이 맞다면요."

"맞습니다." 로비어는 손짓으로 안락의자 쪽을 가리켰다. 네더튼은 아무 향도 나지 않는 물 잔을 들고 로비어를 따라갔다. "플린의 경우에는, 나중에 다른 자리를 더 맡길까 하고 생각하는 중입니다." 둘 다 의자에 앉고 나서 로비어가 꺼낸 말이었다. "데이드라의 연회에서 성공을 거둔다면 말입니다. 아마 당신을 위한 자리도 하나 생길 겁니다. 당신은 분명 단점이 몇 가지 있기는 하지만, 일솜씨는 꽤 좋은 것 같으니까요. 제 경험상 단점과 특별한 능력은 함께 나타나게 마련이더군요."

네더튼은 독일산 미네랄워터를 홀짝였다. 석회석을 먹으면 날 법한 맛이 희미하게 느껴졌다. "정확히 무슨 제안을 하려는 건지 물어봐도 될까요?"

"미안하지만 밝힐 수 없습니다. 당신을 데이드라에게 보낸다는 건 저와 레프의 보호 범위를 벗어나도록 놔둔다는 뜻이거든요. 당신은 지금 아는 것 이상은 모르는 채로 가는 게 최선입니다."

"당신은 정말로 모든 사람의 모든 걸 다 아나요?"

"전혀 그렇지 않습니다. 오히려 저는 지나치게 많다 못해 무의미한 수준까지 불어난 정보 대문에 방해받는 느낌을 받습니다. 우리 시스템의 단점은 바다처럼 방대한 그 데이터와 알고리즘이 생성하는 결정 지점을 절대적인 확신성에 거의 가까운 대체물로 받아들인 결과라고 보는 것이 가장 타당합니다. 저는 스스로 아는 것이 상대적으로 적다고 가정하고 그에 따라 행동했을 때 가장 좋은 결과를 얻는 경우가 많았습니다. 다만 실제로 그렇게 행동하는 건 말처럼 쉽지 않습니다. 훨씬 더 어렵죠."

"플린이 아엘리타 살해 현장에서 본 남자가 누군지 알아요?"

"알 것 같습니다만, 그걸로는 부족합니다. 국가는 스스로가 아무리 많은 비밀과 거짓말 위에 세워졌다 한들, 역설적이게도 증거를 요구하기 때문이죠. 증거를 찾아야 하는 부담이 없었다면 오늘날 우리 세계의 모든 것들은 뼈대조차 갖추지 못한 단순한 원형질에 그쳤을 겁니다." 로비어는 진 토닉을 한 모금 홀짝였다. "지금도 너무나 많은 것들이 그렇게 보일 때가 있는 것처럼요. 잠에서 깨면 저는 지금의 세상이 어떤 곳인지 되새겨야 한다는 생각이 저도 모르게 들곤 합니다. 어쩌다 그렇게 됐는지, 그렇게 되기까지 제가 어떤 몫을 했는지, 또 오늘날 저의 몫은 무엇인지에 대해서도요. 저는 제가 저지른 실수를 점점 더 많이 깨달으면서 터무니없이 오래 살아온 겁니다."

"실수요?"

"현실적으로는 그렇게 부르면 안 될 것 같군요. 전술적으로, 전략적으로, 또 가능한 결과가 무엇인가 하는 측면에서 볼 때, 저는 할 수 있는 최선을 다했습니다. 가끔은 오히려 더 잘했다는 느낌이 들기도 합니다. 심지어 오늘날에도 말입니다. 문명은 그 자체의 불만 때문에 죽어가고 있었습니다. 오늘날 우리는 저를 비롯한 많은 이들이 그 죽음을 막고자 노력한 결과 속에서 살아가고 있는 겁니다. 당신은 아무것도 몰랐지만요."

"어이쿠, 안녕하세요." 레프 형의 춤 선생 페리퍼럴이 큰방 문 앞에서 인사했다. "오실 줄 몰랐는데."

"반갑습니다, 펜스케 씨. 큐브 훈련은 어떻게 돼가나요?"

"그런 물건은 도대체 누가 생각해 낸 거예요?" 파벨이라면 결코 하지 않을 방식으로 문설주에 느긋하게 기대어 선 페리퍼럴은 이제 플린 오빠의 친구인 코너가 된 티가 또렷했다.

"고문당한 국민들이 만들어 낸 겁니다. 오로지 변태 한 명을 위해 봉사하는 사람들이요."

"말이 되는 것 같네요." 코너가 말했다.

"피셔 씨 상태는 어떤가요?" 로비어가 물었다.

"엉덩이가 홀라당 날아가 버린 것 같더군요." 코너가 말했다. 춤 선생의 얼굴뼈 사이로 어울리지 않게 비뚤어진 미소가 번졌다. "다들 난리법석을 떠는 걸 보면 말이죠."

95
모든 세계가 무너져 내리는

"클라인 크루스 버밋에서 일해요?" 플린은 빨간 머리 여성에게 물었다. 그 여성은 사람들이 식사한 자리 뒤편에 방수포를 쳐 분리해 놓은 더 조그만 공간에서 플린의 잠자리를 준비하는 중이었다. 바닥에 깔린 베이지색 폼 매트리스 한 장 말고는 아무것도 없었다. 여성은 짐 자루에서 새 침낭을 꺼내어 펼치려는 참이었다.

"맞아요." 여성은 침낭을 펼쳐 폼 매트리스 위에 깔았다. "베개는 같이 안 왔어요. 미안해요."

"얼마나 됐어요?"

여성은 플린을 돌아봤다. "베개 언제 주문했냐고요?"

"클라인에 언제 들어갔냐고요."

"나흘 전에요."

"그 파우치에 든 건 총인가요?"

여성은 플린을 빤히 봤다.

"당신도 그리프 밑에서 일해요? 클로비스처럼?"

"난 클라인 크루스 버밋 직원이에요"

"그 회사 사람들을 감시하는 중인가요?"

여성은 표정이 변하지 않았고, 대답도 하지 않았다.

"그럼 평소에는 무슨 일을 해요?"

"일부러 빡빡하게 굴려는 건 아닌데요. 그래도 가르쳐 줄 수 없어요. 작전 보안 때문만이 아니라, 따로 제약받는 부분이 있어서요. 정 궁금하면 그리프한테 물어봐요." 여성은 분위기를 누그러뜨리려고 방긋 웃었다.

"알았어요." 플린이 말했다.

"반감기가 엄청 짧고 효과도 빠른 진정제가 있는데 줄까요?"

"아뇨, 괜찮아요."

"그럼 잘 자요." 여성이 그 자리를 떠나고 나서, 플린은 자신이 위장 무늬 바지를 벗고 중년 여성들이나 입을 법한 펑퍼짐한 청바지에 클랜튼 와일드캐츠 로고가 앞쪽에 그려진 파란색 남성용 탱크톱으로 갈아입었다는 사실에 충격을 받았다. 이곳으로 오는 길에 스쳐 지나간 브렌트 버밋은 리언 같은 사람이나 아무렇지 않게 쓰고 다닐 법한 정글 모자를 쓰고 손목에는 검은색 싸구려 플라스틱 시계 같은 것을 차고 있었다.

플린은 열린 침낭 위에 휠리 보이를 세워놓은 다음, 경량 방탄조끼를 벗어 돌돌 말아 폼 매트리스 머리맡에 있는 기와 봉지를 쌓아 만든 방벽에 기대어 뒀다. 그러고는 매트리스 위에 앉아 신발 끈을 풀었다. 새 신발이 필요했다. 신발을 벗은 플린은 양말만 신고 일어서서 청바지를 벗었고, 다시 앉아서 휠리 보이를 들고 열린 침낭 위쪽 부분을 당겨 다리를 가렸다. 그 공간은 어둡지도 환하지도 않았다. 그저 푸른빛만 감돌았다. 꼭 국토안보부의 상징색인 파란색을 띤 투명 플라스틱 블록 한가운데에 들어와 있는 듯했다. 천장의 서까래 옆에 불빛이 비쳤다. 방수포로 칸이 나뉜 공간들 가운데 사람들이 일하는 곳에서 새어 나온 불빛이었다. 어쩌면 플린과 버튼이 잠들도록 다들 살금살금 움직이는지도 몰랐다. 목소리까지 낮춰가며. 플린은 클로비스가 침대를 써야 해서 이곳으로 옮겨 왔다. 이제 버튼의 몸 위에 떠 있던 쥐며느리 드론은 치워졌다. 클로비스가 헬멧을 쓰고 버튼의 허벅지 총구멍을 봉합한 자리를 살펴보는 동안, 워싱턴에 있는 외과의는 클로비스가 보는 것을 자신도 보며 이런저런 지시를 내렸다. 에드워드가 양쪽 눈에 모두 비즈를 끼고 원격 작업을 할 때의 모습과 비슷했지만 헬멧은 구식 모델이었다. 관용 장비는 최첨단인 경우도 있고 구닥다리인 경우도 있었다. 버튼은 의식을 되찾았지단 머리가 띵한 상태였다. 플린은 버튼의 긁힌 뺨에 입을 맞추고 날이 밝으면 오겠다고 했다.

"여보세요?"

플린은 휠리 보이를 봤다. 네더튼이었다. 눈이 커다랗고 코도 커다랬다. "또 카메라를 너무 가까이 댔어요." 플린이 네더튼에게 말했다. 그가 카메라 위치를 조정했다. 그리 나아 브이지는 않았다.

"왜 그렇게 소곤소곤 말해요?"

"조용조용 말할 시간이데요. 이쪽은."

"로비어하고 얘기했어요. 직접요. 그걸 쓰지 않을 거래요."

"알아요. 그리프한테 들었어요."

네더튼은 실망한 눈치였다.

"그리프한테서 듣자마자 전화해서 알려줬어야 했는데, 버튼의 다리를 치료하느라 바빴어요. 지금 로비어랑 같이 있어요?"

"그 사람은 위층에 있어요. 코너하고 같이."

"지금도 엿듣고 있나요?"

"로비어의 모듈은 듣고 있지만, 그건 언제나 하는 일이니까요. 로비어는 그 무기를 사용할 생각이 전혀 없다고 했어요."

"메이컨은 조종을 시작할 예정이었어요. 그게 뭔지 모르는 채로 사용할 준비가 된 상태였다고요."

"로비어는 당신이 반대하지 않았으면 오히려 실망했을 거랬어요. 그러고는 모두 장염에나 걸리게 만들었을 거라더군요. 당신에게는 미리 면역을 형성시킨 상태에서요."

"어차피 그렇게 하려고 했을지도 모르죠. 그런데 실망은 왜 한다는 걸까요?"

"당신한테 실망했을 거래요." 네더튼이 말했다.

"나한테요?"

"그건 테스트였어요."

"무슨 테스트요?"

"보아하니 로비어는 확인하고 싶었던 모양이에요. 당신이, 그러니까 당신이 쓰는 표현대로라면, 개 같은 인간인지 아닌지."

"난 그냥 어떤 사건을 우연히 본 유일한 목격자일 뿐이에요. 내가 개 같은 인간이라고 해도 그때 본 남자를 지목하는 건 얼마든지 할 수 있어요. 로비더는 그게 뭐가 중요해서 그러는 거죠?"

"글쎄요. 오빠 상태는 좀 어때요?"

"중상이었던 걸 감안하면 나쁘진 않아요. 의사들이 주로 걱정하는 건 감염이에요."

"왜요?"

"항생제가 도무지 듣질 않거든요."

네더튼은 플린을 빤히 봤다.

"왜 그렇게 봐요?" 플린이 물었다.

"그쪽 사람들은 아직 항생제에 의지하는군요."

"그렇게 많이 의지하진 않아요. 세 번에 한 번 정도밖에 효과가 없으니까요."

"그쪽 사람들은 감기에 걸리나요?" 네더튼이 물었다.

"뭐라고요?"

"감기 말이에요. 그냥 보통 감기요."

플린은 네더튼을 빤히 봤다. "당신들은 감기도 안 걸려요?"

"예."

"왜요?"

"유도 면역 덕분에요. 신원시주의자들만 면역을 포기하죠."

"감기에 안 걸리는 면역을 포기한다고요?"

"그렇게 비뚤어진 방식으로 과시하는 걸 즐기는 패거리예요."

235

"난 당신이 그러는 게 이해가 안 가요." 플린이 말했다.

"뭐가요?"

"당신은 자기가 사는 시대의 수준 높은 기술을 안 좋아하는 것 같은데, 정작 그 기술을 거부하는 사람들은 싫어하잖아요."

"그자들은 기술을 거부하지 않아요. 오히려 자신의 몸을 이용해 기술을 다른 방식으로 표현하려고 하는 거죠. 오래된 질병을 재료로 삼아서요. 그렇게 하면 자신들이 더 진정성을 띤 존재가 된다고 믿는 거예요."

"감기에 걸리는 걸로 노스탤지어를 느낀단 말이에요?"

"감기에 걸린 것처럼 보이면서도 통증은 안 느끼는 방법을 찾는다면, 그들은 그걸 써먹을 거예요. 하지만 실체가 있는 것을 고집하는 다른 사람들은 진정성이 없다며 그들을 조롱하겠죠." 휠리 보이의 태블릿이 희미하게 삐걱거리며 회전했다. "거긴 사방이 다 파란색이네요."

"공간을 나누려고 방수포를 쳐놨거든요. 이 파란 방수포는 국안부의 잉여 물자예요. 헤프티 마트에서 제일 싼 물건들은 다 국안부 특유의 파란색을 띤 것들이죠."

"국안부가 뭐예요?" 네더튼이 물었다.

"국토안보부요. 이건 좀 다른 얘긴데, 당신한테 물어볼 게 있어요. 여기 일하러 온 사람들은 현지인처럼 보이려는 노력을 하기는 하는 건가요? 내가 방금 본 여자는 벗으려면 다리를 잘라 내야 할 법한 딱 붙는 청바지를 입었던데요."

"애시가 의상 담당자를 파견했어요. 자동차도 눈에 덜 띄는 걸로 보냈고요."

"사무실 앞 주차장이 무슨 BMW 대리점 같던데요."

"아마 안 그럴 거예요. 지금은."

"누가복음 파 거리는 아직도 길 건너편에 죽치고 있나요?"

"그럴걸요. 하지만 오시안이 그자들을 인수해서 치워버릴 방법을 찾는 중이에요."

"교회를 사들이겠다는 말이에요?"

"당신들은 이미 교회 몇 군데를 소유하고 있을지도 몰라요. 콜디론의 인수 전략은 전적으로 그때그때 상황에 따라 결정되니까요. 교회를 사들여야 다음번 인수 건이 더 쉽게 풀린다면, 콜디론은 교회를 살 거예요."

"회사 이름은 왜 그래요? 콜디론이 뭐죠?"

"자동 교정 기능 때문에 바뀐 거예요. '밀라그로스'는 애시가 좋아하는 에스파냐어 단어라서 들어간 거고요. 이 경우에는 원래 뜻인 '기적'이 아니라 조그만 금속 장식물을 가리키죠. 성인에게 바치는 제물인데, 병을 앓는 여러 신체 부위를 상징해요. 콜디론은, 레프가 선임하기 직전까지 갔다가 취소한 파나마의 법무 법인이 있는데 그 회사 임원의 성이 칼데론이었어요. 애시는 그 성의 발음이 마음에 든다더니 나중엔 자동 교정으로 우연히 바뀐 콜디론이 더 보기 좋다고 하더군요."

"당신은 예술가들하고 많이 어울리지 않는 편인가요?"

"예. 안 그래요."

"나라면 그럴 텐데. 여건이 되면요. 음악은 어떤 걸 좋아해요?"

"클래식이요. 아마도." 네더튼이 대답했다. "당신은요?"

"키싱 크레인스를 좋아해요."

"크레인?"

"학이에요. 황새하고 비슷한 새죠."

"그게 키스를 해요?"

"키스하는 학은 오래된 독일 회사의 상표예요. 주머니칼이랑 면도칼 같은 걸 만드는 곳이었어요. 당신도 배저가 있나요?"

"그것도 음악의 일종인가요?"

"사이트예요. 친구들이나 아는 사람의 위치를 늘 알려줘요."

"소셜 미디어 말이군요?"

"아마도요."

"그 유물은 연결성이 비교적 낮은 편이었죠. 내 기억이 맞다면 당신은 이미 그걸 전보다 덜 사용할 거예요."

"소셜 미디어 중에 지금 남아 있는 건 사실상 배저뿐이에요. 그리고 다크넷 게시판도 있고요. 당신이 그런 데 들어간다면 말이지만요. 난 안 들어가요. 배저도 헤프티 마트가 소유한 거예요. 내 페리퍼럴 거기 있나요?"

"뒷방에 있어요."

"좀 보여줄래요?"

네더튼이 손을 뻗자 거대하게 보이는 손가락이 더듬더듬 움직이며 카메라를 조작했다. 뒤이어 조잡해 보이는 대리석 책상과 동그랗고 조그마한 가죽 안락의자 여러 개가 놓인 실내 공간이 플린의 눈에 들어왔다. 휠리 보이의 태블릿 화면에 비친 그 공간은 고리대금업자의 사무실처럼 보였지만, 상대하는 고객은 꼭두각시 인형들인 듯싶었다. 네더튼은 일어서서 반질거리는 합판으로 뒤덮인 좁다란 통로를 지나 뒷방으로 향했다. 그곳에서는 플린의 피리퍼럴이 실크처럼 보이는 검은 스웨트셔츠에 검은 타이츠 차림으로 선반 같은 침대 위에 눈을 감고 누워 있었다.

"정말로 누군가 꼭 닮았어요." 플린이 말했다. 그 말은 사실이었다. 그 페리퍼럴은 일반적인 미적 관념을 충족할 목적으로 만든 물건의 대척점에 해당했다. 그리고 플린이 제대로 간파했다면, 그것이 누구를 닮았는지는 아무도 알지 못했다. 가정집 마당에 열린 중고품 장터에서 상자에 담아 파는 사진과 같은 이치였다. 그런 사진들은 어쩌다 그런 자리에 나왔는지는 고사하고 사진에 찍힌 사람이 누구이며 누구의 가족인지조차 아무도 기억하지 못했다. 플린은 세상이 바닥없는 구멍 속으로 무너져 내리는 느낌이 들었다. 모든 세계가, 아마도 플린의 세계도 함께, 무너져 내렸다. 그래서 플린은 집에 있을 재니스에게 전화를 걸어 어머니가 잘 있는지 확인하고 싶었다.

96
비인간화

　네더튼이 뒷방을 나서는 사이에 휠리 보이 조작용 상태 창이 사라졌고, 에뮬레이션 소프트웨어의 인장도 함께 사라졌다. 플린은 어머니에게 전화를 하러 갔다. 통화가 끝나면 아마도 자러 갈 듯싶었다. 그는 플린의 목소리에서 그 기색을 느꼈다. 플린은 자야 했다. 습격, 오빠의 부상, 파티 타임 때문에 벌어진 소동까지. 그런데도 플린은 묵묵히 앞으로 나아가는 자세를 잃지 않았다.
　네더튼의 머릿속에 눈을 감고 반듯이 누운 페리퍼럴의 얼굴이 떠올랐다. 페리퍼럴은 자고 있지 않았다. 그렇다면 그것은 어디에 있을까? 자기 몸속에? 그런데 생각해 보면 그것은 네더튼이 이해하는 형태의 자아를 자기 내부에 소유하지 않았다. 그것은 지각 능력이 없었지만, 한편으로 로비어가 지적했듯이 감쪽같이 인간화된 존재였다. 그야말로 비인간화될 목적으로 만들어진 인간형 물건이었다. 다만 플린이 그것 안에, 또는 그것을 통해 존재할 때, 그것은 형태가 조금 달라진 플린이 아닐까?

네더튼은 책상 위의 유리잔 두 개를 보고서야 바가 아직 열려 있는 것을 알아차렸다. 그는 뜬금없이 느긋하고 점잖은 분위기를 온몸으로 풍기며 술잔을 가지러 가더니, 빈 잔을 한 손에 한 개씩 들고서 열려 있는 바로 태연하게 돌아갔다. 그가 잔을 내려놓자 바의 문이 스르륵 내려와 닫혔다. 시야에 레프의 인장이 나타났다. 그는 닫히려는 바의 문을 손으로 막고 싶은 충동을 애써 참았다. 아예 손을 활짝 펴 금줄이 박힌 대리석 책상 상판을 짚고서, 굳게 버텼다. 그 문을 억지로 막는다고 해도 손이 박살 날 리는 없었는데도.

"뭐 해?" 레프가 물었다. 네더튼의 귀에 문 자물쇠 걸리는 소리가 들려왔다.

"플린하고 같이 있었어. 그 장난감 페리퍼럴에 들어가서. 그런데 플린이 어머니한테 전화를 해야 한다더군." 네더튼은 반질반질한 미색 합판을 양손으로 짚었다. 꼼짝도 하지 않는 합판에서 독일제 특유의 견고함이 느껴졌다.

"샌드위치를 굽고 있어." 레프가 말했다. "이탈리아 빵에 정어리를 올리고, 할라피뇨 피클도 곁들일 거야. 맛있을 것 같아."

"로비어 거기 있어?"

"로비어가 정어리를 추천했어."

"금방 올라갈게."

네더튼은 버스의 출입문을 나서면서 자신이 여태 헤드 밴드를 쓰고 있는 것을 알아차렸다. 헤드 밴드에는 투명한 젖빛을 띤 거대한 정자처럼 생긴 카메라가 붙어 있어서 이집트 유물 같은 느낌이 희미하게 났다. 그는 헤드 밴드를 벗어 재킷 주머니에 넣었다.

차고를 가로질러 청동으로 장식한 엘리베이터를 타고 위로 올라가 주방으로 향하는 길에 네더튼은 중간 문설주가 있는 문 너머로 정원에 있는 코너를 봤다. 코너는 네 발을 짚고 엎드린 채 고든과 타이에나에게 으르렁대고 있었다. 페리퍼럴의 이목구비는 그 행위에 섬뜩하게 어울려서, 주둥이가 유난히 기다란 태즈메이니아늑대를 상대하는데도 불구하고 벌어진 입술 사이로 드러난 이가 두 마리의 이빨을 다 합친 것보다 더 많아 보였다. 짐승들은 나란히 서서 금방이라도 달려들 듯이 그를 마주 봤다. 근육질 몸매가 여느 때보다도 더욱 갯과 동물 같지 않아 보였고 뻣뻣한 꼬리는 더더욱 그랬다. 마치 입체파 화가가 선을 죽죽 그어놓은 늑대 가죽을 육식 캥거루가 뒤집어쓴 모습 같았다. 네더튼은 바로 그 순간 고맙다는 기분을 기이할 정도로 강렬하게 느꼈다. 태즈메이니아늑대들은 낙하 곰과 달리 손이 없었기 때문이었다.

주방에서는 정어리 굽는 연기 냄새가 풍겼다. "저 친구는 바깥에서 뭐 하는 거야?" 네더튼이 물었다.

"몰라. 그래도 저 녀석들은 좋아하던데." 가스레인지 앞에 서 있던 레프가 말했다.

이내 두 짐승이 동시에 코너에게 달려들었다. 코너는 그 둘 사이에 쓰러져 버둥거리다 다 함께 뒤엉켜 뒹굴었다. 짐승들은 기침 소리와 비슷한 가늘고 날카로운 울음소리를 반복해서 냈다.

"도미니카는 애들을 데리고 리치먼드 힐에 갔어." 레프는 샌드위치용 그릴에 들어 있는 납작한 파니니를 살펴보며 말했다.

"도미니카는 잘 지내?" 네더튼이 물었다. 늘 그렇듯이 그는 레프네 집안 분위기를 읽는 재주가 없었다.

"내가 이번 일에 시간을 너무 많이 쏟아서 꽤 신경이 곤두서긴 했지만, 애들을 데리고 그리로 가라고 했을 땐 순순히 따르더군. 토비어도 같은 생각이었고." 레프는 고갯짓으로 로비어 쪽을 가리켰다.

"레프 아버님의 저택은 말 그대로 난공불락입니다." 소나무 테이블 앞에 앉은 로비어가 말했다. "앞으로 약 48시간 동안 현실에 영향을 미칠 만큼 힘 있는 자들이 우리에게 적개심을 품는다 해도, 레프의 가족은 무사할 겁니다."

"누굴 화나게 하려는 거죠?" 네더튼이 물었다.

"주로 미국인들이겠지만, 그들에 대해선 별로 걱정하지 않습니다. 다만 그들은 현자 시티에 동맹을 확보한 것 같더군요. 이제 슬슬 제 추측이 옳았다는 생각이 듭니다. 그러니까, 아엘리타는 안타깝게도 지극히 평범한 동기 때문에 살해되었다고 입증될 것 같습니다."

"어째서요?"

"숙모님들이 그 추측을 계속해서 곱씹고 있습니다. 같은 꿈을 반복해 꾸는 것, 또는 주어진 허구의 이야기를 오랫동안 다듬는 것과 비슷한 과정이죠. 반드시 맞는 것은 아니지만, 충분히 반복하면 유력한 용의자를 찾아내곤 합니다."

코너는 이제 일어서서 그들 쪽으로 걸어왔고, 고든과 타이에나는 나란히 뒷발로 서서 깡충깡충 뛰며 그를 따라왔다. 그는 주방에 들어서서 등 뒤의 문을 닫았다. 바깥의 두 마리는 뒷발로 선 자세 그대로 그의 뒷모습을 눈으로 좇았다.

"녀석들이 당신한테 반했군요." 레프는 맨 먼저 구워진 샌드위치를 그릴에서 집으며 말했다.

"생긴 게 꼭 주머니쥐하고 코요테를 교배한 것 같네요." 코너가 말했다. "냄새도 주머니쥐하고 조금 비슷하고. 저것들도 결핵에 걸리나요?"

"뭐라고요?" 레프가 물었다.

"전염병 말이에요." 로비어가 말했다.

"아뇨." 그릴을 보던 레프가 눈을 들었다. "걸릴 이유가 있나요?"

"주머니쥐는 보통 그렇거든요. 수가 많이 남지는 않았지만. 그것들을 좋아하던 사람은 더 적게 남았죠. 결핵에 걸려 죽었으니까. 샌드위치 냄새가 먹음직스럽네요. 이것도 음식을 먹을 수 있게 만들지 그래요?"

"그렇게 만든 것들도 있어요. 하지만 그러면 비용이 훨씬 더 많이 들어서요. 격투기 사범한테는 필요 없는 기능이죠."

"와서 같이 앉으시죠." 로비어가 말했다. "당신은 그렇게 서 있으면 실제로 꽤 위압적으로 보이거든요."

코너는 로비어 맞은편의 의자를 당겨 뒤로 돌려놓은 다음, 앉아서 등받이에 양 팔뚝을 걸쳤다.

"플린은 지금 자는 중인가요?" 네더튼은 코너 옆의 의자에 앉으며 물었다. 로비어와 한자리에 있으면서 얼굴을 마주 보지 않기란 아무래도 불가능한 일인 듯싶었다.

"그렇습니다." 로비어가 대답했다. "어머니를 돌보는 여성과 얘기를 나눈 후에 잠들었죠. 내일 여기 올 겁니다. 상황이 점점 긴박해지기는 합니다만, 우리로서는 플린이 저녁 행사에 참석해 당신과 데이드라에게 정신을 집중해 주기를 바랄 뿐입니다. 그리고 그곳에서 목격할 다른 사람들에게도요." 레프가 로비어 앞에 샌드위치가 담긴 하얀 접시를 내려놨다. "참으로 맛있어 보이는군요, 레프. 잘 먹겠습니다."

97
호송대

플린을 집까지 태워다 준 커다란 픽업트럭은 생김새가 고등학교 졸업 무도회 때 반 친구들이 다 함께 끼어 앉았던 허머 리무진과 비슷했지만, 고약한 방향제 냄새는 나지 않았고 시트도 더 고급이었다. 외관은 일부러 엉망으로 보이도록 꾸며놨지만 플린이 보기에는 헛수고였다. 만약 이 마을에 그 정도로 새것인 미국제 차를 가진 사람이 있었다면 분명 세차를 했을 것이기 때문이었다. 겉에 묻은 먼지는 스프레이로 뿌린 것이었다. 언뜻 보면 미국 차 같았지만 정확한 제조사나 모델은 선뜻 떠오르지 않았다. 카를로스는 그 차를 '회색인'이라고 부르며 마음에 들어 했다. 이는 카를로스가 눈길을 끌지 않게끔 일부러 촌스럽게 꾸민 장비를 가리킬 때 사용하는 별명이었고, 그렇게 꾸미지 않은 경우에 해당하는 명칭은 '전술형'이었다. 그러나 플린이 생각건대 만약 알아보기 쉬운 차종이고 우락부락한 차체에 온통 방탄 처리까지 했다면, 카를로스는 그 차를 좋아하지 않았을 듯싶었다. 차를 운전한 빨간 머리 여성은 여태 딱 붙는 청바지에 클랜튼 와일드

캐츠 탱크톱 차림이었지만, 이제는 그 위에 앞서 본 것과 똑같은 경량 방탄 재킷을 걸치고 있었다. 여성의 이름은 타코마였다.

그리프와 토미는 플린이 아무 차나 타고 집에 돌아가도록 허락하지 않았다. 이렇게 거창한 호송대가 아니면 안 된다고 했다. 우선 실물의 4분의 3 크기로 축소 제작한 원격 조종 모형 SUV가 지뢰 및 급조 폭발물 제거 장비를 갖추고 차량 대열의 선두에 섰다. 플린은 회색인 앞에서 달리는 SUV의 조수석에 리언이 앉아 실제로 선두의 모형차를 조종하는 것을 알고 깜짝 놀랐다. 보아하니 리언은 그 임무가 마음에 쏙 드는 모양이었다. 가끔 플린은 리언이 정말로 좋아하는 게 뭔지 도무지 알 수 없을 때가 있었다. 리언은 심지어 데님 재킷 위에 검은색 재킷을 껴입어서 묘하게 정장 차림처럼 보였지만, 구식 사슴 사냥용 위장 무늬 머릿수건도 함께 쓰고 있었다. 머릿수건은 나무껍질을 실물 크기로 찍은 사진처럼 보였기 때문에 만약 그런 것을 절대로 머리에 쓰면 안 되는 사람이 있다면 바로 리언이었다. 그 SUV에는 리언 말고도 버튼의 친구 다섯이 함께 타고 있었고 모두 경량 방탄 조끼 차림에 불법 소총을 들고 있었다. 후미를 맡은 두 번째 SUV에는 버튼의 다른 동료 넷이 드론을 챙겨 탑승했다. 몇 대인지 알 수 없는 드론들은 차 지붕의 배터리 팩을 통해 자동으로 충전되는 중이었다. 플린은 그 드론들 또한 모두 하늘색 접착테이프가 붙어 있으리라 추측했다. 앞서 가는 SUV의 뒤 범퍼에 약 50센티미터 길이의 하늘색 접착테이프가 가로로 기다랗게 붙어 있었기 때문이었다. 그들은 버튼의 하늘색 군대였지만, 정작 버튼 본인은 방수포 벽으로 미로처럼 복잡하게 나뉜 콜디론 사무소 뒤쪽 방에 전투 불능 상태로 누워 있었다. 버튼이 지금쯤 의식을 회복했다면 엿 같은 상황이라고 생각할 듯싶었다.

그러나 버튼이 의식을 되찾았다 한들 아직 눈으로 확인하지 못했을 사실 하나는, 사람들이 얼마나 잘 갖춰 입었느냐 하는 것이었다. 어쩌면 덜 갖춰 입었다고 해야 할지도 몰랐다. 보아하니 클라인 크루스 버밋의 모든 직원은 플린이 잠든 사이에 의상 담당자가 생각하는 촌사람의 모습을 더 똑같이 구현하려고 경쟁하기 시작한 모양이었다. 아예 문신까지 새긴 몇몇을 보며 플린은 그 문신이 가짜이거나 하다못해 1년쯤 지나면 저절로 다 사라지는 종류였으면 하고 바랐다. 그들은 업무에 지나치게 몰입한 상태였다. 이날 오전에 토미가 들려준 얘기에 따르면 이는 그들이 엄청나게 많은 급여뿐 아니라 콜디론의 권리주까지 배당받기 때문이었다. 토미가 말하길 별 대단한 기술이 없는 직원들조차도 현재 주 전체를 통틀어 단연 가장 높은 수준의 급여를 받는 중이었고, 이 때문에 다들 들뜬 기분과 굳은 각오와 부푼 망상을 동시에 품고 있다고 했다. 그들이 플린을 지나치게 상냥하게 대하는 이유 또한 바로 그 점 때문이라는 것은 굳이 말할 필요도 없었다. 다만 타코마는 달랐는데, 왜냐하면 단순히 클라인 소속 직원이 아니기 때문이었다. 그리프는 플린의 질문을 받고 타코마가 자신의 동료라고 대답했지만 그 이상은 알려주지 않았다. 다만 토미는 클로비스와 타코마 둘 다 본명이 아니라 '암호명' 같은데 어떤 기관 소속인지는 알 수 없다고 했다. 그의 말에 따르면 국토안보부 요원치고는 지나치게 영리했고, 정말로 거대한 다른 기관의 요원치고는 개자식 티가 덜 난다고 했다. 그러한 정황과 그리프가 영국인이라는 사실이 어느 지점에서 맞물리는지 플린은 알 길이 없었다.

이날은 토미와 그리프 둘 다 시내에 볼일이 있었다. 플린이 혼자 외출해도 좋다고 허락받은 까닭은 플린으로 하여금 어머니를 설득시켜 버지니아주의 안가로 보내는 계획을 그리프가 아직 포기하지 않았기 때문이었다. 클로비스는 버튼 곁에 남아 헬멧을 쓰고 워싱턴의 의사들을 대신해 치료를 돕기로 했다. 메이컨과 에드워드는 정부 공인 각성제의 효과가 다 떨어져서 자는 중이었다. 플린은 같은 폼 매트리스에 함께 웅크리고 누워 있는 둘의 모습을 봤다. 메이컨은 코를 골았고 에드워드는 그의 품에 안겨 있었다. 플린이 짐작하기에 그 둘은 누가복음 4장 5절을 상대로 파티 타임을, 또는 그리프가 보기에 파티 타임으로 여겨지는 물질을 살포할 필요가 없어진 덕분에 절실히 필요했던 여유를 얻은 것처럼 보였다.

그리하여 플린은 스텔스 기능이 있는 이 리무진 픽업트럭의 뒷좌석에 휠리 보이와 단둘이 앉아 있었다. 차 운전석과 조수석 뒤쪽으로 좌석 두 줄이 있었고 그다음은 차 뒤창, 그다음은 평평하고 단단한 덮개가 씌워진 트럭 적재함이었다. 플린이 짐작건대 그 적재함 속에는 로켓탄 발사기가 들어 있을지도 몰랐다.

"에어컨 온도 괜찮아요?" 타코마가 플린에게 물었다.

"좋아요." 플린이 대답했다. 타코마가 말하길 그 차는 피치 못할 상황에서는 엔진 흡기관을 위로 올려 물속에서도 주행할 수 있다고 했다. 플린이 아는 한 이 마을 근방에는 실제로 그렇게 주행할 만한 깊은 물이 없었지만, 어쨌든 있으면 좋은 기능이었다. 고개를 들어 바깥을 보니 지난번에 봤던 로봇 소가 그때와 거의 같은 자리에서 풀 뜯는 시늉을 하는 중이었다. 콜디론 사무실과 포에버 패브 뒤편의 콘크리트 벽에 기다랗게 난 총알 자국을 봤을 때는 유탄에 맞은 사람이 버튼 한 명뿐이어서 정말로 다행이라는 생각이 들었다. 이날 아침 남의 눈을 피해 차에 오른 그들 일행은 적어도 포터 로드에 나올 때까지는 누가복음 4장 5절의 눈에 띄지 않았고, 이후 이 정도로 멀리까지 오고 나니 눈에 띄든 띄지 않든 상관없었다. 게다가 어차피 누가복음 패거리는 대부분 텐트 속에서 잠들어 있었다. 상가 건너편 주차장에 모두 똑같이 생긴 검은색 소형 텐트를 다닥다닥 쳐놓은 광경을 보고 리언은 무슨 벌레 알이나 점균류 같다고 했다. 플린은 그들 무리가 실제로는 사람을 이상 성욕 살인광으로 돌변시키는 약물의 표적이 아니었던 것을 알고 나서 이제 자신도 모르게 그들을 전보다 더 차갑게 대했다. 그리프와 토미는 어째서 비교적 충격이 적고 법적으로도 잔혹 행위로 간주되지 않는 방법으로 그들을 마을에서 몰아내지 못했을까? 플린은 나중에 그 이유를 물어봐야겠다고 머릿속에 메모를 남겼다. "혹시 지미스에 들러서 부리토랑 커피로 아침 좀 먹고 가도 될까요?" 플린이 타코마에게 물었다.

"지금 경호 수준이 꽤 거창해서 말이죠. 전화로 주문해서 받는 건 어때요?"

"난 괜찮아요."

"뭐, 당신한테 직접 건네진 않을 거예요. 앞에 가는 선도차가 받겠죠. 그런 다음 드론으로 우리한테 전달해 줄 테니까 중간에 차를 세우지 않아도 돼요."

"복잡하네요."

"표준 절차예요. 지미스에서 당신한테 직접 배달해 주면 난 차를 세우고 밀봉을 해제해야 하거든요. 그게 창문 한쪽만이라고 해도 말이죠."

"밀봉을 해제래요?"

"이 차는 밀폐된 상태예요. 필터가 붙은 흡기구만 빼고요."

"부리토 한 개 사 먹기 되게 힘드네요."

"회사는 당신이 다치지 않게 하려고 최대한의 비용을 들이는 중이에요. 이미 한 번 납치된 적이 있으니까요. 어제 그 총격범들도 아마 당신 오빠가 아니라 당신을 더 노렸을걸요."

플린이 미처 떠올리지 못한 생각이었다. "당신도 클로비스만큼 총을 잘 쏘나요?"

"아뇨. 내가 더 잘 쏴요." 타코마가 대답했다.

"내가 이 차 뒷자리에 혼자 앉는 이유가 혹시 버튼 친구들 중에서 누가 리스하고 똑같은 짓을 할까 봐 그런 건가요?"

"그보다 더 안 좋은 일이 생길 수도 있으니까요. 쿠리토는 어떤 게 좋아요? 커피에 우유랑 설탕 넣어요?"

"그 집 부리토는 한 가지밖에 없어요. 우유, 설탕 둘 다 넣고요." 플린은 옆자리에 늘인 횔리 보이 쪽으로 눈을 돌리며 네더튼이 어디 있을지 궁금해했다. 전날 밤 플린은 집에 있는 재니스와 통화하고 나서 폼 매트리스에 누워 곯아떨어졌다.

타코마는 초소형 이어폰으로 전화 통화를 했다. 지미스 주차장이 저 앞에 보이는 곳에 이르자 타코마가 차의 속도를 늦췄고, 하얀 티셔츠를 입은 소년이 양손에 뭔가 들고서 자갈 깔린 주차장을 가로질러 뛰어오는 모습이 플린의 눈에 띄었다. 소년은 손에 든 것을 SUV의 열린 차창을 통해 안에 탄 사람에게 건넸고, SUV는 거의 멈출 뻔했지만 실제로 정지하지는 않았다. SUV가 다시 출발했다. 타코마는 속도를 높여 앞차와 맞춘 다음 계속 일정한 거리를 유지했다.

지미스가 시야에서 사라질 무렵, 플린은 앞쪽 SUV에서 뭔가 날아오르더니 자신이 탄 픽업트럭 뒤쪽으로 다가오는 광경을 목격했다. 알고 보니 쿼드콥터 드론이었던 그 비행체는 옥수숫가루를 3D 프린터로 출력해 만든 야외용 쟁반을 들고 있었고, 쟁반에는 은박지로 싼 덩어리와 종이컵이 클립으로 고정돼 있었다.

"이제 적재함이 저걸 어떻게 받는지 한번 봐요." 타코마는 뒤도 돌아보지 않고 말했다.

플린이 뒤쪽을 돌아보니 마침 적재함 덮개의 직사각형 개폐구가 열리는 중이었다. 드론은 픽업트럭의 속도에 맞춰 날다가 이내 하강해 열린 개폐구로 들어갔다. 그러고는 곧바로 부리토와 커피 쟁반이 없어진 모습으로 다시 올라오더니 계속 상승해 시야 바깥으로 사라졌고, 그사이에 아래쪽의 덮개 개폐구가 닫혔다. "저걸 받으려면 어떻게 해야 해요?"

"지금 에어록을 열었다 닫는 중이에요." 타코마가 말했다.

탑승 공간 뒤쪽에 있는 개폐구의 문이 위쪽으로 스르륵 올라와 열렸다. 플린은 안전띠를 풀고 바닥에 네 발을 짚은 채 뒤쪽으로 기어갔다. 열린 개폐구로 머리를 내밀자 쟁반이 보였다. 플린은 그 쟁반을 안쪽으로 당겨 꺼냈다. 포장용 은박지가 아직 따뜻했다. 지미스에서는 아침 식사용 부리토를 보온용 전열 램프 아래에 놔두고 팔기 때문이었다.

엉금엉금 자리로 돌아와 쟁반을 무릎 위에 올려놨을 때, 등 뒤에서 개폐구가 닫히는 소리가 났다. 플린은 다시 안전띠를 매고 부리토를 싼 은박지의 한쪽 끄트머리를 벗겼다. "고마워요."

"고객 만족이 저희 목표랍니다."

지미스의 아침 식사용 부리토는 형편없었다. 속에 든 거라고는 스크램블드에그와 다진 베이컨, 파가 전부였다. 정확히 플린이 지금 먹고 싶은 메뉴였다.

"안녕하세요." 휠리 보이의 화면 속에서 네더튼이 말했다.

플린은 입안에 부리토가 가득했다. 그래서 고개만 끄덕였다.

"어젯밤엔 잘 잤는지 모르겠군요." 휠리 보이의 태블릿 머리가 삐걱거리며 돌아가다가 뒤로 젖혀졌고, 그 덕분에 차창 바깥이 네더튼의 시야에 들어왔다. 드론을 빼면 보이는 것은 하늘뿐이었다.

플린은 입안의 부리토를 삼키고 커피를 조금 마셨다. "잘 잤어요. 당신은요?"

"난 고비바겐의 욕조에서 잤어요."

"물에 젖진 않았어요?"

"그 욕조는 목욕할 때가 아니면 전망대로 사용해요. 코너의 페리퍼럴이 큰방을 차지했거든요. 그 사람은 페리퍼럴을 통해 일찌감치 여기 와 있었어요. 정원에서 레프가 키우는 유사체들과 놀더군요. 우리가 레프네 주방에서 샌드위치 먹는 것도 구경했고요. 나중에 나랑 같이 차고로 내려왔어요. 그러고는 페리퍼럴을 침대에 눕혀놓고 로비어가 준비한 훈련을 하러 갔죠. 지금 어디 가는 길이에요?"

"우리 집요."

태블릿이 똑바로 서더니 왼쪽에서 오른쪽으로 회전하다가 다시 앞을 봤다.

"이 차는 트럭으로 위장한 리무진 같은 거예요." 플린이 말했다. "폭탄이 터져도 끄떡없대요. 저쪽은 타코마예요."

"안녕하세요." 타코마는 도로에 시선을 고정한 채로 인사했다.

"안녕하세요." 네더튼이 말했다.

"타코마는 그리프 밑에서 일해요. 아니, 같이 일하는 사이예요."

"따지고 보면 당신 밑에서 일하는 셈이죠." 타코마가 말했다.

"어쩌다 그렇게 된 건지 난 아직도 이해가 안 가요."

"이렇게 한번 생각해 봐요." 타코마가 말했다. "이 차 바깥으로 보이는 건 하늘하고 도로만 빼고 모조리 당신 소유예요. 최근에 당신이 죄다 사들였으니까요. 전부 다요. 한 30킬로미터 전부터 도로 양옆에 보이는 것들 모두."

"농담이겠죠." 플린이 말했다.

"지금 이 카운티는 거의 다 콜디론 소유예요. 법정에서 입증하기는 어려울지도 모르지만요. 클라인 크루스 버밋이 마트료시카처럼 겹겹이 은폐한 덕분에요."

"그게 뭐예요?" 플린이 물었다.

"똑같이 생겼는데 크기만 다른 인형들이 겹겹이 포개지게 만든 러시아 인형 알죠? 그게 마트료시카예요. 껍데기를 열어보면 속에 또 껍데기가 들어 있는 식이죠. 그래서 이 넓은 땅이 다 당신 거라는 사실이 별로 티가 안 나는 거예요."

"소유주는 내가 아니에요. 콜디론이죠."

"당신하고 당신 오빠 거예요. 콜디론의 지분은 거의 다 두 사람 거니까요."

"왜 그 두 사람이 소유주인 거죠?" 네더튼이 물었다.

"그런데 장난감 화면에 머리만 나와서 얘기하는 사람은 도대체 누구예요?" 타코마가 물었고, 플린은 타코마가 운전하면서 자신들을 지켜보고 있다는 것을 알아차렸다. 플린이 모르는 곳에 카메라가 설치돼 있다는 뜻이었다.

"윌프 네더튼이라고 해요." 플린이 말했다. "콜디론 쪽 사람이죠. 런던에 있어요."

"그럼 우린 같은 편이군요, 네더튼 씨." 타코마가 말했다. "미안해요. 물어볼 수밖에 없었어요. 타코마 레이번이라고 해요."

"레이번이요?" 플린이 물었다. "그 사람하고 자매 사이예요?"

"맞아요."

"그럼 당신 이름이 타코마인 이유는⋯."

"내 이름을 스노퀄미 폭포로 짓기는 싫었던 거죠. 당신은 미래에서 왔나요, 네더튼 씨?"

"꼭 그렇진 않아요. 내가 있는 미래는 내가 지금 그곳에 없어야 생겨나는 거니까요. 하지만 내가 거기에 있는 이상, 이제는 당신들 세계의 미래가 아니에요. 여기는."

"실례가 안 된다면 미래에서 무슨 일을 하시는지 여쭤봐도 될까요, 네더튼 씨? 거기 사람들은 보통 뭘 하면서 살아요?"

"윌프라고 부르세요. 하는 일은 홍보예요."

"그게 사람들이 하는 일이에요?"

"관점에 따라서는 그렇게 볼 수도 있죠." 네더튼은 멈칫한 후에 그렇게 대답했고, 타코마는 그런 그를 보며 만족한 듯했다. 아니면 그저 너무 심하게 몰아붙이고 싶지 않았는지도 몰랐다.

플린은 부리토를 다 먹었다. 도난당한 싸구려 차 안의 남자들이 코너에게 살해당했던 곳을 지나갈 때, 플린은 그 사건이 바로 그곳에서 실제로 일어났던 일이 아니라 지어낸 이야기처럼 느껴졌다. 그리고 그 사실이 아무렇지도 않았다.

98
200주년

 환한 낮의 햇살을 받은 플린의 집은 전과 달라 보였다. 네더튼은 이 집의 모든 것이 어셈블러와 완전히 무관하다는 사실을 머릿속으로 되새겼다. 이곳에는 오로지 자연적인 과정뿐이었다. 그는 어지르는 습관을 클렙트의 특권과 연관지어 생각했다. 예컨대 레프의 집이 그러했다. 임포스터 신드롬 아래의 지하 통로와 달리 그 집에는 청소부가 없었지만, 그러면서도 사람이 살지 않는 런던의 도든 방과 똑같이 티끌 한 점 없었다.

 바로 앞쪽의 호송 차량은 그 집을 지나쳐 계속 가다가 멈춰 섰다. 그 차 앞의 더 조그만 차는 이미 서 있었다. 플린은 그 조그만 차가 자기 사촌이 조종하는 폭탄 탐지기라고 했고, 그 사촌은 필시 더 큰 SUV에서 내린 똑같이 생긴 검정 재킷 차림의 여섯 사람 가운데 한 명일 듯싶었다. 그중 넷은 길이가 짤따란 소총을 들고 있었다. 총이 없는 다섯째 남자가 플린의 사촌인 듯했는데 그 역시 묘하게 생긴 머리 장식을 쓰고 있었다. 트럭 운전을 맡은 타코마는 네더튼과 플린이 달빛 속에 나란히 앉았던 자리인 커다란 나무 근처에 차를 세웠다. 네더튼은 자신들이 앉았던 벤치를 알아봤다. 이제 보니 회색으로 변한 노목을 기다랗게 잘라 만든 의자였다. 한때는 하얬을 보호용 페인트가 손길에 닳아 벗겨진 상태였다.

이제 플린의 품에 안긴 채 차에서 내린 네더튼은 휠리 보이의 카메라 각도를 플린이 움직이는 속도에 맞춰 조정하기가 힘들었다. 픽업트럭의 뒤에 따라오던 차가 눈에 띄었다. 앞쪽에 가던 SUV와 똑같은 차였고, 역시 검은색으로 몸을 감싼 남자 넷이 차에서 내렸다. 저마다 검은 소총을 들고 있었다.

이내 플린은 집 쪽으로 성큼성큼 걸어갔고, 타코마도 플린과 나란히 걷는 기척이 났다. "저 사람들 좀 안 보이게 해줘요." 플린이 네더튼의 시야에는 보이지 않는 타코마에게 말했다. "불펍 소총이랑 방탄 재킷을 보면 우리 엄마가 불안해할 거예요."

"알았어요." 타코마가 대답했다. 네더튼은 그 말을 들으며 불펍이 뭔지 궁금해했다. "당신 사촌이 집에 같이 들어가자고 하네요."

"당신은 여기 있어요." 플린은 널빤지로 만든 베란다에 올라서며 말했다. "리언한테도 여기서 기다리라고 해요. 내가 엄마랑 같이 있는 동안 리언을 집 안으로 들여보내면 안 돼요. 리언이 같이 있으면 진지한 대화 같은 건 불가능하니까요."

"알았어요." 타코마는 휠리 보이의 카메라 시야각 안으로 들어서며 말했다. "여기서 딱 기다릴게요." 타코마가 가리킨 기다란 소파처럼 생긴 의자는 나무 아래의 벤치와 모양이 비슷했지만, 앉는 자리에

해진 천 쿠션이 놓여 있었다.

플린은 네더튼을 품에 안은 채로 뼈대만 있는 신기하게 생긴 문을 열었다. 그 문의 가느다란 뼈대에는 눈이 매우 촘촘한 검은색 그물망 같은 천이 팽팽하게 둘러져 있었다. 플린은 그 문을 지나 어두운 집 안으로 들어섰다. "난 엄마랑 할 얘기가 있어요." 플린은 그렇게 말하며 네더튼을 내려놨다. 그가 놓인 자리는 테이블 아니면 장식장 위 같았고, 높이는 플린의 허리께였다.

"여기는 안 돼요. 바닥에 놔줘요." 네더튼이 말했다.

"알았어요. 그치만 멀리 가진 마요." 플린은 휠리 보이를 바닥에 내려놓은 다음, 돌아서서 가버렸다.

네더튼은 장난감의 타이어를 반대 방향으로 천천히 작동시켰다. 카메라가 장난감의 구형 몸통과 함께 빙그르르 회전했다. 실내는 천장이 매우 높아 보였지만 실제로는 그렇지 않았다. 카메라 위치가 나무 바닥에 몹시도 가깝기 때문이었다.

벽난로 위 선반에 플라스틱제 기념품 쟁반이 벽에 기대어 서 있었다. 네더튼이 포토벨로 로드에 있는 클로비스 피어럿의 가게에서 복제품으로 본 그 황백색 조사각형 쟁반이었다. 그는 흔들리는 카메라 때문에 일어난 짜증을 꾹 참고 꿋꿋이 굴러가 쟁반에 적힌 **클랜튼 카운티 200주년 기념**이라는 문구와 날짜가 보이는 곳에 이르렀다. 그리하여 거기 적힌 기념일로부터 70여 년 후의 미래에, 고비바겐 안에 있는 레프 할아버지의 책상 앞에 앉아, 휠리 보이 조종용 헤드 밴드를 이마에 두른 채르, 그는 이 조잡한 장난감을 통해 이 기묘한 세계를 돌아봤다. 이곳은 낡은 물건이 인공적으로 교묘하게 마모되지 않고 흘러가는 시간에 연마되어 실제로 너덜너덜해지는 세계였다. 파리 한 마리가 시끄럽게 윙윙대며 휠리 보이 위쪽으로 날아갔다. 그는 불안한 마음에 파리를 뒤쫓으려다가 그것이 드론이 아닌 진짜 파리일 가능성이 더 크다는 생각이 퍼뜩 들었고, 그러자 이상할 정도로 약해 보이던 그 덧문의 그물망은 벌레를 막으려고 쳐놓은 것이리라는 생각이 들었다. 그는 카메라를 돌려 이미 사라진 고요한 집 안의 허름하고 어둑한 풍경을 찬찬히 살펴봤다. 카메라가 회전 궤도의 끄트머리에 이르렀을 때, 웅크리고 앉아 이쪽을 노려보는 고양이가 눈에 띄었다. 그가 그쪽으로 눈을 돌리는 사이에 고양이는 하악 소리를 내며 휠리 보이에게 달려들어 사납게 때려눕혔고, 그 바람에 태블릿 뒷면이 나무판자 바닥에 부딪혔다. 자이로스코프가 윙윙 소리를 내며 휠리 보이를 똑바로 세우는 사이에 고양이가 그물망 문을 자기 몸이 지나갈 만큼 빠끔히 여는 소리가 나더니, 이내 문이 닫히는 소리가 났다.

파리가 윙윙대는 소리가 들려왔다. 앞서 본 것과 같은 놈인지 모르겠지만 윙윙대는 소리가 집 안쪽 더 깊숙한 곳에서 들려왔다.

99
미제 골동품

"난 아무 데도 안 간다." 플린의 어머니가 말했다. 니스 칠이 벗겨진 침대 머리판에 베개를 놓고 기대어 앉은 어머니는 코에 두 갈래로 나뉜 산소 튜브가 꽂혀 있었다.

"재니스는 어디 갔어?"

"콩 따러 갔어. 난 안 갈 거다."

"여긴 어둡네." 방 창문은 줄을 당기는 방식의 블라인드가 내려진 데다 커튼까지 쳐져 있었다.

"재니스가 나더러 자라고 했거든."

"어젯밤에 못 잤어?"

"난 안 가."

"누가 엄마더러 가라고 해?"

"리언이. 리소니아가. 재니스도 마찬가지야. 본인은 아니라고 하겠지만."

"어디로 가래?"

"망할 버지니아 북부인지 어딘지로. 너도 아주 잘 알겠지만."

"나도 바로 얼마 전에 처음 들은 얘기야." 플린은 도톰하게 수를 놓은 이불 위에 앉으며 말했다.

"코벨은 죽었니?"

"실종됐어."

"너희가 죽였어?"

"아니."

"죽이려고 했어?"

"안 그랬어."

"너흴 탓하려는 게 아니야. 내가 아는 거라곤 뉴스에 나오는 소식이랑, 요즘 들어 재니스하고 리소니아한테서 조금씩 캐내는 얘기밖에 없어서 그래. 지금 이게 다 너랑 버튼이 벌인 뭔지 모를 일 때문이야? 코벨 피켓을 내 집 거실까지 불러들인 그 일 때문에?"

"내 생각엔 그런 것 같아, 엄마."

"그래서 그게 대체 무슨 일인데?"

"나도 잘은 몰라. 버튼은 자기가 하는 일이 콜롬비아의 어떤 회사에서 맡은 부업인 줄 알았어. 그런데 알고 보니 그 회사는 런던에 있는 곳이었어. 말하자면 그렇다는 거야. 그 회사는 돈이 엄청 많아. 투자금이지. 그 사람들은 하나씩 하나씩 일을 처리해서 여기에 지사를 만들고 버튼이랑 나를 고용해서 운영을 맡겼어. 적어도 우리가 운영하는 것처럼 보이게는 해뒀지." 플린은 어머니를 물끄러미 봤다. "내가 하는 얘기가 별로 말이 안 된다는 거 나도 알아."

"말이 안 되기는 이 세상도 마찬가지지." 플린 어머니는 수놓인 이불을 턱 아래까지 당기며 말했다. "죽음이 있고, 세금이 있고, 외국에서 벌어지는 전쟁이 있는 곳이니까. 푼돈을 벌려고 못된 짓을 하는 코벨 피켓 같은 인간들도 있는데, 이 일대에 사는 민간인이 실제로 벌 수 있는 돈이라곤 그 푼돈이 전부지. 그럭저럭 점잖은 사람들조차도 그 돈의 일부나마 손에 넣으려고 일하는 수박에 없기는 마찬가지고. 너하고 버튼이 뭘 어떡하든 간에 그런 사정은 조금도 바뀌지 않아. 똑같은 일이 더 많이 일어날 뿐이지. 난 평생을 여기서 살았어. 너도 그렇고. 네 아버진 포터 로드하고 메인 스트리트가 만나는 교차점에서 태어났단다. 거기에 아직 병원이 있던 시절에 말이야. 난 아무 데도 안 갈 거다. 특히 리언이 너더러 가보면 마음에 들 거라고 하는 곳은 어디든 절대로 안 갈 거야."

"우리 회사 사람이 거길 추천했어. 그 사람은 런던 출신이야."

"그 사람이 어디 출신이든 난 개 똥구멍만큼도 관심 없어."

"꼭 그런 식이었던 내 말본새를 고치려고 엄마가 얼마나 고생했는지 잊어버린 거야?"

"그때 넌 버지니아주 북쿠로 이사 가라고 떠미는 사람도 없는데 말을 그 따위로 했잖아. 그리고 혹시라도 너한테 그러는 인간이 있었다고 해도 내가 가만히 안 뒀겠지만."

"엄만 아무 데도 안 가. 여기 그냥 있을 거야. 난 버지니아주라는 말을 듣자마자 가망 없는 소리란 걸 알았어."

플린의 어머니는 움켜쥔 이불 너머로 딸을 유심히 바라봤다. "너 버튼이랑 같이 경제를 파탄 내려는 건 아니지?"

"누가 그런 소릴 해?"

"리소니아가. 영리한 애야. 사람들이 한쪽 눈에 끼는 그 물건을 보고 돌아가는 사정을 파악하더라."

"우리가 경제를 파탄 낼 거라고 리소니아가 그랬어?"

"꼭 너희 짓이라는 건 아니고. 그냥 그렇게 될지도 모른다고 했어. 그게 아니더라도 아무튼 주식 시장이 이렇게 이상해진 건 처음이라고 하더라."

"그렇게 안 되면 좋을 텐데." 플린은 일어서서 어머니에게 다가가 볼에 입을 맞췄다. "이제 회사에 전화해서 엄마가 아무 데도 안 갈 거라고 얘기할 거야. 그럼 엄마가 집에 머물면서 도움을 더 많이 받게 해주겠지. 버튼의 친구들을 동원해서."

"군대놀이나 하는 그 애들이?"

"다들 군인이었잖아. 전에는."

"군인 노릇이라면 이미 실컷 한 것 같다만."

플린이 어머니의 방에서 나와보니 거실에 재니스가 있었다. 격자무늬 플란넬 파자마 바지에 검은 맥풀 티셔츠를 입고 머리는 뭉툭한 가닥 네 개로 땋은 모습이었다. 손에 든 사기대접은 오래돼서 이가 잔뜩 빠진 물건이었고 갓 딴 완두콩이 가득 담겨 있었다. "우리 엄마는 아무 데도 안 가." 플린이 말했다. "회사 사람들은 여기서 엄마를 더 안전하게 지키는 방법을 찾아야 할 거야."

"그럴 줄 알았어. 그래서 나도 가야 한다고 떠밀지 않은 거야."

"네더튼은 어디 있어?"

"휠리 보이에 들어 있는 그 남자 말이야?"

"나 여기 있어요." 네더튼이 부엌에서 굴러 나오며 말했다.

"나 부엌에 있을 거니까 필요하면 불러." 재니스는 휠리 보이 옆을 지나 걸어가며 말했다.

"어머니하고 얘기했어요?" 네더튼이 물었다.

"엄마는 아무 데도 안 갈 거예요. 회사에 전화해서 그리프랑 버튼이랑 토미랑 어떻게 할지 상의해야겠어요. 뭐가 어떻게 되든, 여기서 엄마를 지켜야 해요."

휠리 보이는 계속 굴러갔다. 이제 거실을 가로질러 맞은편의 벽난로 앞에 도착했다. 플린은 그 장난감의 태블릿이 뒤르 젖혀지는 모습을 가만히 지켜봤다. "이 쟁반 말인데요." 네더튼이 말했다. 그 정도로 떨어진 곳에서 작은 스피커로 나온 목소리이다 보니 조그맣게 들렸다.

"뭐라고요?"

"벽난로 위에 있는 쟁반요. 어디서 났어요?"

"클랜튼에서요. 어렸을 때 엄마랑 버튼이랑 다 같이 카운티 창립 200주년 기념 축제에 갔다가 받았어요."

"로비어가 이 비슷한 물건을 찾았어요. 얼마 전이 런던에서요. 내가 여기 왔던 날 밤에 로비어의 감시 모듈이 이 쟁반을 녹화했죠. 로비어 친구가 비슷한 물건을 찾아냈어요. 그 친구가 미제 골동품을 취급하는 업자거든요. 본인도 미국인이고요. 이름이 클로비스 피어링이에요."

"클로비스요?"

"성은 피어링이에요." 네더튼이 말했다.

"레이번이 아니라요?" 말도 안 되는 소리였다. "그 사람 나이가 몇 살이에요?"

"내가 보기엔 로비어보다 많을 것 같지 않지만, 본인은 일부러 더 나이 든 티를 많이 내더군요. 어라. 내가 찾아봤는데요. 레이번이 맞아요. 클로비스 피어링 부인의 결혼 전 성이 그거예요."

"클로비스가 할머니가 됐다고요? 런던에 사는?"

"그 둘은 젊었을 적에 서로 아는 사이였어요. 로비어는 자기 기억을 되짚어 보려고 피어링 부인을 찾아갔다고 하더군요. 피어링 부인은 로비어가 영국 스파이였다느니 어쩌니 하는 얘기를 했는데, 로비어는 피어링 본인도 마찬가지였다고 했어요."

"하지만 그때는 성이 레이번이었어요. 그러니까, 지금요." 플린의 눈길은 그 하얀 쟁반 쪽을 향했지만 눈은 쟁반을 보고 있지 않았다. 플린의 눈앞에 선히 떠오른 것은 로비어의 손이었다. 쿼드콥터 드론의 회전날개가 토해 내는 하강 기류에 자기 모자가 날아가지 않도록 꽉 누르던 로비어의 손, 그리고 스시 반의 배달 음식을 깔끔하게 나눠 담던 그리프의 손. "미치겠네." 플린이 말했다. 그러고는 같은 말을 한 번 더 중얼거렸다. 더 나직하게.

100
다시 이곳으로

　클로비스 피어링이라는 이름이 나오자 플린은 왜 그런지 갑자기 화제를 바꿨다. 네더튼을 데리고 베란다로 나간 플린은 2인용 안락의자에 나란히 앉은 타코마 레이번과 자기 사촌인 리언이라는 남자 사이에 그를 앉혀놓더니, 정원에서 가장 커다란 나무 아래로 간 다음 거기 서서 전화로 누군가와 통화했다. 네더튼은 은근히 위협적이면서도 매력이 느껴지는 타코마에게서 고개를 돌려 신축성이 있는 소재로 만든 이상한 머릿수건을 두른 리언 쪽을 돌아봤다. 머릿수건의 추상적인 무늬를 보며 네더튼은 청소 봇들이 깨끗이 닦기 전의 새똥 자국이 떠올랐다. 리언은 눈썹이 희끗하고 텁수룩했고 턱수염에도 마찬가지로 희끗한 털이 하나둘 보였다.
　"네더튼 씨는 미래에 계세요." 타코마가 리언에게 말했다. 그 말을 들은 리언은 입이 살짝 벌어졌다.
　"윌프라고 부르세요." 네더튼이 말했다.
　리언이 고개를 한쪽으로 갸웃했다. "미래에 살아요, 윌프?"

"어떤 의미에서는요."

"거기는 날씨가 어때요?"

"아까 보니까 조금 흐리던데요."

"일기 예보관을 해야겠네요. 미래에 살고, 날씨가 어떤지도 아니까." 리언이 말했다.

"당신은 일부러 멍청한 척하는 사람이로군요." 네더튼이 대꾸했다. "그렇게 가장함으로써 보호색과 수동 공격성의 전달 수단을 동시에 얻는 거예요. 나한테는 안 통하지만요."

"미래가 영 싸가지가 없네요." 리언이 타코마에게 말했다. "난 헤프티 마트 완구 코너 출신인 골동품 장난감한테 욕이나 먹으려고 여기까지 온 게 아닌데."

"내가 보기엔 꾹 참는 수밖에 없을 것 같아요." 타코마가 말했다. "당신 월급은 사실상 월프가 주는 거나 마찬가지거든요."

"이런, 젠장. 모자 벗고 경례라도 해야 할 판이네."

"저 사람이 경례를 좋아할 것 같진 않지만, 어쨌든 그 머릿수건은 징그럽게 생겼으니까 벗는 게 좋겠어요." 타코마가 말했다.

리언은 한숨을 쉬며 머릿수건을 벗었다. 숱이 얼마 남지 않은 그의 머리가 아주 조금 더 멀쩡해 보였다. "복권에 당첨시켜 줘서 고맙다고 인사라도 할까요, 월프?"

"꼭 그럴 필요는 없어요." 네더튼이 대답했다.

"미래라는 게 참, 앞날이 아주 골치 아프게 생겼네." 리언이 그렇게 중얼거리는 순간 플린이 나타나 휠리 보이를 집어 들었다.

"이제 네가 우리 엄마랑 면담할 시간이야, 리언." 플린이 말했다. "넌 우리 엄마를 위로하고 안심시키러 왔잖아. 그러니까 우선 내가 회사 사람들을 설득해서 엄마가 집에 머물게 했다는 얘기부터 시작하도록 해."

"회사 사람들은 누가 너희 엄마를 인질로 삼을까 봐 걱정하는 거야. 그걸 빌미로 너를 협박할까 봐." 리언이 말했다.

"그럼 이제부터 돈을 퍼부어서 그런 일이 안 일어나게 막으면 되겠네. 그게 그 사람들 특기잖아. 자, 이제 가서 엘라 고모 옆에 앉아. 그리고 고모 기분이 좋아지게 최선을 다해봐. 조금이라도 더 걱정하게 만들면 네 궁둥이에 구멍이 하나 더 뚫린다는 것만 명심해."

"갈게. 간다고." 말은 그렇게 했지만, 네더튼이 본 리언은 겁을 먹지도, 화를 내지도 않았다. 리언이 일어서자 2인용 안락의자가 삐거덕거렸다.

"울프는 트레일러에 갖다 놓을게요." 플린이 타크마에게 말했다.

"트레일러? 집 경계 안에 있어요?"

"집 뒤쪽 언덕 밑이에요. 개울 근처요. 버튼이 거기 살아요."

"그냥 나도 같이 갈게요." 타코마가 말하며 일어섰지만 안락의자는 조금도 삐걱거리지 않았다.

"울프랑 할 얘기가 있어서요. 트레일러도 좁고요."

"안에는 안 들어갈게요. 미안하지만 당신이 집이나 이 앞마당을 벗어나면 주변에 경호 병력을 전개하는 수밖에 없어요. 드론도 같이요."

"난 괜찮아요. 오히려 고맙죠." 플린이 말했다.

이내 그들은 포치에서 내려왔고, 플린은 네더튼의 눈에 은색 달빛으로 보였던 잔디밭을 가로질러 성큼성큼 걸어갔다. 이제 그 잔디밭은 전과 완전히 딴판이었다. 초록빛은 옅고 고르지 않았고 군데군데 갈색으로 변해가는 곳도 눈에 띄었다. 플린은 집 모퉁이를 돌아갔다. 타코마는 소형 이어폰에 대고 뭐라고 중얼거리는 중이었다. 네더튼이 보기에 버튼의 친구들과 드론에게 지시를 전달하는 모양이었다.

"내일 밤이 파티잖아요." 플린이 네더튼에게 말했다. "데이드라 얘기 좀 해줘요. 내가 가짜로 대행할 여자는 누구고, 그 여자가 하는 일은 뭔지도 설명해 주고요."

"아무것도 안 보이는데요." 네더튼이 말했다. 태블릿의 카메라 쪽 면이 플린의 위팔에 눌린 탓이었다. 플린이 팔을 떼고 태블릿을 돌려놓자 앞서보다 더 작은 나무들과 어지럽게 발자국이 난 내리막 흙길이 네더튼의 눈에 들어왔다. "어디로 가는 거죠?"

"버튼의 트레일러요. 개울가에 있어요. 버튼은 해병대에서 전역한 후에 쭉 거기서 지냈어요."

"그 사람 지금도 거기에 있나요?"

"콜디론 사무실에 있어요. 아니면 시내 어디쯤에 있겠죠. 우리가 가도 신경 안 쓸 거예요."

"타코마는 어디 있어요?"

플린은 휠리 보이를 빙그르르 돌렸다. 그들 뒤편에서 오솔길을 내려오는 타코마의 모습이 네더튼의 눈에 들어왔다. 플린은 장난감을 다시 앞쪽으로 돌려 들고 길을 내려가기 시작했다. "그건 그렇고, 데이드라 말이에요. 어떻게 만난 사이예요?"

"난 데이드라가 중심이 된 프로젝트의 홍보 담당으로 고용됐어요. 데이드라는 거기에 고정 출연하는 유명인이었죠. 레이니가 날 끼워줬어요. 그 사람도 홍보 전문가거든요. 지금은 아닐지도 모르겠네요. 얼마 전에 그만뒀으니까요." 시야 양편에 나무가 줄지어 자라 있었고, 오솔길은 구불구불했다.

"부럽네요. 마음대로 일을 그만둘 수 있다니." 플린이 말했다.

"하지만 당신도 마찬가지잖아요. 로비어의 부하가 그 광신자들한테 파티 타임을 쓰려고 했을 때, 당신도 이 일을 그만두려고 했잖아요."

"그건 그냥 허세고요. 하긴, 허세는 아니죠. 난 내가 말한 대로 했을 테니까. 그치만 그러고 나서 곧장 우리 모두 몰살당했을 거예요. 적어도 이쪽에 있는 우리는요."

"저건 뭐죠?"

"버튼의 트레일러요. 에어스트림이에요. 1977년식."

심지어 플린의 품에 안겨 돌아다니고 있는 지금 이 시점과 비교해도 지난 세기에 해당하는 그 연도가 네더튼에게는 믿을 수 없을 만큼 큰 충격이었다. "원래 다 저렇게 생겼나요?"

"저렇게라뇨?"

"꼭 어셈블러가 일을 하다가 고장 난 것처럼 보여서요."

"저건 우레탄폼이에요. 트레일러를 여기다 갖다 둔 삼촌이 비 새는 걸 막으려고 뿌려놨어요. 단열 효과도 있고요. 그 아래는 번쩍번쩍 빛나는 유선형 차체예요."

"난 여기 있을 테니까 혹시 필요하면 불러요." 타코마가 그들 뒤편에서 말했다.

"고마워요." 플린은 낡은 금속 문에 달린 문손잡이로 손을 뻗었다. 그 문은 트레일러 표면을 뒤덮어 마치 세월에 풍화된 애벌레처럼 보이게 하는 뭔지 모를 물질의 층 안쪽에 자리 잡고 있었다. 플린이 그 문을 열고 안으로 올라서자 네더튼이 플린과 맨 처음 면담할 때 본 공간이 나타났다. 누르스름하고 투명한 물질 속에 줄줄이 내장된 조그만 전구들이 불을 밝혔다. 실내는 고비바겐의 뒷방만큼이나 조그마했고, 천장은 더 낮았다. 틀이 금속으로 된 좁다란 침대와 테이블, 의자 한 개뿐이었다. 그 의자가 움직였다.

"의자가 저절로 움직였어요." 네더튼이 말했다.

"나더러 앉으라는 거예요. 어휴, 이 찜통이 얼마나 더운지 깜박했지 뭐예요…."

"찜통이요?"

"이 트레일러 말이에요. 여기 잠깐 있어봐요." 플린은 네더튼을 테이블 위에 올려놨다. "창문 좀 열어야겠어요." 창문이 삐걱거리며 열렸다. 뒤이어 플린은 트레일러 바닥에 놓인 높이가 나지막한 흰색 캐비닛을 열더니 금속제로 보이는 파란색과 은색으로 칠해진 용기를 꺼낸 다음, 캐비닛을 닫았다. "이번엔 내가 마실 것도 못 대접하는 처지네요." 플린은 용기 꼭대기에 달린 고리를 당겼다. 그러고는 열린 구멍을 통해 속에 든 액체를 마셨다. 의자가 다시 움직이고 있었다. 플린은 그 의자에 앉아 네더튼을 마주 봤다. 의자는 윙윙대다가, 철컥거리다가, 이내 조용해지더니 꼼짝도 하지 않았다. "그러니까." 플린이 말했다. "그 사람이 당신 애인이에요?"

"누구 말이에요?"

"데이드라요."

"아뇨." 네더튼이 대답했다.

"그치만 전에는 애인이었죠?"

"아뇨."

플린은 네더튼을 빤히 봤다. "둘이 같이 자는 사이였나요?"

"예."

"그럼 애인이죠. 당신이 개자식이 아니라면."

네더튼은 그 말을 곰곰이 생각했다. "난 그 여자한테 깊이 빠졌어요." 그는 그 말을 하고 나서 잠시 입을 다물었다.

"빠졌다고요?"

"데이드라는 아주 매력적이거든요. 육체적으로요. 하지만…."

"하지만?"

"아무래도 내가 개자식이 맞나 봐요."

플린은 네더튼을 물끄러미 봤다. 아니, 플린이 보는 것은 휠리 보이의 태블릿에 비친 그의 얼굴 일부였다. 네더튼은 그 사실이 문득 떠올랐다. "그래도, 뭐." 플린이 말했다. "당신이 그걸 정말로 깨우쳤다면, 여기선 대부분의 데이트 상대 후보군보다 앞서가는 사람이에요."

"데이트 상대 후보군이라뇨?"

"남자들 말이에요. 엘라가 말하길, 엘라는 우리 엄만데요, 이 동네는 낚을 고기는 많은데 멀쩡한 고기가 드물댔어요. 그렇다고 무슨 특이한 구석이 있는 것도 아니에요, 보통은. 오히려 다들 너무 평범하죠."

"난 특이할지도 모르겠군요." 네더튼이 말했다. "난 내가 특이한 사람이라고 상상하길 좋아하거든요. 내 주위 사람들 중에서는요. 그러니까, 저쪽에서요. 런던에서."

"하지만 원래는 그 여자랑 그런 식으로 엮이면 안 되는 거 아니에요? 같이 일하는 사이인데?"

"당신 말이 맞아요."

"그 얘기 좀 해봐요."

"얘기라면…?"

"둘 사이에 무슨 일이 있었는지 말이에요. 얘기하다가 당신이 보기에 내가 못 알아듣는 부분이 나오거나 내가 보기에 당신이 무슨 말을 하는지 이해가 안 가는 대목이 나오면, 얘기를 중단시키고 이해가 갈 때까지 물어볼게요."

플린의 표정은 몹시 진지했지만, 적개심은 보이지 않았다.

"알았어요, 해볼게요." 네더튼이 말했다.

101
평범하고 애잔한 인간미

트레일러에서 네더튼과 함께 시간을 보낸 덕분에 플린은 스스로 결론을 내리고도 좀처럼 믿기 힘들었던 로비어와 그리프의 정체에 관한 생각을 잊을 수 있었다. 미래 세계의 사정이다 보니 이해하기 힘들어서 멈칫하는 곳이 없지 않았지만, 그럼에도 네더튼과 데이드라의 이야기에 깃든 평범하고 애잔한 인간미에서 묘하게도 마음의 위안을 느꼈기 때문이었다.

데이드라가 어떻게 생계를 유지하는지, 또 미국 정부와 어떤 관계인지는 여전히 잘 이해가 가지 않았다. 보아하니 포르노 느낌이 조금 나는 영상물의 스타 배우와 고등학교 2학년 미술사 시간에 '행위예술가'로 소개되는 직업을 합치고 외교관과 비슷한 성격을 더한 듯했다. 그러나 월프가 사는 세계에서 미국이 하는 일이 뭔지는 도통 짐작이 가지 않았다. 네더튼의 말을 들어보니 코너에게서 유머 감각을 제거하고 주권 국가로 만들면 미래의 미국에 해당하는 모양이었지만, 이는 오늘날에도 그리 동떨어진 얘기는 아닐 듯싶었다.

트레일러 안에서 나눈 대화가 끝난 후에 셋은 집으로 올라갔고, 리언과 플린의 어머니와 함께 부엌 테이블에 둘러앉아 재니스가 베이컨과 양파를 넣고 볶아 만든 콩을 함께 먹었다. 플린의 어머니는 타코마에게 이름과 직업이 뭔지 물었다. 타코마는 자기가 무슨 일을 하는지 티 나지 않게 둘러대는 일에 능숙했고, 플린은 어머니가 그런 타코마의 의도를 다 알면서도 개의치 않는 것을 눈치챘다. 어머니는 아까보다 기분이 나아진 상태였다. 그리고 플린이 보기에 이는 리소니아와 함께 버지니아주 북부로 보내지 않겠다는 말을 어머니가 신뢰한다는 증거였다.

사무실로 돌아가는 길 역시 똑같은 호송 대열이었고, 도로 위에 다른 차는 한 대도 없었다. "이맘때 이 근처면 차를 몰고 다니는 사람이 많아야 할 텐데요." 플린이 타코마에게 말했다.

"그건 이 카운티에 있는 것들 중에 콜디론 소유가 아닌 걸 세는 게 더 빠르기 때문이에요. 이 도로 양쪽의 땅만 해도 다 당신 거잖아요. 카운티의 다른 땅 중에 당신 소유가 아닌 건 거의 헤프티 마트 소유고요. 둘 중 어느 쪽 것도 아닌 땅은 개인이나 기업 '마트료시카' 소유죠."

"그 인형들 말이에요?"

"우리 적들 말이에요. 클라인 크루스 버밋에서는 그렇게 불러요. 본거지가 나소인 걸 보면, 아마 미래에서 처음 도착한 곳이 거기였을 거예요. 콜디론이 콜롬비아에서 시작한 것처럼요."

시내 외곽에 이르렀을 즈음, 타코마가 이어폰으로 통화를 시작하더니 차량 대열에 명령을 내려 예상 밖의 경로로 방향을 틀었다. 적어도 이곳처럼 좁은 시내에서는 가장 예상치 못한 경로였다. 플린이 짐작하기에 호송대는 누가복음 4장 5절의 주의를 끌지 않고 사무실 뒤쪽으로 접근하려고 경로를 비스듬히 틀어 나아가는 중이었다. 누가복음 패거리는 토미가 보안관 사무소의 노란색 테이프로 쳐놓은 출입 금지 표시선 너머에 모여 있었다. 그들은 경찰의 출입금지 표시선 앞에서 고분고분하게 행동하는 법을 잘 알았다. 그렇게 행동해야 나중에 지자체를 상대로 소송을 제기할 때 법정에서 유리하기 때문이었다. 그리고 그들은 늘 소송을 걸었다. 다름 아닌 그 목적을 위해 대부분이 법학 전문 대학원에 진학했다. 그들이 늘 침묵을 지키며 시위하는 것 또한 의도적인 행동이었다. 플린으로서는 도무지 이해가 가지 않는 법률상의 꿍꿍이였다. 그들은 팻말을 높이 들고 모두를 기분 나쁘게 쏘아볼 뿐, 말은 한마디도 하지 않았다. 그런 행위에서 느끼는 비열한 희열이 그들의 표정에는 훤히 드러났고, 플린은 사람들이 그렇게까지 망가지기도 한다는 것이 그저 딱할 뿐이었다.

그나마 시내에는 다니는 차가 조금 있었지만, 대부분 현지인인 척하는 클라인 크루스 버밍 직원들이었다. 독일 차는 한 대도 없었다. 이 근방의 중고 지프 판매업자들은 다들 멕시코에 있는 수리 공장의 노동자들을 위해 성대한 잔치를 열어줘야 할 판이었다.

"원래 빨간 머리였어요?" 플린이 타코마에게 물었다. 누가복음 4장 5절 생각을 떨치려고 꺼낸 화제였다.

"클라인에 출근하기 전날에 염색한 거예요. 염색하기 전에 먼저 거의 흰색으로 탈색부터 했어요."

"색이 예뻐요."

"머리카락 건강에 좋을 것 같진 않아요."

"염색하면서 콘택트렌즈도 같이 맞췄나요?"

"맞아요."

"안 그러면 언니하고 꽤 닮아 보여서 사람들이 당신들 사이를 눈치챘겠죠."

"제비뽑기로 정했어요." 타코마가 말했다. "클로비스는 금발이 될 수도 있었는데, 내가 져버렸지 뭐예요. 어렸을 땐 금발이었거든요. 하지만 클로비스는 금발로 염색하면 모험에 뛰어드는 성향이 나오니까, 차라리 지금이 더 나은지도 모르죠."

플린은 휠리 보이의 캄캄한 태블릿 화면을 보며 네더튼이 지금 어디에 있을지 궁금해했다. "진짜 공증인 맞아요?"

"당연하죠. 공인회계사 자격증도 있다고요. 그리고 회사에 도착하면 내가 서류를 하나 만들어 줄 테니까 거기다 서명해요. 당신 오빠가 거느린 조촐한 민병대를 개인숭배 집단에서 정부 공인 민간 경호 업체로 바꿔줄 서류예요."

"그보다 먼저 그리프하고 얘기해야 해요. 단둘이서요. 당신이 자리를 좀 만들어 줄 수 있을까요?"

"그럼요. 장소는 홍 씨네 가게가 제일 좋을 것 같네요. 한쪽 구석에 별실 있잖아요? 홍 씨한테 비워두라고 얘기할게요. 거기 말고 다른 곳은 바로 옆의 방수포 너머에도 누가 있는지 알 수 없으니까요."

"고마워요."

픽업트럭은 이윽고 포에버 패브 뒤편 골목에 멈춰 섰다. 트럭 앞뒤의 SUV에서 검은 방탄 재킷을 입은 버튼의 부하들이 우르르 내렸다. 리언만 빼고 모두 불펍 소총을 들고 있었다.

"내릴 준비 됐어요?" 타코마가 엔진을 끄며 말했다.

플린은 버튼 대신 일을 하러 트레일러에 내려간 그날 밤 이후로 어떤 것에도 준비된 느낌이 들지 않았다. 지금 벌어지는 것은 준비할 수 있는 종류의 일이 아니었다. 그런 의미에서는 어쩌면 인생과 비슷한지도 몰랐다.

102
이식

애시의 천막 옆에서 기다란 자단목 상자를 겨드랑이에 낀 채 기다리는 오시안이 네더튼의 눈에 들어왔다. 옆모습이 보기 흉한 바퀴 여섯 개짜리 벤틀리는 간데없이 사라져 보이지 않았다.

"애시 안에 있어요?" 네더튼이 묻는 동안 플린의 페리퍼럴은 곁에서 그가 말하는 모습을 지켜봤다. 그는 회의가 있으니 천막으로 데려오라는 애시의 전화를 받고 페리퍼럴을 깨웠다. 깨웠다는 말이 어울린다면 말이었다.

"애시는 늦는다고 했어. 곧 올 거야." 오시안이 대답했다.

"그건 뭐예요?" 네더튼은 직사각형 나무 상자를 보며 물었다.

"원래는 19세기 초의 결투용 권총 보관함이야. 안으로 들어와." 천막 안에서는 이제는 익숙해진 냄새가 났다. 그곳에 없는 먼지에서 풍기는 냄새였다. 빛을 내는 물건은 애시의 디스플레이인 마노 구슬뿐이었다. 네더튼이 의자를 내주자 페리퍼럴은 거기에 앉아 오시안을 올려다봤다. 오시안은 자단목 상자를 테이블 위에 내려놨다. 마치 어색한 연기를 펼치는 점원처럼, 그는 조그만 황동 걸쇠 두 개를 풀고 나서 극적인 효과를 위해 잠시 손을 멈추더니, 이내 경첩이 달린 상자 뚜껑을 열었다.

"지금은 잠시 비활성화된 상태야." 오시안이 말했다. "유아차 공장에서 출시된 후로는 처음이지." 상자 속은 초록색 펠트 천이 대어져 있었다. 똑같은 모양으로 팬 홈 속에 딱 맞게 놓인 물건 한 쌍은 네더튼이 추측건대 권총 같았다. 실제로는 장난감처럼 보였다. 크림색과 진홍색을 꽈배기 모양으로 칠해놓은 짧은 총열이 막대 사탕처럼 반질거렸기 때문이었다.

"어떻게 이렇게 상자이 딱 들어맞을 수가 있죠?"

"내부를 개조했으니까. 넣어서 들고 다닐 게 필요했어. 아무리 확실하게 무력화했다고 해도 이런 걸 내 주머니에 그냥 쑤셔 넣을 순 없지. 작동을 중지시키느라 엄청나게 애를 먹긴 했지만, 그래도 네가 저쪽에 가 있는 사이에 간신히 어셈블러를 딱 한 번 방출하는 걸로 끝냈어. 벤틀리는 미스터 주브프가 지금 전문 업자한테 맡겨서 가죽을 5미터나 복제해 둔 상태야. 내부 시트를 교체해야 하니까."

"로비어가 이 물건을 대단하게 여기는 건 추적하기가 어렵기 때문인가요?"

"그보다는 테러용 무기라서 그럴걸. 탄도학 관점에서 보면 이건 결코 총이 아니야. 발사체의 위력을 이용하는 게 아니니까. 이건 유도형 군집 무기야. 업계에서는 '육식 동물'로 통해."

"도대체 무슨 일을 하는데요?"

"자기 제어 방식의 단일 목적 어셈블러를 발사해. 사정거리는 10미터가 조금 안 되지. 다른 일은 아무것도 안 하고 부드러운 동물성 조직만 분해하는데, 보아하니 이탈리아산 고급 가죽도 예외가 아닌 모양이야. 그런데 그 일을 해치우면 거의 즉시 어셈블러 자체도 저절로 분해돼 버려. 그렇기 때문에 사용자에게는, 아니 유아에게는 조금도 해를 끼치지 않지. 유일한 사용자는 유아차로 설정돼 있으니까."

"하지만 손잡이가 달려 있잖아요." 네더튼이 말했다. 권총의 손잡이는 모양새가 옆에서 본 앵무새 대가리와 비슷했다. 손잡이 색깔은 진홍색이 빠졌을 뿐 총열과 똑같은 크림색이었지만 뼈로 만든 것인 듯 광택이 없었다.

"손잡이하고 수동 방아쇠는 너희 편의 에드워드라는 친구가 로비어한테서 전달받은 사양대로 원격 제작한 거야. 그 친구, 솜씨가 꽤 괜찮아."

"애초에 왜 유아차에 이런 걸 장착했는지 이해가 안 가요."

"이런 게 없으면 러시아제가 아니지, 안 그래? 무엇보다 이 물건이 사람 몸에 어떤 효과를 내는지 보면 눈이 홱 돌아가 버려. 아주 극적인 최후거든. 눈앞에서 동료 납치범이 그 꼴을 당하는 걸 보면 도망쳐야겠다는 생각이 들 테고, 부리나케 달아나겠지. 그래봤자 헛된 시도로 끝나겠지만. 자동 조준 기능이 있거든. 일단 시스템이 표적을 설정하면 목표 지점에 어셈블러를 보내는 거야."

"하지만 당신이 완전히 무력화시켰겠죠?"

"영구적이진 않아. 그렇게 하려면 로비어가 가진 열쇠가 필요해."

"로비어는 왜 이걸 갖고 싶어 하는 거예요?"

"직접 물어봐." 애시가 고개를 숙이고 들어서며 말했다. 그렇게 천막에 들어서는 사이에 애시의 뺨에 있던 네 발 달린 무언가가 귀찮다는 듯이 움직이며 목을 가로질러 사라졌다.

"플린은 언제 와요?" 네더튼은 페리퍼럴을 힐긋 보며 물었다.

"지금쯤 와 있을 줄 알았는데, 이제야 자리를 비웠다는 얘길 방금 막 들었어. 그러니까 우린 기다려야 해." 애시는 오시안을 향해 짤막하게 깍깍대는 소리를 냈다. 앞서 들었던 것보다 더 거친 새소리였다. 오시안은 상자의 뚜껑을 덮어 사탕처럼 생긴 권총을 가렸다. "그건 그렇고." 애시가 말했다. "플린이 신원시주의 큐레이터처럼 떠들 재주가 없다는 문제 말인데, 해결책을 찾은 것 같아."

"어떻게요?" 네더튼이 툴었다.

"일종의 분변 이식 요법이라고 해도 틀린 말은 아니지 싶은데."

"정말이에요?" 네더튼은 애시를 빤히 봤다.

"인공 거짓말 임플란트야." 애시는 빙그레 웃으며 말했다. "너는 평생 받을 필요가 없는 시술이지."

103
스시 반

스시 반으로 통하는 터널은 터널보다는 오히려 거대한 햄스터 경주 코스와 더 비슷했다. 매디슨은 기와가 든 자루를 2미터 높이로 쌓아 벽 두 개를 세우고 그 사이에 통로를 만들었다. 출발점은 콜디론 사무소 뒤편 벽에 뚫은 구멍이었고, 거기서 바로 옆의 빈 점포 뒤쪽을 지나 맞은편 벽의 구멍을 통과한 다음, 다시 그 옆의 빈 점포 뒤쪽을 지나 마침내 다른 구멍으로 나오면 홍 씨네 가게 주방이었다.

사무실 뒷문으로 들어온 플린은 우선 버튼부터 보러 갔다. 그는 해쓱해진 얼굴로 하얀 왕관을 쓴 채 누워 있었다. 코너 역시 다른 왕관을 쓰고 있었다. "나랑 교대할래?" 클로비스는 안으로 들어서는 타코마를 발견하고 물었다. "이 사람들 둘 다 딴 데 가 있을 때가 많거든."

"버튼한테 일을 시키는 거예요?" 플린이 물었다.

"아무도 억지로 시킨 적 없어요." 클로비스가 대답했다. "버튼은 오히려 자기 몸에서 벗어나는 걸 기뻐하던데요. 코너는 아예 식사할 때랑 잘 때만 돌아오고요."

그리프는 플린이 속으로 무슨 생각을 하는지 까맣게 모르는 눈치였다. 플린은 로비어가 무슨 얘기를 들었을지, 또는 그리프가 뭘 알고 있을지 짐작이 가지 않았다. 플린은 당장 그리프의 손을 보고 싶었지만, 그의 양손은 제각각 재킷 주머니에 들어가 있었다.

홍 씨네 주방은 밥솥에서 나오는 김 때문에 공기가 눅눅했다. 홍 씨는 플린 일행을 이끌고 접객 공간으로 나섰다. 그곳의 손님 자리는 빨간색으로 칠한 중고 야외용 테이블이었고, 구석에 있는 별실의 한쪽 벽은 빨갛게 칠한 합판이었다. 별실 안의 야외용 테이블은 바깥의 것과 달랐고 빨간 벽 안쪽에는 플린이 고등학교 때 좋아했던 샌프란시스코 출신 밴드 하이바인더스Highbinders의 포스터 액자가 걸려 있었다. 플린은 빨간 칠이 군데군데 벗겨져 회색이 보이는 콘크리트 바닥에 휠리 보이를 내려놓고 그 장난감 위의 의자에 앉았다. 하이바인더스 포스터를 마주 보는 자리였다. 그리프는 반대편 자리에 앉았다. 플린이 알기로 매디슨의 사촌인 아이가 유리잔에 든 차를 갖다줬다.

"음식 주문할 거면 아무한테나 말만 해." 홍 씨가 말했다.

"고마워요, 홍." 플린이 말하는 사이에 홍 씨는 돌아서서 주방으로 갔다. 플린은 그리프에게로 눈을 돌렸다.

그리프는 빙그레 웃으며 태블릿 컴퓨터를 들더니 잠시 살펴보다가, 이내 고개를 들어 플린의 눈을 마주 봤다. "다른 곳에 있는 안가는 어머님을 위한 대안이 아니란 걸 알고 나서, 저희는 댁의 보안을 극대화하는 방안을 검토했습니다. 거처를 되도록 눈에 띄지 않게, 사실상 투명한 상태로 유지하는 게 저희 계획입니다. 어머님께 심려를 끼치고 싶지는 않으니까요. 저희가 보기에는 기지 같은 폐쇄형 주택 단지가 적합할 것 같습니다."

"피켓도 그런 집에 살았어요. 난 그런 데는 싫어요."

"그 집하고는 정반대입니다. 스텔스 구조를 채택할 거거든요. 겉으로는 모든 게 전과 똑같아 보일 겁니다. 새 구조물은 뭐든 원래부터 그 자리에 있었던 것처럼 보일 테고요. 지금 그 분야의 전문 건축가들과 논의하는 중입니다. 공사를 서둘러 완료해야 하는데, 작업은 주로 밤에 할 겁니다. 조용히, 눈에 띄지 않게요." 그리프는 손끝으로 화면을 건드려 뭔가 획획 넘겼다.

"그런 일도 할 수 있어요?"

"돈만 많으면 얼마든지요. 그리고 당신 회사에 돈이 쌓여 있는 건 분명한 사실이고요."

"내 회사는 아니에요."

"부분적으로는 당신 겁니다." 그리프가 빙긋 웃었다.

"종이 쪼가리에만 그렇게 적혀 있는 거죠."

"이 건물은 종이가 아니잖아요."

플린은 스시 반의 접객 공간 쪽을 내다봤다. 이름은 알지 못하는 버튼의 부하 넷이 테이블 두 곳에 각각 두 명씩 앉아 있었다. 의자 밑에 검은 코듀라 천으로 만든 총 가방이 보였다. 다른 손님들은 클라인 크루스 버밋 직원 특유의 촌사람 복장을 하고 있었다. "현실이라는 느낌이 안 들어요." 플린은 그 말을 하고 나서 그리프를 돌아봤다.

"요즘 들어 그런 일이 많긴 했지만요." 플린은 고개를 숙여 자신의 손을 내려다봤다.

"어떤 게 현실 같지 않은데요?"

"당신이 그 여자라는 사실요." 플린은 고개를 들어 희끄무레한 색을 띤 그리프의 눈을 똑바로 보며 말했다. 그의 눈은 만화에나 나올 황당무계한 남보라색이 아니었다. 파란 기가 전혀 없는 그 눈이 이제 점점 커졌다. 몇 테이블 너머에서 여자 웃음소리가 들려왔다. 그리프는 태블릿을 내려놓은 다음 테이블 위에 빈손을 편히 포갰다. 그러는 동안 피켓네 집에서 차를 타고 탈출하는 일이 끝난 이후 처음으로, 플린은 울음이 터질지도 모르겠다는 생각이 들었다.

그리프는 침을 꿀꺽 삼켰다. 눈도 깜박였다. "사실, 전 다른 사람이 될 겁니다."

"로비어가 되는 게 아니라요?"

"레프의 첫 번째 연락을 이쪽에서 수신하기 전까진, 로비어와 저의 삶은 똑같이 일치했습니다. 하지만 우리가 사는 현재는 더 이상 저쪽의 과거가 아니기 때문에, 저는 나중에 로비어가 되지 않을 겁니다. 그 메시지를 수신한 순간 저희는 갈라진 겁니다. 비록 처음에는 알아차리기 힘들 만큼 미세한 정도였더라도 말입니다. 로비어가 처음 저에게 연락했을 때는 이미 제 삶의 몇몇 부분이 그녀에게 낯설게 느껴질 정도였습니다."

"로비어가 당신한테 이메일을 보냈어요?"

"전화를 했습니다. 제가 워싱턴의 어느 파티장에 있을 때요."

"자기가 당신이라고 얘기하던가요?"

"아뇨. 그때 로비어는 저와 방금 전까지 얘기를 나눈 여자가 이중 첩자라고 했습니다. 러시아 연방의 비밀 요원이라더군요. 그 여자는 여러 면에서 저의 미국 측 파트너였는데 말입니다. 그러더니 그 에인슬리 로비어라는 여자가, 그러니까 제게 전화를 건 그 낯선 여자가, 자기 말을 뒷받침하는 증거를 제게 들려줬습니다. 아니, 뒷받침할 만한 증거였습니다. 제가 기밀 유지용 검색 엔진으로 찾아봐야 비로소 나오는 것들이었으니까요. 그러니까 그건 48시간에 걸쳐 천천히 밝혀지는 계시 같은 거였습니다. 그럴 거라는 짐작이야 당연히 했지만요." 그리프의 말이 이어졌다. "세 번째 통화할 때였습니다. 로비어가 저한테 말하길, 그때 자기는 제가 자기 말대로 할 거라고 스스로와 내기를 걸었다더군요. 그리고 그 내기에서 이겼다고 했습니다." 그의 얼굴에 엷은 웃음이 번졌다. "그런데 알고 보니 로비어는 우리 세계에 관한 지식만 아는 것이 아니라 그 세계에서 제가 차지하는 가장 비밀스러운 자리까지 정확히 파악하고 있었습니다. 다른 누구도, 심지어는 제 상사들조차도 모르는 사실들을요. 게다가 제가 근무하는 기관, 또 제가 연락을 담당한 미국 측 기관에 잠입해 있던 외국 및 내국의 첩자들까지 계속해서 적발해 냈습니다. 로비어가 살던 과거에 그 첩자들은 오랫동안 정체가 밝혀지지 않았는데, 개중에는 무려 10년이 넘게 발각되지 않은 경우도 있습니다. 이 때문에 저희 측은 막대한 전략상의 비용을 치러야 했죠. 저는 그 첩자들의 정체를 알면서도 대개는 손을 쓰지 못하고 구경만 했습니다. 잘못하면 지나친 관심을 받을 뿐 아니라 저 스스로도 의심을 살지 모르니까요. 하지만 그런 정보를 쥐고 있는 것 자체가 제 경력에는 이미 매우 큰 도움이 됐습니다."

"그게 언제 일이죠?"

"목요일입니다."

"그렇게 오래되진 않았네요."

"저는 잠도 거의 못 잤습니다. 하지만 제가 확신을 가진 계기는 제 일하고는 아무 상관도 없습니다. 확신의 근거는 로비어가 저라는 사람을 누구보다도 더 잘 안다는 것이었으니까요. 제가 평생 동안 줄곧 지녔던, 하지만 누구에게도, 단 한 번도 표현하지 않았던 생각과 감정을요." 그리프는 플린한테서 시선을 돌렸다가, 다시 멋쩍은 듯이 플린을 바라봤다.

"이제 당신한테서 로비어의 모습이 보이네요." 플린이 말했다. "하지만 난 오늘 아침에 월프가 쟁반 이야기를 꺼내기 전까진 까맣게 몰랐어요."

"쟁반이라뇨?"

"우리 집에 있는 쟁반하고 비슷한 건데요. 런던의 클로비스가 한 개 갖고 있대요. 클로비스는 그쪽의 런던에 사는 노부인이에요. 미제 골동품을 파는 가게를 운영한대요. 로비어의 친구고요. 로비어는 클로비스와 함께 기억을 더듬어 볼 일이 생겨서 월프를 데리고 그 가게에 갔대요. 그 얘기를 듣는데 당신 손이 떠오르는 거예요. 로비어의 손이요. 전에 그 사람 손을 봤거든요."

"처음부터 끝까지 너무나 기묘한 이야기로군요." 그리프는 자신의 손을 내려다봤다.

"당신 이름에 로비어가 들어가진 않나요?"

"에인슬리 제임스 그리피드 로비어 홀즈워스. 제 어머니의 처녀적 이름입니다. 하이픈을 유난히 싫어해서 하나하나 떼어서 썼죠." 그리프는 재킷 주머니에서 파란 손수건을 꺼냈다. 국토안보부의 파란색이 아니라 더 짙은, 거의 검푸른 색깔이었다. 그는 그 손수건으로 눈물을 닦았다. "죄송합니다. 조금 감정이 북받쳐서요." 그는 눈을 들어 플린을 봤다. "제가 이 주제로 얘기를 나눈 사람은 당신이 처음이거든요. 에인슬리를 빼면요."

"괜찮아요." 말은 그렇게 했지만, 플린은 이제 괜찮은 상태가 어떤 것인지조차 잘 기억나지 않았다. "로비어가 우리 얘기를 들을 수 있나요? 지금 나누는 얘기도요?"

"우리가 특정한 장치의 작동 범위 안에 들어가지 않는 한은 저쪽에 들리지 않을 겁니다."

"당신은 로비어한테 얘기할 건가요? 내가 알고 있다고?"

"어떻게 하는 게 더 좋으시겠습니까?" 그 순간 고개를 갸웃하는 그리프를 보며 플린은 어느 때보다도 더 로비어가 떠올랐다.

"내가 직접 얘기하고 싶어요."

"그럼 그렇게 하십시오. 애시가 방금 연락했는데, 당신이 저쪽으로 와줘야겠다고 하더군요. 최대한 서둘러서요."

104
붉은 메디시

플린이 온 것을 알아차렸을 때, 네더튼은 때마침 플린의 페리퍼럴을 보고 있었다. 페리퍼럴이 갑작스레 인격을 부여받아 하나의 존재로 성립하는 모습은 몽상에 잠겨 있던 사람이 화들짝 놀라 정신을 차리는 광경과 비슷했다. 플린은 테이블 앞에 둘러앉은 사람들의 얼굴을 살펴보다가 물었다. "로비어는 어디 있어요?"

"곧 만날 거예요." 애시가 대답했다. "당신은 지금 장비를 갖추러 여기 온 거예요. 내일 행사를 위해."

"어떤 장비인데요?"

"두 가지가 있어요." 애시가 대답했다.

오시안은 자단목 권총함을 열었다.

"이건 무기예요." 애시가 말했다.

"모양이 왜 이렇게 생겼죠?" 플린은 동그래진 눈으로 네더튼을 돌아봤다.

"원래는 보안이 철저한 유아차에 장착된 물건이었어요. 납치를 막는 수단으로 쓰려고요."

"총인가요?"

"그렇게 생각하는 게 좋아요." 애시가 대답했다. "죽이고 싶은 상대가 아니라면 아무에게도 겨누지 마요. 당신이 이 단추를 누를 때 어떤 일이 벌어질지는." 애시는 앵무새 대가리 모양 권총 손잡이의 안쪽 테두리에 있는 한 지점을 가리켰다. "총구가 어디를 가리키느냐에 따라 결정되니까요. 다만 전적으로 그렇지는 않기 때문에, 그 점에서는 총과 완전히 똑같다고 할 수는 없겠네요. 일단 시스템이 생체 표적을 인지하면 방아쇠를 당기는 순간 어셈블러가 방출되는데, 표적이 어디 있든 추적해서 찾아내죠. 하나 들어봐요."

페리퍼럴은 몸을 앞으로 숙이고 자신에게 가까운 쪽의 총을 집게 손가락 손톱으로 톡톡 두드렸다. "구식 데린저 권총처럼 생겼는데, 박하사탕으로 만들었네요." 플린은 나무 상자의 우묵한 홈에 들어 있는 권총을 두 손으로 들어 올렸다. 네더튼은 총구가 누구에게도 향하지 않도록 빈틈없이 움직이는 플린의 손을 놓치지 않고 주시했다. 플린은 펼친 손바닥 위에 권총을 올려놨다.

"지금은 비활성화된 상태예요." 오시안이 말했다. "상당히 애쓴 끝에 말이죠. 손잡이는 잡아봐도 돼요."

플린은 앵무새 대가리를 손으로 감싸쥐고 그 물건을 앞으로 쭉 뻗었다. 깜찍하게 생긴 총열이 향한 곳은 벨루어 천으로 만든 애시의 천막 표면, 그중에서도 손바닥만 한 넓이로 천이 닿은 자리였다. "내가 이걸 윌프 전 애인의 파티에 들고 가는 건가요?"

"그럴 리가요." 애시가 대답했다. "무기는 어떤 종류든 모두 금지돼 있고, 입장하기 전에 철저한 검색을 거칠 거예요. 애초에 오늘날 런던에서 이것만큼 노골적으로 불법인 물건도 없죠."

"그럼 나한테 왜 보여주는 거죠?" 플린은 권총을 딱 맞는 홈에 돌려놓고 다시 의자에 앉았다.

"내가 알기로 어떤 특정한 조건이 갖춰지면 이 중 한 개가 당신에게 전달될지도 모르기 때문이에요." 애시가 대답했다. "지금 당신한테 보여주는 건 나중에 필요할 경우에 이 물건의 정체를 알아보고 사용법도 알고 있어야 하기 때문이고요."

"겨냥하고 단추를 누르는 거예요." 오시안이 말했다. "무기물에는 결단코 어떤 영향도 미치지 않아요. 부드러운 조직에만 작용하죠." 그가 상자 뚜껑을 닫았다.

"두 번째 용건은 이거예요." 애시는 손바닥을 위쪽으로 하고 손을 폈다. 손 안에서 드러난 것은 네더튼이 보기에 메디시 같았지만, 색깔이 붉었다. "이걸로 인지 보조 임플란트를 주입하면 당신은 신원시주의 큐레이터와 비슷하게 말하게 돼요. 다른 신원시주의 큐레이터가 들으면 그렇지도 않겠지만, 과연 그런 상황이 올지 어떨지는 논쟁의 여지가 있죠."

"이게 그런 일을 하게 해준다고요?" 플린은 그 물건을 미심쩍은 듯 쳐다보며 물었다. "어떻게요?"

"변장이라고 생각해요. 가면을 조종할 필요가 없는 것과 똑같이 그 임플란트 역시 당신이 조종할 필요는 없어요. 특정한 종류의 질문을 받으면 임플란트가 작동을 개시할 거예요."

"그러면요?"

"당신 입에서 상당히 고급스러운 헛소리가 아주 유창하게 흘러나오는 거죠."

"그 헛소리가 무슨 뜻인지 나도 알까요?"

"아무 의미도 없는 말이에요." 애시가 말했다. "계속 떠들다 보면 곧 알아서 반복할 거예요."

"거짓말이 뇌를 지배해 버리는 건가요?"

"그거야 바라는 바고요. 이제 당신의 페리퍼럴에 이걸 주입해야 해요."

"그런 건 어디서 구했어요?" 플린이 물었다.

"로비어한테서요." 오시안이 대답했다.

"자, 손등을 내미세요." 애시가 말했다.

플린은 페리퍼럴의 손바닥을 테이블 위에, 즉 애시의 녹슨 디스플레이 받침대 옆에 대고 손가락을 벌렸다. 애시는 붉은 메디시를 페리퍼럴의 손등에 대고 살며시 눌렀고, 메디시는 그 자리에 가만히 있을 뿐 아무것도 하지 않는 것처럼 보였다.

"이다음은요?" 플린은 애시를 올려다보며 물었다.

"지금 로딩 중이에요." 애시가 대답했다.

플린은 네더튼에게로 눈을 돌렸다. "그동안 뭐 했어요?"

"당신을 기다렸죠. 당신의 총을 감상하면서. 당신은요?"

"그리프하고 얘기했어요." 네더튼은 플린의 표정에 드러난 감정을 읽을 수 없었다. "우리 집을 어떻게 방어할지 얘기했어요. 우리 엄마를 불편하게 하지 않을 방법도요."

"그 수수께끼의 남자 말이죠." 오시안이 말했다. "그러니까 직접 만났다는 거군요."

플린은 오시안을 물끄러미 봤다. "그럼요."

"로비어가 그자를 어떻게 포섭했는지 알아요?" 오시안이 물었다.

"아뇨. 하지만 로비어라면 왠지 잘할 것 같지 않아요?"

"그야 당연하지만, 우리가 점점 더 그자의 지시를 따르는 것처럼 보여서 말이죠. 그자의 정체가 뭔지 거의 모르는데도."

"로비어의 정체도 모르기는 마찬가지잖아요." 플린이 말했다. "그리프도 아마 그런 사람인가 보죠."

애시는 몸을 앞으로 숙여 메디시를 제거한 다음 자기 손가방에 집어넣었다. "한번 시험해 볼게요." 애시가 플린에게 말했다. "데이드라 웨스트의 예술이 오늘날 왜 중요한지 우리에게 설명해 주세요."

플린은 애시를 바라봤다. "웨스트의 모든 작품은 관람자를 간접적으로 유도해 정교하게 제한된 몇 차례의 반복을 거치게 하는데, 읽히고설킨 육체적 기억의 연쇄에는 극한의 부드러움이 드러나지만, 이는 실재와 육체라는 우리의 근거 없는 믿음에 의해 한계를 부여받죠. 중요한 건 지금 우리는 누구인가가 아니라 우리는 누가 될 것인가, 즉 타자예요." 플린은 멍하니 눈을 깜박였다. "이런, 미친." 페리퍼럴의 눈이 동그래졌다.

"구어체 용어를 더 많이 써서 설명하면 좋겠지만." 애시가 말했다. "아마 그 말 자체가 모순이겠죠. 계속 떠들지 않게 주의하세요. 얄팍한 깊이가 드러날 테니까요."

"내가 해석해 줄게요. 데이드라한테." 네더튼이 제안했다.

"그거 좋지." 애시가 말했다.

105
뼛속에서 들리는 잡음

엘리베이터 안에서 플린은 전에 네더튼에게서 들었던 데이드라의 예술 이야기를 떠올려 봤다. 그러면서 혹시 헛소리를 지껄이던 그 목소리가 머릿속에서 들려오지는 않을까 궁금했지만, 아무 소리도 들리지 않았다. "아까 내 목소리로 떠들던 그건 뭐예요?" 플린이 네더튼에게 물었다.

"인지 보조 임플란트요." 엘리베이터 문이 열리는 사이에 네더튼이 말했다. 주방에서 레프가 만드는 음식의 냄새가 풍겨 왔다. "어떤 주제를 선택하면 거기에 관해 미리 주어진 전문 용어를 사용해 본질적으로 무의미한 문장을 만들어 내는 장치예요. 바래다주진 않을게요. 전에 가본 곳이니까." 그는 계단 발치에 멈춰 섰다.

"내 입에서 나온 말이었지만, 내가 생각한 건 아니었어요." 플린이 말했다.

"바로 그거예요. 하지만 남들은 전혀 못 알아채요. 그리고 암기한 단어를 조합해서 말한 것치고는 꽤 괜찮았어요."

"왠지 소름 끼치네요."

"사실, 지금 우리 상황에서는 좋은 생각인 것 같아요. 이제 위층으로 올라가는 게 좋겠어요."

"내가 돌아오면 휠리 보이에 들어가 봐요."

"그거 지금 어디 있죠?"

"콜디론 사무실 안쪽의 의자 위에 있어요. 침대 옆에."

"행운을 빌게요." 네더튼이 말했다.

플린은 돌아서서 계단을 올라갔다. 층층이 깔린 무늬 있는 카펫 위를 지나, 계단참에서 방향을 튼 다음, 다시 계속 올라갔다. 꼭대기에 도착하니 은은하게 빛나는 가구와 반짝거리는 유리가 보였다. 멈춰 서서 그것들을 구경하고 싶었지만 저 앞에 로비어가 있었다. 한쪽만 빠끔히 열린 쌍여닫이 문 앞에, 문손잡이를 잡고 서 있었다. "잘 오셨습니다. 안으로 들어가시죠." 로비어가 말했다. 플린은 그때 본 초록색 공간으로, 금박 테두리 장식이 가득한 그곳으로 다시 들어섰다. 조명은 단 한 개, 다이아몬드 모양으로 세공한 유리 안쪽의 백열전구뿐이었다. "지금쯤이면 아마도 그리프가 당신 어머님을 보호할 방법을 찾는 중이겠군요."

플린은 기다란 테이블을 바라봤다. 검은 상판은 완벽하게 매끈했지만 지나치게 번들거리지는 않았다. 이제 그곳에서 산타클로스 본부의 분위기는 느껴지지 않았다. 지난번의 그 분위기가 그리울 지경이었다. 이제는 몹시 사무적인 공간, 거의 사무실 같은 느낌이 났기 때문이었다. 플린이 바라본 로비어는 전과 다른 슈트 차림이었다. 그런 로비어의 모습에서 플린은 그리프를 봤다. 예상했던 것보다 더 선명하게 보였다. "그리프는 당신이에요." 플린이 말했다. "아직 젊었을 적의 당신이죠."

로비어는 머리를 갸웃했다. "당신이 짐작한 건가요? 아니면 그가 당신한테 털어놨나요?"

"당신들은 손이 똑같이 생겼어요. 그리고 네더튼은 우리 집 벽난로 위 선반에 있는 쟁반을 봤죠. 이쪽에 있는 클로비스의 가게에서 본 쟁반과 똑같다더군요. 이쪽의 클로비스는 할머니라고 했고요. 난 처음에는 클로비스라는 사람이 저쪽에 있는 동시에 이쪽에도 있는 거라고 생각했지만…." 플린은 잠시 입을 다물었다. "하지만 동시에 따로따로 있는 게 아니었어요. 그래서 당신도 저쪽에 있을지 모른다는 생각이 들었어요."

"정답입니다." 로비어는 문을 닫으며 말했다.

"나도 그런 식으로 이쪽에 살고 있나요?" 플린이 물었다.

"우리가 이때껏 확인한 바로는 그렇지 않습니다. 당신의 출생 기록은 남아 있습니다. 사망 기록은 없고요. 하지만 네더튼도 이미 설명했겠습니다만, 세상은 혼란스러워졌습니다. 잭팟이 심화된 기간의 기록들은 불완전하거나 아예 존재하지 않는데, 미국에서는 더욱 그렇습니다. 그곳에 잠시 들어섰던 군사정권이 엄청나게 방대한 양의 데이터를 삭제해 버렸거든요. 무작위로 그랬던 것처럼 보입니다만, 왜 그랬는지는 아무도 모릅니다. 만약 당신이 오늘날에도 살아 있다면 저와 비슷한 나이대일 텐데, 그 말은 곧 당신이 부자이거나 인맥이 매우 탄탄하다는 뜻일 겁니다. 그리고 이쪽에서 그 둘은 같은 의미로 쓰일 때가 많죠. 그렇다면 저는 이미 당신을 찾아냈을 겁니다."

"내가 당신의 정체를 알아도 별 신경을 안 쓰는 건가요?"

"당연하죠. 왜 제가 신경을 쓸 거라고 생각하셨나요?"

"그건 비밀이잖아요."

"당신에게는 아닙니다. 자, 이리 와서 앉으세요." 로비어는 테이블 상석의 등받이가 높다란 황록색 안락의자 쪽으로 갔다. 그러고는 플린이 한쪽 의자에 앉을 때까지 기다렸다가 다른 의자에 앉았다. "네 더튼이 인지 보조 임플란트에 만족하는 것 같더군요."

"만족하는 사람이 한 명은 있다니 다행이네요."

"그리고 총도 구경하셨겠죠."

"나한테 그런 게 왜 필요하죠?"

"당신 건 한 정뿐입니다. 다른 한 정은 상황에 따라 코너가, 아니면 당신 오빠가 쓸 겁니다. 마음 같아서는 아무도 그 총을 쓸 일이 없으면 좋겠습니다만, 이쪽 일의 이면에는 거친 심성이 도사리고 있어서요. 그런 거친 면에 대해서는 우리 나름대로 대비하는 게 최선입니다."

초록색 커튼 뒤에 세로로 기다란 창문 여럿이 숨겨져 있었다. 플린은 그 창문들 너머에 더 많은 초록색 커튼으로 이루어진 미로가 펼쳐져 있으리라 상상했다. 파란색 방수포로 복잡하게 나뉜 콜디론 사무실처럼. "곤살레스 대통령은요? 그리프 말로는 그자들이 대통령을 암살한다던데요."

"그랬습니다. 전반적인 추세를 결정짓는 사건이었죠."

"당신은 그 일을 바꾸려고 하는 건가요?"

"사정에 따라 다르죠. 그 일은 현재로서는 음모보다 하나의 추세에 더 가까우니까요."

"어떤 사정에 따라 달라진다는 거죠?"

"데이드라의 파티가 관건으로 보입니다."

"어떻게요?"

"당신 동료들 식대로 부르자면 콜디론과 마트료시카, 이 두 집단은 당신네 세계의 소유권을 놓고 다투는 중입니다. 0.1초 단위의 금융 거래를 끊임없이 거듭하며 경쟁하고 있죠. 우리는 아직 승기를 잡지 못했습니다. 크게 지지는 않았지만, 그렇다고 우세하지도 않으니까요. 레프는 콜기론을 지원할 목적으로, 우수하지만 임시적인 조직을 운용하는 중입니다. 그런 반면에 다른 목적은 없이 오로지 당신을 제거하기 위해 존재하는 마트료시카는, 이쪽에서 우리 편보다 더 강대한 정부 금융 기관을 고용한 것으로 보입니다. 저는 콜디론이 우세를 차지하도록 돕기 위해 그들을 막아야 하는데, 이로써 곤살레스 암살 또한 저지할 수 있을지도 모릅니다. 하지만 이쪽의 정치 상황을 고려하면 저는 먼저 아엘리타 살해범이 누군지 밝히는 증거를, 또는 그에 버금가는 합리적인 물증을 확보해야 그렇게 할 수 있습니다. 이쪽 세계의 권력이 어떻게 작동하는지 다 설명할 순 없습니다만, 어떤 권력자가 마트료시카에 관심을 지닌 건 분명합니다. 그들은 필연적으로 다른 이들의 권리를 침해하거나 그렇게 하려고 시도할 겁니다.

저는 그 점을 거꾸로 이용할 수 있습니다. 상대편에게 그들을 쳐부술 지렛대를 제공하는 식으로 말입니다. 하지만 저의 그런 시도가 조금이나마 성공하려면, 먼저 당신과 네더튼이 데이드라의 파티에서 반드시 성공을 거둬야 합니다."

플린은 장식장 위의 세공 유리잔과 은그릇을 바라봤다. 그러다가 로비어에게로 눈을 돌렸다. "그 모든 게 내가 발코니에서 본 그 개자식을 알아보느냐에 달렸단 말인가요?"

"그렇습니다."

"정말 개 같네요."

"예, 바로 그겁니다. 하지만 그게 우리가 처한 현실이죠. 그자를 알아보면 제게 알려주십시오. 그러면 작전이 시작됩니다."

"만약에 내가 못 알아보면요? 실패하면요?"

"그 생각은 오래 하지 않는 편이 좋습니다. 그런데 당신이 성공하면 우리 작전은 한층 더 어려운 국면에 접어들 겁니다. 데이드라가 여는 행사는 개인 통신 기기의 사용을 엄격히 제한하는 원칙에 따라 운영되기 때문이죠. 페리퍼럴도 원격 현존 장비이다 보니 당신과 펜스케 씨는 원칙을 우회해 특별 대우를 받으며 참석하는 셈이지만, 그 대신 주최 측이 매우 엄격하게 감시할 겁니다. 따라서 당신이 살해범의 신원을 파악하면 그 사실을 제게 어떻게 전달할지가 문제입니다."

"그럼 난 어떻게 하면 되죠?"

"당신의 페리퍼럴에 새로 주입된 인지 보조 임플란트는 번들 형태입니다. 거기에는 데이드라의 행사를 통제하는 보안망이 감지하지 못할 통신 플랫폼도 함께 내장돼 있죠. 당신이 제 메시지를 송신할 때, 그 메시지는 이른바 '뼛속에서 들리는 잡음'의 형태로 들릴 겁니다. 많이 불안하겠지만, 그래도 그게 제일 안전한 선택지입니다."

"그런데 만약 그자가 거기 있으면요?"

"그렇다면 훨씬 더 흥미로운 선택지가 생기겠죠. 그리고 당신이 극악무도한 그 화학 무기를 사용하면 안 된다고 전적으로 반대했을 때 제가 기뻐했던 이유 또한 그때 밝혀질 겁니다."

"왜 그런 식으로 날 시험한 거죠?"

"왜냐하면 앞으로 당신이 그런 짓을 결코 하지 않는 사람이 돼야 할지도 모르기 때문입니다."

"당신은 늘 그렇게 알고 싶은 게 많으면서도 나한테는 좀처럼 뭘 알려주려고 하질 않는군요."

"우리는 당신이 눈앞의 일에만 집중해 줬으면 합니다."

"그 '우리'라는 게 누군데요?"

"당신과 저, 우리 말입니다." 로비어는 그렇게 말하며 테이블 위로 손을 뻗어 플린의 손을 다독였다.

106
똥구멍 마을

"여보세요? 플린?" 휠리 보이의 통화 메뉴 창이 열리자 네더튼이 말했다. 그는 고비바겐의 전망대에 앉아 있었다.

"플린은 아직 안 돌아왔어요." 여자 목소리가 들렸다. 귀에 익은 억양이었다. 화면 속 풍경은 전에 봤던 파란색 배경에 하얀색 수직선이 여러 개 늘어서 있어서 추상적으로 보였다.

"타코마?"

"클로비스예요. 그쪽은 네더튼 씨겠죠." 여성이 말했다. 그러고는 휠리 보이를 들어 방향을 돌렸다.

카메라가 아래에서 올려다보는 탓에 화면에 멋지게 나오기 힘든 각도였지만, 그럼에도 네더튼은 그 여성의 얼굴이 몹시 매력적이라고 생각했다. 짧게 자른 머리는 검은색이었다. 그는 화면에서 클로비스 리미트 주인의 얼굴을 찾아보려 했지만, 비슷해 보이는 것이라곤 까마득히 오래전의 과거에서 자신의 대답을 기다리는 여성의 두개골 윤곽뿐이었다. 오싹했다. 인간을 굽어보는 신의 시선이라는 것이 있다면 아마도 화면 속의 그것일 듯싶었다. "안녕하세요. 윌프라고 불러주세요." 그가 말했다.

"플린은 이쪽에 있어요." 클로비스가 휠리 보이를 다른 쪽으로 돌리자, 네더튼은 플린을 내려다보게 됐다. 플린은 낯설고 기묘하게 생긴 반짝이는 흰색 장치 속에 머리를 넣은 채 누워 있었다. 머리 밑에 괸 베개 역시 흰색이었다. 눈은 감고 있었다. 기분이 꼭 고비바겐의 뒷방에 있는 페리퍼럴을 내려다보는 듯했다. 다만 지금 눈앞에 있는 것은 플린 본인이었다. 비록 부재중일지언정.

"플린한테 우리 얘기가 들리나요?" 네더튼이 물었다.

"아뇨. 저 하얀 왕관같이 생긴 건 자율신경 차단기예요. 내가 듣기론 그렇대요. 이런 기술은 당신네도 다 있는 줄 알았는데요. 그 위쪽에."

"있어요. 난 기술자는 아니지만, 그 장치의 우리 쪽 버전은 투명한 플라스틱 머리띠처럼 생겼어요."

"그거야 그쪽 사양에 맞춘 거겠죠. 우린 임시변통으로 만드는 수밖에 없어서요." 클로비스는 네더튼의 시야를 다시 다른 쪽으로 돌렸다. 옆 침대에 플린의 오빠가 똑같은 왕관을 쓰고 누워 있었다. 그 옆의 침대에는 네더튼이 모르는 남자가 누워 있었다. 두 사람 다 파란색 담요를 덮고 있었다. 네더튼이 맨 처음 봤던 것은 버튼의 침대 발치 쪽 하얀 프레임과 그 배경의 담요였다. 옆 침대의 남자는 몸통이 어린애처럼 작아 보였다.

"저 사람은 누구죠?" 네더튼이 물었다.

"코너요."

"펜스케군요. 춤 선생에 들어가 있는 모습밖에 못 봤는데."

"누구요?"

"레프 형의 격투기 사범이에요. 페리퍼럴이죠. 끝내주는 댄서라나 봐요."

"그쪽에 가서 그걸 다 볼 수만 있다면 내 왼쪽 불알이라도 떼어주고 싶네요." 클로비스는 그렇게 말하고는 휠리 보이를 다시 자신 쪽으로 향하도록 돌렸다. "내가 뭘 도와주면 될까요, 윌프?"

"거기 창문이 있나요?"

"딱히 그렇진 않아요. 이 바보 같은 벽 너머에 있거든요." 클로비스가 휠리 보이의 화면을 돌리자 하얀 비닐봉투를 차곡차곡 쌓아 만든 것처럼 보이는 벽이 네더튼의 눈에 들어왔다. 봉투 속에 든 것은 아마도 종이 서류 파일인 듯했다. "그런데 창문에 폴리머 스프레이를 뿌려놔서 바깥은 안 보여요. 어차피 보인다고 해도 똥구멍 마을에 있는 상가 뒷골목밖에 안 보일 테고요."

"그게 그 마을 이름인가요?"

"별명이에요. 나만 그렇게 불러요. 아마 내 동생도 그럴걸요. 우리가 원래 재수 없는 인간들이라서요."

"동생을 만난 적이 있어요. 형편없는 사람은 아니던데요."

"만났다는 얘기 그 애한테서 들었어요."

"플린이 언제 돌아오는지 알아요?"

"아뇨. 올 때까지 기다릴래요? 뉴스 보고 싶어요? 나한테 태블릿이 있는데."

"뉴스라뇨?"

"오늘 여기 지역 뉴스가 재미있어요. 누가복음 4장 5절이 저 건너편에서 철수했는데, 왜 그랬는지는 아무도 몰라요. 사실 그리프는 그 소식을 별로 안 좋아하더군요. 언론이 누가복음 패거리에 주목하는 걸 막으려고 홍보 회사 두 군데를 고용해 교란 작전을 벌였는데, 지금까진 작전이 성공했거든요. 그러던 누가복음이 뚜렷한 이유도 없이 사라졌으니, 이건 뭔가 극가적 규모의 사건이 일어났다는 뜻이에요. 원래 그런 식으로 갑작스레 움직이는 패거리가 아니니까요. 뉴스가 하도 재밌어서 다른 채널로 바꾸지도 못할걸요."

"그럼 한번 볼게요." 비더튼이 말했다. "여긴 나한테는 정말 흥미진진한 곳이에요."

"사람마다 취향은 가지가지니까요."

107
작은 친구

플린은 잠에서 깨어났다.

"작은 친구가 와 있어요." 클로비스가 말했다.

"월프요?"

"아니면 누구겠어요?"

"지금 어디 있나요?"

"뉴스 보는 중이에요." 클로비스는 플린의 머리에서 왕관을 벗겨 침대 옆 테이블에 놔뒀다.

플린은 몸을 굴려 옆으로 누운 상태에서 천천히 일어나 앉은 다음, 침대 모서리 위로 다리를 내렸다. 이때껏 레프네 집 주방에 로비어와 나란히 서서 바깥 정원을 내다본 참이었다. 눈을 감으면 그 정원이 아직도 보일 것만 같았다. 그래서 눈을 감아봤다. 보이지 않았다. 플린은 다시 눈을 떴다.

"괜찮아요?" 클로비스가 가만히 바라보며 물었다.

"시차 때문일 거예요. 아마도." 플린은 그렇게 말하며 일어섰다.

클로비스는 혹시라도 플린이 쓰러지면 잡아주려고 대비하는 기색이 또렷했다. "난 괜찮아요. 버튼은 좀 어때요?"

"괜찮아요. 처음 의식이 돌아왔을 때 소변을 봤고, 한 번 더 돌아왔을 땐 저녁을 먹고 물도 마셨어요. 월터 리드 병원 의사들은 흡족하게 보고 있어요."

플린은 휠리 보이를 놔뒀던 의자 쪽으로 걸어갔다. 앞서 클로비스는 로봇의 태블릿 고정 막대를 짧게 줄여주고 스웨트셔츠를 둥글게 뭉쳐 의자 등받이에 댄 다음, 자기 태블릿을 거기에 기대어 뒀다. 휠리 보이는 그 태블릿으로 〈시엔시아 로카〉 시리즈 가운데 인체 자연 발화 현상을 다룬 에피소드를 보고 있었다. "안녕." 플린이 인사했다. "왔어요?"

"우와!" 네더튼은 탄성을 질렀다. 휠리 보이는 바퀴를 고정한 채 공 모양 몸통만 뒤로 회전했고, 카메라가 장착된 태블릿을 위쪽으로 향해 플린을 올려다봤다. "저건 진짜 오싹하네요." 네더튼이 말했다. "내 몸에 불이 붙는 상상을 떨칠 수가 없었어요. 고비바겐의 전망대에서 말이에요. 뉴스가 끝나고 시작한 프로그램인데, 이거 말고 다른 건 볼 수가 없더라고요."

"나머지도 볼래요? 후반부는 스쿠버다이빙을 하는 내용이에요. 예전 맨해튼이었던 지역의 남쪽 끄트머리에서요."

"아뇨! 난 당신을 보러 왔어요."

"우선 뭣 좀 먹어야겠어요. 나랑 같이 스시 반에 가요."

"그게 뭐죠?"

"홍 씨가 하는 식당이에요. 이 상가 반대쪽 끄트머리에 있어요. 매디슨이 그 식당까지 이어지는 굴을 파고 기와가 든 자루를 쌓아서 햄스터 경주 코스를 만들어 놨죠." 플린은 플라스틱 테두리가 둘러진 거울을 보며 자신의 안색을 확인했다. 그 거울은 누군가, 십중팔구 클로비스가 파란색 방수포 벽에 하늘색 접착 테이프로 붙여둔 것이었다. "저 왕관만 쓰면 머리가 엉망이 된다니까요." 뒤이어 플린은 휠리 보이를 바닥에 내려놓고 의자에 앉아 운동화를 신었다. 휠리 보이는 태블릿 고정 막대를 길게 뻗더니 윙윙 소리를 내며 바닥 저편으로 굴러갔다. 태블릿이 이쪽저쪽으로 회전했다. "거기 가만히 있어요." 플린은 의자에서 일어서며 말했다. 그러고는 휠리 보이에게 걸어가 집어 들고 몸을 숙여 방수포의 틈새로 들어섰다.

"이것 참 기괴하군요." 방수포 건너편으로 나온 후에 네더튼이 말했다. "무슨 원시적인 게임 같아요."

"지루한 게임이죠."

"게임이란 게 원래 다 그래요. 이건 뭐에 쓰려고 만든 시설인가요?"

"만약 누가 여길 공격하면 다 함께 스시 반으로 걸어가서 특제 새우 덮밥을 먹으려고요."

"그게 말이 되는 계획인가요?"

"남자들이 원래 그 모양이잖아요. 하지만 내가 보기에 이건 로비어가 제안한 아이디어예요. 그걸 해석하고 실행한 사람은 버튼하고 내 친구 매디슨이지만요."

"매디슨이 누구예요?"

플린은 통로 한복판에 있는 벽의 구멍을 통과했다. "내 친구 남편인데, 사람이 착해요. 〈수호이 플랭커스〉 플레이어고요."

"그게 뭔데요?"

"비행 시뮬레이션 게임이에요. 옛날 러시아 전투기가 나오죠. 그리고 로비어가 그리프예요."

네더튼은 말이 없었다. 플린은 타일 자루를 쌓아 만든 벽 사이에 멈춰 서서 휠리 보이를 위로 들었다. "그리프라고요?" 네더튼이 물었다.

"그리프예요. 나중에 로비어가 돼요. 하지만 꼭 그렇다고 할 순 없어요. 여긴 이제 그 여자의 과거가 아닌 것 같으니까, 그 남자가 나중에 그 여자로 살진 않을 거예요. 그 여자가 그 남자였을 땐 지금 이런 일들이 하나도 안 일어났으니까요." 플린은 다시 걸음을 옮겼다.

"왠지 당신은 이 모든 걸 담담하게 받아들이는 것 같군요."

"미래에 사는 사람은 당신이잖아요. 나노 봇이 사람을 잡아먹고, 사람들이 여벌의 몸뚱이를 소유하고, 왕과 조폭이 정부를 운영하는 개판인 세상에서 말이에요. 당신도 그 모든 걸 받아들이잖아요?"

"아뇨." 네더튼이 대답했다. 플린이 허리를 굽혀 홍 씨네 식당 주방으로 들어서기 직전이었다. "난 안 그래요. 난 그 세상을 혐오해요."

108
콜디론의 아침

방수포를 걷고 들어온 토미는 플린이 누운 폼 매트리스의 발치에 쭈그리고 앉았다. 보안관 모자는 손에 들고 있었다. 플린은 타코마에게서 받은 약을 먹은 탓에 정신이 몽롱했지만, 그래도 이렇게 푹 자기는 일주일 만이었다. "매트리스 위에 앉아, 토미. 그러다 무릎 다쳐."

"이 사람들이 너한테 해줄 수 있는 최고의 대우가 고작 이거야?" 토미는 앉은 채로 발뒤꿈치를 축 삼아 빙글 돈 다음 매트리스 모서리에 털썩 앉았다.

"환자용 침대에 누우면 입원한 기분이 들어서 그래. 게다가 버튼하고 코너 둘 다 툭하면 방귀를 뀌어대서. 그나저나 누가복음 4장 5절이 철수한 건 어떻게 된 거야? 우리 쪽에서 매수한 게 아닌 거 확실해?"

"우리 편이 매수하지 않은 건 아주 더럽게 확실해. 그래서 누가 시키지도 않는데 내가 굳이 널 깨우러 온 거야. 너한테 알려주려고."

"뭘 말이야?" 플린은 팔꿈치를 짚고 몸을 일으켰다.

"내 생각에 상대편이 누가복음 패거리를 철수시킨 건 언론의 관심이 쏠리기 때문이야. 이제 그자들 자체만으로는 별 흥밋거리가 아니지만, 다른 집단하고 얽히기라도 하면 온갖 매체가 그 소식으로 도배될 테니까. 어쩌면 그냥 이곳에서 철수하는 식의 즉흥적인 행동만 해도 뉴스거리로는 흥미를 끄는지도 모르지. 너희 쪽에서 고용한 홍보 회사는 너희가 고용주인 걸 감춘 채로 누가복음을 살살 달래보려고 한 모양인데, 그래도 아예 철수까지 시키기는 좀 힘들었나 봐."

"그런데 그 인간들이 철수하길 바라는 사람이 우리 말고 또 있다면, 이유가 뭘까?"

"그래야 시너에 무슨 다른 일이 터졌을 때 그 패거리가 추가로 눈길을 끌지 않을 테니까." 토미가 말했다. "저쪽으로서는 필요 이상의 관심을 끌지 않기를 간절히 바라는 일 말이야. 할 수만 있으면."

"예를 들면?"

"국토안보부가 있지. 국토안보부의 전술 부대가 잔뜩 몰려오는 거야. 차량도, 병력도. 그리프의 인맥이 알려준 정보에 따르면 기다란 차량 대열 두 무리가 이쪽으로 오는 중이야. 흰색 SUV가 엄청나게 많아. 그런가 하면 다 날아간 피켓네 집에도 규모가 꽤 큰 국토안보부 파견대가 와 있는데, 벤 카터의 사촌이 거기 소속이야. 벤이 그 사촌한테서 듣기로는 국토안보부가 오늘 여길 덮친다는 소문이 있대. 악당 코벨 피켓이 여러 카운티에 걸쳐 건설한 마약 제국의 무장 잔당을 싹 쓸어버리려고."

"국토안보부가 여기로 온다고?"

"틀림없어."

"그럼 우리가 그 악당의 잔당인 거야?"

"바로 그거지."

"국토안보부가 그 정도로 부패한 곳이야?"

"오늘날의 현대 세계에서는, 그러니까 적어도 24시간 전부터는, 그래. 틀림없이 부패했어. 하지만 넌 공무원들을 최고로 부패시키는 회사의 지분을 잔뜩 갖고 있으니까, 그런 걸로 너무 심하게 불평할 처지는 아닐 텐데."

"그래서 국토안보부가 이리로 쳐들어오면 어떡해?"

"저항해야지. 실제로 어떻게 할지는 모르겠지만, 아무튼 체포되지 않게 버텨야 해. 기와 자루를 쌓아 만든 저 벽으로는 스마트 폭탄을 못 막을 거야. 스마트 폭탄 자체가 정확히 이런 식으로 급조한 도시 방어 시설을 파괴하려고 개발한 무기니까. 이 상가 건물의 지붕이야 차라리 없는 게 나은 수준이고, 애초에 국토안보부는 진짜 공격용 드론도 갖추고 있어. 무슨 벙커 같은 데 들어가 있어도 소용없다는 말이야. 게다가 네 오빠의 부하들은 무슨 곤란한 일이 생겼을 때 평화적으로 해결하는 걸 태생적으로 싫어하지."

"왜 하필 지금 이렇게 된 거야?"

"그리프가 보기엔 아무래도 양쪽 편이 동시에 층계 꼭대기에 도착했는데 딛고 설 자리가 한 사람 몫밖에 없는 형세인가 봐, 그냥 일이 그런 식으로 풀린 거지. 저쪽 편은 무슨 수를 썼는지 몰라도 국토안보부를 매수해서 자기네 밑으로 끌어들였지만, 우리 쪽에는 그럴 방법이 하나도 남질 않은 거야."

"만약 그리프가 곤살궤스랑 끈끈한 사이가 된다면?"

"내 생각엔 이미 그런 사이인 것 같아. 둘 사이에 아직 비집고 들어갈 틈이 조금 있는 것 같긴 하지만. 그런데 정치 쪽도 문제인 게, 국토안보부는 곤살레스 편이 아니야. 대통령이든 아니든 간에 말이야."

"국토안보부는 언제 도착해?"

"오늘 저녁에. 하지만 보통은 자정이 지난 한밤중에 움직여."

"토미, 넌 그냥 그쪽 직원들이 들어오면 만나서 질서 유지하는 것만 도와주면 돼. 내가 보기에 이 싸움은 네가 나설 일이 아닌 것 같아."

"헛소리 집어치워." 토미의 목소리에 화난 기색은 전혀 없었다. "아침 식사용 부리토 먹을래? 너 주려고 사 왔어."

"근데 왜 냄새가 하나도 안 나?"

"내 제복에 묻을까 봐 이중으로 포장해 달라고 했거든." 토미는 그 말을 하고는 재킷의 큼지막한 옆 주머니에 손을 넣었다.

109
검은 실크 개구리

　기차, 또는 모비일지도 모르는 기계들이 알아듣기 힘든 진중한 목소리로 출발을 알리며 운행에 나서는 동안, 네더튼은 천장이 높다랗고 서늘한 데이드라의 음성 메시지 대기실에 있는 화강암 벤치에 누워 잠을 청했다. 불빛이 번쩍거렸다.
　네더튼은 눈을 떴다. 그는 고비바겐의 전망대에 있는 가죽 쿠션 위에 누워 있었다. 바깥의 캄캄한 차고에서 또다시 불빛이 번쩍거렸다. 그는 일어나 앉아서 눈을 비비며 바깥을 내다봤다.
　오징어 등이 다시 켜지자 오시안의 모습이 나타났다. 한쪽 손에 든 옷걸이에 검은 옷이 걸려 있었다. 그 곁의 애시는 여느 때와 조금도 다르지 않은 굳은 표정으로 운전사 제복처럼 보이는 검은 옷을 입고 있었다. 뻣뻣한 튜닉의 가슴 부분에 검은 실크 끈으로 만든 개구리가 가로로 기다랗게 붙어 있었다. 애시는 옛 소련군의 제독이 쓸 법한 커다란 모자를 쓰고 있었다. 눈은 반들거리는 에나멜가죽 챙에 가려 보이지 않았다.

이윽고 네더튼은 로비어와 그리프의 정체에 관해 플린이 했던 말이 떠올랐다. 그 말을 들었을 때는 사실 자체의 충격 때문에 머릿속이 빙글빙글 도는 것만 같았다. 그는 웬만해서는 그렇게 놀라지 않았고, 전에 그런 적이 있기는 했는지조차 알 수 없었다. 그런데 이제는, 로비어와 그리프가 어떤 의미에서 같은 사람이라는 생각을 곱씹어도 아무렇지 않았다. 다만 그는 플린이 살던 시대에 외따로 존재하던 과거의 자신을 갖기에는 자기 나이가 너무 어리다는 사실에 안도했다.

불빛이 또다시 번쩍거렸다.

110
전혀 화려하지 않은

그들은 플린이 도착하기 전에 페리퍼럴을 씻기고, 머리를 손질하고, 화장도 해줬다. 애시가 고른 드레스는 플린이 그때껏 살면서 입어본 어떤 옷보다도 잘 맞았다. 애시는 그 드레스가 전혀 호화롭지 않다고, 애니 쿠레주가 부자가 아니기 때문에 그렇다고 설명했다. 그러나 애시가 보기에 너무 화려하지 않은 그 검은 미니 드레스는 감촉은 벨루어 같지만 눈에 보이는 질감은 한 번도 쓰지 않은 검은색 탄화칼슘 사포 같은 소재였고, 실크처럼 찰랑대기까지 했다. 장신구인 묵직한 원형 팔찌는 골동품 플라스틱 틀니와 검은 감초 사탕 같은 재료로 만든 것이었고, 목걸이는 검은 타이타늄 철사로 만든 뻣뻣한 고리에 모양이 제각각인 지퍼 손잡이가 아주 많이 달린 물건이었다. 지퍼들은 어디에 묻힌 것을 발굴했는지 페인트나 도금 재료가 벗겨져 있었다. 애시가 말하길 그 둘 모두 진품인 신원시주의 작품이며 팔찌는 아일랜드에서, 목걸이는 디트로이트에서 온 것이라고 했다. 검은색 구두는 재질이 드레스와 똑같았고 통굽이 달렸으며 플린이 집에서 신는 운동화보다 착용감이 더 편했다. 플린은 자신이 도착할 때까지 사람들이 기다려 줬더라면 그래서 자기 손으로 직접 그 모든 것을 몸에 걸쳐봤더라면 좋았을 텐데 하는 생각이 들었다. 그러나 기다란 거울 앞에 서자 익숙한 가책이 느껴졌다. 거울 속의 저 사람은 누굴까? 플린은 페리퍼럴이 자신이 아는 어떤 사람과 닮았다는 생각이 슬슬 들었다. 그러나 실제로는 그렇지 않다는 것을 이미 알고 있었다.

거울 속에 금빛 왕관이 달린 배지가 나타나자 플린은 지미스의 거울 속에 사는 황소가 얼핏 떠올랐지만, 단순히 로비어에게서 전화가 왔다는 표시일 뿐이었다.

"토미는 국토안보부가 우릴 노리는 줄 알아요." 플린이 말했다.

"제 예상도 그렇습니다."

"그리프가 어떻게 할 수 없나요?"

"아직은 안 됩니다. 혹시 기회가 생기면 국토안보부 내 대민 공작 부서의 책임자가 중국 측에 매수됐다는 사실을 밝히는 건 가능합니다만, 그래도 아직은 안 됩니다. 하지만 우리가 곤란한 상황에 빠진 건 아무래도 사실인 것 같습니다. 기본적으로 우리는 그들에게 행동을 멈추라는 명령을 할 수 있어야 하거든요. 그들이 받은 지시를 철회시켜서요."

"만약 그리프가 대통령에게 암살될 거라는 정보를 알려준다면요? 또 만약 대통령이 국토안보부를 돌려보내는 조건으로 당신이 그 암살 계획을 막을 수 있다고 한다면, 어떻게 될까요?"

"그렇게 간단하지가 않습니다." 로비어가 말했다. "우리는 아직

신뢰를 충분히 쌓지 못했거든요. 대통령의 부하들 중에는 조만간 그녀를 암살하려는 무리와 한패인 자들이 잔뜩 있습니다. 그 외에는 순전히 정치꾼들이고요."

"정말이에요? 그럼 우린 손 놓고 구경만 해야 해요?"

"클로비스, 그러니까 이쪽에 있는 제 친구 클로비스가 숙모님들에게 자기 서류 더미를 뒤져도 좋다고 허락했습니다. 클로비스는 지난날 영국으로 건너오기 전에 엄청난 양의 데이터를 가까스로 빼냈습니다. 당시 저는 그 양이 얼마나 방대한지 알지 못했죠. 스파이라기보다 저장 강박증 환자에 가깝습니다, 클로비스는. 만약 지금 우리가 처한 상황에서 써먹을 만한 게 그 데이터 더미 속에 있다면, 숙모님들이 찾아낼 겁니다. 이와 동시에 당신들이 오늘 밤에 성공을 거둔다면 분명 판이 뒤집힐 겁니다. 다만 정확히 어떻게 판도가 바뀔지 예상하기란 불가능합니다."

플린은 입술을 깨물려다가 멈칫했다. 페리퍼럴의 화장을 망치기 싫어서였다.

"아주 멋지네요." 로비어가 말했다. 그 말을 들은 플린은 페리퍼럴이 보는 것을 그녀도 본다는 사실을 다시금 떠올렸다. "버튼에게 인사했나요?"

"아뇨." 플린이 대답했다.

"인사 정도는 해야죠. 지금 라운지에 있습니다. 코너와 함께요. 일단 패링던을 향해 출발하면 버튼의 얼굴을 보지 못할 겁니다. 버튼은 차 트렁크에 숨을 거거든요. 그렇게 크게 다치고 나서 회복하다니,

정말 다행입니다."

"트렁크에 숨는다고요?"

"접으면 아주 납작해집니다. 구식 스웨덴제 하수구 청소기처럼, 접히거든요. 오빠한테 안부 전해주십시오." 왕관 배지가 시야에서 사라졌다.

플린은 라운지 입구 쪽으로 다가가 문을 열었다.

둘은 스파링을 하는 중이었다. 플린은 코너가 다치기 전에, 심지어 둘이 입대하기도 전의 과거에 지금과 똑같은 광경을 봤던 기억이 떠올랐다. 둘에게는 자기들만의 규칙이 있었다. 거의 움직이지 않고 이쪽 발에서 저쪽 발로 체중을 옮기며 서로를 주시하다가, 마침내 움직일 때면 주로 손을, 너무 빨라서 눈으로 좇지도 못할 만큼 빠르게 움직였다. 그러고 나면 다시 아까처럼 체중을 이쪽저쪽으로 옮기는 상태로 돌아왔지만, 둘 중 한 명은 승리를 거둔 후였다. 지금 플린 눈앞의 두 사람도 그때와 똑같았지만, 코너는 레프 형의 페리퍼럴에 들어가 있었고 버튼은 하얀 외골격 운동 장비 속에 있었다. 외골격은 머리가 있을 자리에 종 모양 유리 덮개가 부착돼 있었고, 플린이 기억하기에 전에는 만화 속의 로봇을 닮은 하얀 로봇 손이 달렸던 자리에 이제 섬뜩할 정도로 진짜 같은 사람 손이 달려 있었다. 유리 덮개 속에는 조그만 로봇이 들어 있어서 외골격이 하는 일은 모조리 따라 했지만, 실은 그 반대였다. 즈그만 로봇 속에 버튼이 들어 있었기 때문이었다. 호문쿨루스. 이곳 사람들은 그 조그만 로봇을 그렇게 불렀다. 버튼의 외골격에 새로 생긴 손은 플린의 머릿속에 피켓을 연상시키는 색깔로 선탠이 돼 있었다. 이내 그 두 손이 희끄무레한 잔상을 남기며 움직였지만, 플린이 보기에는 코너 쪽이 더 빨랐다.

"네 양철 나무꾼 엉덩이를 때리다가 내 손가락이 부러진 거 보라고. 넌 이제 망했다." 코너가 말했다. 그의 페리퍼럴이 입은 몸에 딱 맞는 검은색 슈트는 가라데 도복처럼 근엄해 보였다.

이내 유리 돔 속의 조그만 형상이 몸을 돌리자 외골격도 함께 몸을 틀었다. "플린." 모르는 사람의 목소리, 해설식 광고에 나올 법한 목소리였다. "안녕."

"어휴, 버튼." 플린이 말했다. "상가 뒷골목에서 죽은 줄 알았잖아." 외골격을 끌어안을까 하는 생각이 언뜻 들었지만, 미친 짓처럼 보일 듯싶었다. 게다가 외골격의 손이 너무 징그러웠다.

"정말로 그랬던 것 같아. 한동안은." 그 목소리가 말했다. "실은 그때 도끼로 불청객을 찍어버렸던 것도 기억이 안 나. 여기 와서 눈을 뜨고 저 미남의 화신을 보기 전까지 있었던 일들은."

"군대였다면 그 정도로 사소하게 다치고도 상이용사 대접을 받았을 텐데 말이지." 코너가 말했다. 그의 페리퍼럴은 큼직한 손을 검은 슈트 바지의 주머니에 꽂고 있었다.

외골격이 고양이처럼 재빠르게 공격하는 시늉을 했지만, 어찌 된 영문인지 선탠한 손이 향한 곳에는 이미 코너가 없었다. 손이 그토록 빠르게 움직였는데도.

"로비어가 안부 전해달래." 플린이 버튼에게 말했다. "그 사람은 우리 셋이 같이 가게 돼서 다행이랬어. 나도 동감이야."

"내가 맡은 배역은 차 뒤 유리의 장식용 원숭이 인형하고 멋진 사나이 사이에서 태어난 잡종 같은 거야." 해설식 광고 속 성우 같은 목소리가 말했다. "내가 해병대에 입대한 이유가 바로 그렇게 되고 싶어서였는데 말이지."

질 리무진

네더튼은 검은 리무진의 주위를 빙 돌아 걸었다. 리무진은 그들이 패링던까지 타고 갈 차인 동시에 애시가 운전사 복장을 한 이유이기도 했다. 애시가 알려준 바에 따르면 2029년에 제작된 그 질 리무진은 조립 라인에서 마지막으로 출고된 차량으로서, 레프의 아버지가 수집한 차가 아니라 레프의 할아버지가 이 집에 살던 시절에 타고 다니던 자가용이었다. 보아하니 로비어가 이날 사용할 목적으로 고른 차인 듯했다.

차체는 언뜻 칙칙해 보이고 몹시 희미하게 윤기가 흘러서, 보고 있으면 플린의 새 드레스가 생각났다. 그 차 특유의 검정색을 띠지 않은 몇몇 부위, 즉 커다란 타이어 휠 캡이나 넓적하게 생긴 그릴 같은 곳의 소재는 광택이 나지 않게 연마한 스테인리스스틸이었다. 그릴은 생김새가 극도로 단순해서 꼭 큼지막한 질 그릴 덩어리를 레이저로 얇게 한 토막 썰어 붙여놓은 듯했다. 보닛은 차 뒤쪽의 트렁크 덮개보다 아주 조금 더 길었는데 양쪽 모두 꽤 커다란 호문쿨루스가 테니스 코트로 써도 넉넉할 만큼 널찍했다. 뒤창은 아예 나 있지 않아서, 네더튼은 차가 목깃을 세우고 있는 것 같다는 느낌을 받았다. 그는 노골적으로 험상궂게 생긴 그 차의 위압감이 놀랍다고 생각했다. 어쩌면 그래서 로비어가 그 차를 골랐는지도 몰랐지만, 굳이 그런 차가 필요한 이유가 뭔지는 짐작이 가지 않았다. 차의 내부가 궁금했던 그는 차창 쪽으로 몸을 숙였다.

"건드리지 마." 뒤쪽에서 애시가 말했다. "감전당하니까."

네더튼은 뒤로 돌아섰다. 그러자 에나멜가죽 모자챙 아래로 보이는 애시의 겹눈동자 눈 한 쌍과 눈이 마주쳤다. "진담이에요?"

"유아차하고 똑같아. 이 집 식구들은 남을 못 믿는 게 문제였거든. 지금도 마찬가지고."

네더튼은 뒤로 한 걸음 물러섰다. "로비어가 왜 굳이 이 차를 골랐을까요? 애니는 물론이고 나하고도 영 안 어울리는 차인데. 만약 내가 오늘 저녁 행사에 실제로 참석한다면 아마 택시를 타고 도착하는 게 제일 어울릴걸요."

"넌 실제로 참석할 거야 오늘 저녁, 그 행사에. 안 그러면 내가 이런 꼴을 하고 나타나지도 않았겠지."

"아무 작전도 없이 참석한다면 그럴 거라는 말이에요."

"네가 마지막으로 아무 작전도 없이 어디 갔던 게 언제였지?"

네더튼의 입에서 한숨이 흘러나왔다.

"내 생각에 로비어는 태도를 분명히 하기로 마음먹은 것 같아."

애시가 말했다. "사람들은 이 차가 레프의 할아버지 소유란 걸 틀림없이 알아볼 거야. 데이드라의 보안 팀이 어떤 식으로 구성돼 있는지는 모르겠지만, 그쪽도 분명 이 차가 이 주소에서 출발했다는 걸 파악할 테고. 우리가 목적지에 도착하면 네가 주보프 가문과 한 패가 아니라는 핑계는 모조리 사라질 거야. 데이드라는 아마도 그게 자기한테 유리하다고 생각하겠지. 보통은 클렙트와 한 패라는 걸 강조하면 어느 정도 유리한 위치에 서게 마련이니까. 물론 약점이 되기도 하지만." 애시는 네더튼을 물끄러미 봤다. "슈트 차림도 나쁘지 않군."

네더튼은 애시가 자신을 위해 만들어 준 슈트를 내려다봤다. 그러고는 다시 고개를 들었다. "격식을 갖춰야 하는 자리라서 검은색인가요, 아니면 당신 취향대로 주문한 건가요?"

"둘 다야." 애시가 대답했고, 가물가물하게 보이는 뭔지 모를 동물들의 무리가 마침 그 순간을 택해 모자 챙 아래로 좁다랗게 보이는 애시의 이마를 가로질러 지나갔다. 마치 애시의 모자 속에 도사린 뒤숭숭한 예감이 구름같이 뭉글거리는 것처럼 보였다.

"당신은 거기서 우릴 기다릴 건가요?"

"우린 현장 주위 반경 2킬로미터 이내에는 주차할 수 없어. 너희가 돌아갈 시간이 되면 그쪽에서 우리한테 연락할 거야. 틀림없이 로비어가 미리 손을 써둘 테지만."

"언제 출발해요?" 네더튼은 고비바겐을 힐긋 올려다봤다.

"10분 후에. 버튼을 차 트렁크에 실어야 해."

"화장실 좀 다녀올게요." 네더튼은 버스 출입구로 올라가는 계단을 향해 걸음을 옮겼다. 문가 아직도 잠겨 있는지 확인도 할 겸. 그는 속으로 그렇게 중얼거렸다. 틀림없이 잠겨 있을 거라 생각하면서도.

112
패링던으로

 이제 거의 다 왔다고 애시가 말했다.
 질 리무진의 내부 공간은 벤츠 캠핑 버스 안의 라운지보다 더 넓은 듯싶었다. 실제로는 아니지만 그렇게 느껴졌다. 어린아이가 어른용 가구를 보며 느낄 법한 기분이었다. 게다가 차 안의 물건들은 하나같이 플린이 자신의 드레스를 덜 좋아하게 된 이유인 검은색을 띠고 있었다. 그 검은색에는 틀림없이 뭔가 있었다.
 그리고 바깥에 보이는 불빛은 비를 머금은 은빛과 분홍빛이었다. 플린이 이곳에 처음 왔을 때, 하얀 밴 지붕의 발사대를 통해 하늘로 날아올랐을 때와 똑같았다.
 플린 옆자리에 앉은 네더튼은 몸이 닿기에는 너무 멀리 떨어져 있었지만, 더 가까이 붙어 앉았다면 꼼짝없이 데이트하는 것처럼 보일 판이었다. 코너는 애시와 함께 앞좌석에 앉아 있었다. 그 둘 사이의 빈자리는 다른 사람 두 명이 더 앉아도 너끈할 만큼 넓었다.
 플린은 차 안에 커피 머신이 있었으면 좋았겠다고 아쉬워했지만,

그 생각을 하고 보니 지금쯤 세 방향에서 쳐들어오는 국토안보부 차량 대열을 상대하고 있을 토미와 카를로스를 비롯한 저쪽 세계의 모두가 떠올랐다. "지금 집에 전화할 수 있나요?" 플린이 애시에게 물었다. 차 안의 칸막이 너머로 자신의 목소리가 들릴 거라 짐작하며 한 말이었다.

"그래요, 하지만 지금 바로 하세요. 곧 도착하니까요."

앞서 버튼이 트렁크에 들어가 외골격의 몸체를 접는 사이, 애시는 플린에게 페리퍼럴에 내장된 전화로 어떻게 전화를 거는지 가르쳐 줬고, 자기 전화에 저장된 전화번호들도 전송해 줬다. 이제 플린은 여러 배지들을 시야에 띄운 다음 아래로 스크롤하다가 빨간 너빈 한 개가 그려진 메이컨의 노란색 배지가 나오자 혀끝으로 입천장을 두드렸다.

"여보세요." 메이컨이 말했다.

"어떻게 돼가?"

"손님들이 계속 오는 중이야."

"염병할…."

"난 그래도 점잖게 말했는데."

"우리 엄마 곁에는 누가 붙어 있어?"

"재니스가 있어. 카를로스하고 그 친구들 몇 명도 같이."

플린은 하얀 왕관을 쓰고 하얀 침대에 누운 자신의 모습이 눈에 선했다. 버튼과 코너는 저마다 침대 한 개씩을 차지하고 곁에 누워 있었다. 만약 저쪽에서 죽으면 이쪽에 있는 자신은 어떻게 될까? 플린의 머릿속에 처음으로 떠오른 의문이었다. 아무 일도 일어나지 않을 터였다. 플린의 페리퍼럴이 그 클라우드인지 뭔지 하는 자동 조종 장치에 의해 움직이리라는 것만 빼면. 설령 그렇게 된다 해도 누군가 데이드라의 예술에 관해 물으면, 페리퍼럴은 똑같이 헛소리를 지껄일까? 그것이 플린이 이곳에 있었다는 유일한 증거로 남게 될까?

"그만 끊는 게 좋겠어요. 차가 저쪽 편 구역에 들어서는 중이에요." 애시가 말했다.

처음에는 희미하게, 요정 경찰서 상황실의 접수 요원들이 소곤거리는 소리가 플린의 귀에 들려왔다. 아엘리타가 살던 빌딩의 맨 아래층 부근에서 들려오는 소리였다.

113
공기 튜브로 만든 성

야광봉을 든 미치코이드가 팔을 휘휘 저어 일행이 탄 질 리무진을 도로 경계석 쪽으로 인도했다. 그들 앞쪽의 차는 생김새가 바퀴 여섯 개짜리 은색 벤틀리 증기 구리미와 비슷했지만, 색깔은 은폐 기능을 해제했을 때의 로비어의 차와 똑같았다. 삭발한 머리에 마오리족 특유의 요철형 얼굴 문신을 새긴 커플이 잠깐 눈에 띄었다. 그 둘의 한쪽 옆에는 무광 검정으로 도색한 쐐기처럼 생긴 미끈한 자동차가, 반대쪽에는 공기 튜브로 만든 성 모양의 커다란 놀이 기구가 있었다. 비단 이든미어 맨션스뿐 아니라 어떤 샤드에도 일상적인 건축 요소로 포함될 리 없는 구조물이었다. 네더튼은 그 놀이 기구 안에 갖가지 검색 장치가 탑재됐으리라 추측했다. 입구에는 미치코이드들만 배치돼 있는 듯했는데 모두 군복과 비슷한 느낌이 살짝 나는 회색 제복 차림이었다. 네더튼은 데이드라의 모비에서 본 미치코이드가 떠올랐다. 그 미치코이드가 모비의 난간 너머로 몸을 던지기 직전에 온몸에서 다닥다닥 튀어나왔던 무기들도 쓰레기 섬에 착지한 미치코이드들이 거미처럼 잽싸게 움직인다던 레이니의 말도 함께 떠올랐다.

애시와 코너는 무슨 신호라도 받은 것처럼 제각각 차 문을 열었다. 질 리무진의 문은 하도 커서 서보모터로 작동했지만, 소리는 전혀 나지 않았다. 애시는 네더튼 쪽을, 코너는 플린 쪽을 맡아 동시에 뒷좌석 문을 열었다.

네더튼은 생각할 겨를도 없이 플린 쪽으로 몸을 숙이고 손을 잡았다. "거짓말 한번 기똥차게 해봅시다." 그가 말했다. 어떻게 그런 말을 떠올렸는지는 스스로도 알 수 없었다. 플린은 그 말에 놀라 묘한 표정으로 웃어 보였고, 둘은 제각각 양쪽 차 문을 나섰다. 바깥 공기는 축축하고 생각보다 더 서늘했지만 그래도 맑았다. 미치코이드 하나가 야광 기능이 없는 검색 봉으로 코너의 몸을 스캔하는 동안 다른 미치코이드는 애시를 상대로 같은 업무를 수행했다. 뒤이어 네더튼과 플린도 앞으로 오라는 손짓에 따라 불룩한 회색 고무 튜브 속으로 들어섰다. 마치 거대한 장난감 코끼리의 허벅지 사이로 들어가는 듯했다.

이후 약 15분에 걸쳐 갖가지 불쾌한 로봇 검색 장치에 스캔당하며 쿡쿡 찔리는 동안 두 사람은 그 일대에 작용하는 모종의 힘에 의해 의식이 적당히 해리된 상태였다. 뒤이어 멋들어지게 낡은 느낌이 나는 미치코이드가 고색창연한 기모노 차림으로 둘을 맞이했다.

"아엘리타 웨스트의 삶을 기리는 자리에 와주셔서 감사합니다. 두 분의 개인 경호원은 별도 절차를 거쳐 입장했습니다. 두 분을 기다리고 있을 겁니다. 엘리베이터는 왼쪽에서 세 번째 것을 쓰시면 됩니다."

"고마워." 네더튼은 그렇게 말하고는 페리퍼럴의 손을 잡았다. 로비에 먼저 들어선 문신 커플의 모습은 어디에도 보이지 않았다. 다른 사람들도 마찬가지로 보이지 않아서 데이드라의 음성 메시지 보관함만큼이나 따뜻하게 환영해 주는 느낌이 들었지만, 이것이야말로 로비라는 공간의 전형적인 분위기였다.

"이 행사가 '삶을 기리는 자리'였어요?" 플린은 자신을 엘리베이터 쪽으로 이끄는 네더튼에게 물었다.

"그렇다고 하는군요."

"바이런 버카트의 부고님도 그런 행사를 열었어요."

"누구요?"

"바이런 버카트요. 커피 존스 점장이었어요. 로봇이 운전하는 트레일러트럭에 치였죠. 그것도 밸런타인데이에. 난 그때 죄책감이 들었어요. 날 해고했다는 이유로 바이런한테 화가 나 있었거든요. 그치만 그 자리에는 나도 참석했어요."

"사람들이 아엘리타가 죽었다는 사실을 받아들인 모양이에요."

"어째서 죽었다고 확신하는지 모르겠어요. 그래도 이런 자린 줄 미리 알았으면 좋았을 텐데. 꽃이라도 가져왔을 테니까요."

"데이드라는 한마디도 안 했어요. 깜짝 행사 같은 건가 봐요."

"깜짝 장례식이라고요? 여기선 그런 것도 해요?"

"나는 처음 봐요."

"56층이에요." 플린은 조작 버튼이 붙은 곳을 가리키며 말했다.

네더튼이 버튼을 누르자 엘리베이터 문이 열렸다. 둘은 안으로 들어섰다. 등 뒤에서 문이 닫혔다. 위쪽으로 움직이는 엘리베이터는 더없이 조용했고 신속했으며, 살짝 어지러운 느낌이 들었다. 네더튼은 틀림없이 술이 나올 거라고 확신했다.

114
삶을 기리는 자리

엘리베이터에서 내린 플린은 검은 옷을 입은 사람들 두 무리 사이에서 이곳에 처음 왔을 때 봤던 것을 목격했다. 강이 굽이진 곳의 풍경이었다. 창문은 모두 편광 기능이 제거돼 투명했고 내부 벽은 모조리 철거돼 보이지 않았다. 철거된 정도가 아니라 아예 처음부터 없었던 것 같았다. 실내는 이제 레프 아버지의 갤러리처럼 널따란 단일 공간이었다. 코너는 엘리베이터 문 옆에 서서 이 모든 광경을 샅샅이 살피는 중이었다. 그는 컨디션이 더없이 좋아 보였고, 마침내 플린이 생각하는 예전 그의 모습으로 돌아간 것처럼도 보였다. 그를 산산조각 내버린 뭔지 모를 사건이 일어나기 전의 모습이었다. 그는 철저히 경호원 행세를 하는 중이었기 때문에 드러내 놓고 웃지는 않았지만, 거의 웃는 표정이나 다름없었다.

"이 엘리베이터 말고는 올라가거나 내려가는 경로가 없어." 둘이 다가오자 코너가 말했다. "바로 위아래 층은 계단으로 오갈 수 있지만. 보아하니 더럽게 못생긴 놈들이 몇몇 있군. 나 같은 경호원들이야. 더럽게 못생긴 여자들도 몇 명 보이고, 조그만 마을 하나를 채울 만큼 부자들을 많이 모아놓고 악당 대회라도 여는 것 같아."

"난 이쪽에 와서 한 장소에 사람이 이렇게 많이 모인 건 처음 봤어." 플린이 그 말을 한 순간, 페리퍼럴의 몸에 있는 모든 뼈 속 깊숙이서 뭔가 윙윙댔다. "통신 얽힘 상태를 시험하는 중입니다." 이때껏 살면서 들어본 가장 불쾌한 목소리, 마치 주파수로 변조된 고통의 귀로 듣는 듯한 소리였지만, 플린은 로비어의 목소리인 것을 알아차렸다. "확인 부탁합니다."

혀끝의 조그마한 자석으로 두 번, 입천장 사분면의 왼쪽 앞부분을 톡톡 두드렸다.

"좋습니다." 뼈들이 말했다. 끔찍한 기분이었다. "한 바퀴 둘러볼 시간입니다. 윌프에게 말하세요."

"한 바퀴 둘러보죠." 플린이 네더튼에게 말한 순간 몸에 문신을 새긴 뉴질랜드인 한 무리가 일행 곁을 지나갔다. 플린은 〈시엔시아로카〉에서 본 타 모코※가 떠올랐다. 그것은 엄밀히 말하면 문신이 아니었다. 살을 파내기 때문이었다. 그렇게 해서 홈을 팠다. 살갗을 얕게 조각하는 식이었다. 플린이 보기에 그 무리의 우두머리는 얼굴 옆쪽에 전투용 카누 같은 것이 새겨진 금발 여성이었다. 그들은 파티를 즐기러 이곳에 온 사람들이 아니었다. 그렇게 따지자면 삶을 기리러 온 것도 아니었다. 우두머리 여성이 플린 일행 곁을 지나갈 때, 여성의 얼굴 주위에서 뭔가 움직이는 기척이 보였다. 아주 어렴풋이, 화상

※ 마오리족이 얼굴에 새기는 전통 문신.

캡처 기능이 작동하느라 멈칫하는 느낌이 들었다. 플린은 자신의 시야에 장착된 장치에 관해 로비어에게서 들었던 설명을 떠올렸다.

"간격은 최소 2미터로 유지하세요." 네더튼이 코너에게 말했다. "우리가 대화를 나눌 땐 그 두 배로 넓히고요."

"난 그런 훈련은 아주 잘돼 있어요." 코너가 말했다. "로비어가 배우게 했거든요. 염병할 데스파냐 국왕의 가상 대관식 무도회에서요. 이 정도야 풀장 파티 수준이죠."

미치코이드 하나가 연황색 와인 잔이 여럿 놓인 쟁반을 들고 다가와 플린에게 술을 권했다. "난 괜찮아." 플린이 말했다. 그러고는 네더튼이 웃는 얼굴로 와인 잔을 향해 손을 뻗다가 우뚝 멈추는 광경을 지켜봤다. 꼭 헙틱이 고장을 일으켜 멈칫거리는 버튼의 모습을 보는 듯했다. 이내 네더튼의 손이 방향을 틀어 쟁반 가장자리 근처에 있는 탄산수 잔 쪽으로 향했다. 네더튼은 움찔하더니 그 잔을 들었다. "따라와요." 그가 말했다.

"어디로요?"

"이쪽이에요, 애니." 네더튼은 플린의 손을 잡고 창가에서 떨어진 중앙 쪽으로 이끌었다. 그러는 동안 내내 탄산수 잔은 가슴께에 들고 있었다.

플린은 이 공간의 주위를 한 바퀴 돌려면 시간이 얼마나 걸리는지 떠올렸다. 그러자 그때 그 벌레들이 지금도 저 바깥에 있는지, 그것들의 진짜 정체는 무엇인지 궁금해졌다.

실내 중앙부에는 완전히 새까만 정사각형 스크린이 바닥부터 천장까지 걸려 있었고 그 주위에 사람들이 모여 마실 것을 손에 들고 얘기를 나눴다. 그 스크린은 플린이 네더튼을 처음 봤을 때 그의 책상 위에 있던 낡은 평면 디스플레이를 거대하게 확대한 것처럼 보였다. 네더튼은 목적지를 알고 가는 사람처럼 계속 걸었지만, 플린은 그렇지 않을 거라 짐작했다. 이제 조금 다른 각도에서 본 검은 스크린은 완전히 텅 비어 있지 않았다. 아주 희미하게, 어떤 여성의 얼굴을 보여주고 있었다. "저게 뭐예요?" 플린은 고갯짓으로 스크린 쪽을 가리키며 네더튼에게 물었다.

"아엘리타예요."

"여기 사람들은 원래 저런 걸 하나요?"

"난 처음 봐요. 그리고…." 네더튼이 멈칫했다. "이쪽은 데이드라예요." 그가 말했다.

데이드라는 플린이 생각했던 것보다 키가 작았고 타코마와 비슷했다. 즉, 동영상이나 광고에 나오는 사람처럼 보였다. 플린이 살던 곳에서는 그런 사람을 보는 것만으로도 대단한 일이었다. 피켓에서도 그런 분위기가 살짝 풍겼는데 이는 시간이 흐르면서 저절로 조금씩 몸에 밴 태도에 가까웠지, 스스로 노력해서 익힌 것은 아니었다. 어쨌거나 그는 촌사람이었던 것이다. 브렌트 버밋은 마이애미나 다른 곳에서 지낸 경험 덕분에 '남성형 데이드라'의 분위기를 잔뜩 풍겼고, 그에게 아내가 있다면 그녀 역시 마찬가지였을 터였다. 그러나 데이드라 본인은 다른 누구도 따라오지 못할 매력으로 가득했고, 그중에서도 최고는 문신이었다. 검은 드레스 위로 드러난 빗장뼈 위쪽에 정사각형 모양으로 자른 검은색 소용돌이 문신이 새겨져 있었다. 플린은 자신도 모르는 사이에 문신들이 움직이기를 기다렸다. 문신이 움직이지 않으리라 넘겨짚을 이유는 없었다. 다만 움직이는 문신이었다면 네더튼이 미리 귀띔해 줬으리라는 생각이 들기는 했다.

"애니." 네더튼이 말했다. "전에 코넛 호텔에서 데이드라를 만난 적이 있죠. 오늘 여기서 다시 만날 줄은 몰랐겠지만, 실은 내가 데이드라한테 미리 얘기해 뒀어요. 당신이 데이드라의 예술과 경력을 어떻게 생각하는지에 관해서요. 아주 흥미 있어 하더군요."

데이드라는 담담한 표정으로 플린을 물끄러미 봤다. "신원시주의 자들 말인데요." 데이드라의 말투는 그 단어 자체를 완전히 좋아하지는 않는 것처럼 들렸다. "그 사람들하고 어떤 사이죠?"

거짓말 임플란트는 데이드라의 예술과 직접 관련된 질문을 받아야만 작동할까? 플린은 그럴 거라 짐작했다. "저는 그들을 연구해요." 그 말을 하는 동안 플린은 머릿속 한구석에서 책등이 누렇게 변색된 채 줄줄이 늘어선 《내셔널 지오그래픽》과 〈시엔시아 로카〉와 이런저런 온갖 것들을 떠올렸다. "그들이 만드는 걸 연구하죠."

"그치들이 뭘 만드는데요?"

플린의 머릿속에 떠오른 것은 카이덱스로 뭔가 만드는 카를로스와 그 친구들의 모습뿐이었다. "칼집이나 총집 같은 것들이에요. 장신구도 있고요." 장신구는 사실이 아니었지만 그런 것은 중요하지 않았다.

"그게 내 작품하고 무슨 상관이죠?"

"헤게모니에서 벗어나 실재를 아우르는 시도거든요." 임플란트가 말했다. "타자를요. 용감하게. 경계를 넘나드는 호기심은 당신 본연의 인간성에 영향을 받은 거죠. 당신의 따뜻한 마음에요." 플린은 눈이 커지려 하는 느낌이 들었다. 그래서 억지로 미소를 지었다.

데이드라는 네더튼을 돌아봤다. "내 마음이 따뜻하다고?"

"바로 그거야." 네더튼이 말했다. "애니가 파악하기에 당신 작품에서 가장 많이 간과되는 측면은 당신 본연의 인간성이야. 그걸 바로잡는 게 애니가 하는 분석의 목표고. 난 애니의 주장이 굉장히 계시적이라는 걸 알았어."

"정말로?" 데이드라는 네더튼을 물끄러미 보며 물었다.

"당신 앞이라서 애니가 많이 수줍어해. 애니한테는 당신 작품들이 전부거든."

"정말이에요?"

"뵙게 돼서 너무 기뻐요." 플린이 말했다. "다시 뵙게 돼서요."

"이 페리퍼럴은 당신을 전혀 안 닮았네요. 당신, 지금은 브라질행 모비에 있다고 했죠?"

"원래는 명상을 하고 있어야 하는데, 여기 오려고 속임수를 썼어." 네더튼이 말했다. "애니가 같이 머물 대상 집단은 방문자들한테 임플란트를 죄다 제거하라고 요구한대. 애니 처지에선 놀라운 헌신을 하는 셈이지."

"누굴 모델로 해서 만든 거죠?" 데이드라는 플린에게서 눈길을 거두지 않았다.

"모르겠어요." 플린이 대답했다.

"대여용이야." 네더튼이 말했다. "내가 임포스터 신드롬에서 찾았어."

"언니분 일은 유감이에요." 플린이 말했다. "저는 여기 도착하고 나서야 이런 자리란 걸 알고 말았어요. 상심이 정말로 크시겠어요."

"우리 아버진 어제 오후까지도 긴가민가하던데요." 데이드라의 목소리에 슬퍼하는 기색은 조금도 없었다.

"아버님도 여기 와 계신가요?" 플린이 물었다.

"볼티모어에 있어요. 여행을 싫어해서." 데이드라가 말했다. 그 말이 끝나자 데이드라 등 뒤에서 인파를 뚫고 누군가 다가왔다. 발코니에 있던 그 남자였다. 이제 흑갈색 로브가 아니라 검은 슈트 차림이었고, 조금 자란 검은 수염은 말끔하게 다듬어져 있었다. 얼굴은 웃고 있었다.

"젠장." 플린이 나지막이 중얼거렸다.

데이드라는 미간을 찌푸렸다. "뭐라고요?"

플린은 혀끝으로 입천장을 두드렸다. 남자의 모습을 둘러싸고 다시금 프레임이 흔들리는 것처럼 보였다.

"죄송해요, 제가 너무 긴장해서 그만. 당신은 제가 세상에서 제일 좋아하는 아티스트거든요. 자꾸 과호흡 증후군 같은 게 막 일어나려고 하지 뭐예요. 게다가 언니가 돌아가신 마당에 아버님에 관해 여쭤보려니까…."

데이드라는 플린을 물끄러미 봤다. "영국 사람인 줄 알았는데."

데이드라가 네더튼에게 한 말이었다.

"브라질에서 같이 지내는 신원시주의자들이 미국인이야." 네더튼이 말했다. "그 사람들한테 적응하려고 말투를 고치는 중이지."

발코니의 그 남자는 그들을 쳐다보지 않고 곧장 지나쳐 걸어갔지만, 플린은 문득 궁금해졌다. 데이드라를 돌아보지 않고 그냥 갈 사람이 과연 있을까?

"그런데 우리가 때를 잘못 맞춰 오고 말았군." 네더튼이 말했다. 플린이 보기에 그는 자신들이 찾는 남자에게 방금 막 태그가 달렸다는 사실을 까맣게 모르는 상태였다. 미리 신호를 정해놨어야 했네. 네더튼은 지금 데이드라를 상대로 허풍을 치느라 바빴다. 플린에게는 그의 속이 훤히 보였다. 네더튼이 말을 꺼냈다. "적어도 둘이서 인사라도 다시 나누면…."

"아래층으로 가죠." 데이드라가 플린에게 말했다. "얘기를 나누기엔 거기가 더 편하니까."

"따라가십시오." 또다시 뼛속에서 목소리가 들려왔다. 그 소리에 비하면 손톱으로 칠판을 긁는 소리는 새끼 고양이를 쓰다듬는 느낌만큼이나 부드러울 듯싶었다.

"이쪽이에요." 데이드라는 강이 내려다보이는 창 쪽으로 플린과 네더튼을 안내한 다음, 앞장서서 나지막한 벽을 돌아 하얗고 널따란 석조 계단을 내려갔다. 플린이 뒤를 돌아보니 코너가 따라오는 중이었고, 그의 양옆에는 도자기처럼 하얀 여성형 로봇 둘이 있었다. 두 로봇 모두 얼굴에 이목구비가 없었고 헐렁한 검정색 튜닉과 발목 부분에 지퍼를 달아 꼭 맞게 조인 바지를 입었으며, 하얀 발은 발가락 없이 한 덩어리였다. 계단 꼭대기에 서 있는 그 로봇들은 플린이 보기에 경호 임무를 수행하는 듯했다. 플린 곁에서 걷는 네더튼은 여전히 탄산수 잔을 들고 있었지만 그 물을 마시는 것 같지는 않았다.

아래층은 플린이 쿼드콥터에서 봤던 곳과 한결 더 비슷했다. 레프네 집의 1층을 더 현대적으로 바꿔놓은 분위기였고, 사방에 방이 있었다. 데이드라는 창밖에 강이 내려다보이는 방으로 둘을 안내했지만, 플린은 자신들이 방에 들어서자 투명하던 창이 흐릿하게 변한 것을 알아챘다. 그 방에는 또 다른 데이드라가, 똑같은 드레스를 입고 서 있었다. 그 데이드라는 방에 들어선 사람들을 본 것 같았지만 반응은 하지 않았다. 언뜻 불편해 보이지만 실제로는 그렇지 않을 듯한 안락의자에는 운동복을 입은 검은 머리 여성이 흰 종이 몇 장을 손에 들고 앉아 있었다. 그 여성이 고개를 들었다. "10분 후에 시작이야." 데이드라가 여성에게 말했다. 플린은 그 여성이 파티에 온 손님이 아닌 것을 그제야 눈치챘다.

"저건 당신의 페리퍼럴인가요?" 플린은 다른 데이드라 쪽을 보며 물었다.

"생긴 걸로 봐선 어떨 것 같아요?" 데이드라가 되물었다. "나를 대신해서 연설할 거예요. 메리가 같이 한다고 해야겠네요. 성우거든요."

메리가 흰 종이를 손에 들고 의자에서 일어섰다.

"어디 다른 데로 데려가." 데이드라가 말했다. "우리끼리 할 얘기가 있으니까."

메리는 데이드라의 얼굴을 한 페리퍼럴의 손을 잡고 모퉁이를 돌아 사라졌다. 플린은 그 모습을 보며 부끄러운 느낌이 들었다.

"여기가 안전하다고 생각하겠죠." 데이드라가 말했다.

"예." 플린은 대답할 말이 달리 떠오르지 않았다.

"안 그래요. 전혀. 당신이 누구든 간에, 이 바보를 따라 제 발로 여기까지 왔으니까요." 데이드라는 네더튼을 바라보고 있었다. 바로 곁에 있는 가구에 탄산수 잔을 내려놓은 그의 표정은 고통스러워 보였다. "저걸 찢어버려." 데이드라가 코너를 가리키며 말했다. 보아하니 여성형 로봇 둘에게 한 말 같았다. 그러자 둘 중 하나가 즉시, 눈으로 좇기도 힘들 만큼 빠르게, 쪼그린 자세로 천장에 달라붙어 하얀 팔을 사마귀처럼 기다랗게 뻗었다.

플린은 빙긋 웃는 코너의 얼굴을 봤지만 다음 순간 그의 모습은 사라졌고, 하얗고 둥그런 벽이 플린과 네더튼과 데이드라를 둘러쌌다. 벽은 분명 그 자리에 있었다. 또는, 있는 것처럼 보였다. 플린은 페리퍼럴의 주먹을 뻗어 벽을 쾅쾅 쳤다. 손이 아팠다.

"진짜 벽이에요." 데이드라가 말했다. "이제 당신이 온 곳이 어디든, 어느 시대든, 또 지금 거기서 당신 경호원을 조종하고 있는 사람이 누구든, 그 사람한테 말해요. 지금 당신 상황이 위험하다고." 데이드라는 코너의 정체를 제대로 간파했다. 만약 로봇들이 레프 형의 페리퍼럴을 부숴버리면 코너는 콜디론 사무실 안쪽에서, 버튼의 옆 침대에서 깨어날 판이었다. "하지만 얼마나 위험한지는 모르겠다고 말해요."

그 순간 발코니의 그 남자가 벽을 뚫고 걸어 들어왔다. 그냥 똑바로 뚫고 걸어왔다. 마치 벽이 거기에 없다는 듯이, 또는 남자와 벽이 잠깐 동안 같은 시간과 공간을 점유했다는 듯이.

"어떻게 한 거예요?" 플린이 물었다. 그런 광경을 본 이상 묻지 않고 가만히 있을 수는 없어서였다.

"어셈블러 덕분이야." 남자가 말했다. "여기서는 원래 이렇게 해. 우린 다변적protean, 多變的이거든."

"단백질protein이라고요?"

"형태가 고정되지 않았다는 말이야." 남자는 시범 삼아 벽 속으로 손을 휘저었다. 그러고는 벽 건너편의 코너와 마주 볼 법한 자리로 옮겨 와 자기 얼굴을 벽에 들이밀었다가 곧바로 빼냈다. "저쪽에 지원 병력 좀 보내줘." 남자가 데이드라에게 말했다.

"난 움직일 수가 없어요." 네더튼이 말했다.

"당연히 그렇겠지." 남자는 그렇게 말하고는 플린을 돌아봤다. "여자 쪽도 마찬가지일걸."

남자의 말이 옳았다.

여성형 로봇 둘이 벽에서 튀어나왔다. 아까 남자가 들어왔던 자리였다. 그러고는 방금 남자가 머리를 들이밀었던 곳으로 다시 들어가더니 그대로 사라져 다시 돌아오지 않았다.

115
해리 상태

　엘리베이터가 내려오는 사이에 네더튼은 적들이 앞서 보안 검색 때 썼던 정체 모를 기술 비스무리한 걸 사용하는 모양이라고 짐작했다. 상대의 의식에 해리 상태를 일으키는 기술이었다. 해리 상태에 대해 불평하기는 힘들었다. 아예 술의 대용품으로 써먹을 만하겠다는 생각마저 들 정도였다.
　그러나 효과를 발휘하는 것은 그 기술뿐만이 아니었다. 뭔가 네더튼으로 하여금 몸을 마음대로 움직이지 못하도록 제약하는 것이 있었다. 그는 시선을 움직일 수 있었고 데이드라나 그녀의 친구가 걸으라고 명령하면 걸을 수도 있었고 그들이 서라고 하는 자리에 가서 설 수도 있었지만, 예컨대 손을 들거나 주먹을 쥘 수는 없었다. 쥐려고 시도는 해봤지만, 딱히 원해서 한 일은 아니었다.
　앞서 그들을 둥그렇게 에워쌌던 엘리베이터 문이 나타났다. 그렇게 하려면 어셈블러가 무척이나 많아야 했다. 네더튼은 어셈블러를 대량으로 사용하지 못하게 막는 규제가 있다는 사실이 어렴풋이 떠올랐지만, 이곳에서는 그 규제가 적용되지 않는 모양이었다. 아니면 이들이 규제를 무시하거나.

네더튼 곁의 플린 역시 그와 같은 상태로 보였다. 플린의 페리퍼럴을 보고 있자니 사용하지 않을 때의 모습이 떠올랐다.

"내려." 엘리베이터가 1층에 도착하자 데이드라가 네더튼을 밀며 말했다.

이제 로비였다. 데이드라의 친구가 앞장서서 걷다가 우연히 왼쪽을 힐긋 봤을 때, 네더튼은 자신도 모르게 그와 똑같이 왼쪽으로 시선을 돌렸다. 하고 싶어서 한 일은 아니었다. 뒤이어 둘 모두 다시 앞쪽으로 시선을 돌려 유리 벽 너머 회색 공기 튜브로 지은 성이 있었던, 그러나 이제는 없는 곳을 바라봤다. 그곳에는 검은 차가 대기하고 있었다. 질 리무진처럼 기다랗지는 않았다. 차 문 앞에는 아까 공기 튜브 성에서 본 회색 제복 차림의 미치코이드 넷이 둘씩 짝을 지어 마주 보고 서 있었다. 유리문이 한숨과 비슷한 소리를 내며 열리자 네더튼은 열린 문을 나서서 걸어갔고, 그러는 동안 조촐하게나마 격식을 차린 상대편의 접대 방식을 보며 왠지 유명인이 된 듯한 흐뭇한 기분을 희미하게 느꼈다.

차까지 남은 거리를 절반쯤 갔을 때 네더튼은 길게 이어지는 단일한 소리를 들었다. 아니, 어쩌면 느꼈는지도 몰랐다. 불쾌할 정도로 나지막한 저음이, 그들 일행 위쪽 어디쯤에서 전해져 오는 듯했다. 데이드라의 친구도 다름 아닌 그 소리를 듣고 차를 향해 냅다 달렸다. 차는 이제 뒷문이 열려 있었다. 당연히 네더튼도 그와 함께 달렸다.

둘은 방금 전까지 창문이었을 법한 유리 조각들이 종이 눈처럼 어지럽게 쏟아지는 곳을 지나갔지만, 어렴풋이 금빛을 띠고 반짝이는 그 조각들은 나무뿌리를 덮을 용도로 화단에 까는 지푸라기처럼 부드럽고 안전해 보였다.

무언가 하얗고 둥그렇고 매끈한 물체가 포물선을 그리며 추락해 길 위에 대기 중인 차 너머로 떨어졌다. 그러고는 길바닥에 부딪혀 차 지붕보다 한참 높은 허공까지 튕겨 올라갔다.

그 물체는 미치코이드의 머리였다.

뒤이어 차 지붕에 하얀 로봇 팔 한 짝이 떨어졌다. 팔꿈치는 굽히고 손가락은 오므린 채였다. 그 팔을 보며 네더튼은 레이니와 함께 봤던 쓰레기 섬 영상 피드 속에서 정지 화면처럼 꼼짝도 않던 잘린 손의 실루엣이 떠올랐다.

누군가, 아마도 데이드라의 공범이 네더튼을 아플 정도로 세게 밀쳐 대기 중인 차 뒷좌석의 진주색 시트 위로 밀어 넣었다. 그러고는 네더튼의 귓가에 철썩 붙다시피 한 채 비명을 질렀다. 남자의 주위에서 솟구친 것은 네더튼이 보기에 틀림없이 피였다.

116
대포알

 여름이면 그들은 다 함께 마을 수영장에 갔다. 보안관 사무소와 마을 유치장이 있는 건물 옆이었다. 버튼과 코너는 높다란 다이빙대에서 뛰어내려 '대포알' 묘기를 선보이곤 했다. 굽힌 무릎에 머리가 닿을 만큼 몸을 동그랗게 옹송그리고, 손으로 발목을 잡고, 그대로 엉덩이부터 물에 떨어졌다가 웃으며 수면으로 올라오면 친구들이 환호하며 맞아줬다. 때로는 리언이 같은 다이빙대에 올라가 물을 어마어마하게 튀기는 '배치기 다이빙'을 해서 고생스럽게 묘기를 보여준 둘을 약 올리는 것으로 끝나기도 했다.

 기묘한 소리를 들은 데이드라가 위를 올려다봤을 때, 플린의 머릿속에 바로 그 여름의 기억이 떠올랐다. 이곳 사람들의 행동을 똑같이 따라 하는 것은 네더튼만이 아니었기에 플린 또한 위쪽을 올려다봤다. 플린의 페리퍼럴에 내장된 화상 캡처 장치들이 깜빡깜빡 빛을 내며 위에서 아래로 연속해 촬영한 피사체는 검은 슈트를 입은 코너의 페리퍼럴이었고, 대포알 자세로 떨어진 그 페리퍼럴의 표적은 발코니에 있었던 남자, 그리고 남자 뒤에서 그를 차 안으로 밀어넣으려 하던 미치코이드였다. 이 때문에 코너가 명중시킨 것은 대부분 남자 뒤편의 미치코이드였다. 징그러운 애니메이션의 한 장면처럼 피가 튀었고, 미치코이드와 코너의 페리퍼럴은 플린과 한 걸음 남짓 떨어진 곳에서 자동차 앞유리에 부딪힌 벌레들처럼 터져버렸다.

누군가, 아마도 데이드라가 플린의 드레스 뒤쪽 윗단을 잡고 차 안으로 끌어당겼고, 플린의 발목을 세게 찼다. 아마도 그저 화가 뻗쳐서 한 짓 같았다. 한편 발코니에 있었던 남자는 누가 흘렸는지 모를 피로 흠뻑 젖은 자기 오른팔을 끌어안고 비명을 질러댔고, 그러는 동안 다른 미치코이드가 그를 차에 거칠게 밀어넣고 차 문을 닫았다.

"뉴게이트로 가." 고통을 못 이겨 흐느끼는 남자의 울음소리보다 더 큰 목소리로 데이드라가 말했다. 그러자 차가 출발했다.

117
쇠꼬챙이가 잔뜩 꽂힌 화강암 벽

두 미치코이드 중 하나가 수염 난 남자의 오른팔을 메디시로 치료하는 중이었다. 남자의 오른쪽 어깨에 부착된 메디시는 무릎 높이까지 길게 뻗어 밑에 있는 팔을 뒤덮은 채로 부풀었다 쪼그라들었다 했다. 장치 안에 가득한 누런 액체 속에서 피가 소용돌이쳤다. 남자는 눈을 감고 긴장이 풀린 표정을 하고 있었고, 네더튼은 그가 만끽할 뭔지 모를 해리 상태가 부러웠다.

네더튼 스스로는 정신이 너무도 완전하게 현실과 결합된 상태였다. 방금 전까지의 의식 상태를 유도한 원인이 무엇이었든 간에 갑작스레 차단됐기 때문이었다. 아마도 코너 펜스케의 페리퍼럴이 안겨준 충격 때문인 듯했다. 또는 해리 상태를 유지시키는 필드가 이미 차 뒤쪽 저편으로 멀어진 이든미어 맨션스에서만 작용하는지도 몰랐다. 어느 쪽이든 간에 그는 이제 타인의 행동을 모방하려는 강박에서도 벗어난 상태였다. 적어도 그가 짐작하기에는 그랬다. 그렇지 않다면 그 역시 눈을 감고 있지 않았을까?

네더튼은 고개를 돌려 널따란 차 뒷좌석에 자신과 나란히 앉은 플린을 봤다. 이제 플린은 페리퍼럴 속에 매우 확실하게 존재하는 것처럼 보였다. 뺨에 펜스케의 피가 묻어 있었다. 아니, 부서진 그의 페리퍼럴의 피였다. 드레스에도 피가 흩뿌려져 있었지만 검은색 천이다 보니 거의 눈에 띄지 않았다. 그는 자신을 보는 플린의 눈빛을 읽을 수가 없었지만, 그것도 읽을 만한 감정이 있을 때의 얘기였다.

턱수염을 기른 남자 앞에 쪼그려 앉은 미치코이드가 메디시를 제거했다. 메디시가 쪼그라들어 점점 작아지면서 속에 든 액체의 색깔이 어두워졌다. 차 안의 회색 카펫 위를 오가며 핏자국을 제거하는 청소 봇들은 더없이 평범한 베이지색을 띤 다리 여섯 개짜리였다. 데이드라와 턱수염 남자는 주행 방향과 반대로 놓인 가운뎃줄 시트의 양쪽 끄트머리에 앉았고, 그 둘 사이에는 다른 미치코이드가 앉아 네더튼과 플린을 감시했다. 그 로봇은 임무에 맞게 거미의 눈처럼 반들거리는 검은 구슬 같은 눈 여러 쌍이 얼굴에 드러나 있었다. 양팔은 팔꿈치 위아래가 모두 기다랗게 늘어난 상태였고, 양손은 칼처럼 예리한 하얀 도자기 재질의 지느러미로 변해 마치 주걱의 날 부분으로 그들 쪽을 가리키며 우아하게 경고하는 것처럼 보였다.

데이드라는 턱수염 남자에게서 네더튼에게로 눈길을 돌렸다. "네가 이렇게 다 망쳐버릴 줄 미리 알았다면 내 손으로 널 죽여버렸을 거야. 널 처음 만난 그날에."

네더튼은 그런 말을 면전에서 들어본 적이 이때껏 한 번도 없었다. 그는 자신의 표정이 담담해 보이기를 바라며 마음을 다잡았다.

"차라리 그랬으면 좋았을걸." 데이드라가 말했다. "네가 준비한 멍청한 선물이 뭔지 알았다면, 그루터기가 뭔지 알았다면 난 절대 수락하지 않았을 거야. 하지만 넌 주보프 가문과 아는 사이였어. 아니면 그 집안의 쓸모없는 아들 하나랑 친구였든가. 그래서 난 그 집 사람들하고 안면을 터놓는 게 좋겠다고 생각했지. 그때는 아엘리타 일도 아직 문제가 되기 전이었으니까."

"조용히 해." 턱수염 남자가 눈을 뜨며 말했다. "여긴 보안이 확실하지 않아. 곧 도착할 테니까 할 말이 있거든 나중에 마음껏 해."

데이드라의 표정이 일그러졌다. 원래부터 남에게 이래라저래라 지시받기를 싫어했기 때문이었다. 데이드라는 드레스 윗단의 매무새를 고치고 남자에게 물었다. "기분은 좀 괜찮아?"

"상당히 좋아졌어. 빗장뼈가 부러지고, 갈비뼈 세 대가 부러지고, 가벼운 뇌진탕까지 일어난 것치고는." 남자의 눈길이 네더튼에게 향했다. "손님 대접도 그 정도로 맞춰드리면 되겠지? 목적지에 도착하자마자 시작해 주지."

흐릿하던 차창이 투명해졌다. 네더튼은 남자가 한 짓이리라 짐작했다. 차가 모퉁이를 돌아 칩사이드로 들어선 것을 안 순간, 네더튼은 자신들이 코스튬플레이 구역의 규칙을 어기려 한다는 사실을 사람들에게 알리고 싶은 충동이 더럭 치솟았다. 그러나 이내 너무도 철저하게 텅 빈 길거리가 눈에 들어왔다. 수레도, 승용 마차도, 짐마차도, 그것들을 끌 달도 전혀 보이지 않았다. 그들이 탄 차는 숄과 모자, 향수, 은그릇 같은 멋진 물건을 파는 가게들 앞을 지나 서쪽으로 향하는 중이었다. 네더튼이 어머니와 함께 거리를 거닐며 지나쳤던 그런 가게들에서는 페인트칠 간판의 매력이 은밀히 풍겼다. 그런 이미지들이 오늘은 다 어디에 가 있을지 궁금했다. 짚이는 구석조차 없었다. 차도 옆 보도는 사실상 텅 비어 있었는데, 이는 어딘가 이상했다. 이제 막 날이 저물었으니 아직은 인파로 붐벼야 마땅했다. 그러나 몇 안 되는 외로운 행인들은 길을 잃고 당황한 사람처럼 불안해 보였다. 네더튼의 머릿속에 그들이 인간이라는 사실이 퍼뜩 떠올랐다. 그래서 그들은 앞서 송출됐을 신호를 따르지 못했던 것이다. 클라우드가 조종하는 페리퍼럴들, 마차꾼과 삯바느질 재봉사, 유한계급 신사, 거리의 부랑아 같은 이들의 삶을 눈에 보이게 재현하는 로봇들은 수신했을 그 신호를. 차가 지나가자 그들은 방향을 틀어 멀어졌다. 코번트 가든에서 로비어의 경찰봉을 보자마자 돌아선 사람들과 비슷했다.

"거리가 휑하네요." 플린의 목소리는 그저 낙담한 기색뿐이었다.

네더튼은 뒷좌석 옆쪽에 몸을 기대고 높다란 회색 시트의 등받이 너머를 돌아봤고, 그러다가 차 뒤 유리창 너머에서 이쪽을 노려보는 거대한 뉴게이트를 발견했다. 그렇게 멀리까지는 딱 한 번 어머니와 함께 와봤을 뿐이었다. 그때 어머니는 갈라진 자국이 있는 화강암 담장과 담장 윗면에 날카롭게 솟은 쇠꼬챙이에 질색하며 냉큼 걸음을 돌렸다.

어머니는 시티의 서쪽 끄트머리에 있는 이 문에는 천 년이 넘는 세월 동안 교도소가 있었다고, 그리고 그 담장은 교도소의 최종적이고 궁극적인 흔적이라고 얘기해 줬다. 아니, 과거에는 그랬다. 이곳의 교도소는 1902년, 잭팟 이전의 기이하게도 낙관적이던 한 시대가 시작할 무렵에 철거됐기 때문이었다. 그러다가 그가 태어나기 몇 해 전 어셈블러들이 다시 세웠다. 클렙트(어머니는 그 앞에서 그 말을 결코 쓰지 않았을 테지만)들은 교도소 신축을 현명하고 긴요한 일로 여겼다.

    이제 그들 앞에는 쇠테를 두르고 뾰족뾰족한 쇠침이 돋은 참나무 쪽문이 서 있었다. 네더튼이 어릴 적에 올려다본 바로 그 문이었다. 그때 어머니는 소설가 찰스 디킨스Charles Dickens가 그 문 앞에서 겁에 질렸다는 얘기를 들려줬지만, 그는 악마the Dickens도 이곳에서는 누군가에게 겁을 먹었다는 얘기로 잘못 알아들었다.

    그때 네더튼은 그 문이 두려웠다. 그리고 지금도 마찬가지였다.

118
발코니에 있었던 남자

그것은 코너가 아니었다. 코너 펜스케가 아니었다. 페리퍼럴이었다. 레프 형의 소유물이었다. 파벨. 월프는 그것을 파벨이라 불렀다. '춤 선생'이라고 부르기도 했다. 그리고 코너는 진심이었다. 그것으로 그 악당을 죽이려고 시도했다. 그는 무사했다. 자신의 하얀 침대로, 버튼의 옆 침대로 돌아와 있었고, 표적을 빗맞힌 것 때문에 화가 머리끝까지 나 있었다. 비록 빗맞히기는 했지만, 그는 무려 55층 높이에서 똑바로 뛰어내렸는데도 표적에 그토록 가까이 떨어졌다. 그리고 그가 노린 표적은 당연히 여성형 로봇이 아니었다.

플린은 방금 벌어진 일을 자신이 목격했다는 것을 똑똑히 알았고 방금 벌어진 일의 의미 또한 남에게 설명해 줄 수도 있을 만큼 또렷이 파악했지만, 정작 그 광경을 본 기억 자체는 떠오르지 않았다. 어쩌면 파티에 입장하기 전 공기 튜브로 만든 보안 검색 텐트에서 로봇 여자들이 몸수색과 짐 검색을 할 때 사용한 뭔지 모를 물질 때문인지도 몰랐다. 수술을 받을 때 주입받는 약물과 비슷했다. 잠들 정도는 아니었지만, 그래도 기억은 남지 않고 사라졌다.

이제 칩사이드 구역은 출입이 폐쇄된 것처럼 보였다.

이윽고 플린은 네더튼이 목을 빼고 올려다보던 것의 정체를 눈으로 확인했다. 거대한 돌 파인애플을 수평 방향으로 얄따랗게 눌러 세워놓은 듯한 벽이었다. 위쪽에 줄줄이 돋은 검은 쇠꼬챙이 때문에 그렇게 보였다. 사람들에게 겁을 줄 목적으로 만든 구조물이었다. 어째서 《내셔널 지오그래픽》에서 본 적이 없는지 의아할 정도로 기묘한 생김새였다. 관광객들에게 인기를 끌 법한 장소였건만.

그 순간 차 문이 열리더니 여성형 로봇들이 둘을 차에서 내리게 했고, 그러는 동안에도 달아나지 않도록 감시했다.

마중 나온 사람은 아무도 없었다. 그저 플린과 네더튼, 데이드라, 발코니에 있었던 남자, 여성형 로봇 둘뿐이었다. 두 로봇은 하얀 얼굴에 페리퍼럴의 피가 점점이 묻어 로봇 피부병에라도 걸린 것처럼 보였다. 한 로봇은 플린 뒤편에 서서 하얀 손으로 플린의 위팔을 잡고 방향을 지시했다. 다른 로봇은 네더튼을 맡았다.

거대한 문을 통과하면서 플린은 예전에 본 지옥을 주제로 한 침례교회 애니메이션 영화가 떠올랐다. 버튼과 리언은 그 영화 속에서 지옥에 떨어진 여자들을 보고 섹시하다고 생각했다.

일행은 그 문의 그늘 속, 그 서늘한 공기 속으로 들어섰다. 쇠창살이 쳐진 문들은 하얗게 페인트칠했는데도 붉은 녹이 여전히 드러나 보였다. 판석이 깔린 바닥은 몹시도 엉터리로 만든 정원 오솔길 같았다. 침침한 등불은 병을 앓는 커다란 짐승의 눈처럼 보였다. 조그만 창문들은 열어봤자 아무것도 보이지 않을 것만 같았다. 좁다란 돌계단을 올라갈 때는 한 단 한 단 발을 옮겨야 했다. 꼭 〈시엔시아 로카〉의 에피소드 도입부 같은 느낌이 났다. 초자연 현상 조사대가 수많은 사람이 고통받다 죽은 곳 또는 그저 풍수가 너무나 좋지 않아서 나쁜 기운을 블랙홀처럼 빨아들이는 곳을 조사하러 가는 에피소드였다. 그런데 돌아가는 꼴을 보니 플린은 아마도 고통받다 죽은 사람들 쪽에 속할 모양이었다.

계단 꼭대기에 이르렀을 때 플린은 뒤에 있는 여성형 로봇을 돌아봤고, 로봇의 얼굴에서 자신에게 가까운 쪽의 표면에 추가로 눈이 여러 개 더 돋아난 것을 알았다. 플린을 더 잘 감시하기 위해서였다. 데이드라와 발코니에 있었던 남자 둘 다 말이 없었다. 데이드라는 지루한지 주위를 두리번거렸다. 이제 그들은 흐린 하늘이 보이는 안마당을 가로질러 호텔 헤프티 인의 아트리움※과 비슷하게 생긴 좁다랗고 까마득히 오래돼 보이는 장소로 들어섰다. 감방처럼 보이는 방들이 네 개 층에 걸쳐 줄지어 서서 유리 지붕까지 이어졌다. 지붕은 작은 판유리 여러 장을 검은 금속 틀에 끼워 만든 것이었다. 불빛이 깜박거리자 각 층의 창살 아래로 가늘고 환한 선들이 드리워졌다. 플린은 원래부터 있던 건물이 아닐 거라 짐작했다. 여성형 로봇들은 회칠한 돌의자 한 쌍이 있는 곳으로 둘을 몰고 갔다. 의자는 어린애가 나무 블록을 쌓아 만든 것처럼 모양이 참으로 단순했지만, 크기는 무척 커다랬다. 로봇들은 약 2미터 간격으로 나란히 떨어진 의자에 둘을 앉혔

※ 건물 내부의 한 구역을 비워두고 지붕 대신 채광창을 설치한 공간.

다. 뭔가 거칠거칠한 것이 플린의 양 손목에 닿은 채 움직였다. 아래를 내려다보니 의자의 팔걸이에 해당하는 돌판 윗면에 손목이 고정돼 있었다. 손목을 묶은 굵다란 쇠 수갑은 녹슨 자국이 반들거리는 갈색으로 변한 것으로 보아 그곳에 만들어 놓고 100년은 족히 쓴 물건 같았다. 그 수갑을 본 플린은 문득 피켓이 이곳에 걸어 들어올지도 모르겠다는 생각이 들었다. 어쩌면, 일이 돌아가는 꼴을 보면 정말로 그럴지도 몰랐다.

돌 의자의 싸늘한 냉기가 드레스 천을 통해 전해졌다.

"우린 지금 누굴 기다리는 중이야." 발코니의 그 남자가 플린에게 한 말이었다. 그는 코너에게 당할 뻔한 일의 충격에서 적어도 육체적으로는 벗어난 것처럼 보였다.

"왜요?" 플린이 물었다. 남자가 대답하리라 기대라도 하듯이.

"네가 죽는 걸 눈으로 확인하고 싶어 하는 사람이 있거든." 남자는 플린을 주의 깊게 바라보며 말했다. "네 페리퍼럴이 아니라. 너 말이야. 그리고 넌 네가 진짜로 존재하는 곳에서도 죽을 거야. 네 진짜 몸과 함께, 드론 공격을 받아서. 너희 본부는 정부가 파견한 보안 부대에 포위됐어. 이제 곧 초토화될 거야."

"그래서 그 사람이 누군데요?" 플린은 할 말이 그것밖에 떠오르지 않았다.

"시티 의전관이야." 데이드라가 대답했다. "지금은 내 추도사를 들으며 자리를 지키고 있지."

"누구를 추도하는데요?"

"아엘리타." 데이드라가 말했다. 플린은 앞서 봤던 페리퍼럴과 놀란 기색의 성우가 떠올랐다. "그래도 너흰 우리 추도식까지 망치진 못했어. 그게 너희 목적이었다면 말이지."

"우린 당신을 만나고 싶었을 뿐이에요."

"정말로?" 데이드라가 한 발짝 다가서며 물었다.

플린은 대답하지 않고 남자를 바라봤다. 남자도 사나운 눈으로 플린을 마주 봤다. 그러자 다시 57층 창문 바깥에서 그 남자가 여자의 귓가에 입 맞추는 광경을 보는 기분이 들었다. 깜짝 선물이 있어. 남자는 그때 그렇게 말했다. 플린은 그가 그렇게 말한 것을 분명히 알았다. 또한 플린은 나치 친위대 장교의 머리가 터지고 수평으로 부는 눈보라와 함께 붉은 안개가 퍼지는 모습도 봤다. 다만 그런 것들은 단지 픽셀로 이루어진 형상이었고, 실제 프랑스도 아니었다. 발코니의 그 남자는 자신의 세상에 다른 것은 아무것도 없다는 듯한 눈빛으로 플린을 마주 보고 있었다. 바로 지금, 눈앞에서. 그는 플로리다에 사는 누군지 모를 회계사 따위가 아니었다.

"진정해." 거칠거칠한 쇠 수갑이 말했다. 말소리가 아니라 춥고 메마른 능선을 쓸고 가는 바람처럼 느껴져서 플린은 흠칫했다.

남자는 빙긋 웃었다. 플린이 자신 때문에 흠칫한 줄 알았기 때문이었다.

플린은 네더튼을 돌아봤지만 할 말이 떠오르지 않았고, 그래서 발코니의 그 남자를 다시 돌아보며 말했다. "모두 다 죽일 필요는 없어요."

"그래? 정말로?" 남자는 플린의 말이 우스운 모양이었다.

"나 때문이잖아요. 당신이 그 여잘 발코니에 가두는 걸 내가 봤기 때문에 이러는 거잖아요."

"너 때문이긴 하지." 남자가 말했다.

"나 말고 다른 사람은 아무도 못 봤어요."

남자의 눈이 동그래지며 눈썹이 쓱 올라갔다.

"내가 저쪽으로 돌아간다고 쳐요. 그런 다음 그냥 사무실에서 나가버린다고 생각해 봐요. 주차장을 통해서요. 그럼 당신은 사람들을 죄다 죽이지 않아도 돼요."

남자는 놀란 표정을 지었다. 그러다가 인상을 찌푸렸다. 뒤이어 골똘히 생각하는 듯 보였다. 그러더니 눈을 동그랗게 떴다. 미소 띤 표정으로. "안 돼." 남자가 말했다.

"왜요?"

"왜냐하면 넌 우리 손 안에 있으니까. 이쪽에서도, 저쪽에서도. 저쪽의 너는 이제 곧 죽을 테고, 그러면 네가 지금 걸치고 있는 그 엄청나게 비싼 장난감은 내가 이 우스꽝스러운 촌극에서 얻은 전리품이 될 거야."

"정말 징그러운 개자식이군." 네더튼이 말했다. 화난 목소리가 아니라 이제 막 그 결론에 다다랐다는 듯한, 그래서 아직 조금 놀란 상태인 듯한 목소리였다.

"네가 잊어버린 게 있는데." 남자가 네더튼에게 말했다. 신이 난 목소리였다. "넌 지금 여기에 가상으로 존재하지 않아. 그래서 네 친구랑 다르게 넌 바로 여기서 죽을 수도 있는 거지. 그리고 그렇게 될 거야. 여기 있는 로봇들한테 널 맡기면서 지시할 거거든. 죽기 바로 직전까지 두들겨 패고 메디시로 회복시킨 다음, 다시 두들겨 패라고. 그런 다음 한 번 씻어주고. 다시 반복하고. 메디시가 다 떨어질 때까지."

그 순간 플린은 목격했다. 스스로의 의사와 상관없이 저절로 여성형 로봇 쪽을 돌아보는 네더튼을, 그리고 네더튼 쪽으로 거미 눈처럼 생긴 눈 여러 쌍을 추가로 뜨는 로봇들을.

119
헨리 경

 네더튼은 미치코이드를 응시해 봤자 뾰족한 수는 없으리라 판단하고 금속 수갑이 채워진 손목을 살짝 움직여 봤다. 수갑은 얼핏 의자의 화강암 팔걸이에 수백 년 동안 박혀 있던 것처럼 보였지만, 그가 짐작하기에는 아무래도 어셈블러가 만든 물건 같았다. 그의 손목이 묶인 까닭은 어셈블러들이 수갑을 일시적으로 유연하게 만들었기 때문이었고, 다시 말해 잠시나마 움직이게 했다는 뜻이었다. 그러나 지금 당장은, 그 수갑은 단단히 고정돼 꼼짝도 하지 않았다.
 턱수염 남자는 미치코이드를 시켜 죽기 직전까지 구타하는 짓을 반복할 거라고 장담했고, 네더튼도 그 말을 똑똑히 들었다. 그런데도 그는 머릿속으로 어셈블러와 가짜 골동품 수갑을 생각했다. 아마도 그 역시 자기 나름의 해리 상태를 찾는 중이었을 것이다. 또는, 비명을 지르기 직전이었을 것이다. 그는 데이드라를 바라봤다. 데이드라도 그가 있는 쪽을 봤지만 그의 모습에는 관심이 없었는지, 이내 눈길을 들어 네 층 위의 유리 지붕을 올려다보는 듯했다. 그러고는 하품을 했다. 그가 보기에 그 하품은 자신에게 유리한 조짐 같지 않았다. 그 역시 지붕을 올려다봤다. 전에 애시가 입었던 드레스가 떠올랐다. 몇 년 전의 기억처럼 느껴졌다. 지금 이 순간, 이곳의 시점에서, 애시는 몹시도 평범해 보였다. 마치 옆집에 사는 여자애처럼.

"자네가 이 문제를 아주 말끔하게 해결했으면 좋겠군, 하메드." 부드럽지만 지친 기색이 느껴지는 목소리가 들려왔다.

시선을 아래로 돌린 네더튼은 키가 크고 체격이 몹시 다부져 보이는 노인을 발견했다. 노인은 칩사이드식 코스튬플레이에 완벽하게 어울리는 기다란 재킷에 망토 같은 외투를 걸치고 손에는 실크해트를 들고 있었다.

"뉴질랜드 정부는 조금 강압적으로 나오는 것 같더군요." 노인이 계단 입구에서 이쪽으로 걸어오는 사이에 턱수염 남자가 말했다.

"안녕하신가, 데이드라." 정체를 밝히지 않은 그 노인이 말했다. "내가 보기에 자네의 추도사는 타계한 언니의 여러 뛰어난 자질을 더없이 감동적으로 증언해 주더군."

"감사합니다, 헨리 경." 데이드라가 말했다.

"헨리 피시본 경." 네더튼은 시티 의전관의 이름을 떠올리고 중얼거렸고, 자신의 행동을 곧바로 후회했다.

의전관은 네더튼을 가만히 응시했다.

"굳이 소개하진 않겠습니다." 턱수염 남자가 말했다.

"아무렴." 의전관은 그렇게 말하고는 플린 쪽으로 눈을 돌렸다. "그리고 이쪽은 그 문제의 젊은 여성이시겠군. 비록 가상의 육체에 들어 있기는 하지만."

"그렇습니다." 남자가 말했다.

"이 여자는 아주 기진맥진한 것처럼 보이네, 하메드." 의전관이 말했다. "모두에게 피곤한 하루였지. 난 이제 가봐야겠네. 우리 투자자들에게 결과가 성공적이라는 확신을 심어줘야 해서."

"당신이 알하비브였군." 네더튼은 턱수염 남자에게 그렇게 말했지만, 자신이 하는 말을 스스로도 믿을 수가 없었다. "섬사람들 두목."

의전관이 그를 돌아봤다. "이자는 정말로 거슬리는군. 자네도 오늘 저녁에는 별로 철두철미하지 않은 것 같아, 하메드."

"저놈도 같이 없애버릴 겁니다."

의전관이 한숨을 쉬었다. "조바심을 내서 미안하군. 꽤 피곤해서 말이지." 그가 테이드라 쪽으로 돌아섰다. "아까는 자네 부친과 아주 흐뭇한 대화를 나눴네. 늘 반가울 뿐이야."

"만약 당신이 섬사람들 두목으로 보이다가 지금 그 얼굴로 보이는 게 가능하다면." 네더튼이 턱수염 남자에게 말했다. "그냥 의모를 다시 바꾸면 되는 거 아닌가? 당신을 본 목격자가 있다는 걸 알았으니까 말이야."

"브랜드 이미지 때문이야." 턱수염 남자가 말했다. "지금 이 모습에 투자금이 들어갔거든. 나는 상품을 상징하는 존재야. 투자자들에게 알려진 것도 나고."

"그 상품이 뭔데?"

"내가 창조한 섬에서 수익을 창출하는 것. 갖가지 방식으로."

"그 섬은 섬사람들의 것이기도 할 텐데?"

"그자들은 풍토병 때문에 건강에 문제가 있어." 하메드 알하비브는 반짝이는 눈으로 빙긋 웃으며 말했다. "본인들은 아직 모르지만 말이야."

120
베스파시아누스의 큐브

"헨리 경이 한패였다니 놀랍군요." 뼛속에서 울리는 잡음을 통해 로비어가 말했다. 마치 전신을 뒤덮은 편두통이 말을 하는 듯한 느낌이었다. "헨리 경은 분명 본인의 업무에서 교묘하게 위장된 난관에 몇 차례 부닥쳤을 겁니다. 보통 그런 식이니까요."

"어떤 식인데요?" 플린이 물었다. 다른 사람들이 있다는 사실을, 또 설령 혼자라고 할지라도 오늘 밤 로비어에게 말을 해서는 안 된다는 사실을 깜박한 탓이었다.

"어떤 식이라니?" 알하비브가 날카롭게 물었다.

플린은 손목에 희미한 온기를 느꼈다. 아래를 보니 쇠 수갑이 부서져 흘러내리는 중이었다. 꼭 물기 없는 적갈색 땀띠분을 수갑 모양 틀에 찍어 만든 것 같았다. 오른손 밑의 화강암 팔걸이 역시 텔컴파우더처럼 변해 손가락 사이로 뿜어져 나와 연기같이 흩날렸다. 그리고 의자 팔걸이의 표면이었던 곳 안쪽에서는 뭔가 단단하고 매끈한 것이 솟아 나왔다. 막대 사탕 크기 권총이, 그 권총의 앵두새 대가리 모양 손잡이가 플린의 엄지손가락 뿌리 부분을 지그시 눌렀다. 살아 있는 것처럼, 손에 쥐어달라고 안달하는 것처럼.

"이제 끝내버려요." 발코니의 그 남자가 실크해트를 든 남자에게 말했다. 보아하니 무슨 낌새를 챈 모양이었다. 플린은 방금 그 말이 실크해트를 든 남자에게 저쪽 국토안보부의 드론에 명령을 내려 콜디론을 공격하라고 재촉하는 뜻인 것을 눈치챘다.

"깜짝 선물이 있어." 플린이 말했다. 버튼이 준 각성제를 잔뜩 복용하고 재니스네 집 소파에 앉아 있었을 때와 똑같은 기분이 다시금 느껴졌다. 그러나 지금 플린은 서 있었고, 권총을 들고 있었으며, 방아쇠에 해당하는 하얀색 돌기는 조금도 움직이지 않는 것 같았다. 소리도 나지 않았다. 아무 일도 일어나지 않았다.

그 순간 발코니에 있었던 남자의 머리가, 어찌된 영문인지 해골로 변해 아래로 툭 떨어졌다. 해골은 완벽하게 건조한 상태에 갈색을 띠어서 꼭 《내셔널 지오그래픽》 몇 월 호를 펼쳐도 금세 눈에 띌 골격 표본 같았다. 뒤이어 뼈가 달그락거리는 메마른 소리와 함께 남자의 상체가 옷 속으로 허물어져 내렸다. 부드러운 신체 조직은 한 점도 남김없이 사라진 후였다. 남자의 무릎까지 허물어지고 나서 한순간 플린의 시야에 남은 남자 몸의 마지막 부위는 방금 일어난 뭔지 모를 일의 영향을 받지 않은 양손뿐이었다. 플린은 어린애가 방금 막 핥은 사탕처럼 매끈거리는 권총의 총신을 흘깃 보고는 갈색 해골로 눈을 돌렸다. 돌바닥에 놓인 해골 뒤로 남자 몸의 나머지 부분, 즉 다리와 몸통 아래쪽이 보였다. 전에 봤던 게 있었으면 피를 감쪽같이 감춰줬을 텐데. 플린은 속으로 생각했다. 절단된 붉은 벽돌을 떠올리며 한 생각이었다. 옥스퍼드 스트리트 산책로의 그늘진 곳에서 본, 방금 막 자른 생각 같던 그 벽돌들을. 남자의 검은 슈트 앞섶에 갈색 뼈 한 개가 마른 막대기처럼 튀어나와 있었다. "다행인 점은." 뼛속의 잡음이 말했다. "당신이 법적으로 이곳에 존재하지 않는다는 것입니다. 지금 이 건은 사고사입니다."

여성형 로봇들이 플린을 노리고 움직였지만, 그 순간 플린 오른쪽의 회칠한 돌 벽에서 연기가 피어나더니 벽 한쪽이 널찍한 정사각형 모양으로 무너져 가루로 변했고, 벽에 뚫린 검은 구멍에서 커다란 붉은색 블록이 튀어나왔다. 정육면체 또는 직육면체, 이른바 '큐브'였다. 큐브의 색깔은 아이들 놀이방에 어울리는 붉은색이었다. 활기가 느껴지는 색깔이었다. 여성형 로봇들의 도자기 같은 몸 표면이 갈라지는 소리가 플린의 귀에 들려왔다. 로봇들의 위치는 큐브와 맞은편 벽 사이였다. 큐브는 부들부들 떠는 상태로 바닥에서 수십 센티미터 높이의 허공에 마치 풀로 붙여놓은 것처럼 떠 있었고, 아주 먼 곳에 있는 내연기관 오토바이처럼 희미하게 부르릉거리는 소리를 냈다. 뒤이어 큐브가 벽을 타고 올라가 허공으로 공중제비를 돌자 로봇들은 산산조각이 나 돌바닥에 흩어졌고, 큐브는 소리 없이 바닥에 내려앉아 모서리들이 만나는 꼭짓점 한 개를 짚고 섰다. 그러고는 그대로 균형을 유지한 채, 붉은색을 띤 채, 현실에서는 불가능한 모습으로 잠자코 머물렀다.

"경호원." 검은 실크해트를 든 남자가 나직이 말했다. "적색 상황. 적색 상황."

누군가에게 저 붉은 물체에 관해 경고한 걸까?

플린은 네더튼을 홀깃 봤다. 그는 자기 수갑도 부스러져 내린 것을 알아차렸는지 의자에서 일어서려고 꿈지럭거렸다. "꼼짝 말고 앉아 있어요, 윌프." 플린이 말했다. 그는 그 말대로 했다.

"안녕, 헨리." 부드럽고 쾌활한 남자 목소리가 계단 입구 쪽에서 들려왔다. "차를 부숴버려서 미안." 외골격이 아치 아래를 지나 걸어 나왔다. 널따란 어깨 위에 종 모양 유리 덮개가 얹혀 있었고, 그 속에 호문쿨루스가 앉아 있었다. 외골격은 실크해트를 든 남자를 봤는지 우뚝 멈춰 섰지만, 겉만 봐서는 눈이 있기는 한 건지조차 알 수 없었다.

"적색 상황." 남자가 나직이 말했다.

"미안, 네 운전사랑 경호원은 내 손에 죽었어." 해설식 광고에 나올 법한 목소리였다. 유지방 2퍼센트짜리 우유는 미처 준비하지 못했다고 사과하는 듯한.

큐브는 꼭짓점을 딛고 균형을 유지한 채 살며시 회전했다. 일행에게 가장 가까운 면을 뒤덮다시피 한 정사각형 패널에 로비어의 모습이 떠올랐다. "달갑잖은 소식을 전해드려야겠습니다, 헨리 경." 로비어가 말했다. 이번에는 뼛속에서 울리는 잡음이 아니었다. "경의 오랜 경쟁자이자 눈엣가시인 마치몬트세메모프가 경의 후계자가 됐습니다. 시티 의전관이란 본래부터 처신하기 곤란한 자리입니다만, 저는 오늘 이 일이 있기 전까지 경께서 그 직책을 무척 잘 수행하셨다고 생각합니다. 제반 상황을 감안하면 말입니다."

키가 큰 그 남자는 아무 대꾸도 하지 않았다.

"부동산 매매 및 개발, 거기다 자원 채취 계획까지요?" 로비어가 말했다. "그런 목적을 위해 알하비브 같은 부류와 거래하는 게 온당하다고 생각하셨습니까?"

키 큰 남자는 말이 없었다.

로비어는 한숨을 쉬었다. 뒤이어 고개를 끄덕이며 말했다. "버튼."

외골격이 양팔을 쳐들었다. 섬뜩하게 선탠한 손은 사라졌거나 까만 로봇용 장갑 속에 들어 있었고, 이제 양쪽 장갑 모두 주먹을 쥔 상태였다. 외골격의 오른쪽 손목 위쪽에 조그만 개폐구가 열리더니 막대 사탕 무늬 권총 한 쌍 가운데 나머지 한 정이 튀어나왔다. 왼쪽 손목의 조금 더 큰 개폐구에서는 금박 장식에 세로로 기다랗게 홈이 팬 로비어의 경찰봉이 튀어나왔다. 버튼은 무기 조준법을 플린보다 더 정확히 알았고, 이 때문에 키 큰 남자는 눈 깜짝할 사이에 완전히 뼈만 남았다. 속이 텅 빈 옷은 달그락거리는 소리와 함께 똑바로 바닥에 떨어졌고, 통이 높다란 모자는 원을 그리며 빙그르르 바닥을 굴렀다.

"또 누굴 죽이면 되는 거죠?" 플린은 아직 손에 쥔 막대 사탕 무늬 권총을 사람들에게 보여주며 말했다. "그루터기에서 지금 당장 아무한테나 무슨 일이든 시키려면, 그래서 망할 놈의 국토안보부가 드론으로 우릴 다 죽이지 못하게 막으려면 여기서 또 누굴 죽여야 해요? 누가 좀 가르쳐 줄래요?"

"헨리 경이 죽었으니 당신들의 상대 진영은 당신들이 지금 레프와 저에게서 지원받는 것과 같은 종류의 이점을 상실했습니다. 저는 오늘 저녁 헨리 경이 이곳에 도착했을 때 그의 유죄가 입증되리라 짐작했고, 이 때문에 그루터기에서 즉시 지원이 이뤄지도록 제 임의대로 조치했습니다. 그 결과 정치적 압력의 방향이 바뀌어 국토안보부는 철수했고 그들이 받은 지시도 취소됐습니다."

"젠장." 플린은 권총을 내리며 중얼거렸다. "누구를 얼마나 매수했길래 그렇게까지 한 거예요?"

"제가 알기로는 헤프티 마트 모기업의 주식을 상당량 인수했다더군요. 자세한 내용은 아직 못 들었습니다만."

"우리가 헤프티를 샀다고요?"

"예, 그 회사의 주식 상당량을 샀습니다."

"헤프티를 어떻게 사요?" 이는 달을 산다는 말과 같았다.

"저 좀 일어서도 될까요?" 네더튼이 물었다.

"난 이제 집에 가고 싶은데요." 데이드라가 말했다.

"아마 그러시겠죠." 로비어가 말했다.

"우리 아빠가 당신 때문에 엄청 화낼 거예요."

"이런 말씀을 드리려니 유감입니다만, 부친과 저는 오래전부터 알고 지내는 사이랍니다." 로비어가 말했다.

이제 출입구 앞에 운전사 복장을 한 애시가 서 있었고, 그 뒤에는 검은 가죽 코트를 입은 오시안이 겨드랑이에 나무 권총함을 끼고 서 있었다. 그는 막대 사탕 무늬 총신을 주시하며 총구 방향을 피해 플린 쪽으로 걸어왔다. 그러고는 쇠 수갑이 있던 돌 의자 팔걸이에 권총함을 내려놓고 뚜껑을 연 다음, 플린의 손에서 권총을 조심스레 떼어내 펠트가 대어진 홈에 넣고 뚜껑을 닫았다.

"안녕히 가십시오, 미스 웨스트." 로비어가 말했다. 뒤이어 큐브의 스크린이 텅 빈 상태로 바뀌었다.

"이제 우리도 가야 해." 애시는 그 말을 하고 나서 데이드라를 돌아봤다. "당신은 빼고."

데이드라는 애시를 보며 코웃음을 쳤다.

"그리고 저것도." 애시가 엄지손가락으로 빨간 큐브를 가리키며 말했다. 큐브는 어찌된 영문인지 저 혼자 위쪽으로 휙 솟아오르더니 다시 옆쪽으로 휙 날아가 2층에 있는 감방의 하얀 창살문에 부딪혀 요란한 소리를 냈고, 이와 동시에 전등불 몇 개가 꺼졌다. 뒤이어 큐브가 앞서와 똑같이 시끄러운 소리를 내며 반대편으로 날아가 부딪혔다. 그러고는 공중제비를 돌며 아래로 떨어져 다시 바닥에 꼭짓점을 디딘 형태로 착지했다. 그러고 나서 회전하기 시작했다. 데이드라의 턱 바로 앞에서, 꼭짓점들의 잔상만 남을 만큼 빠르게 회전했다. 데이드라는 꼼짝도 하지 않았다.

"바깥으로 나가요." 애시가 말했다. "어서."

이내 그들은 한 줄로 계단을 내려갔다. 오시안이 플린의 뒤를 지키며 따라갔다. "코너가 저 사람한테 무슨 짓을 하는 거죠?" 플린은 어깨 너머를 돌아보며 물었다.

"허튼 짓을 했다간 어떻게 되는지 정도는 일러줘야죠. 최소한." 오시안이 말했다. "겁만 주는 걸 수도 있고요. 물론 머리털 한 가닥도 건드리진 않을 거예요. 아니면 조금 예쁘게 다듬어 주든가. 저 여자 애비가 힘깨나 쓰는 미국인이라서."

그들 위쪽에서 쇠 부딪히는 소리가 들려왔다.

121
노팅 힐

노팅 힐에는 어셈블러들이 오래전부터 올리가르히의 은신처보다 더 깊은 지하에서 찾아낸 갖가지 굴착 기계를 모아놓은 공원이 있었다. 잭팟 이전 시대의 부자들이 다 쓰고 나서 그대로 굴어둔 기계들이었다. 그 시절에는 거대한 기계를 까마득히 깊은 지하에서 꺼내느니 차라리 콘크리트 아래에 버려두는 편이 비용이 더 적게 들었기 때문이었다. 과거에 다리를 지을 때 교각의 토대 속에 집어넣고 벽으로 막아버린 고양이 같은 기계 제물이었다. 어셈블러들은 곳곳을 돌아다니며 그런 기계를 찾아내 어느 공원으로 운반했다. 그들이 사용한 운반법은 로비어가 러시아제 유아차에 내장된 총을 플린의 페리퍼럴이 붙잡혀 있던 심문용 의자의 팔걸이에 나타나게 했을 때, 뜨 코너가 조종하는 그 섬뜩한 큐브가 뉴게이트 교도소의 화강암 지반을 뚫고 수직으로 솟아오르게 했을 때 사용한 방법과 정확히 동일했다. 천문학적인 숫자의 초미세 나노 봇들이 이동을 가로막는 물질의 입자들을 이동하는 물체의 앞쪽에서 뒤쪽으로, 또는 위쪽에서 아래쪽으로 옮겨 고체가 다른 고체를 뚫고 움직이는 것처럼 보이는 식이었다. 이든미어 맨션스에서 알하비브가 곡면 벽을 뚫고 걸어 들어온 비결도 바로 그것이었다.

지하에서 꺼낸 굴착 기계들은 말끔하게 복원돼 둥그렇게 배치됐다. 땅 파기용 날과 삽을 공중에 번쩍 든 채 페인트칠한 몸체와 앞 유리에서 반들반들 빛을 반사하는 이 기계들은 그 지역 아이들의 인기를 독차지했고, 레프 역시 그 아이들 중 한 명이었다.

이제 질 리무진을 타고 몹시 한산한 거리를 지나 레프네 집으로 돌아가는 길, 허공에 번쩍 쳐든 채굴기 삽에 걸려 있는 달이 네더튼의 눈에 띄었다.

네더튼은 플린의 페리퍼럴을 바라봤다. 이제 플린은 모두 무사한지 확인하러 콜디론으로 돌아가 이곳에 없었다. 그는 고비바겐에 어서 도착하고 싶어서 조바심이 났다. 휠리 보이에 접속하고 싶어서, 저쪽 세계에 있는 플린을 보고 싶어서, 거기서 무슨 일이 벌어졌는지 알고 싶어서였다.

로비어의 인장이 나타났다. "아주 잘했습니다, 네더튼 씨."

"난 한 게 거의 없는데요."

"일을 아주 엉망으로 망칠 기회는 여러 번 있었습니다. 당신은 그걸 다 피했죠. 어떤 일이든 성공하려면 바로 그 부분이 가장 중요한데 말입니다."

"알하비브는 당신이 제대로 본 게 맞았어요. 그리고 부동산 건도요. 그자는 왜 아엘리타를 죽였을까요?"

"그건 아직 확실치 않습니다. 아엘리타는 알하비브와 꽤 오랫동안 한패였는데, 여동생인 데이드라를 해외로 데려가는 과정에서 중요한 역할을 맡은 게 분명합니다. 어쩌면 알하비브와 데이드라 사이를 질투했을지도 모릅니다. 그때 데이드라는 사실상 당신과 그 사이에서 양다리까지 걸쳤으니까요. 숙모님들은 최신 정보에서 아엘리타가 그를 사우디 정부에 팔아넘기려고 궁리했을 가능성을 제시했습니다. 어쩌면 잠깐 해본 생각일지도 모르지만요. 참 기가 막히게 불쾌한 가족입니다. 저는 그리프와 비슷한 나이였을 적부터 그 자매의 아버지와 알고 지냈습니다. 사실 그는 곤살레스 암살 계획의 공모자라서, 아마 조만간 그리프가 그 문제로 그를 상대할 겁니다. 하지만 우리 연속체에서 그는 너무나 든든한 인맥을 지녔기 때문에, 이번 일로 곤란을 겪는 일은 전혀 없겠죠. 이제 그 여성분한테는 실력 있는 홍보 전문가가 필요합니다. 그것도 당장요."

이제 리무진이 레프네 집이 있는 거리로 접어드는 참이었다.

"데이드라 말이에요?"

"플린 말입니다." 로비어가 말했다. "헤프티 마트 인수 건 때문에 그루터기 언론들이 또다시 벌 떼같이 몰려들었거든요. 어떻습니까, 내일 그 얘기를 한번 같이 해보시겠습니까?"

"물론이죠." 네더튼이 대답하자 시야의 왕관이 사라졌다.

122
콜디론의 기적

플린이 눈을 떴을 때 코너는 자기 왕관을 쓰고 침대에 누워 있었다. 주변에는 플린을 침대에서 일으켜 줄 사람이 아무도 없었고, 버튼의 침대 또한 비어 있었다. 정체 모를 소음이 사방에서 들려오는가 싶더니 이내 그보다 더 커다랗고 얼빠진 듯한 리언의 웃음소리가 들려왔다. 보아하니 파티가 열린 모양이었다. 플린은 베개 위에 왕관을 놔두고 일어나 신발을 신은 다음, 바깥을 내다보러 파란 방수포 가장자리로 갔다.

병실 공간을 분리해 놓은 파란색 방수포를 제외하고 다른 곳의 방수포는 거의 다 철거되고 없었다. 그 덕분에 일찍이 프랜차이즈 미니 페인트 볼 사격장이었던 사무실에서 적어도 기와 방탄 벽 안쪽은 다시 원래의 널찍하게 트인 공간으로 돌아가 있었다. 사람들은 조명을 죄다 환하게 켜놓고 책상에 앉거나 여기저기 서서 맥주를 마시며 얘기를 나눴다. 카를로스는 금방이라도 웃음을 터뜨릴 듯한 표정의 타코마를 한 팔로 안고 있었다. 플린이 아는 버튼의 군인 출신 친구들이 거의 다 와 있었고 개중에는 모르는 얼굴도 있었다. 몇몇은 아직 검은 방탄 재킷 차림이었지만 불펍 소총은 아무도 메고 있지 않았고 뚜껑을 딴 맥주병만 들고 있었다. 그리고 브렌트 버밋은 홍 씨가 디자인한 일러스트 위에 선이 굵고 진한 낙서용 매직으로 **죽여봐라 개자식들아**라고 손수 적은 스시 반 티셔츠와 청바지를 입고 있었다(알고 보니 버밋은 국토안보부가 마을 경계에 도착하기도 전에 이미 그 옷을 입고 항의 동영상을 찍어뒀고, 이는 일주일 후 그가 이사회 수석 고문으로 선임되는 데 한 몫한 요인이었다). 그와 얘기를 나누는 매디슨은 시어도어 루스벨트처럼 이가 다 드러나게 웃는 얼굴이었고 조끼에는 펜과 손전등이 빼곡히 꽂혀 있었으며, 곁에는 재니스가 서 있었다. 재니스는 플린을 보고 곧장 다가가 와락 끌어안았다. "네가 뭘 어떻게 했는진 모르겠지만, 우리 모두 네 덕분에 살았어."

"내 덕분이긴." 플린이 말했다. "로비어랑 저쪽 사람들 덕분이지. 그리프는 어딨어?"

"워싱턴에. 국토안보부하고 일하는 중이야. 국토안보부를 손보는 중이라고 하는 게 더 정확하겠지만. 거기 책임자를 갈아치울 거라고 토미가 매디슨한테 그랬대."

"토미는 어디 갔어?"

"여기 어디 있을 거야. 방금 메이컨이랑 에드워드랑 같이 있는 걸 봤는데." 재니스는 주위를 두리번거리다가 셋 중 아무도 보이지 않자 다시 플린을 돌아봤다. "피킷을 찾았대."

"시체를?"

"합성 마약을 제조하는 중이래. 아쉽게도."

"어디서?"

"나소에서."

"피켓이 나소에 있어?"

"지금은 국토안보부가 만든 최악의 항공기 탑승 금지 인물 명단에 올라가 있지. 그리프가 그쪽에 전화를 넣었거든." 재니스는 손에 든 맥주를 한 모금 들이켰다. "그건 그렇고, 보아하니 네 오빠가 드디어 셰일린한테 반한 것 같아."

플린은 재니스의 시선을 눈으로 좇다가 버튼을 발견했다. 그는 한손에 맥주를 들고 조그마한 장애인용 전동 스쿠터처럼 생긴 기구에 앉아 셰일린에게 뭐라고 말하는 중이었다. 셰일린은 책상 모서리에 앉아 그에게 몸을 기울이고 있었다.

"아직 잔 사이는 아니야." 재니스가 말했다. "셰일린도 버튼의 실밥을 터뜨리긴 싫을 테니까. 그치만 내가 보기엔 시간문제야."

"버튼의 귀염둥이 동생 아니야." 등 뒤에서 코너의 목소리가 들렸다. 플린이 돌아보니 코너는 휠체어에 앉아 있었고, 휠체어 손잡이는 클로비스가 잡고 있었다.

"데이드라는 어떻게 됐어?" 플린이 코너에게 물었다.

"이번 일을 고스란히 기념하려고 새 문신을 새기고 있을걸? 택시에 태워서 집에 보냈어."

"데이드라한테 무슨 짓을 한 거야?"

"야단을 좀 쳐줬지. 시끄러운 소리도 좀 내고. 별로 감명받진 않았을 거야." 코너는 재니스를 돌아봤다. "상이용사한테 맥주 한 병 갖다줄래?"

"알았어." 재니스는 대답을 남기고 자리를 떴다.

"그래도 파벨한테는 너무 심했어." 플린이 말했다.

"로비어가 나더러 혹시 기회를 잡으면 시도해 보라고 했어. 그 슈트는 스카이다이빙용 윙 슈트의 기능이 조금 내장된 거라서, 나도 그냥 무턱대고 뛰어내린 건 아니야. 원래 계획은 하메드가 기회를 틈타 이쪽에 있는 국토안보부 드론의 사격 버튼을 누르기 전에 제거하는 거였어. 하지만 그렇게 하질 못했지. 내가 아마 그래서 공군에 안 들어갔던 것 같아. 로비어가 파벨을 대신할 새 페리퍼럴을 주문해 뒀어. 덤으로 내 것도 하나 맞춰줬고."

"어이, 이지 아이스." 메이컨이 플린에게 인사를 건넸다. 그는 에드워드와 악수하는 한편으로 다른 손에는 맥주를 들고 있었다.

"나 그거 한 모금만 줘, 메이컨." 코너가 말했다. 그러자 메이컨은 병을 내밀고 코너가 마시기 쉽게끔 기울여 줬다. 코너는 일부가 사라진 손의 손등으로 입을 닦았다.

그 순간 건물 앞쪽에서 사무실 안으로 걸어 들어오는 토미의 모습이 플린의 눈에 들어왔다. 그는 한때 페인트 볼을 쏘는 탱크가 있었던 커다란 모래 상자 자리를 똑바로 지나, 플린을 보고 환하게 웃으며 걸어왔다. 마치 구슨 기적의 화신이라도 본 사람처럼.

123
안전한 기지

수요일 오후, 로비어와 함께 템스강 북쪽 기슭의 제방 길인 빅토리아 임뱅크먼트를 따라 산책을 하고 돌아온 플린은 토미의 보안관 제복 가운데 가장 오래된 셔츠를 꺼내어 입었다. 부보안관 패치가 아직도 붙어 있는 셔츠였다. 배가 나와 불룩한 그한테는 그 셔츠가 가장 편안했고, 입으면 토미와 함께 있는 느낌이 났다. 어쩌면 둘은 그런 식으로 재니스와 매디슨 부부를 닮아가는지도 몰랐지만, 토미는 원래 제복이든 사복이든 날마다 똑같은 옷을 입는 반면, 플린은 공적인 자리에 갈 때는 늘 콜디론의 스타일리스트가 골라준 옷을 입었다. 고급스러운 새 옷을 입히려는 스타일리스트를 거듭 만류하는 것 자체가 하나의 일처럼 느껴졌다.

플린은 주방으로 들어가 냉장고에서 주스를 꺼내어 선 채로 한 잔 마시며 여전히 풀리지 않는 궁금증을 떠올렸다. 그들이 어떻게 어셈블러 없이 이런 집을 지었을까 하는 의문이었다. 그들은 옛집에서 100미터쯤 떨어진 곳의 버려진 목초지에 그 집을 지었다. 아무리 봐도 1980년대에 처음 지은 후에 천천히 조금씩 리모델링한 집, 그것도 천천히 리모델링할 여유는 빠듯하게나마 있지만 따로 뭔가 할 돈은 없는 사람의 집으로밖에 보이지 않았다. 또한 집 짓기 공사는 소리도 없이, 게다가 몹시 빠르게 완료됐다. 토미 말로는 갖가지 다양한 접착제를 사용했고 그중 극독한 것은 하나도 없다고 했다. 그래서 혹시 못대가리가 눈에 띄어도 진짜 못이 아니라 못처럼 보이게 만든 것이라고 했다. 그러나 플린이 이번 일에서 얻은 교훈은 별로 중요하지 않은 일에 엄청난 돈을 퍼부으면 사실상 어셈블러를 쓰는 것과 마찬가지라는 사실이었다.

창고도 같은 방식으로 지었지만 예전 집만큼이나 오래된 티가 났다. 어쨌거나 겉모습은 그랬다. 메이컨과 에드워드는 그 창고에서 지내면서 특별한 3D 프린팅 작업을 모두 그곳에서 처리했다. 콜디론이 너무 이르게 외부에 공개하면 안 되는 물건들이었다. 산업 스파이는 처음부터 이들의 주요한 걱정거리였다. 콜디론은 이쪽 세계의 다른 누구도 하지 못하는 일들을 손쉽게 해치웠기 때문이었다. 또한 그들은 잭팟 무렵의 기술 범람 사태를 저지하는 작업에 이제 막 착수한 단계였다. 로비어가 말하길 한꺼번에 너무 많이 해치웠다가는 죄다 망칠 수도 있으므로 속도 조절이 관건이라고 했다. 플린은 이따금, 특히 임신하고 나서부터 가끔씩 자신들이 하는 일이 어떻게 돼가는지 궁금했다. 로비어는 그 답을 알 방법은 없다고 했지만, 적어도 자신들의 노력이 성공을 거둘 경우에 실현되지 않을 미래의 모습이 어떤 것인지는 알고 있으니 계속 애써보자고 했다.

이곳에 살게 된 덕분에 플린은 중심을 잡을 수 있었다. 이곳에 사는 덕분에 모두가 중심을 지키는 것처럼 보였다. 그들은 이곳을 기지로 부르지 않기로 암묵적으로 합의했다. 아마 외부인들에게도 그곳이 기지로 비치지 않기를 바랐기 때문인 듯했지만, 사실 이곳은 기지였다. 이 집에서 코너와 클로비스가 사는 집까지는 약 100미터였다. 버튼과 셰일린은 시내에 있는 콜디론 USA 사옥의 주거동에서 지냈다. 블록 하나를 통째로 차지한 사옥 건물의 부지는 전에 포에버 패브와 스시 반이 있던 상가 건물 자리였다. 홍 씨는 사옥 바로 맞은편 모퉁이에 예전 가게와 비슷하지만 더 화려한 스시 반의 새 본점을 열었고, 그 옆에는 헤프티 패브가 들어섰다. 플린은 3D 프린팅 체인의 이름을 그런 식으로 짓고 싶지 않았지만 셰일린은 포에버 패브가 전 세계에 알려진 이름이 아닐뿐더러, 패빗을 합병한 이상 예전의 패빗 지점에 붙일 새 이름도 필요하다고 했다. 그리고 이제 모든 헤프티 마트 지점에는 비록 너빈 판매대의 반대쪽 끄트머리에 조그맣게 들어섰더라도 스시 반이 반드시 입점해 있었다.

플린은 자신들이 하는 일의 사업적인 부분을 별로 좋아하지 않았다. 크기로 따지면 사업을 좋아하는 셰일린의 마음과 싫어하는 자신의 마음이 비슷할 듯싶었다. 콜디론이 지닌 자금은 이제 전에 비해 훨씬 더 적었다. 헨리 경의 재정 운영 모듈로부터 단절된 마트료시카가 경영난을 겪다 도산하자 콜디론이 경제를 조금이나마 정상화시키고자 곧바로 자산을 매각해 돈을 풀기 시작했기 때문이었다. 오늘날 '정상'이라는 말에 어떤 의미가 있든, 이는 반드시 해야 하는 일이었다. 그러나 그들에게는 아직 아무도 규모를 짐작하거나 제대로 추적하지 못할 만큼 많은 돈이 있었다. 그리고 그리프 말에 따르면 이는 좋은 일이었는데 왜냐하면 그들이 그 돈으로 해야 할 일이 엄청나게 그들이 미처 다 알지도 못할 만큼 많기 때문이었다.

플린은 다 마신 주스 잔을 개수대로 가져가 물로 씻은 다음, 건조대에 올려놓고 창밖을 내다봤다. 시선이 향한 곳은 언덕 위쪽, 펠리시아 곤살레스가 플린을 만나러 올 때 대통령 전용 헬기가 착륙하는 이착륙장이었다. 그곳에 있는 어떤 것도 사람들의 눈에 보이지 않았다. 심지어 이착륙장에 서 있을 때도 마찬가지였다. 인공위성은 그곳에 이착륙장이 있는지조차 알지 못했다. 콜디론의 과학기술로 시간선 위쪽의 기술을 모방해 만들었기 때문이었다.

펠리시아가 오면 보통은 주방에서 얘기를 나눴고 그러는 동안 토미는 거실에서 경호원들 또는 아무나 마음에 드는 사람과 함께 시시한 사진을 찍었다. 가끔은 펠리시아가 와서 머무는 동안 시내에서 일하는 브렌트가 집으로 찾아오곤 했는데 이런 경우에는 으레 그리프가 동행했다. 그럴 때면 한층 더 체계적인 토론이 벌어졌고, 주제는 세상에 존재하는 줄도 몰랐을 질병에 대비할 백신을 비축하는 일이나 박테리오파지 배양 공장을 어느 나라에 지어야 좋을지, 또는 기후문제에 어떻게 대응할지 같은 것들이었다. 플린은 부통령인 앰브로즈가 색전증으로 사망하고 나서 얼마 후에 펠리시아를 만났을 때 두 가지 이유 때문에 어색한 느낌이 들었다. 첫째, 펠리시아는 앰브로즈를 '윌리'라는 애칭으로 부르며 진심으로 그의 죽음을 슬퍼하는 것처럼 보였다. 그리고 둘째, 플린이 아는 한 앰브로즈가 죽은 것은 펠리시아가 그리프를 통해 자신의 국장國葬 영상을 보고 어쩌다가 자신이 암살되는지까지 다 들은 후의 일이었다.

식기 건조대 옆에는 코너의 오래된 발가락과 손가락, 그리고 엄지손가락 한 개가 든 잼 병이 있었다. 그는 그것들을 리소니아의 딸 플로라에게 줬다. 그것들은 창고를 짓기 전 메이컨이 다른 곳에서 프린트한 기계로 예전 포에버 패브에서 출력한 초기 버전이었다. 플로라는 이날 아침 이 집에 들렀다가 그 병을 깜박하고 놓고 갔다. 플로라가 서툰 솜씨로 매니큐어를 발라놓은 손가락과 발가락은 플린이 지켜보는 동안 병 속에서 살짝 꿈틀거렸다. 맨 처음 프린트한 몇 세트의 문제가 바로 그것이었다. 가끔 코너가 스쿼시를 하는 광경을 볼 때면 플린은 메이컨과 애시와 오시안이 그를 새 몸에 얼마나 빨리 적응시켰는지 떠오르곤 했다. 이제 그는 여러 부위가 결합된 복합형 인공사지를 절대로 벗지 않고 늘 착용한 채 지냈지만, 시간선 위쪽에서는 지금도 자신이 만든 버전의 파벨 안에 들어갔다. 플린 역시 다른 페리퍼럴에 들어간 자신의 모습은 상상조차 할 수 없었다. "말도 안 되지." 언젠가 저녁 식사 자리에서 그 얘기가 나왔을 때 리언이 말했다. "그러면 완전히 다른 몸을 하나 갖는 셈이잖아." 뒤이어 리언은 플린의 아기가 만약 아들이라면 이름을 '포나Fauna'라고 지을 거라고 얘기했고, 그 얘기를 들은 플로라는 비명을 질렀다.✣

이제 아래층으로 내려가 사람들과 함께 점심을 먹을 시간이었다.

✣ 라틴어로 파우나(Fauna)는 동물을, 플로라(Flora)는 식물을 가리킨다.

플린의 어머니와 리소니아, 플로라 그리고 플린이 전에 쓰던 방에 머물고 있는 리언이 함께하는 자리였다. 알고 보니 리소니아는 요리 솜씨가 기가 막히게 훌륭했기 때문에 매디슨은 요즘 예전 파머스 은행이 있던 건물의 내부를 샌드블라스트 작업으로 깨끗이 청소하는 중이었다. 리소니아는 사촌과 함께 그곳에 식당을 차릴 예정이었다. 지나치게 호화로운 가게는 아니고, 이따금 스시 반과 지미스 대신 갈 만한 곳이 될 터였다. 지미스는 프랜차이즈 체인이 될 가망이 없어 보였다. 리언이 말하길 혹시라도 지미스가 프랜차이즈가 되면 자신들이 온갖 노력을 기울이는데도 불구하고 결국 잭팟이 터지고 만다는 징조일 거라고 했다.

플린의 어머니는 이제 모든 약을 콜디론이 맞춤 제작해 주는 덕분에 더는 산소 흡입기가 필요하지 않았다. 한편으로 다른 사람들에게 약이 필요할 경우를 대비해 그들은 약국 파마 존의 체인을 인수했다. 수익률을 플린이 제안한 대로 절반으로 낮추자 파마 존은 전 세계까지는 아니더라도 전 미국에서는 단연 가장 사랑받는 프랜차이즈 체인이 됐다.

잼 병을 집어 든 플린은 바깥으로 나가 문을 잠그지 않고 놔둔 채 오솔길을 따라 내려갔다. 그들이 두 집 사이를 오가며 닦아놓은 그 길은 어느새 원래부터 있던 길처럼 보이기 시작했다.

앞서 빅토리아 임뱅크먼트를 따라 걷는 동안 플린은 로비어에게 고민을 털어놨다. 이따금 자신들이 단순히 자신들 세계의 클렙트가 되어가는 것은 아닌지 걱정된다는 얘기였다. 로비어는 그러한 생각이 단지 좋은 것일 뿐 아니라 그들 모두가 마음에 새겨야 할 본질적인 자세라고 말했다. 스스로에게 악을 저지를 능력이 있다고 상상하지 못하는 사람은 그런 상상을 할 필요가 없는 사람, 즉 이미 악한 사람을 상대할 때 크게 불리하기 때문이었다. 로비어는 그런 사람들이 다르게 생겨먹었다며 특이하다고, 비인간적이거나 아예 인간 이하인 어떤 것에 물들었다고, 근본적으로 다른 존재라고 여기는 것은 어떤 경우에도 오해라고 했다. 그러자 전에 어머니가 코벨 피켓을 가리키며 했던 말이 떠올랐다. 악이란 거창한 것이 아니라 평범하게 덜떨어진 고등학생 수준의 불량함이 어떤 식으로든 넉넉히 활개 칠 여지를 얻고, 이로써 더 커다란 모습을 띠게 된 결과에 지나지 않는다는 말이었다. 그것은 더 크고 더 끔찍한 결과를 낳을지언정, 평범한 사람들의 비열함의 총량보다 결코 더 무겁지는 않았다. 그리고 이는 가장 악독한 괴물들 또한 예외가 아니라고 로비어는 말했다. 그런 괴물들 사이에서 잔뼈가 굵은 당사자의 말이었다. 로비어가 말하길 자신이 런던에서 하는 일이 플린에게는 마치 커다랗고 유난히 표독스러운 짐승들을 돌보는 일, 예컨대 참을성 있는 관리인의 일처럼 보일지도 모르지만 실은 그렇지 않다고 했다.

"그들 모두 너무나 인간적이랍니다." 로비어는 빼곡한 주름살 속의 파란 눈으로 템스강을 바라보며 말했다. "그걸 잊는 순간 우리는 길을 잃고 말죠."

124
퍼트니

침대에서 일어나 레이니를 내려다보며, 네더튼은 그녀와 함께 사는 것은 인지 보조 임플란트를 주입받는 것과 조금 비슷하지만 그보다는 여러모로 나은 구석이 더 많다고 생각했다. 예컨대 그는 이때껏 레이니에게 주근깨가 있다는 사실이나 주근깨가 그토록 넓게 분포해 있다는 사실, 또는 자신이 실은 주근깨를 좋아한다는 사실을 알지 못했다. 이윽고 그는 자신이 가장 좋아하는 주근깨 몇 개를 이불 끄트머리로 덮어준 다음 이를 닦으러 갔다.

양치질을 시작하기도 전에 레이니의 인장이 시야에 나타났다. "왜요?"

"커피." 레이니가 말했다. 네더튼의 귀에는 전화 속의 목소리뿐 아니라 침실에서 들려오는 목소리도 함께 들렸다.

"양치질 다 하면 곧바로 커피 머신 켤게요."

"아니. 아래층에 진짜 이탈리아 커피 파는 데 있잖아. 가짜 뉴스 신문을 파는 가게 말이야. 내가 원하는 건 그 집 주인의 커피야." 레이니는 일부러 야하게 들리게끔 말했다. "그 남자의 질펀한 크레마 말이야."

"전화로 주문해요."

"넌 내 경력을 망치고, 남들이 다 부러워하는 공직에서 억지로 물러나게 하고, 결국에는 뉴질랜드의 비밀 기관이 사주한 암살자들에게 목숨을 위협받는 처지로 만들었어. 그래놓고선 사람이 만든 제대로 된 커피 한잔 안 갖다주겠다는 거야? 그리고 건너편 빵집에서 크루아상도 한 개 사 와."

"알았어요, 우선 양치질 좀 하고요. 내가 정부 소속 암살자일 리 없는 다크넷의 뉴질랜드인 패거리한테서 당신을 구출해 이리로 데려와서 영국 비밀 기관의 보호를 받게 해준 건 사실이니까요. 굳이 말하자면요."

"크레마 잊지 마." 레이니는 졸음이 밴 목소리로 말했다.

네더튼은 이를 닦으며 로비어가 레이니를 캐나다에서 빼내어 영국으로 데려오려고 어떤 수단을 동원해야 했는지, 또 둘이서 어쩌다 처음은 아니지만 술에 취하지 않은 상태로는 분명히 처음으로 한 침대에 눕게 됐는지를 떠올렸다. 또한 둘이 함께 일한 긴 세월을 통틀어 아마도 가장 어색한 순간이었을 이튿날 아침에 자신이 플린에게, 또는 플린의 페리퍼럴에게, 또는 그 둘 모두에게 어떤 감정을 품었는지 레이니에게 고백했던 것도 떠올랐다. 그때 레이니는 플린이 얼마 전 그의 고객이 됐다는 사실을 지적했다. 그러고는 고객과 놀아나면 어떻게 되는지 그 스스로 알 만큼 알지 않느냐고 물었다. 하지만 플린은 데이드라하고는 다르다고 그는 항변했다. 그러나 레이니가 말하길 그는 무엇보다 몹시도 미숙한 인간이었고, 그래서 자신의 에로틱한 감정이 실제로 존재감을 지니고 현실 세계에 투영돼야 마땅하다고 믿는 사람이었다. 뒤이어 레이니는 그를 다시 침대로 잡아끌어 자신의 견해를 다른 방식으로, 그러나 같은 자세로 주장했고, 그는 레이니의 관점에 차츰 동화되는 느낌이 들었다. 그로부터 얼마 후에 플린과 토미 보안관이 사귄다는 사실이 밝혀졌고, 이제 그는 레이니와 동거하는 이 새 아파트에서 옷을 입고 화창한 오후의 소호 거리로 내려갈 참이었다. 늘 그렇듯이 칩사이드 스타일의 코스튬플레이 구역을 이곳에 설치하려던 계획이 결코 실현되지 않았다는 사실에 감사하면서.

빵집을 나서는 길에 메이컨의 인장이 나타났다. "여보세요?"

"만약에 우리가 그쪽 페리퍼럴을 프랑크푸르트로 보내놓으면, 독일 홍보 팀에 브리핑해 줄 수 있어요? 거기 시간으로 내일 오전 10시에요."

"지금은 어디 있는데요?"

"카이로 공항의 활주로에 있고 이륙 준비 다 됐어요. 플린의 북반구 전용 페리퍼럴이 지금 파리에 있으니까, 그때 플린이 시간이 되면 다 같이 브리핑해 주면 돼요."

"난 시간 괜찮아요. 다른 용건은요?"

"그게 다예요. 일요일 바비큐 파티에 올 거예요?"

"예, 휠리 보이로 참석할 거예요."

"당신도 별종이에요, 월프. 애인한테도 하나 마련해 줬다면서요."

"둘이 같이 갈 거예요."

"당신은 정보량이 극도로 적은 경험에 집착하는군요. 본인이 알아서 할 일이지만요."

"이쪽에 오래 머물다 보면 당신도 그런 식의 경험을 제대로 즐기게 될걸요. 꽤 편안하다고요."

"내 형편에는 너무 비싼 취미예요." 메이컨은 쾌활한 말투로 말했고, 뒤이어 그의 인장이 사라졌다.

내일은 퍼트니에 가기로 했지. 네더튼은 더블 에스프레소 포장 주문을 마치고 나서 속으로 중얼거렸다. 예정 시각은 오후 2시. 첫 일정에 이은 두 번째 추가 일정이었다. 날씨가 맑으면 자전거를 타기로 했다. 독일 홍보 팀의 업무가 그렇게 오래 걸릴 것 같지는 않았다.

플린을 만나면 언제나 즐거웠다.

감사의 말

현실과 다른 대체 연속체의 과거를 '제3세계화'한다는 아이디어는 브루스 스털링과 루이스 샤이너가 쓴 단편소설 「선글라스를 쓴 모차르트Mozart in Mirrorshades」(1985)※에 오롯이 빚진 것이다. 다만 그 소설에서 시간 여행은 물리적 형태를 띠고, 과거에 대한 착취 또한 천연자원에 초점을 맞춰 이뤄진다. 그 아이디어를 시뮬레이션 게임 및 원격 현존, 드론 같은 필터로 걸러서 얻은 결과물을 나는 과학 저술가 제임스 글릭과 처음 만난 자리에서 중얼거렸고, 장차 이 책이 될 무언가는 바로 그때 꼴을 갖추기 시작했다(이 책 앞에 실린 웰스의 소설에서 따온 인용구를 내게 소개한 사람도 글릭이다.)

칩사이드와 뉴게이트를 묘사한 부분은 영국 최초의 열차 살인 사건을 놀랍도록 생생하게 그린 케이트 커훈의 책 『미스터 브리그스의 모자Mr. Briggss' Hat』를 적잖이 참고했다.

월프 네더튼이 사는 런던의 풍경 가운데 몇 장면은 이상 현상 전문 잡지 《포티언 타임스Fortean Times》의 2011년 3월 호에 실린 에티엔

※ 한국어판은 『선글라스를 쓴 모차르트』(최종수 엮고 옮김, 한뜻 펴냄)에 수록돼 있다.

길필런의 존 폭스 인터뷰 기사를 참고했다.

소설가 닉 하커웨이는 햄스테드에 있는 자기 집 정원에서 런던의 시티에 소속된 여러 길드의 으스스한 내막에 관해 얘기해 줬다. 그중 조금이나마 정확한 실태가 드러날 만한 부분은 이 책에서 깊이 파고 들지 않게끔 세심하게 주의했다.

106장의 제목인 '똥구멍 마을'은 기타리스트 겸 보컬인 패터슨 후드가 가사를 쓴(그리고 아마 제목도 지은) 노래의 제목에서 따왔다.

소설을 쓰며 보내는 세월이 길어질수록 첫 독자에게 감사하는 마음은 더욱 커진다. 이 책은 첫 독자가 꽤 여럿인데, 내 아내 데버러와 딸 클레어는 당연히 제외하고도 그렇다. 폴 매컬리와 잭 워맥은 셀 수 없이 여러 번 고쳤으면서도 거의 똑같았던 원고 맨 앞의 약 100쪽 분량을 꿋꿋이 참고 읽어줬다. 네드 보먼과 크리스 나카시마브라운은 둘 다 원고의 중간 부분을 뚝 떼어 읽는 힘든 일을 끝까지 해냈다. 이는 늘 소중하지만 까다로운 작업이다. 제임스 글릭과 마이클 세인트 존스미스도 같은 일을 해줬지만 이들은 결말 부분을 맡았다. 숀 크로퍼드와 루이스 래프런드, 정체 모를 독자 V. 하넬은 일종의 태그팀을 결성해 나를 도와줬다. 메러디스 야야노스는 원고 전반에 걸쳐 로비어 경위를 눈여겨보며 내가 거의 문외한인 몇 가지 분야에서 예민하고 정확한 경보기의 역할을 수행했다. 소피아 알마리아는 맨 처음 완성된 원고를 읽고 '페르시아만 퓨처리즘'의 관점에서 하메드라는 인물을 만드는 일을 크게 도와줬다.

마틴 시먼스는 기와를 자루에 담아 임시 방벽을 쌓으면 어떻겠냐고 제안해 줬다.

    로버트 그레이엄 씨는 작가의 필수품인 글쓰기용 하드웨어를 실로 아낌없이 제공해 주셨다.

    내 편집자와 저작권 대리인은 늘 그렇듯이 훌륭했다.

    모두에게 감사를 전하며.

2014년 7월 23일

밴쿠버에서

옮긴이의 말
건스백 연속체에서 깁슨 연속체로

그들은 디알타 다운스가 말한 '오지 않은 1980년대'의 아이들, 즉 꿈의 상속자들이었다. 백인이었고, 금발이었고, 눈은 파란색이었을 것이다. 그들은 미국인이었다. 디알타는 미래가 미국에 먼저 도래했지만 결국에는 이 땅을 스쳐 지나가 버렸다고 했다. 그러나 이곳, 꿈의 한복판에서는 그렇지 않았다. 이곳에서 우리는 꿈의 논리에 따라 멈추지 않고 나아갔고, 그 논리는 오염이나 한정된 화석 연료라는 제약이나 패배로 끝나곤 하는 외국 땅의 전쟁 따위에 노출된 적이 없었다. 이곳 사람들은 의기양양했고, 행복했으며, 스스로뿐 아니라 스스로가 속한 세계에 대해서도 더없이 만족했다. 그리고 꿈속에서는 세계가 그들의 것이었다. (…) 그곳에는 히틀러 유겐트의 선전에서 풍기는 불길한 광기가 한껏 배어 있었다.

— 윌리엄 깁슨, 「건스백 연속체」에서

❈ William Gibson, 『Burning Chrome』, Harper Collins, 1995, 47쪽.

사이버펑크 장르를 대표하는 작가 윌리엄 깁슨이 1981년에 발표한 단편 소설에서 주인공인 미국인 사진가는 기이한 경험을 한다. 시작은 광고 사진을 찍으러 영국에 건너갔다가 런던의 출판인들에게서 의뢰받은 프로젝트였다. 이른바 '광선총 고딕raygun gothic'으로 일컬어지는 1930년대와 1940년대 스타일의 미국 건축물들을 촬영해 달라는 의뢰였다. 미국 서부의 캘리포니아주 일대에 많이 세워진 이러한 건축물은 번쩍이는 크롬 도금과 유선형 디자인, 로켓이나 우주선 같은 상징물을 적극적으로 사용한 점이 특징이었다. 의뢰인은 그에게 프로젝트의 가제가 〈유선형 미래 도시: 끝내 오지 않은 내일Airstream Futuropolis: The Tomorrow That Never Was〉이라고 알려주며 이렇게 말한다. "가상의 미국 같은 거라고 생각하세요. 그러니까, 오지 않은 1980년대 말이에요. 무너진 꿈들의 건축 양식인 거죠."※

미국으로 돌아와 광선총 고딕 양식 건축물을 촬영하러 돌아다니던 주인공은 어느 날 하늘을 뒤덮을 만큼 거대한 유선형 비행기를 목격하고 혼비백산한다. 그는 초자연 현상에 정통한 기자를 찾아가 자신이 목격한 환영에 관해 털어놓는데, 기자는 그것이 문화 속에 깊이 새겨진 이미지가 저만의 생명을 얻어 현실에 틈입하는 현상, 즉 '기호학적 유령semiotic ghost'이라는 이야기를 들려준다. 이후 주인공은 고속도로 길가에서 또다시 미래 세계의 인간들을 목격하고 전율한다. 이들의 배경에 보이는 미래 도시는 지난날 '현대 SF의 아버지'로 불리는 휴고 건스백이 창간한 최초의 SF 전문 잡지 《어메이징 스토리

※ 앞의 책, 41쪽.

스》의 표지를 장식하던 전체주의적 이상 국가의 환영이었고, 이들 미래인은 전형적인 아리아인 남녀의 모습을 하고 있었다. 결국 주인공은 도망치듯 캘리포니아를 떠나 미국 동부에 도착하고, 현실이 과거 사람들의 상상만큼 '완벽하지 않다'는 데 안도한다. 윌리엄 깁슨의 창작 경력에서 아이작 아시모프와 로버트 A. 하인라인으로 대표되는 지난날의 SF에 보내는 작별 인사이자 사이버펑크라는 1980년대의 새로운 사조를 여는 선언문과도 같은 이 단편 소설의 제목은 「건스백 연속체The Gernsback Continuum」다.

연속체란 '저마다 고유한 연속성을 띤 시공간으로 존재하는 개별 우주'를 의미한다. 그 개념을 이용해 「건스백 연속체」를 세상에 선보이고 33년이 흐른 후인 2014년, 깁슨은 이 책 『페리퍼럴』에서 지난날 자신이 상상했던 세계의 구도를 정반대로 뒤집는다. 이 책에서 우리가 사는 현재(와 몇십 년 후의 근미래)는 하나의 연속체로 전락하고, '끝내 와버린 미래'의 인간들은 우리가 사는 연속체를 유희의 대상이자 착취할 자원으로 이용한다.

이 구도에 따라 미래인의 관점에서 보면 『페리퍼럴』의 줄거리는 매우 단순하다. 22세기 초의 미래, 과거의 특정 시점과 교신할 수 있는 '서버'가 출현한다. 오로지 디지털 신호로 이루어진 데이터만 시간을 넘나들 수 있는 이 서버는 존재 자체가 비밀에 부쳐졌으며, 부와 권력을 독점한 특권 계급만이 이를 이용해 유희 삼아 과거와 접속하곤 한다. 이 같은 특권 계급의 취미 활동 때문에 과거에서 불려 와 경비용 드론을 조종하는 원격 근무에 투입된 연속체 사람(2030년대의 미국인) 플린은 저도 모르는 사이에 살인 사건의 목격자가 되고, 현재의 세계에서 자신을 제거하려 하는 미래의 적들에 맞서 시간을 넘나들며 혼란스러운 싸움을 벌인다. 플린이 데이터 전송을 통해 미래에 존재할 때 몸 대신 사용하는 대용 육체를 미래인들은 '페리퍼럴'이라고 부른다.

미래인의 시점에서 보면 이렇게 간단히 요약할 수 있는 설정과 줄거리는 현대인 플린의 시점에서 영문을 알 수 없는 사건의 연속으로 뒤바뀐다. 자신이 와 있는 곳이 어디인지는커녕 현실인지 아니면 게임 속인지조차 알 수 없는 상황에서, 플린은 오로지 타고난 게이머로서의 재능만으로 살길을 찾아야 한다. 작가 깁슨은 일찍이 '스프롤 3부작'으로 일컬어지는 『뉴로맨서』와 『카운트 제로』, 『모나 리자 오버드라이브』에서 보여준 고유한 스타일, 즉 각 장의 길이를 짧게 끊고 서로 다른 인물의 시점을 오가며 서술하는 방식을 마음껏 발휘해 플린의 여정을 현란하게 묘사한다(여기에 더해 이 책에서는 연대가 명확히 밝혀지지 않은 미래와 현재를 오가기까지 한다.). 이때 작가는 설명은 전혀 하지 않고 오로지 묘사만 하기 때문에, 독자는 작가가 책의 맨 앞에 인용한 H. G. 웰스의 달에도 나오는 '시간 여행에 뒤따르는 멀미와 어지럼증'을 주인공과 함께 겪는 기묘한 독서 체험을 하게 된다. 온갖 이미지와 영상이 범람하는 시대에 오로지 텍스트만으로 이러한 감각을 이끌어 내는 작가의 솜씨는 그 자체로 경탄할 만하다.

이 책의 설정에 따르면 21세기 후반에 이상 기후와 전염병, 어마어마한 규모의 자연재해가 겹쳐서 벌어지는 바람에 인류의 약 80퍼센트가 사망한다. 이른바 '잭팟'이라는 이 전지구적 위기 이후의 세계는 올리가르히, 기업, 신왕정주의자들이 지배한다. 이들 지배계급에 우리가 사는 현재 세계는 그저 무수히 많은 연속체 가운데 하나, 따라서 잘려 나가도 상관없는 하찮은 대상으로 여겨진다. 작가는 등장인물의 입을 빌려 이를 직접적으로 비판한다.

"제국주의죠. (…) 이미 존재하는 과거를 대체하는 연속체들을 제3세계로 취급하는 거예요. 거기에 그루터기라는 이름을 붙이면 그렇게 하기가 더 쉬우니까요."❖

미래의 적들에 맞서 살아남기 위해 플린이 벌이는 싸움은 결말에 이르면 우리가 사는 현재 세계의 파멸을 막기 위한 거대 프로젝트로 변신한다. 목표는 현재 세계에서 잭팟이 일어나지 않도록 막는 것, 이로써 플린이 본 미래가 최소한 본인이 사는 연속체에서는 현실이 되지 않도록 막는 것이다. 이를 위해 플린은 미래 세계의 특권 계급인 레프 주보프 일당과 손을 잡고 미래의 정보와 기술을 현재 세계에 도입해 역사를 바꿔나간다.

이러한 전개를 보면 일찍이 「건스백 연속체」로 사이버펑크의 시작을 선언한 윌리엄 깁슨이 세월이 흐르는 사이에 얼마나 많이 변했는지를 알 수 있다. 「건스백 연속체」에서 주인공 사진가가 목격한 연속체는 현실에 드리운 불길한 환영이자 실현되지 않아서 다행인 미래

❖ 『페리퍼럴 1』, 191쪽.

였다. 그 반면에 『페리퍼럴』의 연속체는 우리 자신, 즉 작가와 독자가 살아가는 현대 세계다. 작가 깁슨이 살아가며 글을 쓰는 우주라는 의미에서 여기에 '깁슨 연속체'라는 이름을 붙인다고 할 때, 『페리퍼럴』은 '현대인 플린이 깁슨 연속체를 구하기 위해 미래인들과 손을 잡는 이야기'라고 할 수 있다. 이때 플린을 비롯한 현대인들의 가장 큰 무기가 미래인들은 상상하기조차 힘든 과감성과 폭력성이라는 점, 또한 미래와 현재를 잇는 야누스 같은 존재인 로비어의 정체성이 깁슨 연속체의 운명을 좌우한다는 점이야말로 작가가 던지는 메시지가 아닐까 한다. 말하자면 논리와 인과율의 틀에서 벗어나는 것, 다수가 상상하려 하지 않는 것을 상상하는 것, 허를 찌르고 그 찌른 자리를 파고드는 것, 이로써 벌어진 틈을 더욱 넓혀 무엇이든 펼쳐질 장場을 만드는 것 말이다.

한국어판 『페리퍼럴』은 미국의 버클리 출판사에서 2015년에 펴낸 페이퍼백판 『The Peripheral』을 저본으로 삼아 우리말로 옮겼다. 앞서 소개한 잭팟이 존재하는 세계를 소재로 한 '잭팟 3부작'의 1부인 이 책에 이어 2부에 해당하는 『Agency』 또한 한국어판이 출간될 예정이므로 독자 여러분은 부디 기대해 주시기를 바란다.

2024년 10월

장성주

페리퍼럴 2

초판 1쇄 찍은날 2024년 10월 21일
초판 1쇄 펴낸날 2024년 11월 6일

지은이	윌리엄 깁슨
옮긴이	장성주
펴낸이	한성봉
편집	김학제·안태운·박소연
콘텐츠제작	안상준
디자인	최세정
마케팅	박신용·오주형·박민지·이예지
경영지원	국지연·송인경
펴낸곳	허블
등록	2017년 4월 24일 제2017-000050호
주소	서울시 중구 필동로8길 73 [예장동 1-42] 동아시아빌딩
페이스북	www.facebook.com/dongasiabooks
트위터	twitter.com/in_hubble
전자우편	dongasiabook@naver.com
블로그	blog.naver.com/dongasiabook
홈페이지	hubble.page
전화	02) 757-9724, 5
팩스	02) 757-9726
ISBN	979-11-93078-35-8 03840
	979-11-93078-33-4 (세트)

※ 허블은 동아시아 출판사의 문학 브랜드입니다.
※ 잘못된 책은 구입하신 서점에서 바꿔드립니다.

만든 사람들
편집	김학제
크로스교열	안상준
디자인	최세정